ROSS RAISIN

Unter der Wasserlinie

Roman

Aus dem Englischen
von Arnd Kösling

Karl Blessing Verlag

Titel der Originalausgabe: *Waterline*
Originalverlag: Viking

[redacted]

MIX
Papier aus verantwortungsvollen Quellen
FSC® C014496

Verlagsgruppe Random House FSC® N001967
Das für dieses Buch verwendete
FSC®-zertifizierte Papier *Munken Premium*
liefert Arctic Paper Munkedals AB, Schweden.

1. Auflage

Umschlaggestaltung: Hauptmann und Kompanie
Werbeagentur, Zürich
Satz: Leingärtner, Nabburg
Druck und Einband: GGP Media GmbH, Pößneck
Printed in Germany
ISBN: 978-3-89667-477-7

www.blessing-verlag.de

1.

Diese hier hat einen zarten Nebel aus gemalten Blumen vorn drauf.

Es gibt noch viele dieser Art, auch welche mit Wildblumen, Wiesen und bauschigen Hecken. Und von einer Waldlichtung, übersät mit Glockenblumen. Kaum zu glauben, dass es im Supermarkt so viele unterschiedliche Karten gibt. Ein Friedhof, still und friedlich, in dem braune Blätter umherwehen. Ein Teddybär. Und eine weitere, auf der aus irgendeinem Grund eine Katze aus einem Fenster aufs Meer schaut.

Es war Robbie, der die Karten aufgehängt haben wollte. Er selbst wollte es nicht unbedingt, aber Robbie hatte darauf gedrängt. Was willst du denn sonst damit machen? Sie in eine Schublade stecken? Sie auf dem Flurtisch mit den Bestattungsprospekten und den Stromrechnungen liegen lassen? Und deshalb sind die beiden jetzt im Flur und befestigen sie an dem roten Band, das Robbie aus dem Weihnachtskarton gekramt hat. Das Licht in der Haustür wird trüber. Aus dem Wohnzimmer, wo die anderen sitzen und fernsehen, kommt dumpfes Gelächter.

»Kennst du all diese Leute, Dad?«

»Ehrlich gesagt, nicht wirklich. Heute waren sogar welche da, wo ich gar nicht wusste, wer sie waren. Ein paar wahrscheinlich aus dem Kaufhaus. Und dann natürlich die Familie.« Er nickt Richtung Wohnzimmerwand. »Ich wollte lieber nicht fragen.«

Robbie liest die Innenseiten einer Karte. »Sie hätten sich ruhig vorstellen können«, sagt er, klappt die Karte zu und steckt sie mit einem roten Plastikweihnachtsbaum fest. Normalerweise macht seine Frau das, die Grußkarten aufhängen. Dasselbe rote Band hängt dann über den Bildern im Wohnzimmer, angepinnte kleine Fichtenzweige wie Wimpel beim Stapellauf eines Schiffs, das geduldig auf den Taufschlag irgendeines nur wenig begeisterten weiblichen Mitglieds der königlichen Familie wartet, das dazu abkommandiert wurde.

Es sind viel zu viele Karten, als dass sie in den Vorraum und in den Flur passen würden. Robbie fragt, ob sie die restlichen im Wohnzimmer aufhängen, wenn Alan und Lynn im Bett sind. Nein, sagt er. Er will nicht, dass diese Karten im ganzen Zimmer verteilt sind, solange Robbie und Craig dort schlafen. Nicht, dass es viel ausmachen würde. Wo schließlich alles in dem Zimmer irgendwie Erinnerung ist. Und ist doch so, fängt man erst mal an, alles zu entfernen, was mit Erinnerungen behaftet ist, ist irgendwann das ganze Haus leer.

Lieber Mick,
Worte sagen nicht genug. Wenn wir irgendwas tun können, lass es uns bitte wissen. All unsere Gedanken sind jetzt bei Dir.

Alles Liebe von Derek und Jean und der ganzen Familie

Eins steht fest: Es waren die Frauen, die sie geschrieben haben. Garantiert keine davon ist von den Männern. All unsere Gedanken sind jetzt bei Dir. Aber so sollte es nicht sein – nicht so. So war es vorhin schon gewesen: Die Frauen alle beflissen und voller freundlicher Worte, während die Männer unbehaglich neben ihnen standen. Aber er wäre genauso gewesen. Das lässt sich nicht leugnen. Schweigend, höflich zuhörend, während Cathy alles Nötige gesagt hätte. Dies waren Männer wie er, Typen, mit denen er gearbeitet hatte, die sich leichter mit Stahlfunken taten, die ihnen auf den Kopf regneten, und mit Kumpels, die ihnen mit irgendwelchem Mist die Ohren vollquatschten. Man kann es ihnen nicht vorwerfen. Ein Begräbnis war für sie etwas so Normales wie eine Kündigung. Und ihre Reaktion darauf die gleiche: Ab in die Kneipe, Jungs.

»Ich habe mit Claire gesprochen«, sagt Robbie. »Weißt doch, die, die mit Ma gearbeitet hat.«

»Weiß schon, o.k.«

»Sie sagte, wie sehr es sie alle getroffen hat, als sie es hörten. Letztes Jahr ist nichts mehr so gewesen wie's mal war.« Er schaut zur Wohnzimmertür und sagt leiser: »Sie konnte mit Lynns komischem Fingerfood auch nichts anfangen. Im Ernst, was sollte das?«

»Das hab ich verpasst.« Er nimmt einen Pin aus der Kiste und schaut zu Robbie hoch. »Sie versuchen zu helfen, Rob, das ist alles.«

»Ach, tu doch nicht so, Dad. Verdammte Mozzarellahäppchen? Hier im *Empress?* Scheiße. An ihrem Tischende war zum Schluss ein ganzer Müllsack voll übrig.«

Allerdings. Er hatte sogar gesehen, wie Desmond sie entsorgt hatte, als alle gegangen waren. Kurz dran gerochen und ein bisschen von Lynns diversen Häppchen probiert, um die Wiederverkaufsmöglichkeiten abzuschätzen, bevor er sie in die Tüte warf.

Mick war bei der Hauptgruppe geblieben, die sich am anderen Ende der Gesellschaft bei den Wurstbrötchen und Käsesandwichs zusammengeschart hatte – Robbie und seine Frau rechts und links von ihm wie zwei Aufpasser. Craig blieb in einer Ecke für sich. O.k., er hätte nichts dagegen gehabt, mal eins von Lynns Mozzarellahäppchen zu probieren, aber dann hätte er auf die andere Seite der Tafel rübergehen müssen, wo Alan und Lynn mit den anderen aus Cathys Familie Hof hielten. Die meisten von ihnen hatte er seit der Hochzeit nicht mehr gesehen, sprich seit fünfunddreißig Jahren. Aber die waren gekommen. Einige hatte er wahrscheinlich noch nie zu Gesicht gekriegt. Er verwarf den Gedanken, dort hinüberzugehen. Lass sie doch unter sich bleiben, dachte er. Lediglich die Kinder, die überall rumtobten, verbanden die beiden Gruppen. Und natürlich sein Schwager. Alan, ganz Mann des Volkes, ließ keine Gelegenheit aus, sich vorzustellen. Herzliche Begrüßungen derjenigen, die er kannte – etliche davon aus seiner Zeit auf der Werft –, auch wenn *er* es gewesen war, der ihnen verdammt noch mal gekündigt hatte. Heilige Scheiße. Er lächelt das einfach weg. Nichts für ungut, was? Es wollte ja eigentlich keiner, aber so waren die Zeiten nun mal, wir hatten keine Wahl.

Mick war auf Sicherheitsabstand geblieben. War pinkeln gegangen, als es kurz danach aussah, als würde Alan rüberkommen, um mit ihm zu reden. Als er die Klotür hinter sich schloss, sah er, dass Desmond hier gehörig Ordnung geschaffen hatte. Auf der Fensterbank waren Klopapierrollen aufgestapelt, der abgelatsche Läufer, der sonst immer draußen vor dem Fenster hing, lag auf dem Boden. Die verstopften Pinkelbecken flossen ab, und ein paar Ananasseifen lagen in Reserve. Komisch, aber das war wahrscheinlich der einzige Moment des Tages gewesen, an dem er fast geheult hätte. Als er mit Pinkeln fertig war, hatte er einen Augenblick lang dagestanden; etwas hatte ihn überwältigt, und er musste gegen die Tränen ankämpfen. Dieses tiefe, echte Gefühl, das sich nur als äußerste Dankbarkeit dem Burschen gegenüber beschreiben ließ, der das Klo sauber gemacht hatte.

Als er rauskam, war sein Schwager weitergegangen, seine große, breite Gestalt zog jetzt drüben auf der anderen Seite des Raums ihre Runden. Wie ein Politiker. Geht auf das Grüppchen an der Theke zu, schüttelt Hände und sorgt dafür, dass jeder erfährt, dass er das Ganze bezahlt hat.

Robbie sieht ihn an. »Diese Rede von ihm« – sein Gesicht deutet mit einem Ruck zur Wand –, »das war doch auch nichts.«

Mick reagiert nicht. Er pinnt eine weitere Karte fest, sie überlappen sich schon, und reichen nun fast bis zum Ende des Flurs.

»Er hat dich fast gar nicht erwähnt. Craig und mich, o.k., aber wer das gehört hat, hätte meinen können, dass Ma und du euch nie begegnet seid – dass sie ihr ganzes Leben da oben in den Highlands verbracht hat, wo ständig die Söhne von irgendwelchen beschissenen Großgrundbesitzern hinter ihr her waren. Sie hätte ihm eine runtergehauen, wenn sie das gehört hätte.«

Er greift in den Karton und holt einen der letzten Baumpikser raus. Darauf lässt er sich jetzt nicht ein. Nicht, wo der Typ direkt nebenan hockt. Er sagt nichts, und sie machen schweigend eine Weile weiter.

»Tut mit leid, Dad, ich hab's nicht so gemeint. Ich finde bloß, dass er ein verdammter Ego ist.«

»Robbie.«

»Ich weiß, sorry.«

Sie haben beide Seiten des Flurs fertig. Nur bei der Wohnzimmertür ist noch ein kleines Stück frei.

»Ich tu die hier irgendwo in die Küche«, sagt Robbie und hält die letzte Handvoll hoch. Er geht raus, und ein paar Sekunden lang steht Mick da und blickt die zwei Kartenreihen entlang. Der Fernseher wird lauter, ebbt dann wieder ab. Ihm fällt auf, dass zwei Karten, die identisch sind, genau nebeneinanderhängen. Verwaschene Blumen in einer Vase. In einem Anfall von Neugier tritt er näher, um zu sehen, von wem sie sind.

Pete und Mary, Don und Sheila. Er musste diese Karten in den letzten Tagen selbst aufgemacht haben, hatte jedoch die Namen nicht richtig wahrgenommen. Beide Paare waren heute hier. Es war nicht viel Zeit zum Reden gewesen, aber es war gut, dass sie da waren. Vertraute Gesichter. Die Männer rot geädert und mittlerweile kahl, aber trotzdem vertraut. Pete sieht er gelegentlich, weil der nicht allzu weit entfernt lebt, Don dagegen hat er wahrscheinlich zwanzig Jahre nicht gesehen. Einundzwanzig, um genau zu sein. An das letzte Mal, als sie sich sahen, kann er sich noch gut erinnern: Sie waren im *Empress,* auf denselben Stühlen, auf denen sie monatelang geklebt hatten, scheiß auf dies, scheiß auf das, scheiß auf den Schwager, scheiß auf Thatcher, scheiß auf das Scheißgeld, alles Arschlöcher. Aber sie hatten ihr Scheißgeld genommen und schließlich das meiste davon versoffen, und das Letzte, was er von Don gesehen hatte, war, dass er sturzbesoffen war und lallte, er werde samt Frau aus der Stadt wegziehen. Jetzt seien sie wieder zurück, hatten sie ihm gesagt. Hätten eine schön renovierte Wohnung in Drumoyne gefunden, deren Vermieter nicht so ein Abzocker sei wie ihr letzter.

Die Frauen mussten in den *Southside News* von Cathy gelesen haben. Liefen dann gleich runter zum Supermarkt und entschieden sich für die gleiche Karte. Er sieht förmlich, wie Mary und Sheila rumsuchen und die Karte zusammen mit Zeitung, Zigaretten und Lottoschein aufs Transportband legen.

Er wirft einen Blick in die Karte von Pete und Mary:

Mick,
es tat uns so leid, als wir das von Cathy hörten. Sie war so ein kleines Juwel. Ich erinnere mich noch genau an die Zeit der Schiffstaufen, wo wir beide uns richtig schick gemacht hatten, und Du und Pete, Ihr wart voll zugedröhnt! Pete arbeitet jetzt auf dem Kran in der alten John-Brown-Werft, ausgerechnet! Ich weiß, Mick, das letzte Jahr muss für Dich und Deine Familie sehr schwer gewesen sein. Wenn es irgendwas gibt, das wir tun können,
alles Liebe,
Pete und Mary

Er lächelt.

Mary kriegt alles geregelt. Er hängt die Karte wieder ans Band. Er hat vom Kran gehört. Eine Touristenattraktion haben sie draus gemacht. Er hatte ihn ein paarmal abends gesehen, wenn er drüben am Clyde-Ufer gewesen war: pink und rot angeleuchtet. Das Letzte, was er mitbekommen hatte, war, dass sie in der Kanzel ein Restaurant aufmachen wollten, das sich drehen sollte. Er hatte es in der Zeitung gelesen. Es gehörte zu einem Projekt, das das industrielle Erbe der Gegend repräsentierte. Ein rotierendes rosa Restaurant. Man fragt sich, wie die auf so was kommen. Und was sagst du zur Aussicht? Die ist schon mal das Erste, was sie ändern müssen. Panoramablick schön und gut, aber wenn man in jeder Richtung bloß matschiges Niemandsland sieht – Cliquen von Gören, die Fußball spielen und rauchen, Tauben, die auf den rostigen Fabrikhallen hocken und sie vollscheißen –, schmeckt der Mozzarella auch nicht unbedingt besser, oder?

In der Küche hat Robbie die Karten auf der Mikrowelle aufgestellt. Er nimmt Mick den letzten Packen aus der Hand und verteilt sie neben die anderen. Von nebenan hört man durch die Wand das Baby weinen. Mick lehnt sich an die Arbeitsplatte und schaut aus dem Fenster in den Hinterhofgarten raus, auf die kümmerlichen, vergilbten und zugewucherten Blumenkübel.

»Ihr müsst nicht unbedingt bleiben, Robbie«, sagt er.

»Wir bleiben, solange es geht, kein Problem. Und überhaupt, wir sind scheißweit gefahren, da bringt's doch nichts, gleich wieder abzuhauen.«

»Weiß ich doch. Aber Jenna wird bald zurückwollen. Man sollte nicht zu lange von zu Hause wegbleiben, wenn sie noch so klein sind.«

»Ihm geht's gut bei seiner Oma. Wenn du Jennas Mama kennen würdest – wahrscheinlich bringt sie ihm gerade bei, wie man Bier braut oder sich im Dschungel zurechtfindet.« Er balanciert die letzte Karte auf der Mikrowelle aus. »Egal, jedenfalls lassen wir dich hier nicht mit den Highlandern allein.« Er grinst. »Weißt du schon, wie lange sie bleiben wollen?«

Als er ihm gerade sagen will, dass er es nicht weiß, weil sie nichts drüber gesagt haben, ertönt vom Flur plötzlich laut das Geräusch des Fernsehers. Schritte, die einen Moment innehalten und sich dann der Küche nähern. Craig kommt rein, sagt nichts, sieht keinen von ihnen an und macht den Kühlschrank auf. Er geht in die Hocke und schaut hinein, findet aber offensichtlich nicht, was er sucht, und räumt im untersten Fach ein Paket Würstchen zur Seite.

»Suchste 'n Bier, mein Junge?«

Keine Antwort. Er sucht weiter, im Fach darüber.

»Wenn du eins willst, es ist in der Plastiktüte hier drüben.«

Craig steht auf und lässt seinen Blick kurz über die Karten auf der Mikrowelle gleiten. Dann holt er sich eine Dose aus der Tüte, da, wo Robbie steht.

»Danke«, sagt er und reißt beim Hinausgehen die Dose auf.

Er wacht auf und blickt aus dem Fenster in die Dunkelheit. In ein paar der entfernt liegenden Hochhäuser brennen schwache Lichter. Es ist schrecklich warm. Einen Augenblick lang überlegt er, aufzustehen und ein Fenster aufzumachen. Er verharrt eine Weile, um die Kraft dazu aufzubringen, schließlich gibt er es auf und bleibt, wo er ist. Heute hast du deine Frau beerdigt. Sie ist gestorben, und du hast sie begraben. Irgendwie kapiert er's nicht. Er wiederholt sie ein paarmal, aber die Worte ergeben keinen Sinn, er begreift sie nicht. Stattdessen empfindet er das Gleiche wie an dem Tag letzte Woche, als das Krankenhaus anrief und sagte, sie sei gestorben. Erleichterung, das ist es. Es ist erleichternd, dass das Begräbnis vorbei ist, dass alles o.k. lief, dass Craig kein Theater gemacht hat, dass er nicht mehr mit Alan über die Einzelheiten reden muss. Er muss sie sich nicht mehr irgendwo in einem anderen Bett vorstellen, während er hier liegt. Natürlich könnte er sich andere Sachen vorstellen, aber die erscheinen ihm so jenseits der Wirklichkeit, befinden sich irgendwo draußen im Scheißhyperraum. Er dreht sich auf die andere Seite, verschwitzt – schwerfällig und verschwitzt. Heiß war der Tag auch noch. Unübersehbar hatten alle unter ihren Hüten und in ihren Anzügen geschwitzt und sich gekratzt, aber was soll man machen – ein Begräbnis ist ein Begräbnis.

Er hatte es vorher nicht sagen wollen, aber er hofft wirklich, dass Robbie und Jenna noch eine Weile bleiben, bevor sie wieder nach Australien entschwinden. Dass er nicht mit diesen leichter zu reizenden Mitgliedern des Haushalts allein gelassen werden will. Obwohl die Highlander natürlich nicht länger bleiben werden. Nach der Beerdigung gibt es für sie hier nichts mehr zu tun, und es besteht keine Gefahr, dass Lynn sich hier in den Nobelgeschäften ergehen will. Mit Craig ist das eine andere Sache. Und zwar keine, auf die er allzu scharf wäre, sie zu teilen – das ist ziemlich eindeutig. Er ist hier, weil Robbie ihm gesagt hat, er müsse das, und sobald Robbie gegangen ist, ist wahrscheinlich auch er weg. Yoker liegt zwar nicht am anderen Ende der Welt, aber so, wie Craig sich verhält, ist es sehr gut möglich, dass als Erster Robbie mal wieder hier ist. Er muss mit ihm reden. Einen trinken gehen. Rausfinden, was in seinem Schädel vor sich geht. Sie brauchen das alle beide. Und wenn sie es tun, ist es vielleicht am besten, einen Bogen um den Umstand zu machen, dass er nicht einmal geweint hat, seit sie gestorben ist, dass er immer nur denken kann: Es ist eine Erleichterung – und: Wann verlässt die ganze Meute endlich das Haus?

2.

Die Hochhäuser stehen dicht gedrängt da, wie eine Reihe Streikposten und blicken auf die roten Wohnstraßen hinab, die zum Clyde führen. Oben vom siebzehnten Stock ist die Aussicht großartig. Nördlich vom Fluss sieht man das schimmernde Glasdach des botanischen Gartens. Den Kelvingrove-Park. Die silbrige Gürteltiersilhouette des Exhi-bition Centre. Und weiter hinten die hügelige Skyline der Campsie Fells. Aber Joe hat kaum ein Auge für solche Sachen. Wenn er mal den Blick schweifen lässt, dann zum Ibrox-Park. Das Fußballstadion ist bloß ein paar Minuten von den Hochhäusern entfernt. An Spieltagen kann er die Fans aus allen Richtungen kommen sehen, ebenso wie die vor den Kneipen anwachsenden Pulks und die Menschenmassen, die durch die Straßen heranströmen.

Doch heute Morgen blickt er aus dem Fenster, während die Sonne aufgeht. Er sieht, wie das triste Licht in die Straßen sickert, die geradlinig zum Fluss hinunterführen, sich nur krümmen, wo sie das Stadion umrunden müssen, oder an Stellen unterbrochen sind, wo man die Mietskasernen abgerissen und es nicht geschafft hat, sie zu ersetzen. Am Flussufer stehen die blitzenden neuen Apartmentblocks des Glasgower Hafens und das Trockenski-Center, und unten am Wasser liegen die Werften oder das, was von ihnen übrig ist. Govan auf dieser Seite und Scotstoun jenseits des Flusses. Von da, wo er steht, kann er gerade noch das Deck der HMS *Defender* erkennen, die am Kai von Govan ankert. Von hier sieht *Her Majesty's Ship* mit seiner Miniaturkanone und dem Landeplatz für Hubschrauber auf dem Flugdeck aus wie ein Bausatzmodell. Dorthin ist Joe unterwegs, als es fast hell ist und er die Wohnungstür hinter sich zufallen lässt, um Suggie abzuholen.

Es ist sechs Uhr. Um diese Zeit ist nie jemand im Gebäude zu sehen, außer einem komischen alten Trottel, dem er manchmal auf der Treppe begegnet, wenn dieser seinen Hund ausführt. Es ist gar nicht so übel morgens. Er ist müde, aber das ist o.k. Die Spätschicht ist es, die ihn umbringt.

Er drückt auf den Knopf, und die Tür des Fahrstuhls geht augenblicklich auf. Vor ein, zwei Wochen haben sie ihn renoviert, deshalb ist er nicht mehr das versiffte Loch wie vorher, aber bekritzelt ist er schon wieder: An einer Wand steht schlicht und deutlich »Fotze«. Im neunten Stock steigt er aus und geht zu Suggie rüber.

Er klopft an die Tür. Unten dringt Licht durch. Ein gutes Zeichen. Er ist um diese Zeit morgens selber müde genug, aber verglichen mit Suggie ist er das sprühende Leben. Manchmal muss er fünf Minuten an die Tür hämmern, ehe eine Reaktion kommt, und ein paarmal hat er auch schon mit dem Feuerlöscher von der Flurwand ein kleines bisschen dagegengebollert. Die Tür hat in der Tat schon mal besser ausgesehen. Aber heute öffnet Suggie schon beim zweiten Klopfen. Er ist noch in Unterhosen, aber auf.

»Komm rein, Kumpel.«

Joe folgt ihm und setzt sich aufs Sofa, während Suggie sich im Schlafzimmer anzieht. Der Fernseher läuft, und er sieht ohne große Aufmerksamkeit hin. Auf Tisch und Fußboden liegt ein ordentlicher Schwung leerer Dosen rum. Suggie muss ein paar Kumpel dagehabt haben. Trotzdem ist er ziemlich schnell angezogen – Minuten später erscheint er in der Schlafzimmertür, rote Augen, grinsend, seinen Helm in der Hand.

»O.k., geh'n wir?«

Einmal auf der Straße, streben die beiden Lehrlinge durch den erfrischend kühlen Morgen Richtung Werft. Sie kommen noch ein paarmal auf das Spiel vom Samstag zurück, aber die meiste Zeit gehen sie, ohne zu reden. Die Straßen sind nahezu ausgestorben. Wenige Autos. Der alte Knabe aus ihrem Haus kommt mit seinem Hund zurück. Sie nicken ihm zu.

Natürlich war es nicht immer so gewesen. Ihre Väter und Großväter hatten ihnen genug Fotos davon gezeigt, wie es mal war – Fotos, von denen es Massen in der großartigen, verwitternden Bibliothek gibt, an der sie gerade vorbeilaufen: von genau diesen Straßen vor hundert Jahren, vor sechzig, sogar noch vor vierzig, vollgestopft mit Arbeitern auf dem Weg zur Tagesschicht. Müde und schweigsam wie diese gehen die beiden dahin. Das Geräusch von Stiefeln auf der Straße und der Sirene, welche die Richtung angibt und den Arbeitsbeginn signalisiert. Gelegentlich eine Frau im Nachthemd im Fenster, die ihrem Mann nachblickt und zusieht, wie er seine Leute findet, die sich zu Gruppen formieren – Nieter, Kalfaterer, Grobschmiede, deutlich erkennbar die Schweißer mit ihren fleckigen Mützen und ihrer Ledermontur, Kesselschmiede, Galvanisierer – die ganze schwarze Schwadron marschiert die Straße hinunter. Und ganz am Schluss die Lehrlinge, die herumalbern.

Heutzutage ist alles ganz anders. Zwei Burschen in blauen Overalls laufen wie ein Paar Sträflinge, die gerade das Ende der Welt überlebt haben, durch die leeren Straßen, vorbei an der Grundschule, dem Park, den roten Mietshäusern und den grauen Reihenhäusern mit Rauputz und winzigen Vorgartenfleckchen.

Vor einem davon, in dem das Gras höher steht als bei den Nachbarn, parkt fett ein großer, protziger Saab vor der Tür. Drinnen im Haus hört Mick durch die Wand das laute Schnarchen seines Schwagers. Er hat die beiden im ehemaligen Jungszimmer untergebracht, damit sie auf Abstand schlafen können, denn die beiden Betten wurden vor Jahren so weit wie möglich auseinandergestellt. Dem Geräusch nach muss Alan direkt neben ihm jenseits der Wand liegen. Hätte er sie anderswo unterbringen können, hätte er das getan, aber es gab schlicht und einfach nichts. Sie müssen sich halt damit abfinden, in einem Kinderzimmer zu schlafen. Seit Robbie achtzehn wurde und nach Australien ging, wurde dort nichts verändert – eigentlich auch lange vorher schon kaum was –, an den einander gegenüberliegenden Wänden kleben immer noch Fußballsticker und eingetrocknete Klebepads, zwischen den beiden Betten liegt ein großer, abgenutzter, kreisrunder Teppich, verblichen von jahrelangen Brettspielen und Kämpfen.

Er dreht sich zur Fensterseite. Das Geschnarche ist erbarmungslos. Himmel noch mal. Dieser Mann ist nicht mal beim Schlafen still.

Die Treppe runter im Wohnzimmer schläft Robbie, wahrscheinlich einen Arm um seine Frau geschlungen, auf dem Boden. Sie liegen auf einem Stoß alter brauner Decken, die Robbie irgendwo gefunden hat. Nicht, dass das den beiden was ausmacht. Macht es nicht. Sie sind o.k. Auf der anderen Zimmerseite liegt der ältere Bruder in seinem Schlafsack, und seine Beine ragen übers Sofaende. Und denkt sich seinen Teil. Denkt sich seinen Teil und behält alles für sich.

Die Wahrheit ist: Es ist anständig von den Highlandern, dass sie gekommen sind. Sie hätten nur zum Begräbnis herfahren und gleich wieder ans Ufer ihres Sees in ihre gewaltige Ziegelfestung zurückkehren können, das wär's dann gewesen, und man hätte sich nie wiedergesehen. Sie müssen nicht hier sein. Alan wollte es so. Das ist ziemlich offensichtlich, so wie sie im Haus rumstöbert. Diese pikiert zusammengekniffenen Augen jedes Mal, wenn sie ein Besteckteil oder ein Glas aus dem Schrank nimmt und inspiziert. Na los, Lynn, mach schon, was hältst du davon? Mit deiner feinsinnigen Mimik machst du das nämlich nicht deutlich genug. Du hältst es für eine Müllkippe, oder? Dann hau doch ab, verpiss dich wieder, lass dich nicht aufhalten.

Das Schnarchen hat aufgehört. Für ein paar Minuten ist das Haus friedvoll. Ein schmaler Lichtstrahl fällt durch die Vorhänge und fällt am Fuß des Betts auf den Teppich. Doch nach einer Weile fängt das Schnarchen wieder an, erst leise, dann mit zunehmender Stärke. Aber man kann es ja auch anders sehen: Er ist inzwischen schon lange im Ruhestand, deshalb bringt ein Ereignis wie dieses sie nicht unbedingt aus dem Trott. Sie können sich Zeit für solche Sachen nehmen. Geburten, Todesfälle, die Beförderung des wunderbaren Sohns, der es gestern bedauerlicherweise nicht geschafft hat, weil er drüben in Amerika Millionen macht, wie schön für ihn.

Außerdem steht ihr Sommerurlaub an. Dieses Jahr geht es nach Frankreich. Um Weingüter herumradeln und sich gegenseitig dabei fotografieren, wie sie in Lebensmittelläden regionale Wurstfüllungen begutachten. Er sollte nicht so hart mit ihnen sein. Natürlich ist es auch für den Schwager nicht leicht, und nicht zu vergessen die Verantwortung, die er schultern muss. Ja, die Verantwortung, die er ständig auf sich nehmen muss.

Mick steht auf. Es ist noch früh, und alle anderen schlafen vermutlich noch, aber er geht ins Bad, um sich das Gesicht zu waschen, zieht ein kurzärmliges Hemd und Hosen an und geht runter in die Küche. Er sieht im Schrank nach, ob noch Brot da ist, aber es ist alle, also macht er die Schranktür zu, setzt sich an den Tisch und schaut aus dem Fenster, wo ein kleiner enttäuschter Spatz durchs Gras hüpft und sich fragt, weshalb zurzeit kein Futter für ihn daliegt.

Das also ist Trauer. Am Küchentisch sitzen, und deine ganzen Freuden und Sorgen schlafen und schnarchen um dich herum, und du sitzt da und fragst dich, was du dir zum Frühstück machst. Vielleicht ist es vorbei, vielleicht ist es das, er hat ja schon zehn Monate durchgemacht, und der Augenblick, in dem sie gestorben ist, markiert tatsächlich das Ende, weil sie jetzt nicht mehr da ist, schließlich hat sie nicht von einem Tag auf den anderen tot vor ihm gelegen. Es ist vorbei. Er hatte ja auch geweint, als sie es damals erfuhren. Er allein oder sie beide gemeinsam, aneinandergeklammert an genau diesem Küchentisch. An dem Tag, als der Arzt sie anrief und sie fragte, ob sie bitte beide in die Praxis kommen könnten. Die Röntgenergebnisse waren da. Und es war nicht ihr Rücken. Pleurales Mesotheliom. Ein kompletter Befall ihres linken Lungenflügels. Ein Jahr vielleicht noch – höchstens. Er schließt die Augen und versucht sie sich vorzustellen, ihr Gesicht, vorher, als sie noch gesund aussah. Aber er sieht nichts, sein Hirn will dort nicht hin, also sitzt er nur mit geschlossenen Augen da. Einen Augenblick des Friedens. Man macht weiter. Was kann man sonst tun? Man macht weiter.

Auf dem Boden neben dem Mülleimer entdeckt er eine Schachtel Cornflakes. Er hebt sie auf, holt sich eine Schüssel und schüttet die letzten Flocken und die staubfeinen Krümel aus der Tüte hinein. Die Highlander wollen später einkaufen gehen, das hatten sie gestern Abend angekündigt, also wird bald für alle genug zu essen da sein, auch für den kleinen Burschen draußen, der inzwischen aufgegeben hat und weggeflogen ist. Biozeug natürlich, aber so ist das Leben nun mal. Er und der Spatz beschweren sich nicht.

Über ihm läuft jemand herum. Er stellt die Schachtel zurück neben den Mülleimer, setzt den Wasserkocher auf und kehrt auf seinen Platz am Tisch zurück. Und erneut kommt ihm der gleiche wiederkehrende Gedanke: Er lebt. Er hockt hier am Küchentisch, ein Ausbund an gottverdammter Gesundheit. Über ihm knarren wieder Dielen. Und nicht nur er lebt noch.

An diesem Abend sitzen sie alle bei laufendem Fernseher im Wohnzimmer und essen die Spaghetti bolognese, die Lynn gemacht hat. Alle finden sie gut und lecker, außer Lynn, die sagt, da gehöre eigentlich Knoblauch rein und Tomatenmark und was sonst noch alles. Sie hatte im Supermarkt nicht dran gedacht, diese Sachen zu besorgen. Wenn sie gewusst hätte, dass so was nicht im Haus ist, hätte sie es eingekauft. Das ist überhaupt gespielt, schließlich haben sie massenhaft anderes unnötiges Zeug eingekauft. Parmesan, Weinessig, drei verschiedene Sorten Brot. Es muss ein Vermögen gekostet haben. Als sie zurückkamen und alle aus dem Haus holten, um Dutzende von Tragetaschen aus dem Kofferraum laden zu helfen, hatten Robbie und er sich über das Wagendach einen Blick zugeworfen, dessen Bedeutung eindeutig gewesen war: Wie lange haben die eigentlich vor zu bleiben? Dann machten sie damit weiter, dass sie das Einräumen der Einkäufe organisierten, munter entschieden, was wohin sollte, und alles entsorgten, was an Unbrauchbarem oder Nutzlosem noch in den Regalen stand. Als ob die Küche dadurch, dass sie in all diesen edleren Läden eingekauft hatten, jetzt ihnen gehörte und sie damit machen könnten, was sie wollten.

Die Nachrichten laufen. Alle sehen zu und essen schweigend. Es ist jetzt der fünfte Abend, seit Robbie und Jenna die

Stühle aus der Küche rübergebracht haben, damit alle hier Platz finden, und sie haben bereits ihre Stammplätze. Alan und Lynn haben das Sofa belegt, und gegenüber sitzt Mick zwischen Robbie und dessen Frau. Die drei sitzen zusammengedrängt wie ungezogene Schulkinder, die man ins Büro des Direktors geschickt hat. Craig hat den Sessel drüben am Fenster und konzentriert sich mit gesenktem Kopf auf seinen Teller.

»Hat sich echt rausgemacht, dieses Einkaufszentrum in Braehead«, bemerkt Alan und stellt seinen leeren Teller vor sich hin. »Lauter neue Läden, seit wir das letzte Mal da waren.«

Die drei blicken auf und stimmen zu.

»Kann schon sein«, erwidert Mick. »Ich geh da nie hin.«

»Ein toller Laden von Marks & Spencer«, sagt Lynn. »Zwei Etagen und eine sehr ordentliche Cafeteria. Als wir fertig waren, haben wir dort ein Sandwich gegessen. Und eine Trockenskianlage gibt's da unten jetzt auch, ich konnte es kaum glauben. Du solltest dir das mal ansehen, Mick.«

Der Wetterbericht fängt an. Der Typ sagt, im August habe es Rekordtemperaturen gegeben, und im September werde es so weitergehen. Mick erinnert sich, wie Cathy einmal in diesen Marks & Spencer's gegangen war und wie sie den Laden gefunden hatte. Sie war nur mit einer Tüte Kartoffeln und Gehacktem heimgekommen. Und keineswegs beeindruckt gewesen. Die sind scheißteuer, lautete ihr Urteil.

»Die neuen Wohnblocks am Hafen habt ihr doch auch gesehen, oder?«, sagt Robbie nach einer Weile und blickt Lynn dabei an.

»Ja. Du hast sie mir doch gezeigt, nicht, Alan? Sehr modern. Es war Zeit, dass sie aus all den toten Flächen am Fluss was gemacht haben.«

»Findest du?«, fragt Robbie und schiebt sich eine Gabel Bolognese in den Mund.

»Ich schon«, schaltet sich Jenna ein, die wahrscheinlich Robbies Stimmung wittert. »Besser erschließen als brach liegen lassen.«

»Da hast du's, Dad. Da solltest du dir was besorgen. Du könntest einen kleinen Balkon haben, draufhocken und aufs Wasser schauen.«

Jenna wirft Robbie einen Blick zu, der, weil sie so nah beieinandersitzen, direkt Mick trifft.

»Es bringt nichts, alles so verfallen zu lassen wie davor. Diese Kräne und die ganzen verfallenden Docks. Zum Beispiel ist das nicht ungefährlich. Du bist bloß ein Dickkopf, Robbie, und das weißt du auch.«

Er fühlt sich unwohl, als die beiden neben ihm zu streiten anfangen. Er steht auf. Außerdem muss er nach oben und nachsehen, wie viel noch in seinem Portemonnaie ist, für die Einkäufe. Beim Rausgehen fängt er an, die leeren Teller vom Boden einzusammeln. Augenblicklich geht Jenna ihm zur Hand und greift nach den Tellern der Highlander, bevor er dazu kommt. Vielleicht ist es keine Absicht, aber man weiß nie. Jenna ist einfühlsam. Sie weiß Bescheid.

In der Küche stapeln sie die Teller neben der Spüle. Sie wollen gerade wieder zurückgehen, als sie auf der Arbeitsplatte ihre Hand leicht auf seine legt.

»Du bist ziemlich still heute, Mick. Wie geht's dir?«

»Na ja, weitermachen eben.«

Sie lächelt. »Bestimmt nicht leicht, wenn man ...«, sie zieht leicht die Brauen hoch, »... die Bude voll hat.«

Er fühlt sich unbehaglich, weil sich ihre Hände dort so berühren. Irgendwie schuldig, auch wenn das albern ist.

»Weißt du, du solltest keine Angst davor haben, mit deinen Jungs zu reden. Auch mit Craig. Er trauert, deshalb ist er so.«

Er versucht ein Lächeln. Jenna ist eine Gute. Cathy hatte sie immer gemocht. Sie ist konsequent, so ist es. Aufrichtig. In dem Punkt ist sie wie Robbie, nur nicht so sehr auf Streitgespräche aus.

»So einfach ist es nicht. Er gibt mir die Schuld.«

»Sollte er nicht. Das ist egoistisch.«

»Na ja, vielleicht.« Er sieht weg, den Flur entlang. »Er behält alles für sich. Mit seiner Mutter hat er geredet.«

»Oberquark. Du bist hier. Und Robbie. Er kann mit dir reden.« Sie nimmt ihre Hand weg.

»Na komm«, sagt sie, »schaun wir mal, wie die Party so läuft.«

»O.k. Bin gleich da. Ich geh nur mal aufs Klo.«

Er geht rauf ins Schlafzimmer. Eine Zehnpfundnote und ein bisschen Kleinzeug, mehr hat er nicht. Das kann er nicht anbieten. Wenn er morgen wieder früh aufsteht, kann er vielleicht schnell mal zum Bankautomaten laufen, bevor die anderen auf sind. Nachsehen, was auf dem Konto ist, und Alan anschließend seinen Anteil geben. Er wird es ihm später am Abend sagen, ja genau.

Nicht unbedingt fröhlich, die Stimmung im Wohnzimmer. Alle sitzen auf denselben Plätzen, in der Ecke läuft lautstark der Fernseher. Als käme man in den Warteraum eines Krankenhauses, in dem ein Haufen nervöser Unbekannter so tut, als wäre die Fernsehwerbung interessant – wer weiß, vielleicht sollte er ihnen ein paar alte Zeitschriften bringen, in denen sie blättern und sich mit Horoskopen und unaktuellen Fernsehprogrammen ablenken können.

Er setzt sich auf seinen Platz. Schaut sich im Zimmer um. Himmel, wie lange soll das noch weitergehen?

Jenna sagt was. »Wann musst du wieder in die Werkstatt, Craig?«

Alle drehen sich zu ihm um und sehen ihn an. Sein Blick bleibt auf den Fernseher gerichtet.

»Weiß noch nicht. In ein paar Tagen. Kommt drauf an, wie viel Aufträge da sind.«

»Bleibst du hier oder fährst du in deine Wohnung zurück?«

»Ich fahr zurück. Von hier ist es zu weit zum Pendeln.«

Sie drängt ihn nicht. Es ist nur zu deutlich, dass dies alles ist, was er dazu sagen wird, und im Zimmer herrscht wieder Schweigen, als sich alle wieder dem Fernseher widmen. Ein Quiz. Zwei Familien aus Englandshire wetteifern um das schier unglaubliche Preisgeld. Der Scheinwerfer ist gerade auf einen kahlköpfigen stolzen Onkel gerichtet, der zum Familienexperten für geografische Themen erkoren worden war. Ein bisschen Small Talk mit dem Showmaster, während in der Bildschirmecke der Countdown eingeblendet wird. Sind Sie sicher, wird er gefragt. Ist er. Es ist seine Lieblingskategorie, wenn sie an Weihnachten *Trivial Pursuit* spielen. Dünnes Lächeln auf den Plätzen der Familie.

Jetzt ist es der Fernseher, der zu ihrem emotionalen Zentrum geworden ist. Bis gestern war es noch Cathy. Ihr Bett auf der Station, als lediglich Robbie und Jenna im Haus waren, und dann, als sie starb, die Ankunft der Highlander und all die Sachen, die für das Begräbnis geregelt und organisiert werden mussten: Leichenbestatter, Friedhof, Leichenfeier, Hausarzt, Meldeamt, Rathaus. Jetzt, wo das alles vorbei ist, gibt's für sie nichts mehr zu tun, außer am Fernseher zu kleben. So war's doch: Wenn es das Ding nicht mehr täte, wären sie absolut angeschissen. Oder würden vielleicht nach Hause fahren. Er linst kurz rüber zu Craig. Der sitzt da, die Arme verschränkt, und starrt mit leerem Gesichtsausdruck vor sich hin. Komm mir bloß nicht zu nahe, besagt das. Komm mir bloß nicht zu nahe, oder ich mach dich platt. Jenna hat recht, er muss einen passenden Augenblick finden, um mit ihm zu reden. Sonst ist er ohne ein Wort weg, und weiß der Himmel, was danach kommt. Vermutlich Schweigen.

Er hat ja selber Schuld daran, das weiß er nur allzu gut. Eigentlich hat er nie groß versucht, mit dem Jungen zu reden. All die Jahre über hatte er immer nur im Wohnzimmer gesessen, wenn Craig zu Besuch gekommen war, und ihn in der Küche mit seiner Ma schwatzen lassen. Das summiert sich schneller, als man glaubt, all diese Zeit. Man sieht nicht mehr, dass sie es ist, die alles zusammenhält, und dass ohne sie – was für eine Beziehung hatten sie denn eigentlich? Obendrein ist der Junge praktisch der Überzeugung, er, Mick, habe sie auf dem Gewissen, was sich als kleines Gesprächshindernis erweisen könnte.

Alan steht auf und fragt, ob irgendwer was aus der Küche will. Er geht aus dem Zimmer und schließt die Tür leise hinter sich. Einen Augenblick später – in dem der kahlköpfige Onkel die Aufmerksamkeit der Kameras verliert, weil er sich als Familienexperte für geografische Themen blamiert hat – geht Mick ihm nach. Er tritt genau in dem Moment in den Vorraum hinaus, als Lynn alle darauf hinweist, dass sie zwei der Antworten wusste.

Alan steht über den offenen Kühlschrank gebeugt. Mick kommt rein, und er sieht zu ihm hoch, während er eine Flasche Wein herausholt und auf die Arbeitsfläche stellt.

»Willst du ein Glas, Mick?«

»Nee danke, für mich nicht. Ich hab's nicht so mit Wein.«

Er bleibt an der Arbeitsplatte stehen und schiebt den großen Berg Post zu einem etwas ordentlicheren Stapel zusammen.

Alan holt sich ein Glas aus dem Schrank, zieht eine Schublade auf, nimmt den Korkenzieher raus und macht seinen Wein auf. Mick drückt sich in der Ecke herum. Er kommt sich vor wie ein verdammter Besucher. Alan nippt an dem Wein und stellt die Flasche in den Kühlschrank zurück.

»Gehst du immer noch oft zu den Rangers, Mick?«

»Nee, weniger. Als Cathy krank wurde, war ich ...«

»Nein, tut mir leid. Kann mir nicht vorstellen, dass du da ...«

Er nimmt noch einen Schluck Wein. Mick fingert an den Umschlägen herum. In Wahrheit ist es fast zehn Jahre her, nachdem Robbie ausgezogen war, dass er ins Stadion ging. Und die Jahreskarten werden auch teurer. Er steckt die Post neben den Minifernseher. Noch so was, worum er sich bald kümmern muss. Braune Umschläge. Manche kommen vom selben Absender. Stadtverwaltung. Wohnungsgesellschaft. Auf den meisten steht noch ihr Name. Wie läuft das da ab bei denen? Informiert das Meldeamt alle zuständigen Behörden? Ihr Computer sagt meinem Computer, dass Soundso aus der Kartei gestrichen werden muss. Trotzdem, man weiß doch, wie das mit diesen Arschlöchern ist: Wahrscheinlich musst du ihnen alles selber mitteilen. Zehn Minuten in der Warteschleife, bloß um dann einer armen, gelangweilten Tussi in einem Callcenter in East Kilbridge zu sagen, dass du eine Änderung der Lebensverhältnisse anzeigen willst. Ich ruf Sie bloß an, um mitzuteilen, dass meine Frau gestorben ist. Sehr korrekt von Ihnen, Mr. Little, ich werde es ins System eingeben.

Alan starrt raus in die Dunkelheit vor dem Fenster und trinkt seinen Wein. Dann dreht er sich zu ihm um.

»Wie läuft's mit der Arbeit?«

Plötzlich haben die beiden unerwartet ein richtiges Gesprächsthema.

»Na ja, schon 'ne Weile her, dass ich gefahren bin.«

»Und was glaubst du, wann du wieder anfängst?«

»Keine Ahnung. Ziemlich bald. Sie sagten, nimm dir Zeit, solange du willst.«

»Anständig von ihnen.«

»Na ja. So viel zu tun haben sie nicht.«

Er hätte das mit dem Geld früher ansprechen sollen. Prompt und schnörkellos.

»Mick, weißt du, du darfst nicht glauben, Cathys Familie wäre nicht für dich da. Ist sie. Es war für alle schwer.«

»Sicher war es das.«

»Das war wirklich ein harter Schlag.« Er hört sich an, als ginge es um die Schließung einer Poststelle. »Hör mal, du kannst jederzeit zu uns raufkommen und bei uns wohnen. Du bist mehr als willkommen. Zum Essen. Mit dem Boot rausfahren.«

»O.k., danke.«

Alan streicht über den Stiel seines Weinglases. Er dreht sich wieder um und sieht in den kleinen schäbigen Garten hinaus.

»Hör mal, diese ganzen Einkäufe ...«, setzt Mick an. »Kann ich mich da beteiligen?«

Alan dreht sich zu ihm um. »Nein, Mick, musst du nicht.«

»Möchte ich aber. Ich will, dass wir unseren Anteil beisteuern.« Er blickt durch den Flur auf die Wohnzimmertür, als hätten ihn die anderen als eine Art familiären Betriebsratsvorsitzenden hergeschickt.

»Ich nehme es aber nicht. Es war sowieso zu viel. Ich will nicht, dass du das ...«

»Warte kurz hier, ja?« Er geht aus dem Raum und lässt Alan an seinem Weinglas herumfingernd zurück.

Als er zurückkommt, steht Alan noch da wie zuvor.

»Hier.« Er hält ihm den zerknitterten Zehner hin. »Ich geh morgen früh zum Bankautomaten, aber das hier ist schon mal fürs Erste.«

Der Schwager blickt einen Augenblick lang auf den Schein. »Na gut, Mick.« Mit einer langsamen Bewegung nimmt er ihn. »Danke.«

Er stellt sein Glas neben sich ab und holt sein Portemonnaie aus der Hosentasche. Als er es aufklappt und den Schein ins hintere Fach schiebt, sieht man eine Ausweiskarte – seine Stirn ragt aus einem der Kartenschlitze. Wieso hat er so eine noch? Er hat vor über fünf Jahren aufgehört. Sie müssen ihn irgendwie weiterbeschäftigt haben – als Gutachter oder so was. Als Berater. Ich rate Ihnen Folgendes: Wir haben nicht genug Aufträge für neue Schiffe, und die Werft macht nicht genug Gewinn, also weg mit den dämlichen Kostenfressern – schmeißt die Kerle raus. Er nimmt sein Glas und geht an Mick vorbei zur Tür. »Im Kühlschrank ist Bier, falls du eins willst«, sagt er über die Schulter.

Mick sieht ihm nach; die Karten im Flur bewegen sich im Luftzug, als er mit seinem breiten Kreuz an ihnen vorbeigeht. Er bleibt noch eine Weile in der Küche und starrt in Richtung Haustür. Dann macht er den Kühlschrank auf und nimmt sich eine Dose. Trinkt die Hälfte in einem Zug. Stellt sie wieder hin und wischt sich den Mund.

Wichser.

3.

Es ist heiß, und er kann nicht schlafen. Der Wecker auf der anderen Bettseite geht auf drei zu. Die letzten Nächte waren rein zum Ersticken, und inzwischen hat sich die Hitze in den oberen Räumen gestaut, und kein Lüftchen vertreibt sie. Vorhin waren Robbie und Jenna vorm Schlafengehen ein bisschen Luft schnappen gegangen und hatten hinterher berichtet, draußen sei es fast so schwül wie drinnen. Dann ging auch Craig raus, allein, wie schon an den Abenden zuvor. In die Kneipe – man konnte es riechen, wenn er wiederkam. Mick war seinetwegen aufgeblieben, nachdem die anderen sich ins Bett verzogen hatten, aber Craig kam später zurück als sonst, und schließlich entschied er, es sei nicht der richtige Zeitpunkt, und hakte es ab.

Er steht auf und macht das andere Fenster auf. Kein Unterschied. Er lässt es trotzdem offen und steigt wieder ins Bett. Sie hätte nicht gewollt, dass er es offen lässt. Luftzug hin oder her. Sie hasste Frösteln so sehr, dass sie neben ihm rummeckerte, die Decke bis zum Kinn hochgezogen und fest in sie eingemummelt. Eine weiche, vertraute Wölbung im Bett. Er starrt auf den Wecker und wartet darauf, dass die Minutenanzeige umspringt. Dieses Zimmer ist nicht wie die anderen. Hier hat sie noch mitzureden: der Spiegel mit dem Sammelsurium von ausgeschnittenen Rezepten und Ferienpreisausschreiben, die unter dem Rahmen klemmen; der Wust von

Zeitschriften an der Wand; das elektrische Heizgerät mit dem kaputten Abdeckgitter auf der anderen Seite des Betts.

Er steht wieder auf, weil er zur Toilette muss. Anschließend geht er in die Küche runter, wo er den Minifernseher ohne Ton anstellt, und setzt sich an den Tisch. Schon wieder ein Quiz. Eine junge Frau moderiert. Sie hat dieses leicht irre Lächeln im Gesicht, als sie den Hörer abnimmt und darauf wartet, dass der Anrufer den fehlenden Begriff errät. Das erste Wort ist »Eisen«. Der Typ am Telefon ist sich ziemlich sicher, dass er es weiß. »Statue«, sagt er. Die Kleine dreht sich in vorgetäuschter Aufregung zu dem riesigen Bildschirm hinter sich um. »Sehn wir mal, ob das da steht ... Nein!« Sie schlägt sich auf den Schenkel. »Dieses Mal nicht, Terry.«

Es ist ziemlich offensichtlich, dass die Leute, die morgens um drei wegen so was anrufen, entweder voll oder nicht ganz dicht sind. Die Nächste, eine schrille Frau namens Christie, könnte beides sein. »Ist es ›Brett‹?«, fragt sie. Ist es nicht. »So ein Pech, Christie. Mehr Glück beim nächsten Mal.« Im Gesicht der jungen Frau blitzt so etwas wie Hoffnungslosigkeit auf. Ich hoffe, sie bezahlen dich gut dafür, Mädchen. Er schaltet aus und steht auf, um wieder ins Bett zu gehen.

3 Uhr 54. Der Wecker, das ist auch sie. Sie hat ihn vor Jahren für seine aufgesparten Tankgutscheine vom Taxi bekommen. Als er vor ein paar Tagen die Sachen auf ihrem Nachttisch aufräumte, war er auf den Boden gefallen und der Stecker rausgerutscht. Zeit und Datum neu einzustellen erwies sich als Ding der Unmöglichkeit – in all den Jahren hatte er nie rausgefunden, wie das Ding funktionierte. Aus diesem Grund war der Wecker in den vergangenen beiden Nächten immer irgendwann in den frühen Morgenstunden losgegangen. Beide Male hatte es ihn eine verdammte Ewigkeit gekostet, rauszukriegen, welcher Knopf ihn zum Schweigen brachte.

Den Rest der letzten Nacht hatte er dann damit verbracht, ihn endlich richtig einzustellen: Zeit, Datum, Scheißding. Aber es hatte ihn nicht wirklich sauer gemacht. Wach war er ohnehin gewesen.

Er rollt sich auf die andere Seite des Betts. Er hätte genauso gut in der Küche bleiben können. Bei dem Quiz anrufen können. *Eisenzeit. Eiserne Lady.* Die deutliche Erleichterung im Gesicht der jungen Frau, dass sie heute Nacht nicht der einzige normale Mensch ist, der auf ist. Unten in der Küche und auch im Wohnzimmer sind die Dinge einfach Dinge – in denen ist sie nicht gegenwärtig. Schwer zu sagen, warum das so ist, wo sie doch das meiste davon angeschafft hat, aber so fühlt es sich an – anders als hier oben in diesem Zimmer. Hier ist er von ihr umgeben, aber er selber ist nicht Teil davon. Komisch, diese andere Bettseite. Unbekannte Hubbel und Knubbel, wo die Sprungfedern an die Matratze drücken. Er hat ein eigenartiges Bewusstsein davon, wie es sich für sie auf ihrer Seite angefühlt hat. Er bleibt noch eine Weile liegen und starrt auf den Wecker, bis er kurz nach fünf aus dem Bett steigt und sich daneben auf den Boden legt. Die Bettdecke zieht er zu sich herunter.

Unterm Bett liegt eine Rolle Klopapier. Und eine kaputte Sonnenbrille. Er sollte hier mal sauber machen, geht ihm durch den Kopf, als er schließlich eindämmert. Setz das auf die Liste.

4.

Ein Friedhofsarbeiter ist damit beschäftigt, einen Plattenweg zu kehren; den Dreck sammelt er in einer Schubkarre. Er hat den Mann dort an jedem der letzten Tage vor dem Grab seiner Frau gesehen: kommt morgens und steht lange da und starrt zu Boden. Es ist offensichtlich, dass er eine schwere Zeit durchmacht, deshalb hält er jetzt bewusst Abstand, als er den Weg säubert und den Bereich um eine Parzelle herum vorbereitet, die er später an diesem Morgen ausmessen und markieren muss.

Auch die übrigen Familienmitglieder hat er hier gesehen. Sie kommen alle zu unterschiedlichen Zeiten. Von seinem Chef weiß er, dass es schon vor dem Trauergottesdienst etliche Probleme bezüglich der Herrichtung gab. Ein Typ, der der Bruder der Verstorbenen zu sein scheint, kommt mit seiner Frau, und sie bleiben nur kurz und ordnen die Blumen neu; dann der Sohn mit dem komischen Akzent: Der kommt nach dem Mittagessen und hält die ganze Zeit die Hand seiner Partnerin; und wenn die anderen weg sind, erscheint der ältere Sohn. Er bleibt immer am längsten. Gestern saß er fast den ganzen Nachmittag im Gras neben dem Grab, holte irgendwann ein Buch hervor und las einfach.

Er schiebt die Schubkarre über den Rasen zum Geräteschuppen, wo er sie samt Besen und Schaufel verstaut. Er füllt einen Eimer mit Wasser und nimmt sich eine harte Bürste, ein

Paar schwarze Gummihandschuhe und einen Behälter mit Lösungsmittel von einem Regal, dann geht er aus dem Schuppen und runter zur Straße. Die Friedhofsmauer ist wieder beschmiert worden – K.A.H. ist in großen schwarzen Buchstaben auf den Beton gesprayt –, und er kniet sich aufs Pflaster, um sie mit dem dickflüssigen Lösungsmittel abzuschrubben. Von hier aus kann er gerade noch den grauhaarigen Kopf des Mannes sehen, der am Grab seiner Frau trauert. Armer Teufel. Nach dem Gottesdienst hatte irgendwie eine komische Atmosphäre geherrscht, und die Vermutung liegt nahe, dass die Beziehungen innerhalb der Familie nicht die besten sind. Immer geht es irgendwo um was. Seinem Chef nach war der hier auf der Werft. Der gesamte Weg ist mit den Namen von Werftarbeitern gesäumt, die vor ihrer Zeit den Löffel abgeben mussten. Eine ganze Belegschaft da unter dem Rasen, hatte er den Standesbeamten vor einiger Zeit sagen hören, und das würde schon stimmen, wenn nicht so viele von ihnen die Frauen und die Kinder wären. Ein paar Minuten lang scheuert er weiter die Mauer – die Buchstaben gehen nicht weg, aber mehr kann er nicht tun; jetzt das Lösungsmittel und dann die Sonne, die draufknallt, bis die Mauer am Ende des Sommers wieder gestrichen wird. Als er fertig ist, nimmt er den Eimer und den Behälter und geht durch den Friedhof zurück, vorbei an dem Mann, der jetzt am schwarzen Eisengitter auf der anderen Seite des Grabs steht und daraufstarrt.

Mick liest die Trauerschleifen an den Blumensträußen. Von den Highlandern ist ein neuer dicker Strauß da, den sie von Marks & Spencer's haben müssen. Ein kleinerer von Pete und Mary. Er legt die Schleifen so zurück, wie sie waren, und schickt sich zum Gehen an. Die ersten paar Male, als er herkam, war er fast eine Stunde geblieben und hatte auf den Hügel noch nicht eingesunkener Erde gestarrt. Er versucht sie sich vorzustellen, aber das ist nicht leicht. Jedes Mal läuft es darauf hinaus, dass er einfach dasteht, zu spüren versucht, dass sie da ist, ihr Gesicht zu sehen versucht, aber es geschieht nicht, das ist die Wahrheit – er könnte genauso gut einen Automotor anstarren und würde genauso viel Nähe erfahren.

Vielleicht fühlt es sich anders an, wenn der Grabstein erst mal steht. Obwohl noch nicht mal das problemlos abgelaufen war. Er hatte die Inschrift festgelegt, Alan hatte bezahlt. Das Einzige, wobei sie halbe-halbe gemacht hatten, war der Sarg gewesen. Beim Bestattungsunternehmer hatte Mick ein bescheidenes, einfaches Modell verlangt und erklärt, dass sie so etwas gewollt hätte, obwohl er natürlich genau wusste: Hätte sie mitreden können, hätte sie das teuerste Exemplar im Laden genommen. Er dreht sich weg, um zu gehen, schaut dabei auf den Platz neben ihr, üppig begrünt und gut gepflegt; die Stiele der Blumensträuße sind darüber ausgebreitet, als wolle sie ihm einen Platz im Bus frei halten.

Als er heimkommt, sind die Highlander in der Küche; sie beobachtet aufmerksam den Grill, er hat einen Topf in der Hand.

»Ist Craig irgendwo?«, fragt er, den Kopf durch die Tür gesteckt. Würstchen mit Bohnen offenbar.

»Im Bad, glaube ich«, sagt Lynn. »Lust auf Frühstück?«

»Ja, danke«, sagt er und beäugt die Würstchen, während sie sie wendet. »Bin in einer Minute da.«

Er geht nach oben und wartet hinter der Schlafzimmertür in der Hoffnung, Craig abzupassen, wenn er vorbeigeht. Doch als die Badezimmertür klickt und er auf den Flur tritt, ist es Robbie, der rauskommt. Sie bleiben beide kurz am Treppenkopf stehen.

»Am Grab gewesen?«

»Mhm, bin gerade zurück.«

»Alles in Ordnung bei dir?«

»Ja, mir geht's gut, Rob, danke.«

In der Küche bedienen er und Robbie sich aus den Schüsseln auf dem Tisch und gehen ins Wohnzimmer, wo die anderen schon essen.

Robbie und Jenna teilen mit, sie hätten ihren Flug gebucht. Montag früh. Sie haben einen Zwischenstopp in Hongkong und hätten dort über Nacht bleiben können, aber sie wollen zurück zu dem Baby. An dieser Stelle fängt Lynn an, die Geschichte von ihrem Trip nach Indien vor ein paar Jahren zu erzählen: dass der Flug ein Horror war und die Einheimischen sich wie Sardinen in die Züge quetschen und dass es Kühe auf den Straßen gibt, aber wenn man sich einen Fahrer mietet, dann hupt er deswegen nicht mal. Mick interessiert sich nicht besonders für eine weitere von Lynns Geschichten; er überlegt stattdessen, wie er Craig beiseitenehmen kann. Die besten Chancen bestehen eindeutig, wenn's im Haus ruhiger ist und die Highlander auf einer ihrer Besichtigungstouren in den botanischen Garten oder zum Tenement House sind. Er muss nur warten und den richtigen Moment erwischen. Ihn abpassen, bevor er zum Grab geht.

Aber die Highlander haben sich aus irgendeinem Grund gegen einen Ausflug entschieden. Den ganzen Vormittag machen sie Wirbel im Haus, was bedeutet, dass der richtige Moment nicht kommt, daher ist Craig schon aus dem Haus, als Robbie und Jenna am frühen Nachmittag vom Grab zurückkommen. Wie an den anderen Tagen bleibt er lange weg und kommt erst nach sechs zurück, als im Haus viel los ist und die Highlander schon wieder ein Essen zubereiten. Erst danach und nach dem abendlichen Fernsehen hat er eine Gelegenheit, als Craig aufsteht und sich verziehen will. Er verabschiedet sich und geht in den Vorraum, um seine Jacke anzuziehen. Mick erhebt sich und folgt ihm.

Er steht an der Haustür, die Jacke an, und kramt in den Taschen.

»Wenn's dir nichts ausmacht, komme ich auf einen Absacker mit«, sagt Mick und nimmt seine eigene braune Jacke vom Haken. Er spürt Craigs Blick auf sich ruhen.

»O.k., wenn du willst.«

Sie gehen flott den Bürgersteig runter. Hinter Fenstern flackert das blaue Licht von Fernsehern, vor ihnen Köpfe, Bierdosen und Kinder. Craig gibt ein ziemliches Tempo vor. Sie gehen Seite an Seite, und er hat Mühe mitzuhalten.

»Du gehst ins *Empress,* oder?«

»Meistens. Schön ruhig da.«

»Tja, nichts ändert sich, wie?« Er verlangsamt seinen Schritt, damit Craig an einem Laternenpfahl vorbeikommt, und eilt dann hinterher.

»Viele da, die du kennst?«

»Eigentlich nicht. Bloß Desmond.«

Er gluckst. »Genau, was ich meine: Nichts ändert sich.«

Desmond. Eine angenehm vertraute und beruhigende Erscheinung. Das über die kahlen Stellen gekämmte Haar kräuselt sich unter den Thekenstrahlern; die großen Kartoffelhände, die Whiskygläser unter den Abtropfsieben aufreihen, um noch die letzten Tropfen aus den Zapfhähnen einzufangen. Er sollte sich noch mal bei ihm für die Totenwache bedanken, denkt er, als sie auf die Hauptstraße einbiegen. Ziemlich was los diesen Abend; vor dem *Brazier* stehen Raucher, und vor der Tür der Pommesbude hat sich eine Schlange gebildet. Die Rangers hatten zwar auswärts gespielt, aber es sind immer noch viele Fans unterwegs. Die beiden marschieren weiter. Sie wollen unbedingt weiter und sich mit einem Bier hinsetzen. Es steht nicht Des hinter der Theke. Sondern eine Frau, die er nicht kennt, als er die Getränke holt und Craig sich an einen Tisch in der Ecke setzt. Allerdings stehen die Whiskygläser unter den Abtropfsieben, also muss er irgendwo in der Nähe sein. Vermutlich liest er im Hinterzimmer seine Krimis. Ein Glas *Grouse*. Im Aschenbecher klemmt eine Kippe. Wag's bloß nicht, mich zu nerven, Kleine, wag's verdammt noch mal bloß nicht.

Sie hält das Glas unter den Hahn und lässt den Schaum über den Rand laufen, der sich langsam in dem Whiskyglas darunter sammelt. Mick dreht sich um und schaut zu Craig rüber, der am Fenster sitzt und zu den Fußball-Highlights hochsieht. Warum sind sie jetzt noch mal hier? Es ist ihm nicht mehr ganz klar. Was hat er erwartet – einen netten kleinen Schwatz? Der wird mit absoluter Sicherheit nicht stattfinden, und doch sind sie hier; er hat sich dem Jungen aufgedrängt, mit ihm einen trinken zu gehen, aber jetzt, wo sie hier sind, weiß er genau, dass es nur im Streit enden kann. Nur, welche Wahl hat er denn? Keine. Sie müssen irgendeine Art von Gespräch führen, was auch immer sonst noch passiert. Es ist nicht seine Schuld, dass der Junge dasitzt wie ein Kochpott und man nicht an ihn rankommt. Jedenfalls nicht ganz seine Schuld; nicht hundert Prozent.

Er bezahlt die Getränke. Als er sie vom Tresen nimmt, sieht er auf der anderen Seite des Thekenraums eine unverkennbare, über ein Guinness gebeugte Gestalt sitzen.

»Pat«, ruft er rüber. Keine Reaktion, daher stellt Mick die Gläser für einen Augenblick ab, um hinzugehen und kurz Hallo zu sagen.

»Pat.«

Er sieht auf.

»Mick. Wie geht's dir?«

»Gut. Ich halt den Deckel drauf, weißt du.«

Pat sieht durch den Thekenbereich auf die beiden Biere, die auf dem gegenüberliegenden Tresen stehen. »Du hast die Verwandtschaft da, wie?«

»Mhm. Alle.«

»Es war am Dienstag, hab ich gehört.«

»Ja, genau.«

Pat nickt. »Mein Beileid, Mick.«

Damit wendet er sich wieder seinem Bier zu, und das Thema ist erledigt. Beileid ausgesprochen. Sie verabschieden sich.

Auf der anderen Seite nimmt Mick die Biergläser und betrachtet Pat einen Moment lang, wie er sein Guinness nippt. Er ist eindeutig in schlechterem Zustand als bei der letzten Begegnung. Seine Nase sieht mittlerweile übel aus, wund und geschwollen und von dünnen Äderchen durchzogen. Wen wundert's? Der Bursche kommt seit Jahrzehnten her. Er gehört zur Einrichtung. Er saß schon vor fast dreißig Jahren genau dort, als er und Cathy aus Australien wieder hergezogen waren. Schon da fügte sich seine brummige Art in den Anblick und den Geruch der Kneipe – als ein elementarer Bestandteil von ihr, genau wie die gerahmten Kriegsschiffe an den Wänden oder der große dunkle Fleck an der Decke. Es gab nur eine kurze Phase, nachdem das Rauchverbot erlassen worden war, in der er nicht mehr kam. Die großen Hände auf die Theke gestützt, hatte Desmond ihm erklärt, er habe keine andere Wahl, als mitzuziehen. Die Geldstrafe würde er nicht riskieren. Pat war einfach von seinem Barhocker aufgestanden und gegangen. »In Ordnung. Geh ich eben woandershin.« Und er war um die Theke herum- und rausgegangen, einfach so – die Tür hatte er leise hinter sich geschlossen. So bin ich, Kumpel, nämlich weg. Mein Beileid. Keinen Monat später war er allerdings wieder zurück. Stieg auf seinen Hocker an der

Theke und bestellte sein Guinness, als wäre nie etwas geschehen. Es wurde kein Wort über den Vorfall verloren, und es war Pat nicht anzumerken, dass er noch einen Gedanken daran verschwendete, außer dass er jetzt, wenn er zum Rauchen rausgeht, seinen Glimmstängel immer schon anzündet, wenn er die Kneipe durchquert, und seinen ersten Zug noch im Vorraum macht, bevor er die Tür öffnet.

»So, hier, mein Sohn.« Mick stellt die Gläser auf den kleinen Tisch und setzt sich ihm gegenüber.

»Prost.« Craig nimmt einen Schluck von seinem Bier und sieht wieder zum Fernseher hoch. Mick schließt sich an. Hibernians gegen Aberdeen. Nicht gerade das umwerfendste Programm. Die Stimme des Kommentators bildet das Hauptgeräusch im Raum, der ziemlich leer ist. Ein paar Tische weiter drüben sitzt schweigend ein Mann mit seiner Frau; neben der Klotür hört man gelegentlich das Jaulen und Scheppern des Spielautomaten, an dem ein junger Typ zugange ist.

»War das Rangers-Spiel schon dran?«, fragt Mick.

»Noch nicht. Aber sie haben gewonnen.«

Jenseits der Theke, hinter Pat, sitzen zwei Alte auf der ausgeblichenen roten Wandbank, die den Gastraum umsäumt, und schwatzen miteinander. Er nimmt einen tiefen Zug und beobachtet Craig über den Glasrand hinweg.

»Wann warst du zum letzten Mal da?«

»Was?«

»Ich meine, wann warst du zum letzten Mal da?«

»Was meinst du? Wann war ich wo?«

»Ibrox.«

»Ach so. Jahre her. Vermutlich mit dir.«

»Himmel, das ist echt lang her. Gegen Motherwell, oder? Zwei null, wenn ich mich recht erinnere.«

»Gegen die Hearts.«

»Ah ja, stimmt, genau.«

Sie verstummen wieder. Sehen dem Fußballspiel zu. Die Celtic-Partie kommt, und der Mann und seine Frau drehen sich um, um auf den Bildschirm zu sehen. Sie hatten ein Heimspiel – er kann nicht erkennen, gegen wen, aber wer auch immer es ist, wie es aussieht, hat Celtic sie fertiggemacht. Das also hat er die ganze Zeit gemacht, denkt er mit plötzlichem Mitleid. Hier hocken und sich diesen Mist allein ansehen? Ist es so schlimm, dass ihm das lieber ist, als zu Hause zu bleiben? Offensichtlich. Aber was kann *er* dagegen tun?

Es gibt nichts, was er sagen kann, um alles wieder ins Lot zu bringen, nicht jetzt, das wäre zu aufgesetzt, und der Junge ist auch eindeutig nicht in der Stimmung, zuzuhören, weshalb ihn alles, was er sagt, noch mehr aufwühlen wird. Ehrlich gesagt, wäre es das Beste für ihn, wieder in seine Wohnung auf der anderen Seite der Stadt zu fahren. Wieder arbeiten zu gehen. Seine Kumpel zu treffen. Er tut sich keinen Gefallen, wenn er hier rumgrübelt, und – was immer man auch davon halten mag – es wird morgen eine Erleichterung sein, wenn er weg ist. Na bitte. Er gibt es zu. Der Rabenvater lässt es endlich raus. Das Celtic-Spiel läuft noch – drei null, vier null, vielleicht noch mehr –, aber Micks Blick gleitet vom Bildschirm, und er starrt auf die Wand unterhalb der Halterung des Fernsehers, auf die braun verschrumpelte Tapete, die wie vergammelte Apfelsinenschale aussieht, und auf die in unebenen Reihen hängenden Bilder, Schiffe und Fußballer, wild durcheinandergewürfelt: die *Bloodhound,* HMS *Valiant,* Davie Meiklejohn, HMS *Indomitable,* Willie Johnston, RMS *Empress of Japan,* Alan »The Wee Society Man« Morton. Allesamt hier vom Clyde, handgefertigt und am ganzen Fluss verehrt, Gespräch der Leute beim Abendessen, nach England verkauft. Manche der Spieler haben vielleicht auf diesen Schiffen gearbeitet. Wahrscheinlich sogar; so war das damals. Sie machten ihre Lehre auf den Werften, die schwarze Schwadron, früh raus zur Arbeit, danach schnell duschen und was essen und dann ab auf den Trainingsplatz. Da war ein Typ, mit dem er in der Schule gewesen war, Andy Loy, der war beim Nachwuchs der Rangers: ein klasse junger Spieler, schnell, technisch begabt, aber es reichte nicht ganz. Fast, aber nicht ganz. Er blieb stattdessen bei John Brown und wurde der Rattenfänger der Werft. Eigentlich ein schrecklicher Job, aber der Schwachkopf hatte ihn geliebt. Dieser kleine, stinkende Schuppen, der sein Arbeitsplatz gewesen war – die Regale voll mit Gift und Sprengstoff und verrosteten Waffen –, aber die auf dem gesamten Gelände herumwimmelnden Horden wurden nie weniger, weil Andy seinen Job nicht aufs Spiel setzte und immer nur die Männchen umbrachte.

Der Spielautomat bimmelt und spuckt klirrende Münzen in die Auffangschale. Der Bursche hat einen Glückstreffer gelandet. An seinem Gesicht kann man ablesen, wie erfreut er über das ziemlich lange aus dem Apparat purzelnde Geld ist. Schön für dich, Kumpel. Mick grinst ihm zu, als er mit den Münzen in den hohlen Handflächen auf dem Weg zur Theke vorbeikommt; auch Craig blickt kurz vom Fernseher runter und lächelt schwach. Wenn überhaupt, ist das *sein* Gesicht, nicht das seiner Mutter. Ihre Züge sind ähnlich. Je älter er wird, umso deutlicher wird es. Sogar ein paar graue Haare zeigen sich schon. Noch was, was er ihm entgegenhalten kann.

Er sieht den Jungen noch einen Moment lang an, ehe er sich wieder der Wand zuwendet. Ratten. Das war so was, was sich nie änderte. Als Kind hatte sein Dad ihn manchmal auf die Werft mitgenommen, wenn ein Schiff zur Probefahrt fertig gemacht wurde, und während es ausgeräuchert wurde, standen sie in einer riesigen Ansammlung aus Jungen und

Werftarbeitern und warteten auf den Augenblick, in dem Hunderte von Ratten anfingen, die Befestigungstaue runterzuwetzen, gefolgt von dem Geräusch platzenden Popcorns, wenn alle mit Schaufeln auf sie draufschlugen.

Desmond kommt.

Er steht vor dem Tisch – ein großer Bär, der den Fernseher verdeckt.

»Mick. Schön, dich zu sehen.«

»Gleichfalls, Desmond. Wie läuft's?«

»Nicht schlecht, nee, nicht schlecht. Ziemlich ruhig, aber was soll man machen?« Er klatscht Craig eine Riesenpranke auf die Schulter. »Ist Robbie auch noch hier?«

»Ja. Und die Highlander. Aber die fahren zum Glück morgen wieder.«

»Aha, na ja, ich denke mal, es ist nett von ihnen, so lange zu bleiben. Hat Alan Trouble gemacht?«

»Nee, fairerweise muss man sagen, er war o.k. Und Lynn hat für uns alle gekocht. Ich kann mich eigentlich nicht beklagen. Hör mal, Des, ich wollte mich noch mal bei dir für neulich bedanken. Das...«

»Lass mal, Mick, im Ernst: überhaupt kein Problem. Echt gern geschehen. Außerdem ist es ja nicht so, dass ich mich vor Gästen nicht retten könnte, oder?« Er blickt hinter sich zur Theke. »Pat kam die paar Stunden sicher allein zurecht.« Er gluckst, nimmt die Hand von Craigs Schulter und blickt auf den Tisch. »Noch was zu trinken, Jungs?«

Craig schüttelt den Kopf.

»Nee, im Moment nicht, danke«, sagt Mick.

»O.k., ihr zwei, haltet die Ohren steif. Ich schau besser mal, ob an der Theke alles in Ordnung ist.«

Sein massiger Hintern bewegt sich in Richtung Theke. Sie schauen wieder zum Fernseher hoch, jetzt kommen die Rangers.

Ein frühes Tor. Den Torschützen kennt er nicht. Vielleicht sollte er versuchen, Craig zu einem zweiten Bier zu überreden. Wenigstens irgendwas aus ihm rausquetschen. Zum Beispiel, wie er drüben in Yoker zurechtkommt. Zahlt sich der Job aus? Außer dem bisschen, was Robbie ihm erzählt hat, hat er echt keine Ahnung. Hat er eigentlich eine Freundin? Der Gedanke, ihn so was zu fragen – entschuldige, mein Sohn, aber ich habe mich grade gefragt, triffst du eigentlich zurzeit jemanden, und wie kommt sie mit deinen krassen Stimmungsumschwüngen zurecht? Aber wahrscheinlich wäre er bei ihr gar nicht so. Sie würde ihn schließlich verstehen; sie würde sich die Zeit nehmen und ihm zuhören.

Desmond redet mit der neuen Bedienung und zeigt ihr etwas an der Kasse. Kurz danach gehen sie die Theke entlang, und er zieht ein paar Whiskyflaschen aus ihren Aufhängungen, schraubt den Ausgießer der vollsten ab und beginnt, sie bis auf den allerletzten Tropfen ineinanderzuschütten. Dann kommt die volle wieder in die Aufhängung. Er überlässt ihr die ganzen anderen Flaschen, geht rüber zur Kasse, betatscht vorsichtig seine zurechtgekämmten Deckhaare und beobachtet sie. Mick denkt an die Hand auf Craigs Schulter, und ihm kommt der Gedanke, dass Desmond vielleicht besser darüber Bescheid weiß, was in Craig abläuft, als er. Wenn dies hier sein Unterschlupf ist, den er aufsucht, um dem Haus zu entkommen, *ihm* zu entkommen, dann könnte er Des auch das eine oder andere erzählt haben. Wenn vielleicht auch nicht, wie es ihm geht, vielleicht aber doch was von dem anderen Zeug, also, wie seine Wohnung ist oder sein Job und ob sein Chef ein Arsch ist und all so was.

»Ich geh heim, Dad.«

Craig steht auf, zieht seine Jacke an.

»O.k., mein Junge, ich komm mit.«

Es ist dunkel; sie laufen zurück. Die Straßenlaternen sind an, und es sind nicht mehr so viele Leute unterwegs wie vorhin, obwohl vor der Pommesbude immer noch eine Schlange steht. Sie biegen von der Hauptstraße ab, durch eine Gasse und an einer Gruppe angetrunkener junger Typen vorbei, die im Dämmerlicht eines Hinterhofs Fußball spielen. Es hätte schlechter laufen können, sagt er sich. Es hat zumindest keine Ausbrüche gegeben. Das ist doch schon was. Das Beste ist: Zeit lassen. Lass ihn für eine Weile in Ruhe, ohne dass er den ganzen Tag mit Leuten vor seiner Nase fertig werden muss. Er ist sowieso eher ein Einzelgängertyp, also wird er's schon hinkriegen, wenn man ihm die Zeit dafür lässt. Sie kommen an der Haltestelle am Ende der Straße vorbei, und als sie sich dem Haus nähern, sieht er, dass unten die Lichter aus sind, also müssen Robbie und Jenna schon im Bett sein.

Selbst als er die Haustür aufmacht, erfasst er nicht wirklich, dass sie nicht da sein wird. Kein schlagartiges Bewusstwerden, das ihm eins über den Schädel haut, eher so ein Gefühl, als wäre sie ausgegangen, zum Bingo zum Beispiel, oder so. Er geht in die Küche und nimmt sich ein Glas Wasser, während Craig hoch ins Bad geht. Die Highlander haben sämtliche Dosen und Flaschen in eigene Tragetaschen geräumt, fällt ihm auf. Er trinkt sein Wasser und wartet, bis er Craig die Treppe runterkommen hört. Im Flur gehen sie aneinander vorbei.

»Nacht«, sagt Craig und betritt das Wohnzimmer.

»Nacht, mein Junge. Bis morgen früh.«

In keiner der letzten Nächte hat er in dem Bett geschlafen. Das ganze Bettzeug ist auf den Boden vor der Wand geräumt, mit Robbies alter Isomatte als Unterlage. Da konnte er besser schlafen. Nicht supergut, aber besser. Es dauert jede Nacht immer noch ein paar Stunden, in denen er versucht, die Geräusche von dem verdammten Fred Feuerstein jenseits der Wand auszublenden, bis er wegdöst. Und wenn, dann schläft er in kurzen, tiefen Schüben, wacht oft auf, meistens durch äußerst deutliche, intensive Träume. In den meisten davon kommt sie vor, selbst wenn sie nur eine Statistenrolle einnimmt: Sie überquert die Straße, während er in einem Wagen an der Ampel wartet, oder sie sitzt neben ihm im Bus und isst ein Bratwurstbrötchen. Dennoch handeln die Träume häufiger von ihr – oder von ihnen beiden. In einem Traum war sie in der Küche und machte das Abendessen fertig, im Hintergrund lief irgendein Mist auf dem Minifernseher, und sie spricht mit sich selbst, als er reinkommt, um sich ein Bier aus dem Kühlschrank zu holen. Als sie ihn sieht, fängt sie sofort an, sich zu entschuldigen, sagt, sie habe keine Zeit gehabt, ein richtiges Essen zu machen, deshalb gebe es Schinken mit Ei, und er ist wirklich irritiert, lacht, weil was ist denn falsch an Schinken mit Ei – das ist doch echt gut als Abendessen.

Diese Nacht ist es kälter, und er lässt die Fenster zu. Trotzdem hört er gelegentlich Geräusche von draußen: Eine Tür fällt zu, ein Auto gibt Gas auf dem Weg zum Fluss. Er zieht die Decke fest über sich und fängt an, sich da auf dem Boden ganz behaglich zu fühlen, und – vielleicht liegt es auch an dem Bier – es dauert nicht lange, bis er allmählich angenehm wegdriftet.

Er ist im Bett, und sie liegt neben ihm, zur anderen Seite gedreht, schnarchend. So laut, dass er nicht schlafen kann. Der Lärm steigert sich kontinuierlich zu einem Höhepunkt und stoppt abrupt – einen Augenblick lang herrschen Frieden und Stille; sie liegt da, schnauft, dann geht es von vorn los. Er stützt sich auf den Ellbogen und sieht zu ihr rüber. Das Fleisch ihres Halses staut sich an ihrem Kinn. Er gibt ihr einen Schubs mit dem Ellbogen und legt sich schnell wieder hin. Stille. Ein paar Momente Pause, dann fängt es wieder an. Er stupst sie noch mal, und sie grunzt und hört auf. Er schließt die Augen und tut so, als schliefe er. Sie murmelt ein paar Sekunden lang sinnloses Zeug und wird wieder still. Nach kurzer Zeit merkt er, dass er wieder einschläft, seine Augen werden schwerer, doch dann fängt sie wieder an. Diesmal gibt er ihr einen richtigen Schubs und dreht sich schnell wieder auf seine Seite. Er hört ein Kichern. »Ich weiß schon, was du willst. Willst ihn reinstecken, was?« Er gibt vor zu schlafen, aber er hält es nicht durch, und bald kichert er auch.

Er dreht sich zu ihr um, aber sie ist weg – er sieht sie plötzlich drüben am Kleiderschrank; sie zieht sich an. »Na komm, mach schon. Die machen bald zu.« Er steht auf und zieht sich ebenfalls an, und sie gehen die Treppe runter, aber als sie unten ankommen, befinden sie sich im Unterdeck eines Busses und setzen sich nach hinten über den Motor, weil ihr kalt ist. Mit leichtem Klatschen reibt sie weiter ihre Hände, um sie zu wärmen. Sie wollen aussteigen, und der Fahrer ruft sie nach vorn. Als sie zur Scheibe der Fahrerkabine kommen, schaut er hinein, und es ist die Bedienung aus dem *Empress*. Sie hat lauter Fotos in der Kabine aufgehängt. Zum Beispiel eins von ihren Kindern, zwei kleine Mädchen, die in einem Planschbecken spielen. Sie scheint sich über irgendwas zu ärgern. »Los, steigt schon aus«, sagt sie, also tun sie es und stehen nun auf dem Parkplatz des Supermarkts. Er holt einen Wagen, und sie gehen rein; es ist sehr voll, und man kommt nur schwer durch. Energisch schiebt er den Wagen einen Gang entlang, seine Frau dicht neben ihm, und sie rattert eine Liste von Sachen runter, die sie brauchen: Mohrrüben, Kartoffeln, Klopapier, Blumen. Sie schickt ihn zu den Kühltruhen, ein Hähnchen holen, aber als er es hat, findet er sie im viel zu dichten Gedränge der Einkäufer nicht mehr. Er versucht es, indem er den

Mittelgang runtergeht und nach beiden Seiten Ausschau hält, und er ist ihn zweimal rauf und runter, ehe er sie sieht – sie sitzt an einer der Kassen. Als er sich nähert, sieht er, dass sie einen blauen Kittel und ein Schild der Firma mit ihrem Namen trägt. Er lädt die Sachen aus dem Wagen, und sie zieht jedes Teil über den Scanner, den Kopf gesenkt. Da merkt er, dass sie weint. »Was ist denn los, Mädchen?«, sagt er, aber sie antwortet nicht und scannt weiter die Einkäufe. »Schon gut«, und er versucht, ihre Hand zu nehmen, während sie das Klopapier scannt. »Wir können jetzt gehen«, sagt er. Er kann ihr Gesicht nicht sehen, aber er weiß, dass sie lächelt, und sie steht auf, um die Kassenkabine zu verlassen, aber die Tür ist abgesperrt und geht nicht auf. Sie rüttelt dran, und er hilft ihr, aber sie gibt nicht nach, und er hört, dass sie wieder zu schluchzen anfängt. »Klettere drüber, Mädchen, komm, versuch's mal, ja? Wir können jetzt gehen, schau, ich hab alles eingekauft – siehst du, hier sind die Kartoffeln.«

Er merkt, dass er diese letzten Worte laut gesprochen hat; er setzt sich auf der Matte auf, mit einem Geräusch, als risse man ein Pflaster ab. Er verharrt einen Augenblick mit über den Knien verschränkten Armen, versucht sich zu orientieren und sieht aus dem Fenster, um einen Anhaltspunkt dafür zu bekommen, was real ist. In seinem Kopf herrscht noch immer Konfusion. Er starrt hinaus, und langsam sortiert es sich. In der Nacht draußen steht so was wie ein Mond. Man sieht ihn über den dunklen Hochhäusern, fünf oder sechs schwarze Konturen, in denen nur ein paar Fenster erleuchtet sind, dazu die gelben Wirbelsäulen der Treppenhauslichter – eins, fast ganz oben, flackert.

5.

Craig ist der Erste, der aufbricht. Seine Tasche steht gepackt und griffbereit an der Tür, als die anderen mit dem Frühstück fertig sind.

»Wann musst du morgen arbeiten?«, fragt Lynn, als sich alle im Vorraum versammeln und zusehen, wie er seine Jacke anzieht.

»Ich gehe früh hin. Ich rede mit dem Chef und sehe mal, was anliegt.«

Er umarmt sie steif, und die Übrigen reihen sich im Flur auf, um ihn zu verabschieden.

»Und lass von dir hören«, sagt Alan zu ihm. Was man Leuten eben sagt, die einem fremd sind.

»O. k.«, antwortet Craig, und es hat ausnahmsweise wirklich mal was Komisches – dieser Gesichtsausdruck –, es ist so offensichtlich, dass er sich eher aufhängen würde. Mick blickt zu Robbie rüber und fragt sich, ob er das Gleiche gedacht hat. Doch Robbie wirkt ziemlich ernst. Er ist der Nächste und drückt seinen Bruder fest. Sie wechseln einen schwer zu deutenden Blick. Übereinkunft vielleicht. Uneinigkeit.

Als er an der Reihe ist, ist es schließlich ganz einfach. Da alle anderen zusehen, besteht sowieso keine Möglichkeit für ein kurzes, vertrauliches Gespräch, also bleiben sie nur beim Formalen. Eine kurze Umarmung. Ein Klaps auf den Rücken.

»Du kommst bald mal zum Abendessen, ja?«

»Klar, mach ich.«

Und weg ist er. Weg, um an der Bushaltestelle zu warten und dann quer durch die Stadt zu fahren.

Jetzt sind die Highlander dran. Ein in die Länge gezogenes Tamtam aus Umarmungen und Versprechen, fast wie bei *Cash in the Attic*. Die arme Lynn kann sich schier gar nicht losreißen, so aufgewühlt ist sie.

Am Nachmittag beschließen die drei, einen Spaziergang zu machen. Nachdem die letzten Tage verhangen waren, ist jetzt die Sonne wieder rausgekommen, und sie gehen in den Park, um ein bisschen rumzuschlendern. Es tut gut. Entspannen können und endlich ein bisschen quatschen, ohne dauernd aufpassen zu müssen, jemandem auf die Füße zu treten. Schade, dass nur noch dieser Tag bleibt. Robbies und Jennas Flug geht in der Frühe. Sie haben ihr Taxi zum Flughafen bereits bestellt, und Jenna hat ihre Sachen aus dem Wohnzimmer geräumt. Jetzt, als sie mitten im Park an einer Rabatte mit kleinen Blumen vorbeikommen, fragt Jenna ihn, was er in den nächsten Tagen vorhat, wenn sie weg sind. Er werde auf der Arbeit anrufen, sagt er, um zu hören, wann sie ihn brauchen. Das Haus aufräumen. Den Parmesankäse aufbrauchen. Er grinst, aber die beiden machen weiterhin besorgte Gesichter. Was sie denken, ist einigermaßen klar: Wie wird er allein zurechtkommen? Wird er es hinkriegen? Wird er anfangen zu trinken?

»Wie war's gestern Abend mit Craig?«, fragt Robbie.

»Tja, war gut.«

»Wirklich? Habt ihr geredet?«

»Na ja. Sozusagen. Ich meine, es ist nicht leicht. Aber es hat wenigstens nicht geknallt. Wieso, hat er was zu dir gesagt?«

»Nee. Jedenfalls nicht viel.« Sie werden kurz etwas langsamer, als ein Junge quer über den Weg einem Ball hinterherrennt. »Weißt du, ich hab mich gestern Abend nur gefragt, ob er mit dir vielleicht über Entschädigung und so redet.«

»Nee, hat er nicht. Mit dir etwa?«

»Nicht direkt. Aber ich weiß, dass er drüber nachdenkt. Vor ein paar Tagen hat er erwähnt, dass immer mehr Fälle vor Gericht kommen und dass es ein paar große Siege gab und so. Zum Beispiel letzten Monat, anscheinend, weiß nicht, ob du's mitgekriegt hast, hundertfünfzig Riesen, sagte er.«

»Das ist kein Sieg, Robbie.«

»Himmel, ich weiß. Craig sieht das auch nicht so, weißt du. Er ist sauer, Dad. Er ist einfach sauer. Er braucht wen, der schuld ist. Und die kommen doch genauso infrage, wie sonst wer, oder? Die Arbeitgeber, die Versicherungsgesellschaften. Da hat er doch recht, oder?«

Sie kommen an einem verwüsteten Spielplatz mit einer Schaukel und einer ramponierten Wippe vorbei. Der Sitz der Schaukel ist auf einer Seite von der Kette gerissen und ragt nach unten wie ein gebrochener Knochen.

»Dad?«

»Ich weiß nicht, Rob. Ich weiß nicht, was ich davon halte.« Er blickt den Weg entlang. »Heißt das, du bist seiner Meinung? Dass wir klagen sollten?«

»Ich bin mir nicht sicher. Es ist deine Entscheidung, Dad.« Er sieht zu Jenna rüber. »Wir würden ja bei der ganzen Sache nicht dabei sein, deshalb hab ich da nichts zu sagen.«

»Natürlich hast du das, verdammt. Sie war auch deine Ma. Du hast genau dasselbe Recht wie Craig oder sonst wer.«

Robbie verstummt, während sie weitergehen. Etwas später, da, wo der schmale Weg breiter wird und sie zur anderen Parkseite kommen, bemerkt er, dass Jenna seine Hand nimmt.

»Jetzt ist sowieso nicht der Moment, um über so was nachzudenken«, sagt Mick nach einer Weile. »Geh'n wir.« Und sie verlassen den Park, während die Sonne noch hell über den Wohnblocks steht, und machen sich auf den Heimweg.

Zum Abendessen besorgen sie sich was aus dem indischen Imbiss und was zu trinken aus dem Straßenverkauf. Robbie besteht darauf zu bezahlen. Sagt, er habe in der ganzen Zeit hier kaum sein Portemonnaie aufgemacht. Schön. Man kann mit ihm sowieso nicht streiten. Nach dem Essen sehen sie sich einen Film an – einen guten, zufällig australischen, dabei ist er einfach nur der einzige, der gerade läuft. Es geht um einen Typen, einen berüchtigten Killer, der Drogendealer ausraubt und ihnen die Zehen abschneidet und so, und den auch eine lange Zeit im Bau nicht davon abhält, seinen psychotischen Neigungen nachzugeben: abstechen, foltern und dann ein Buch schreiben und berühmt werden – offenbar eine wahre Story. Robbie und Jenna erklären ihm, der Typ sei da unten als Schriftsteller und Irrer total bekannt. Als der Film zu Ende ist, bleiben sie noch auf und trinken das letzte Bier. Quatschen. Über nichts Besonderes, einfach quatschen. Es tut gut; er genießt ihre Gesellschaft. Als sie aufhören, ist es schon nach Mitternacht, daher sehen die beiden ein bisschen groggy aus, als morgens um sechs ihr Taxi kommt und er die Treppe runtergeht, um sich zu verabschieden.

Beide umarmen ihn lange und fest.

»Wie gesagt, Dad, ich komm bald wieder rüber. Versprochen.«

»Du musst mir nichts versprechen, Rob. Ich weiß, wie es aussieht. Ist o.k.«

Als das Taxi weg ist, geht er wieder rein und trägt das Bettzeug nach oben, das Jenna sorgfältig auf dem Sofa zusammengelegt hat. Nachdem er alles verstaut hat, kommt er wieder runter und macht sich eine Tasse Tee.

Im Wohnzimmer macht er ein Fenster auf. Ein bisschen Luft ins Zimmer, damit der Geruch von furzenden Söhnen verfliegt. Arme Jenna, wirklich. Was wird die sich freuen, wieder in ihrem eigenen Bett schlafen zu können, unter Garantie. Ihr Baby wiederzuhaben. Für so junge Eltern war das eine lange Zeit der Trennung von ihm, und er ist wirklich dankbar, dass sie so lange geblieben sind. Robbie sagt zwar, er würde bald wiederkommen, aber es ist dumm, so was zu versprechen, jedenfalls hat er es keinen Augenblick lang geglaubt. Vielleicht, wenn sie eine Weile warten, ist Damien möglicherweise schon alt genug, dass sie ihn mitbringen können. Ihn mal vorzeigen. Das ist eine der Sachen, an denen Robbie knabbert, dass seine Ma das Baby nie zu sehen bekam. Er weiß es, weil Jenna es ihm erzählt hat. Robbie selbst wollte nicht darüber sprechen, weil er denkt, es sei zu heikel, und er es seinem Vater nicht noch schwerer machen will. Was natürlich Blödsinn ist. Ihm hätte es nichts ausgemacht, mit ihm darüber zu reden. Aber so ist Robbie nun mal: immer dieser Drang, ihn zu schützen, egal, ob es um die Highlander geht oder Craig oder die Entschädigung. Der dafür sorgt, dass nichts noch schlimmer wird. Dass er ihm überhaupt nicht zutraut, selbst mit allem fertig zu werden, ohne ihn, ohne Cathy.

Er geht in die Küche und zieht eine Schublade auf. Unter Zeitschriften und Kochbüchern zieht er eine Karte heraus, setzt sich an den Tisch und liest noch mal den Brief, der darin steckt:

Mick,
ich weiß, was Du verloren hast. Es tut mir so leid. Ich würde nie behaupten, dass ich weiß, was Du durchmachst, weil es für jeden von uns anders ist. Aber ich weiß, dass man nie darauf

vorbereitet ist, wenn es passiert. Und wenn es passiert ist, dann musst Du wissen, dass Deine Freunde für Dich da sind, so wie Du und Cathy für mich da wart, als John ging.

Es steht mir nicht zu, das zu sagen, Mick, aber es ist nicht Deine Schuld. Wir wussten es damals nicht. Wie auch? Diese ganzen Untersuchungen gab es noch nicht. Ich weiß, dass Du in einer schwierigen Lage bist, weil Alan im Management sitzt und jetzt sowieso nicht der richtige Zeitpunkt ist, aber wenn Du willst, dann kann ich Dir Leute nennen, an die Du Dich wenden kannst, falls Du erwägst, den gerichtlichen Weg für eine Entschädigungszahlung einzuschlagen. Wie gesagt, ich weiß, dass Du jetzt wahrscheinlich nicht über so was nachdenken willst, aber, Mick, sie haben es gewusst. Schon damals. Sie hätten Untersuchungen durchführen müssen. Mein Gott, John kam immer weiß wie ein Bäcker in seinem Overall heim, und ich habe ihn angeschnauzt, weil er den Staub auf meinen Teppichen verteilte. Es geht nicht um Geld. Es geht um Gerechtigkeit. Wenn Du reden willst, dann ruf mich bitte an. Ich habe noch dieselbe Nummer. Weiß Gott, es würde mir auch guttun. Lass Dir Zeit.

Alles Liebe,
Alice

Er steckt den Brief zurück in die Karte und legt sie wieder in die Schublade. Dieser Gedanke – Gerechtigkeit – kommt ihm völlig absurd vor. Alice hat diesen Weg eingeschlagen und, o.k., das war eben ihre Entscheidung, aber der Gedanke daran – wie viele Tausend sind gestorben, und trotzdem muss man sich immer noch schier zerreißen und von Instanz zu Instanz ziehen, ehe eins von diesen Schweinen nur einen Augenblick lang einräumt, dass es ihre Schuld war. Und dabei ist nicht mal er es, der tot ist. Er, der aus dem Zeug Schneebälle gemacht und es in den Hosenaufschlägen mit nach Hause gebracht hat. Vielleicht ist Gerechtigkeit ein Wort dafür, wenn man eine Entschädigungszahlung kriegt, aber irgendwie passt es nicht, es ist absolut nicht das richtige Wort.

Er geht zurück und knipst die Glotze an, setzt sich in die Kissen, und es dauert nicht lange, bis er einschläft.

Sie ist wieder da in seinen Träumen. Sie sind so realistisch – das ist so schwer zu begreifen. Sie machen zusammen den Abwasch und trocknen ab. Sie essen Pommes. Sie streiten sich im Garten. Kurze Träume, die auftauchen und verschwinden, aber nicht enden; einer folgt auf den anderen, aber irgendwie sind sie verbunden, verknüpft, wie eine Kette von Inseln, auf denen jeweils etwas Eigenes passiert, aber alles vor dem gleichen Hintergrund, das gleiche Licht, das gleiche Wetter zieht sich durch alle Träume, sodass, wenn sie in einem der Wind beim Wäscheaufhängen umtost, im nächsten Traum, in dem sie bei einem Stapellauf in der Menge steht, alle sich die Hüte festhalten.

Die Sonne scheint ihm ins Gesicht, und er sieht den Briefträger durchs Tor kommen. Er setzt sich auf. Sein Körper fühlt sich schwer an, massig. Er lauscht den Schritten auf dem Beton und dem Scheppern der Briefkastenklappe. Er ist wach, das schon, aber er hat dieses Gefühl, von den Dingen losgelöst zu sein. Als wäre alles um ihn herum – die Sonne, der grinsende Phillip Schofield im Fernsehen, die Briefe, die auf die Fußmatte fallen – Teil eines anderen Lebens, eines Lebens, das er zwar sehen kann, mit dem er aber nichts zu tun hat. Echt bekloppt. Aber so fühlt es sich an. Und auch, wenn er genau weiß, dass sie jetzt nicht die Treppe runterkommt und die Post aufsammelt, die Tür aufmacht und mit dem Briefträger schwatzt, so kann er doch das Gefühl nicht abschütteln, dass sie es tut. Dass sie zu diesem anderen Leben gehört, dem wirklichen, von dem er ausgeschlossen ist.

Nachher muss er mal auf der Arbeit anrufen und sagen, wann er wiederkommt. Sie hatten gemeint, er kann so lange wegbleiben, wie er will, aber man muss natürlich ans Geld denken, und außerdem bringt es ja nichts, wenn er im Haus rumhängt und gar nichts tut.

Er steht auf und geht rüber, um sich das Foto von Damien auf dem Fernseher anzusehen. Er ist süß, aber wirklich. Verständlich, dass sie wieder zu ihm wollten – allein diese winzigen Wurstfinger. Er grient unter einem großen, schlabbrigen Sonnenhut hervor, hockt auf einer Decke an einem bevölkerten Strand, im Hintergrund lauter braune Körper, Baggy Shorts, Bikinis. Sein dicker kleiner Körper ist sogar noch weißer als der Sand – seine Ma schützt ihn vor der Sonne, zweifellos im Bewusstsein, dass der kleine Mann schottische Vorfahren hat. Doch man sieht genau, dass er Australier ist. Selbst mit seinen sechs Monaten ist das ziemlich deutlich. Es sind die Augen, die gleichen wie die seiner Mutter, groß und fröhlich, und natürlich die Baggy Shorts, die er jetzt schon anhat. Er ist unbeschwert und entspannt, das sieht man gleich. Nicht so, wie Craig war. Himmel! Craig war nie ein australisches Baby gewesen, auch wenn er da geboren wurde. Selbst als ganz kleines Kind war der Junge so schottisch wie Disteln. Heulte die ganze Zeit oder war bockig, und dann die riesen roten Ausschläge, die er schon beim kleinsten bisschen Hitze bekam. Es war, als hätte er, schon bevor sie zurückzogen, gewusst, dass er ein Glasgower war.

Um ehrlich zu sein: Nicht, dass sie beide deswegen besser miteinander klargekommen wären. Selbst wenn er jetzt diesen wunderbaren Strand anschaut: Er kann sich gut erinnern, wie es gewesen war; wie sie immer unglücklicher wurden, je länger sie dort waren. Port Melbourne. Anfangs war es ein Traum gewesen, Cathy mit ihrem neuen Kleid in der Schlange am Dock, die Handtasche voll mit einem ganzen Cremeladen. Nach 72 und der letzten Fertigstellung eines Schiffs bei John Brown's damals, den ganzen Schließungen und Entlassungen überall, war hier endlich etwas gewesen, was einem Hoffnung gab. Kostenlose Überfahrt. Aufenthaltsgenehmigung. Sicherer Arbeitsplatz. Der verdammte Himmel. Und anständig leben konnte man auch – sechzig Dollar die Woche, und man fror sich nicht mehr die Eier ab wie auf den Werften daheim – obwohl, manchmal ging's auch zu sehr in die entgegengesetzte Richtung, und man befand sich auf dem Schnürboden und dachte, man stirbt vor Hitze. Aber sicherer Arbeitsplatz. Starke Gewerkschaften. Seine Frau kriegte eine Stelle als Stenotypistin in einer Transportfirma, und ein paar Jahre lang waren sie glücklich, wirklich glücklich. Freitags wurde Karten gespielt, und die Frauen unternahmen Fahrten an die Küste – eine kichernde Prozession, eingehüllt wie Nonnen, weil sie die Sonne so fürchteten. Schließlich lebte ein ganzer Clan von Glasgowern da unten, und alle wohnten nur ein paar Straßen auseinander. The Tartan Terrace. Es war wirklich wahr gewesen. Aber es hielt nicht. Es hielt nicht. Nachdem Robbie geboren war, wurde Cathy krank vor Heimweh und lag ihm ständig in den Ohren, Alan habe einen neuen Job für ihn, bei Govan, wo er jetzt im Management war. Und komisch war auch, dass all die Glasgower um sie herum es wahrscheinlich noch schlimmer machten. Dadurch sehnte sie sich bloß noch mehr nach der Stadt – es machte nur noch deutlicher, dass dies nicht die Heimat war, sosehr sie sich auch bemühte, sie neu zu erschaffen. Dazu die Hitze. Sie konnten sich nie richtig an die Hitze gewöhnen.

Robbie allerdings hat das hingekriegt. Er passte sich viel besser an, als sie es je taten. Seltsam, jetzt an all die Streitereien zu denken, die sie seinetwegen hatten, als er damals ausziehen wollte – er war erst achtzehn, was würde er machen? Wovon sollte er leben? Aber er zeigte es ihnen allen, so viel steht fest. Er nimmt das Foto und legt es auf den kleinen Tisch beim Sofa. Wenn er morgen bei der Arbeit angerufen hat, wird er auf die Hauptstraße gehen und einen kleinen Rahmen dafür besorgen. Ein guter Plan: Genau das wird er tun. Er setzt sich gerade wieder hin, als der Spatz direkt vors Fenster geflogen kommt, sich dort hinsetzt und hereinsieht. He, was ist, fauler Sack? Er hüpft kurz umher, fliegt wieder weg. Armer kleiner Kerl, er hat da draußen auf was zu futtern gewartet, aber wieder hat niemand an ihn gedacht. Ein Gefühl von Schuld überkommt ihn, und das reicht aus, ihn aufstehen und die Küche durchsuchen zu lassen, um für den armen Vogel was zu picken zu finden.

Er schüttet das letzte Brot ins Gras und bleibt einen Moment stehen, wartet auf den Spatz. Natürlich kommt er nicht. Er wartet seinerseits darauf, dass Mick wieder reingeht, also dreht sich Mick nach einer Minute um, um zu gehen. Er wirft einen flüchtigen Blick über den Zaun auf die aufgehängte Wäsche der Nachbarn; zwischen Socken und Unterhosen hängt ein Trikot der Rangers in Babygröße. Ohne groß nachzudenken, schaut er in ihren Garten und sieht eine Liege und dann die Frau von nebenan, die mit nackten Brüsten vor ihrer Küche sitzt. Lieber Himmel! Er duckt sich, dreht sich auf der Stelle um und sieht in die andere Richtung zu den Häusern auf der anderen Seite. Verfluchter Mist – hat sie ihn gesehen? Wenn ja, wird sie denken, er hätte sie heimlich beobachtet, und was macht das für einen Eindruck? Die Frau noch keine vierzehn Tage tot und er schon auf Tittenschau. Dann fragt er sich, ob sie oder die anderen Nachbarn überhaupt von Cathy wissen. Möglicherweise nicht. Aber was macht das schon – gar nichts –, sie haben ja in den ganzen Jahren, die sie hier wohnen, ohnehin nicht viel Zeit mit irgendeinem von ihnen verbracht. Zum Glück kommt von jenseits des Zauns kein Geräusch, dass sie sich regt. Langsam und geduckt geht er ins Haus zurück. Heiliger Strohsack. Aber trotzdem zum Lachen. Er macht den Kühlschrank auf, aber der ist fast leer. Immerhin sind noch ein paar Würstchen da, und er nimmt sie raus und stellt eine Pfanne auf die Herdplatte. Cathy würde sich über die Geschichte kringeln, todsicher. Ist aber auch echt komisch. Der Spatz ist jetzt draußen vor dem Fenster, und ihm fällt ein, dass dies das letzte Brot war, also nichts mit Sandwich. Als die Würstchen fertig sind, kippt er sie zusammen mit einem Klecks Ketchup direkt auf einen Teller. Besonders hungrig ist er sowieso nicht.

Er holt das Bettzeug runter und schläft diese Nacht auf dem Sofa. Es ist ziemlich gemütlich. Jedenfalls gemütlicher für ihn als für Craig, klar, er ist ja auch etliche Zentimeter kürzer. Er bleibt dort bis zum nächsten Morgen, die Decken meist bis zur Nase gezogen, weil ihn immer wieder dieses Frösteln überfällt, obwohl durch den Spalt in den Vorhängen die Sonne auf ihn runterscheint. Er liegt da und versucht sich zu motivieren, auf der Arbeit anzurufen. Er sollte sagen, dass er gegen Ende der Woche wiederkommt. Bescheuert, aber er ist echt nervös deswegen – allein schon den Hörer abzunehmen. Als wäre er ein Teenager, der beim Tanzen ein Mädchen kennengelernt hat und sich fühlt wie ein Wackelpudding, als er sie anrufen will. Ihm fällt das erste Mal ein, als er Cathy anrief. Aufgeregt wie sonst was wartete er darauf, dass der Nachbar die Gemeinschaftsleitung freigab. Die ganzen Stichwörter für Witze und Gesprächsthemen auf die Rückseite des *Record* notiert, und seine Ma mit großen Ohren hinter dem Vorhang zwischen dem Wohnzimmer und der Küche.

»Guten Tag, Muir's Autovermietung.«

»Ah, hallo, Lynsey? Hier ist Mick Little.«

»Mick, wie geht's dir?«

»Gut. Mir geht's gut. Ich wollte bloß anrufen, um zu sagen, wann ich wiederkomme.«

»Ah, o.k.« Im Hintergrund hört man die Geräusche vom Taxifunk. »Schau, Mick, mach dir keine Sorgen deswegen. Es ist kein Problem. Wir brauchen dich nicht.«

»Nein, wirklich, macht mir überhaupt nichts. Ich könnte Donnerstag da sein – eigentlich sogar morgen, ich könnte morgen kommen.«

Im Funkgerät ein Statikgewitter und dann eine Stimme, die er nicht kennt.

»Mick, willst du mit Malc sprechen? Er ist gerade reingekommen.«

»Nee, ist schon o.k.«

»Na gut. Wie geht's dir denn überhaupt? Ich hörte, deine Familie ist da.«

»Ja.«

»Das ist doch gut. Bestimmt ein Trost, oder?«

»Ja, ist es.«

»Schau, Mick, pass auf dich auf und nimm dir so viel Zeit, wie du brauchst, o.k.? Wir brauchen dich hier nicht, wirklich nicht.«

»O.k., in Ordnung, bis dann, ja?«

»Bis dann, Mick.«

So, das hätten wir. Sein Herz schlägt ziemlich schnell, als er den Hörer auflegt und aus dem Vorraum ins Wohnzimmer geht. Da ist der verdammte Spatz schon wieder. Der weiß zumindest, wie es Mick ging, als er auf der Couch rumlag, auch wenn es sonst keiner weiß. Na komm schon, du gieriger kleiner Scheißer, mach schon.

Im Schrank ist noch eine ungeöffnete Schachtel mit dünnem Zwieback; die müssen die Highlander besorgt haben. Er nimmt sie mit nach draußen, geht in die Hocke, zerbröselt den gesamten Inhalt eines Zellophanpäckchens und schüttet ihn ins Gras. Er verstreut die letzten Krümel und lässt das Schuppenschloss aufschnappen, holt einen der Liegestühle heraus und stellt ihn an der Außenwand der Küche auf. Lieber hier draußen hocken als drinnen schwitzen. Er öffnet noch ein Päckchen und isst einen Zwieback. Gar nicht schlecht. Er isst noch ein paar. Von der anderen Seite des Zauns hört man, wie ein Stuhl über den Boden scharrt. Kurz danach noch einer. Unmöglich zu sagen, warum, aber er hebt seinen Stuhl langsam ein Stück näher heran, leise, so weit, bis er durch einen Spalt in den Zaunlatten ein klein wenig sehen kann. Ein Teil ihres Arms ist sichtbar. Ein Stückchen einer Zeitschrift. Es ist nicht so, dass er ein Perverser ist, absolut nicht, sondern – er weiß nicht, was es ist. Aber er rutscht noch ein bisschen näher, sodass der Winkel sich erweitert, und da sind sie wieder, ihre Brüste. Jedenfalls eine davon. Himmel noch mal, was machst du? Aber er guckt weiter, wie hypnotisiert, fast staunend, sich gar nicht richtig bewusst, dass er es tut, als würden er und die Brust in zwei unterschiedlichen Welten existieren und es irgendwie gar nicht wirklich geschehen.

Eine Brust. Es versetzt ihm regelrecht einen Schock. Wann hat er zum letzten Mal eine angefasst? Richtig angefasst, nicht bloß mit dem Schwamm drunter hergefahren? Ihm wird bewusst, dass er lange nicht an Sex gedacht hat. Nicht wirklich. Nicht tatsächlich. Die Krankheit zerfraß sein Bedürfnis danach, so wie sie alles andere zerfraß. Nach einem bestimmten Punkt, als es ihr schlechter ging, überlagerte der Wunsch, es ihr zu erleichtern, ihr den Schmerz zu nehmen, alles Übrige. Sogar und gerade das körperliche Verlangen, den anderen zu berühren. Nicht im sexuellen Sinn – wobei, um ehrlich zu sein: Sie waren schon seit längerer Zeit nicht mehr unbedingt übereinander hergefallen –, sondern einfach das Bedürfnis, berührt zu werden. Es geht verloren. Man vergisst es. Er wendet sich vom Zaun ab. Nicht, dass es von Anfang an so gewesen wäre. Das hatte er damals ziemlich deutlich gespürt. Die Angst, all das zu verlieren, ihr körperliches Verlangen nacheinander, als erst nach Monaten immer sichtbarer wurde, dass die Krankheit die Regie übernahm. Sie wollte sich nicht mehr vor ihm zeigen. Sie fing an, sich im Bad umzuziehen und trug im Bett seine Trainingshosen. Als er mal, noch ziemlich am Anfang, versucht hatte, sie anzufassen, hatte sie sich schluchzend von ihm weggedreht, und danach hatte er es nicht mehr versucht, aus Angst, sie zu bedrängen.

Daher ist diese Titte hinter dem Zaun etwas Überraschendes. Er steht aus dem Stuhl auf, den Blick in die andere Richtung gerichtet – zwei Gärten weiter sitzt ein Mann mit gewaltigem nacktem Bauch und einer Dose Bier –, und geht ins Haus zurück.

Auf der Matte liegt ein ganzer Haufen Post. Er sieht sie schnell durch. Mehrere Flyer eines neuen Pizza-Take-aways, noch mehr braune Umschläge und etwas, was nach noch ein paar Beileidskarten aussieht. Er lässt den Stoß auf der Matte liegen und geht nach hinten ins Wohnzimmer. Noch immer hat er dieses bleierne Gefühl; es liegt ihm im Magen wie ein Ziegelstein. Die Würstchen? Nein. Das war gestern, und er hat nur eins gegessen. Eigentlich sollte er etwas essen, das ist es vielleicht – dass er nichts gegessen hat –, denn seit Robbie und Jenna weg sind, hat er keine richtige Mahlzeit zu sich genommen. Aber er hat keinen Hunger, das ist das Problem. Er beschließt, sich demnächst damit zu beschäftigen, aber jetzt bleibt er erst mal auf dem Sofa. Beim Reinkommen fröstelte ihn ein wenig, darum zieht er die Decke über sich, damit ihm warm und behaglich wird. Er hat so ein Gefühl, als warte er darauf, dass etwas passiert. Alles ist gedämpft, selbst sein Hunger. Er ist tatsächlich nicht hungrig. Das ist was Neues. Normalerweise ist er ein echter Vielfraß.

Er wacht auf und braucht einen Moment, um anhand des Außenlichts und einer verschwommenen Einschätzung des Fernsehprogramms herauszufinden, wie spät es ist. Gegen sechs, schätzt er. Hungrig oder nicht hungrig, das bedeutet, dass er in zwei Tagen lediglich ein Würstchen und ein paar Zwiebäcke gegessen hat, was natürlich völliger Blödsinn ist.

Kühlschrank: leer, bis auf den Parmesan. Schränke: ein paar Flaschen irgendwas, eine Büchse Tomaten und der Zwieback. Er isst noch ein Päckchen, kaut trocken und lässt die letzten für den Notfall und den Spatz. Das reicht für den Anfang, entscheidet er und sieht in den Garten hinaus; die Dämmerung setzt ein; die Schuppentür ist nicht richtig zu. Der neue Pizza-Take-away fällt ihm ein, aber er verwirft die Idee sofort wieder. Er hat nicht genug Bargeld im Haus und außerdem: dieser Gedanke – rauszugehen und zur Hauptstraße zu laufen und dann Schlange zu stehen in diesem Laden mit seinen neuen, grellen Neonlichtern und dem brandneuen Plastik, das noch nicht zerkratzt und mit Kaugummi vollgeklebt ist. Allein die Anstrengung, sich das vorzustellen, lastet wie ein Gewicht auf ihm. Doch genau in diesem Augenblick hat er einen Geistesblitz. Der Gefrierschrank. Er hat bis jetzt überhaupt nicht an ihn gedacht, und als er die Tür aufmacht, um einen Blick hineinzuwerfen, wird klar, warum – er ist so was wie eine No-go-Area; die Dichtungen sind rundum mit dicken, pelzartigen Stuckleisten aus Eis bedeckt, wie gefrorenes Moos. Immerhin, es sind Sachen drin. Alle möglichen Beutel und Dosen, bloß dass man nicht sehen kann, was drin ist, weil sie alle mit einer dünnen Schicht Raureif überzogen sind wie ein eisgekühltes Schnapsglas. Er steckt seine Hand hinein und wischt sie ab. Waffeln, Schokoladeneis, Fisch mit Soße im Kochbeutel – nein, herzlichen Dank –, Erbsen, die gefüllten Teigtaschen seiner Frau – aber ihr die wegzunehmen, so viel ist sein Leben nicht wert …

Plötzlich verspürt er ein Ziehen im Magen, eine Art Rückstoß wie im Moment des Fallens, bevor das Innere mithalten kann. Seine Hände zittern. Schwindel und ein diffuses Übelkeitsgefühl lassen ihn nach der Kante des Gefrierschranks greifen, um nicht das Gleichgewicht zu verlieren.

Gefüllte Teigtaschen. Das Abendessen ist gebongt.

Erbsen sind auf den Boden gerollt, aber er presst sich weiter regungslos an den Kühlschrank. Sein Magen schmerzt, und ihm ist schlecht. Und dann – ein trocken hochgehustetes Auswürgen von dünnem, klebrigem Sabber. Grundgütiger. Damit hat er nicht gerechnet; unter den Umständen wäre er wohl doch besser zu dem neuen Pizza-Take-away gegangen, und er fängt an zu kichern, seine Stirn vibriert dabei gegen den Gefrierschrank. Aber vielleicht hätte es ihn dort genauso erwischt, wer weiß das schon? Und dann hätten sie da todsicher nicht gewusst, wie sie damit umgehen sollen, und sich in ihren schicken neuen Mützen und Uniformen verunsichert angesehen – so was kam in der Schulung nicht vor. Das Behältnis ist nachgiebig geworden und etwas eingedellt, fast ein Jahr alt. Man müsste es eigentlich wegwerfen, aber sobald ihm dieser Gedanke kommt, hat er wieder diesen trockenen Brechreiz in der Kehle. Also volles Programm zum Abendessen: gefüllte Teigtaschen, Bohnen, Kartoffeln aus der Dose, Tomatenketchup. Sie saß da und aß das, dazu der komische, chemische Geruch dieser grauenhaften Kartoffeln, dann los zum Bus und ein Kuss für ihn und die Jungs. Aber du lässt die beiden heute Abend nicht auf, ja? Ich möchte, dass sie im Bett sind, wenn ich heimkomme. Und immer dieses leichte Grinsen zwischen ihnen bei ihrem Aufbruch, denn sie weiß genau, dass ein paar Hinterteile die Treppe hochflitzen werden, wenn sie wiederkommt. Er sieht sie, so deutlich wie alles andere. Ihr Gesicht, strahlend, betrunken. Mick, ich bin verdammt noch mal hingegangen und hab gewonnen – sie fummelt in ihrer Tasche nach dem Geld –, ich bin einfach verdammt hin und hab gewonnen, und sie zieht es mit einem breiten, albernen Grinsen raus wie die Assistentin eines Zauberers. Seine Augäpfel fühlen sich kalt an; er schließt die Lider. Einmal gewann sie zweihundert Pfund. Sie fuhren ein paar Tage nach Wemyss Bay und kauften einen Minifernseher für die Küche. Soweit er sich erinnert, hat sie nie wieder so viel gewonnen. Nur geringe Gewinne, Kleinkram – zehn oder zwanzig Pfund –, und von diesem Geld gab sie nie was ab; es sei ihrs, verkündete sie strahlend und kaufte sich davon Strumpfhosen und Bücher von Barbara Taylor Bradford.

Unvermittelt fällt ihm die Frau von nebenan ein und dass er sie durch den Zaun beobachtet hat. Sein Magen gerät in Aufruhr. Was hat er da gemacht? Er verabscheut sich dafür und kneift die Augen zusammen, aber der Gedanke daran verschwindet nicht, das Gefühl, dass sie es irgendwie mitgekriegt hat.

Dann merkt er, dass seine Stirn am Gefrierschrank festklebt.

Er versucht den Kopf wegzuziehen, aber er hängt richtig fest, und die Haut ziept, wenn er zieht. Scheiße, schreit er laut, und zieht wieder, diesmal vorsichtig, aber es hilft nicht. Er ist einfach zu lange da angefroren, durch den Schweiß oder die Tränen oder was auch immer, egal. Er klebt am

Gefrierschrank, das allein zählt. Verdammter Idiot. Er lacht, und es reißt an der Haut. Lass es zwei Minuten in Ruhe und schau, was passiert.

Er nimmt einen neuen Anlauf, feuchtet einen Finger mit warmer Spucke an und reibt damit an den Rändern der Klebestelle, wiederholt es immer wieder und hofft, die Haut auf diese Weise Stück für Stück loszulösen. Das funktioniert anscheinend aber nicht, seine Haut fühlt sich inzwischen verbrannt an, und er gerät allmählich in Panik. Was für ein Abgang: Wir fanden ihn verhungert in der Küche, den Kopf am Gefrierschrank festgefroren. Plötzlich gibt er sich einen Ruck, legt die Hände zu beiden Seiten des Kopfs und reißt sich los. Das heftige Brennen lässt ihn aufschreien. Nachdem es zu einem schmerzhaften Prickeln abgeflaut ist, sieht er überflüssigerweise nach, ob Haut auf dem Eis klebt. Klebt nicht. Er schüttelt den Kopf. Was für ein verdammter Idiot, aber ehrlich, und er geht, um seinen Kopf mit warmem Wasser aus dem Hahn abzuspülen. Fallen, schon wieder das Gefühl, er würde fallen. Er legt eine Kopfseite vorsichtig auf den Küchentisch, aber selbst wenn er die Augen schließt, kriegt er das Gefühl des Fallens nicht weg. So bleibt er nur regungslos sitzen und hört zu, wie sein Bauch unter dem Tisch einen fröhlichen Tanz aufführt. Jetzt kann er sie nicht mehr sehen. Sich ihr Gesicht nicht vorstellen. Einzelne Teile von ihr sind immer noch da, wenn er sie sich vorzustellen versucht – die Haare, die hübschen Zähne –, aber er kann nicht zurücktreten und ein Gesamtbild bekommen, wie sie aussieht, ihr Gesicht.

Zutaten: Gegartes Hühnerfleisch (2%), Zuckermais (1%), Schinkenspeck (1%), Kokosöl, Raucharoma, Natriumascorbat, Natriumnitrat ... du lieber Himmel. Wenn der Asbest sie nicht umgebracht hätte, wären es die gefüllten Teigtaschen gewesen. Er dreht die Packung um, um die andere Seite zu lesen, und hält sie vorsichtig wie eine alte Fotografie. Fünfzehn Minuten unter den Grill, ganz einfach.

Dosenkartoffeln oder Bohnen sind nicht da, also backt er stattdessen die Waffeln auf und drapiert sie zusammen mit den Teigtaschen und ein paar Klecksen Ketchup auf einem Teller. Eine Zeit lang sitzt er da und sieht sich das Ganze an. Ein vertrauter Geruch und ein guter dazu, nicht wie diese Kartoffeln. Aber nur ein Geruch. Und er bringt ihn nicht dazu, es essen zu wollen. Seinem Magen geht es immer noch nicht gut, und er weiß, wenn er einen Bissen davon runterschluckt, kommt er sofort wieder hoch. Also sitzt er da, starrt, stochert mit seiner Gabel herum, macht eine Teigtasche auf und drückt etwas von der glänzenden Soßenpampe heraus. Und fragt sich, was zum Teufel er da macht. Hat er etwa versucht, sich vorzustellen, das wäre sie oder was? Bescheuert, so was von bescheuert, und ihm wird bei dem Gedanken daran, was er da macht, auf der Stelle richtig schlecht. Er schiebt den Teller weg und stolpert rüber zur Spüle.

6.

Er kann nicht richtig schlafen. In jeder der nächsten Nächte wacht er im Dunkeln schwitzend auf, das Sofa warm und feucht an seiner Haut. Er starrt auf die Uhr des Videorekorders und wartet, dass es Morgen wird. Wenn die Dämmerung kommt und all die vertrauten Konturen im Zimmer erkennbar werden, steht er, erfüllt von unruhiger Energie, schnell auf. Er geht zwischen Wohnzimmer und Küche hin und her, setzt den Wasserkocher auf, schaltet beide Fernseher ein, öffnet Schränke und macht sie wieder zu, weil er sich nicht erinnert, wonach er sucht.

An den Nachmittagen ist er erschöpft. Und immer noch nicht hungrig. Wenn es draußen wieder dunkel wird, zwingt er sich, sich eine Waffel aufzubacken, ansonsten isst er nichts. Er bleibt im Wohnzimmer vor dem Fernseher, aber er sieht sich weniger die Sendungen an als vielmehr das Gerät selbst, wie vertraut es ist: die staubige Oberfläche des Videorekorders; die kleinen Dellen im Teppich von den kaputten Rädern, wo es vor Jahren stand, ehe Robbie eine Flasche Cola über die gesamte Fläche verschüttete.

An einem Morgen steht er vom Sofa auf und geht direkt nach oben. Im Zimmer der Jungs nimmt er die eselsohrigen Fotos von der Wand über den Betten ab, anschließend im Badezimmer das gerahmte über dem Klo, die von der Treppe und im

Vorraum und schließlich die Fotostapel aus der Küchenschublade. Er legt sie in Reihen vor dem Fernseher auf dem Boden aus wie Zuschauer.

Nach einer halben Stunde hat sich die Sammlung bis zum Sofa ausgebreitet – eine Ansammlung von Cathys, lachend, posierend, der Kamera immer ein bisschen die linke Seite des Kopfs zugewandt. Er selbst ist auch auf vielen drauf, unbeholfen lächelnd neben ihr. Noch mehr gibt es von den Jungs, stellt er fest, als er die Stapel sichtet: ziemlich viele von ihnen als Schulkinder; bei Ausflügen in die Vergnügungsparks; die beiden müde und nass in ihren Regenmänteln oder wie sie in ihren ersten Rangers-Trikots rumtoben. Eins von diesen nimmt er raus und legt es zu den anderen auf den Boden. Sie sind alle vier drauf, wie sie auf einer Bank sitzen und Pommes aus Tüten essen; Craig ist dicht an Cathy gequetscht – er klebt an ihr wie ein kleiner Teufel. Er kann sich noch an den Tag erinnern. Es war das erste Mal, dass sie die Jungs auf die Karussells ließen, und Robbie hatte ihm den ganzen Nachmittag wegen ein paar Münzen für die Spielhalle in den Ohren gelegen, und irgendeinem armen kleinen Mädchen wurde auf der Achterbahn schlecht, und die langen Fahnen aus Kotze waren direkt vor ihnen runtergeregnet. Er kriegt sie nicht zu fassen. Selbst wenn er minutenlang auf jedes Bild starrt, sich zu erinnern versucht, bei welcher Gelegenheit das war, was sie sagte, als das Bild gemacht wurde, es nützt nichts. Sowieso bringt all das nur durcheinander, weil diese Bilder Jahre, Jahrzehnte umspannen und sie von einem zum nächsten immer anders aussieht. Natürlich ist es immer sie – der hübsche, lächelnde Teenager oder hier, mit dem gegelten Pony und der blonden, quirligen Dauerwelle –, aber wann hört das Bild auf, sich zu verändern, sodass er ein für alle Mal zu fassen kriegt, wer sie ist? Sicher nicht die magere, eingefallene Gestalt, zu der sie wurde, keine Sorge. Selbst wenn er ein Bild raussuchen könnte und sagen, das ist sie, ja, das ist *sie,* wäre es verdammt noch mal nicht dieses. Aber solche Aufnahmen von ihr gibt es überhaupt nicht. Die Sammlung endet vor ein paar Jahren, als die Kamera kaputtging. Das letzte Foto stammt von Robbies Hochzeit: Er, Cathy und Craig in ihren besten Sachen; herausgeputzt wie Zirkuspferde, stehen sie schwitzend in der Sonne unter diesem riesigen Baum und sehen aus wie das leibhaftige Unbehagen.

Das hier tut ihm nicht gut. Er sollte es lassen. Außerdem muss er sich was zu essen besorgen. Sein Magen läuft Amok, und er muss ihm irgendwas zuführen. Es ist allerdings schwierig, sich dazu zu bewegen. Das Zimmer zu verlassen und aufzuhören, auf all diese Bilder zu starren, die auf dem Boden liegen. Jedes Mal, wenn er glaubt, jetzt gehe es, bleibt er an einem neuen Foto hängen und kriecht zu ihm hin und versucht sich zu erinnern, in es hineinzukriechen. Zum Beispiel das hier, das eigentlich im Vorraum bei den Kleiderhaken hängt. Port Melbourne. Cathy kniet in ihren Shorts und rackert sich im Garten ab, die Unterarme bis zum Ellbogen verdreckt mit dunkler, roter Erde. Sie kriegte nie was zum Wachsen. Es war zu heiß und zu trocken für die kleinen Büsche und Blumen, mit denen sie rummachte. Das Einzige, was seiner Erinnerung nach in den sieben Jahren in dem kleinen quadratischen Garten geblüht hatte, war eine einzelne gelbe Dahlie gewesen. In der übrigen Zeit war er voll kahler werdender Fliederbüsche und brauner, verwelkter Sachen gewesen. Trotzdem lächelt sie auf dem Foto, voller Zuversicht, wie immer. Weiche, rundliche Arme. Der Bräunungsstreifen auf ihrer Brust, als sie sich vorbeugt, während sie den Boden mit einer Gartenkelle bearbeitet. Hatte sie es da schon in sich? Schlafend? Wartend? Wie soll man das wissen? Kann man nicht. Sie sieht aus wie die Gesundheit in Person, das würde jeder so sehen. Craigs Spielsachen liegen in einer Ecke des Gartens, also ist es über dreißig Jahre her, aber möglich ist es schon, dass sie es damals schon in sich trug. Wahrscheinlich sogar. Inzwischen heißt es, dass sie vierzig Jahre dauern kann, die Inkubationszeit, im Körper versteckt, inaktiv, bis zu dem Augenblick, an dem es beschließt rauszukommen und dich umzubringen. Er geht näher ran, obwohl er weiß, dass es nichts zu sehen gibt. Und selbst wenn sie es gewusst hätten, hätte das irgendwas gebracht? Hätten die Ärzte es aufhalten können? Einen Scheiß hätten sie. Als es einmal da war, war es da, genau wie Thatcher. Der Ausgang unausweichlich, egal, wie lang und hart man kämpfte. Lieber nichts wissen, ist doch wahr. Lieber schnell und endgültig.

Es ist blöd, aber er durchforscht die anderen Fotos, sucht nach Anzeichen, nach irgendetwas. Etwas, was sie damals hätten erkennen sollen. Aber da ist eindeutig nichts. Gar nichts. Außer dass sie älter wird: Das Lächeln wirft Falten um die Augen; der Körper wird ein Ideechen dicker; Grau durchzieht das Haar, bis es nach einer Farbpackung wieder braun ist, und dann lässt sie ihm seinen Lauf, und das Grau kehrt zurück. Jetzt reicht's. Er muss was essen.

Er geht in die Küche, beäugt misstrauisch den Gefrierschrank und will schon darauf zugehen, beginnt jedoch stattdessen, die Regale und die Oberseite der Schränke abzusuchen. Er öffnet eine Schublade und zieht die Kochbücher heraus sowie den unordentlichen Packen von Klatschmagazinen und stapelt alles auf der Arbeitsplatte. Dann macht er sich an die Schränke, holt einen Trinkbecher raus und eine Keksdose, aus einer anderen Schublade ein paar Geschirrtücher und nimmt sogar den Fischmagneten vom Kühlschrank mitsamt dem verblichenen Getränkegutschein darunter. Er bringt alles ins Wohnzimmer. Er arbeitet schnell; zu schnell, um darüber nachdenken zu können, was er da eigentlich tut, und damit aufzuhören, sich wie ein kompletter Scheißidiot aufzuführen. Er geht die Treppe hoch ins Bad. Auch hier sind Sachen. Ihre Bücher: Aus irgendeinem Grund, den er nie begreifen konnte, hob sie die Barbara-Romane hier drin auf, aufgestapelt neben dem Wäschekorb an der Tür; die Ecken der Buchdeckel sind vom Dampf hochgebogen. Er nimmt einen Armvoll davon und bringt ihn hastig die Treppe runter.

Als er wieder aus dem Wohnzimmer kommt, fällt ihm die Matte an der Haustür ins Auge, und er zieht sie unter der Post hervor. Er starrt sie einen Moment an, dann legt er sie zu dem übrigen Zeug ins Wohnzimmer und geht wieder nach oben, um ihre Tübchen und Töpfchen zu holen – alle stehen noch da wie früher –, Duschhaube, Damenrasierer, selbst ihre verdammte Zahnbürste, die jetzt ausgetrocknet ist wie eine Distel. Er steht neben dem Fernseher und betrachtet sein Werk. Das Sofa ist voll mit diesem ganzen Zeug; auf der Lehne ist unter der Duschhaube ein nasser Fleck. Nichts. Es sieht aus wie ein verdammter Trödelmarkt.

Plötzlich muss er raus, raus aus diesem Haus. Sein Herz rast in einem Affentempo, und er spürt, wie ihn Panik überkommt, das Gefühl, jeden Moment könne jemand reinkommen und sehen, was er gemacht hat.

Kein Mensch weit und breit. Nur das Geräusch seiner eigenen Füße auf dem Pflaster, als hätte sich die Stadt um ihn herum entleert. Aber ein schöner Tag. Ein Traumtag. Die obersten Fenster der Hochhäuser glitzern in der Sonne. Er läuft weiter die Straße runter und in Richtung Friedhof, einfach nur so, er hat das nicht beschlossen, es geschieht einfach. Wann hat er das letzte Mal mit jemandem gesprochen? Schwer zu sagen. Robbie. Nein, Lynsey. Diese Vorstellung, mit jemandem zu reden – ein Gespräch –, er kann es sich nicht vorstellen. Worüber sollten sie reden?

Trotzdem ist es gut, aus dem Haus zu sein. Und die Sonne, so ein bisschen Sonne im Gesicht, das tut einem gut. Er fühlt sich gelöst. Wenn er hinkommt, könnte er sich ein Weilchen hinsetzen – er hat da diese Bänke gesehen, so alte aus Holz, die nicht unbedingt bequem wirken, mit drei Latten für den Hintern und drei für den Rücken, aber was soll's, wen juckt's? Mal sehen, ob es eine in der Sonne gibt. Hinsetzen. Vielleicht ein bisschen dösen. Es ist still auf dem Friedhof. Das Gras ist frisch gemäht worden. Der Geruch davon liegt in der Luft, und Grashaufen liegen auf dem Weg, auf dem er an den großen, älteren Grabsteinen entlanggeht, verwittert und wie schiefe Zähne. Als er an ihre Parzelle kommt, bleibt er eine Weile stehen und blickt darauf runter. Der Hügel ist ein wenig eingesackt, fällt ihm auf. Seltsam, wie friedlich das ist. Es ist nicht so, als wäre sie hier bei ihm, das glaubt er nicht – an ihre Anwesenheit hier neben ihm –, und er glaubt auch nicht das andere, dass sie zum Chef da oben gegangen ist. Wenn sie beide an so was geglaubt hätten, wäre sie jetzt wahrscheinlich eher im Fegefeuer, so, wie sie all die Jahre über Ihn geredet hatten. Aber wie auch immer, hier herrscht wirklicher Frieden, eine Verlangsamung von allem, und das lässt ihn ruhiger werden. Er schließt die Augen. Er stellt sich den Sarg vor, wie er langsam in die Grube gesenkt wird, die stetige, angespannte Konzentration der Sargträger, die ihn hinunterlassen wie Frachtgut. Bis zu diesem Moment hatte es nichts gegeben, was sie mit diesem Ort verband. Sie waren nie hier gewesen. Sie hatte hier nie Wäsche zusammengelegt oder zu Abend gegessen oder ihn wegen diesem oder jenem, was er gemacht hatte, ausgequetscht. Vielleicht liegt der Frieden ja darin, dass dies der einzige Ort ist, an dem sie nicht fehlt. Dann sieht er die Blumen, weiße Blüten mit dottergelben Herzen in einem kleinen Topf an der Stelle, wo der Grabstein stehen wird. Sie sind neu. Die alten sind weg, also ist offenbar jemand hier gewesen und hat alles ein bisschen auf Vordermann gebracht. Craig. Geht gar nicht anders. Er war vor der Arbeit hier oder in seiner Mittagspause – nein, es ist zu weit, um so schnell hin- und zurückzufahren, also muss er nach der Arbeit hergekommen sein. Er setzt seine Totenwache fort und vermeidet es, seinen Dad zu besuchen, der selbst nicht einmal am Grab war, seit Craig letzte Woche aufbrach, was Craig zweifellos bewusst ist.

Er geht den Weg zurück und zum Friedhof hinaus, die Straße runter, bis er zum Park kommt. Auch hier ist es still; niemand ist zu sehen, als er durchs Eingangstor geht. Es ist immer still hier, das ist das Beste daran, und dass sie immer wieder mal herkamen. Nicht der schlechteste Park auf der Welt. Nicht der schlechteste. Auch nicht der schönste natürlich, mach dir nichts vor. Alles, was man hier vorfindet, sind der vereinzelte alte Mann auf einer Bank oder eine Gruppe rauchender Schulkinder oder manchmal auch ein, zwei Penner, abgefüllt mit Superlager, die an die Bäume pinkeln. Viele nett anzusehende Blumen hat es. Sie sind entlang mancher Wege und um einige Bäume herum gepflanzt, und sie sind auch nicht so vertrocknet und welk, trotz dieses Wetters die ganze Zeit. Ein Beet mit diesen hübschen roten befindet sich auf der Außenseite eines Wegs, der um einen verwitterten, tröpfelnden Brunnen herumführt. Genau das Richtige. Er folgt dem Weg, bis er zu den Blumen kommt, und will sich gerade bücken, um ein paar zu pflücken, als er nicht weit entfernt durch die Bäume den Parkwächter sieht, der seine Schubkarre mit Unkraut und Müll vor sich her schiebt. Mick geht den Rundweg weiter. Als er wieder an dieselbe Stelle zurückkommt, hat ihm der Parkwächter den Rücken zugewandt und hebt irgendwas vom Boden auf, aber es ist immer noch zu riskant, daher geht er weiter im Kreis. Vermutlich will der Arsch ihn austricksen. Tut so, als würde er an einer Pflanze rummachen, aber in Wirklichkeit ist er drauf aus, unsern Mann hier zu beobachten, der, ehrlich gesagt, wie ein Irrer wirken muss, als er jetzt zum dritten Mal den Brunnen umrundet. Wahrscheinlich sieht er auch genau wie einer aus. Seit dem Begräbnis hat er sich nicht rasiert, und man könnte durchaus sagen, mal duschen und frische Sachen anziehen wäre nicht schlecht, aber so ist das Leben nun mal, oder? Der Typ schnüffelt immer noch an dem Weg rum, deshalb geht er aus der Sichtlinie des Parkwächters und versteckt sich hinter einem schönen dicken Baum. Dort steht er, wartet und streckt ab und zu den Kopf vor, um die Lage zu peilen. Der Parkwächter trägt Militärshorts und eine gelbe Warnweste, deshalb ist es nicht schwierig, ihn im Auge zu behalten. Er wartet. Es dauert nicht lange, bis der Wächter weiter auf so etwas wie ein kleines gemauertes Klohäuschen zugeht, und Mick nutzt den Augenblick, kommt hinter dem Baum hervor und läuft schnell rüber zum Brunnen.

Er kniet sich hin und fängt an, die Blumenstängel abzubrechen. Sein Blut rast, er kann es in den Ohren pochen hören. Er fängt an zu grinsen. Echt ganz schön dämlich, wie sich das entwickelt hat.

»He! Nicht, Sie! Das dürfen Sie nicht!«

Ertappt. Klingt nach einem Osteuropäer. Er steht auf und rennt davon. Der Typ brüllt weiter hinter ihm her, aber Mick dreht sich nicht um, er rennt auf den Eingang zu, sein Magen verkrampft sich, und sein Keuchen erfüllt die gesamte Umgebung. Scheiße, scheiße, so was von scheißpeinlich, aber trotzdem ist da auch eine Art Kick, dass er es getan hat, und als er die Straße erreicht, hält er die Blumen hoch und stößt sie in die Luft wie einen Tambourstab. Dann fängt er an zu lachen. Du absoluter Oberidiot, aber echt. Er fällt in einen langsameren Trab den Bürgersteig entlang, blickt zurück über den Gitterzaun, und da steht der Parkwächter in einiger Entfernung und sieht ihm nach, wahrscheinlich perplex, wozu so ein Durchgeknallter gerade seine Blumen geklaut hat.

Er legt die Blumen auf das Grab, ein Stückchen von den anderen entfernt, und geht wieder.

Als er die Abzweigung zu seiner Straße erreicht, atmet er immer noch ziemlich heftig. Das war vermutlich der erste Sport, den er seit Jahren gemacht hat. Noch dazu nichts gegessen, kein Wunder, dass er völlig hinüber ist. Er ist in die Straße eingebogen, sie ist still, doch im Weitergehen sieht er ein Stück weiter oben einen der Fahrer von Muir's. Steve. Unmöglich zu sagen, ob er ihn schon gesehen hat, aber jetzt kann er nicht mehr umkehren, das wäre zu offensichtlich. Sofort erfasst ihn wieder Panik. Er senkt den Kopf und beschleunigt den Schritt, starrt auf die Straße, seine Füße schlurfen über den Asphalt, unter jedem Gullygitter, an dem er vorbeikommt, schwimmen Zigarettenstummel. Sein Herz rast wieder und schlägt wie verrückt – sieh auf deine Füße, sieh auf deine Füße. Dadurch wirkt er natürlich noch bemitleidenswerter, na klar, aber sei's drum, wenn es nur dabei hilft, dass man ihn nicht erkennt, dass die Möglichkeit eines Gesprächs unterbunden und er nicht in die Welt anderer Menschen gezwungen wird. Er sollte jetzt eigentlich an ihm vorbei sein. Mick blickt langsam, hebt seinen Kopf millimeterweise, um mehr vom Gehsteig vor sich zu sehen. Sie sind aneinander vorbei. Er ist nicht entdeckt worden. Erleichterung macht sich in ihm breit, er wirft einen schnellen Blick hinter sich und sieht Steve mit seinen Plastiktüten ein gutes Stück hinter ihm auf der anderen Straßenseite. Das Haus. Die Haustür. Sie öffnet sich nach einem kleinen, energischen Stoß, und da sind der Vorraum und der Flur, dunkel und kühl, wenn man aus der Sonne kommt. Diese Stille hier. Und was jetzt? Er tritt ein und geht in die Küche. Setzt den Wasserkocher auf. Trinkbecher klappern aus dem Schrank. Was für ein Scheißmorgen, Himmel noch mal.

Er hat zwei Tassen gemacht. Aber es bringt nichts, sich damit aufzuhalten. Er kippt eine in die Spüle und nimmt die andere zwischen beide Hände und wärmt die Finger daran auf. Irgendwas riecht eigenartig – wahrscheinlich ist die Milch nicht mehr die frischeste. Aber o.k., o.k., er wird sie trinken. Und dann erneut die Frage, wohin mit sich? Was tun jetzt? Was fangen Rentner bloß mit sich an? Bei all der vielen Zeit, die sie haben? Spatzen füttern, Glotze anmachen, der Park, kleine vertraute Spaziergänge runter zum Wasser, Pause machen und über dies und jenes schwatzen? Dieses ganze Geschwätz über Persönlichkeiten von früher und wie alles war, bevor die Werften dichtmachten, und was man eigentlich von diesen riesigen neuen Wohnblocks hielt, die da unten hochgezogen werden? Die Eisernen Ladys, wie sie immer genannt wurden. Im Wohnzimmer ist alles nach wie vor. Der Trödelmarkt auf dem Sofa und die Fotos, die immer noch auf dem Boden rumliegen. Es wirkt jetzt noch lächerlicher als vorher, aber er lässt alles, wie es ist, und setzt sich in den Sessel, um seinen Tee zu Ende zu trinken. Sein Blick schweift über die Fotografien, und er stellt fest, dass ein paar davon ein Stück unter das Sofa gerutscht sind. Er steht auf und zieht sie wieder hervor. Schwarz-weiße, ganz gute, die hatte er früher gar nicht so beachtet. Auf einer ist Cathy gar nicht drauf, er hat sie aus Versehen rausgelegt: Bloß er selbst ist drauf, vielleicht neun oder zehn, es kann also nicht lange nach dem Tod seines Dads gewesen sein, und er steht im Hof hinter dem Haus, wo er und seine Ma wohnten, und er grinst in die Kamera. Das andere Foto ist noch besser. Er kann sich genau erinnern. 20. September 1967, Stapellauf der *Queen Elizabeth 2*. So einen Tag vergisst man nicht. Er hebt das Bild auf und nimmt es mit rüber zum Sessel. Es ist zwar verblichen, aber man erkennt immer noch, was für ein sonniger Tag es war, das ganze Werftgelände gerammelt voll mit Menschen, mehr als dreißigtausend. Als er Cathy damals abholte, hatte sie derartig viel Theater darum gemacht, das Richtige anzuziehen und die Thermoskanne und Haferplätzchen fertig zu machen, dass die Werft bei ihrer Ankunft schon völlig überlaufen war und sie eine halbe Stunde brauchten, ehe sie Pete und Mary fanden. Auf dem Foto stehen sie alle vier in einer Reihe, die Arme auf den Schultern der anderen. Er weiß sogar noch, wer das Bild für sie aufgenommen hatte: dieser kleine, tatterige Mann im Anzug, mit dem pomadigen Haar mit Seitenscheitel, der ihnen seine Krücke zu halten gab, während er versuchte, die Funktion der Knöpfe an der Kamera rauszufinden. Cathy und Mary, beide in ihren hübschesten Kleidern, halten sich an den Händen. Er und Pete sind sternhagelblau. Pete stützt sich auf die Krücke des alten Knaben, und die anderen lachen über ihn. Er starrt auf das Bild. Das Gesicht ist ihm so vertraut, als wäre er immer noch siebzehn. Aber es ist nur ein Bild. Es sagt einem nicht, wer sie ist. Es ist einfach nur das Bild eines jungen Mädchens am Rand einer Fotografie, das kichernd neben seiner besten Freundin steht. Mary. Auch ihr Gesicht ist ihm noch völlig präsent. Cathy steht wie immer etwas am Rand, nicht, dass Mary hübscher gewesen wäre, absolut nicht. Es hatte einfach was mit Selbstvertrauen zu tun, so war es immer, und wenn Cathy ein bisschen rundlicher war – geschenkt. Ganz zu Anfang waren er und Pete hinter Mary her gewesen.

Und es hatte ihm damals einen Stich versetzt, als es Pete gewesen war, der sie am Tanzabend als Erster zu einem Date bewegen konnte, und auch das nur, weil Pete an diesem Abend in Bezug auf die Getränke schon vorgelegt hatte.

Cathy wusste all das. Sie hatte die Geschichte selbst oft erzählt. Trotzdem. Mary war die erste Wahl gewesen; man konnte darüber witzeln, so viel man wollte, aber so war es gewesen. Nicht zu ändern. Nach all der Zeit lässt es sich natürlich leicht vergessen. Jedenfalls für ihn – leicht zu vergessen. Aber dann fragt man sich: Verschwindet so was jemals wirklich? Auch als die Werft zumachte und die vier verschiedene Wege gingen – Cathy und er nach Australien, Pete und Mary in einen der neuen Vororte der Stadt –, hat sie je daran gedacht? Als dieses Foto aufgenommen wurde, waren er und Cathy erst ein paar Monate zusammen gewesen. Wahrscheinlich war er immer noch sauer auf Pete. Nicht, dass man es hier sehen würde – sie beide stolpern herum, halten sich aneinander fest, nachdem sie gerade mal wieder bei dem freundlichen alten Mädchen mit der Schürze gewesen waren, das den eigens gebrannten QE2-Whisky ausschenkte. Ach, ihr zwei schon wieder? Na, dann gebt mir mal eure Becher, ihr zwei Radaubrüder. Gleich neben ihr war der Buchmacher gewesen, der Wetten darauf annahm, was der Name sein würde: Churchill stand bei drei zu eins, und er und Pete setzten bei fünf zu eins auf John F. Kennedy; welche Quote es für QE2 gab, weiß er nicht mehr, aber darauf hatte bestimmt niemand gewettet. Außer dem alten Aberconway natürlich, dem Chef der John-Brown-Werft, der oben auf Deck stand, direkt neben Prinzessin Margaret in ihrem weißen Wollmantel. Und die Queen selbst wusste es natürlich auch; sie lächelt sogar ein bisschen, als sie das Band durchschneidet und den Freigabeknopf drückt. Die Menge fängt an, es anzufeuern, als sich das Schiff nicht von den Pallen rührt. »We shall not be moved«, wurde gesungen. Pete brüllt: »Gebt ihr 'nen Schubs!«, und die Mädchen geben sich alle Mühe, dass er die Klappe hält. Einen Augenblick später fängt sie doch an zu rutschen, und alles jubelt, als sie ins Wasser gleitet und die siebenhundert Tonnen der Schleppkette hinter ihr die Helling runterrasseln. Ruckartig steht er auf, greift sich einen Armvoll von diesem ganzen Zeug auf dem Sofa, drückt es sich vor die Brust und raus aus dem Zimmer, die Treppe hoch.

Ein Stoß gegen die Schlafzimmertür, und er geht schnell rein und lässt die Sachen umstandslos aufs Bett fallen. Die Laken sind blank und zerknittert, ein Lichtstrahl fällt auf die Stelle, wo sonst die Kissen liegen.

Er macht sich nicht die Mühe, die Fotos wieder an ihre angestammten Plätze zu bringen, sondern stapelt sie einfach aufeinander und schafft sie mit dem Übrigen hinauf ins Schlafzimmer. Das Treppauf-treppab bringt ihn ins Schwitzen. Mary kann er sich gut vor Augen führen. Er kann sich vorstellen, wie sie aussieht – das exakte Abbild ihres Gesichts vor nicht mal vierzehn Tagen beim Begräbnis, wie sie mit ihm spricht und ihr Beileid ausdrückt. Mary sieht er vor sich, seine Frau jedoch nicht. Eigentlich kann er sich so ziemlich jeden vorstellen, an den er denkt, außer ihr; er kann sich diesen verdammten Phillip Schofield besser vergegenwärtigen als Cathy – dieses verkniffene, arschlochige Grinsen, das silberne Haar und die sich urplötzlich schließenden Hände, wenn er sich nach vorn neigt –, da ist er, der verdammte Phillip Schofield. Er sammelt die Kochbücher, die Illustrierten, die Romane zusammen und verfrachtet alles ins Schlafzimmer. Schweiß läuft ihm die Schläfe runter, als er wieder ins Wohnzimmer kommt, um mehr zu holen. Er muss dieses ganze Zeug loswerden. Es hilft ihm nicht dabei, sich an sie zu erinnern – jedenfalls nicht auf die richtige Art, absolut nicht auf die richtige Art. Es erinnert ihn nur dran, dass sie tot ist. Und das gilt für alles, für den ganzen vermaledeiten Kram: Videos, Rekorder, Blumentöpfe, Salzstreuer, Staubsauger, einfach alles, der ganze Scheiß kann weg.

Er steht da und sieht sich um. Draußen vorm Fenster Dunkelheit. Das Zimmer ist jetzt fast leer: Lediglich das Sofa, der Sessel und der Fernseher stehen trotzig verankert an ihren gewohnten Standorten. Er setzt sich hin und macht den Fernseher an. Der Teppich könnte mal sauber gemacht werden: Ansammlungen von Staub und Dreck bilden Vierecke und Kreise auf dem Boden. Aber der Staubsauger ist weg, im Schlafzimmer unter Bergen von anderem Zeug begraben, und überhaupt: Es stört ihn nicht, dass es dreckig ist, was macht das schon, es gibt nicht mal einen Grund, hier drin zu sein, und er steht plötzlich auf und geht in die Küche. Sein Mund ist ausgetrocknet. Er nimmt sich ein Glas Wasser, trinkt es gleich neben der Spüle aus und will sich schon an den Tisch setzen, wird jedoch das Gefühl nicht los, er müsse in Bewegung bleiben – weiterhin irgendwas tun. Andernfalls wird er sich hinsetzen und nie mehr fähig sein, wieder aufzustehen. Wahrscheinlich ganz vernünftig. Denn sobald er sich hinsetzt und nichts tut, bedeutet das bloß, dass er anfängt, über alles nachzudenken. Und wenn er heute was gelernt hat, dann, dass Nachdenken unklug ist; es erschöpft einen nur und lässt einen sich aufführen wie ein Geisteskranker.

7.

Gibst du mir mal die Fernbedienung rüber, Süße?«

»Hier. Aber denk dran, meine Sendung fängt bald an.«

»Weiß ich.«

Er schaltet auf einen anderen Kanal und gibt ihr die Fernbedienung zurück, passt dabei auf, dass sein Tablett nicht aus dem Gleichgewicht gerät, und isst weiter. Es ist ein gutes Abendessen. Ein Chili. Sie hat irgendwas reingetan – er weiß nicht genau, was es ist, aber es hat einen etwas anderen Geschmack, und er mag ihn.

»Beim Termin heute alles o.k. gelaufen?«, sagt er.

»Ja, prima. Der Arzt hat ihr was Neues verschrieben. Meint, sie würde dann besser schlafen.«

»Scheint ja zu funktionieren.« Er lächelt, sieht zur Decke hoch und isst weiter. Ziemlich laut, der Fernseher, fällt ihm auf, und er streckt sich rüber zur Fernbedienung, um ihn leiser zu stellen.

»Ich hab Mick Little heute gesehen, du weißt schon, einer der Fahrer bei Muir's.«

Sie nickt.

»Hab ich dir erzählt, dass seine Frau gestorben ist?«

»Nein. Großer Gott, das ist ja schrecklich.«

»Krebs, glaube ich. Mesotheliom.«

»Wie furchtbar. Der arme Mann.«

»Allerdings. Er sah auch schlecht aus, regelrecht gebrochen.«

»Na, was erwartest du? Seine Frau ist gestorben. Wie soll er da sonst aussehen?«

»Ja, klar. Klar.«

Er kratzt das letzte Chili mit der Gabel zusammen und stellt das Tablett weg. Sie sieht auf die Uhr, bemerkt er, weil sie ihre Sendung nicht verpassen will. Es sind aber noch ein paar Minuten, also schauen sie weiter, was im Moment läuft, irgendwas mit einem Typen auf einem Schiff, der in die Kamera spricht.

»Hast du mit ihm geredet?«

»Mit Mick? Nee. Es passte grade nicht. Ich kam vom Einkaufen zurück, bin auf der Straße an ihm vorbeigekommen.«

»Und *wieso* hast du nicht mit ihm geredet?«

»Nee, der Moment war ungünstig. Was soll ich auch groß sagen, mal im Ernst? Am besten, man lässt ihn in Ruhe. Ist auch erst ein paar Wochen her, dass sie starb, glaube ich.«

Sie ist fertig mit Essen und stellt ihr Tablett auf den Boden.

»Kommt er wieder arbeiten?«

»Vielleicht, ich weiß nicht. Möglicherweise nicht, so ruhig, wie der Laden momentan läuft. Vielleicht steht er sowieso kurz vor der Rente, ich weiß nicht.«

»Du könntest ja mal bei ihm reinschaun, in ein paar Wochen vielleicht. Gucken, ob er mit einen trinken geht.«

»Ja, vielleicht.«

»Du und Bertie und die andern. Lasst ihm ein bisschen Zeit und schaut dann mal bei ihm vorbei. Wahrscheinlich freut er sich, wenn er nicht mehr arbeiten kommt.«

»Ja, aber, hör mal. Was soll ich denn machen – einfach bei ihm zu Hause reinschneien? So gut kenn ich den Typen auch wieder nicht. Ich will ihm auch nicht auf den Zeiger gehen.«

»Aber du warst doch schon mal mit ihm einen trinken.«

»Ja, klar, aber das war was anderes, das war von der Arbeit aus. Es wär unnormal, einfach bei ihm vor der Tür zu stehen oder ihn anzurufen. Der will sich doch nicht wie ein verdammter Sozialfall vorkommen.«

»Hat er Familie?«

»Ja, 'n Sohn, oben in Yoker, soweit ich weiß. Der Typ will doch nicht, dass alle fünf Minuten jemand vor der Tür steht, oder?«

»Weiß nicht. Ich kenn ihn ja nicht. Aber es ist schon traurig.«

»Stimmt.«

Sie nimmt die Fernbedienung und schaltet um, während er die Tabletts nimmt und rausbringt.

8.

Die Waffeln sind seit ein paar Tagen alle, und er hat tatsächlich mal Hunger. Doch aus dem Haus will er nicht. Drin sein allerdings genauso wenig, daher ist die Lage nicht gerade ideal: Er läuft von einem Zimmer ins andere, unfähig, sich irgendwo niederzulassen, bis er sich schließlich an den Küchentisch setzt und ziemlich lange dort bleibt. Er denkt an nichts, sondern wartet nur darauf, dass der Hunger irgendwann übermächtig wird und ihn aus der Haustür treibt.

Da ist McDowell's, wäre eigentlich das Naheliegendste, das kennt er gut, aber er ist auf ein bisschen Ruhe aus, wenn er sein Schinkenbrötchen isst, darum geht er die Hauptstraße noch ein Stück weiter runter zu dem anderen, zum Millennium Star. Hier hat es die gleichen vertrauten Geräusche und Gerüche: Schinkenspeck brutzelt auf dem Bratrost, das Radio läuft halb aufgedreht, und neben der Teemaschine stapeln sich die Zeitungen der Woche. Bei der Tür sitzt ein abgerissener alter Knabe über die heutige Zeitung gebeugt. Wahrscheinlich ist er schon den ganzen Morgen hier und beäugt die Rennquoten. Mick setzt sich in die Ecke, abseits von dem Alten und dem einzigen anderen Tisch, an dem drei Straßenarbeiter schweigend ihre Hähnchen mit Erbsen, Soße und Bratkartoffeln vertilgen. Das Mädchen kommt, und er bestellt sich ein Schinkenbrötchen und einen Tee. Ehe sie geht, mustert sie ihn kurz, na schön, er ist nicht gerade im besten Zustand, was soll man da erwarten?

Die drei sind Osteuropäer. Große, stille, kahl geschorene arme Schweine – jede Wette, dass eine ganze Wagenladung von denen schichtweise irgendwo in einem Einzelzimmer schläft. Aber was soll's, ist doch gut so, weil wenn *sie* den Job nicht machen, wer denn dann? Diese jungen Burschen, die man auf den Straßen rumlungern sieht, und die Behörden jammern, es gebe keine Arbeit für sie? Geschenkt. Wenn es die ganzen Werften noch gäbe, wäre eins sonnenklar: Es wären *diese* Jungs hier, die dort arbeiten und Schiffe bauen würden. Großartige, harte, gefährliche Arbeit, nichts für die Rumlungerer dieser Welt. Aber die hier würden sich nicht beklagen; ein Schlafraum voller stinkender Füße, aber da geht wieder ein Lohnscheck mit dem Flugzeug ab, und Boss, kann ich noch eine Schicht übernehmen? Der salzige Geschmack des Schinkens behagt ihm. Er isst langsam, in Etappen, damit es gut rutscht. Die Kellnerin hat ihn immer noch im Blick, während sie Geschirr abtrocknet und auf ein Tablett stellt. Fürchtet, er könnte abhauen. Vielleicht sollte er etwas Geld auf den Tisch legen. Dem alten Knaben an der Tür misstraut sie eindeutig nicht halb so sehr, so wie sie zu ihm rübertrippelt, ein kleines Schwätzchen hält und seinen Teebecher nachfüllt. Alter Schlawiner. Der hat's raus. Wahrscheinlich kommt er jeden Tag. Dann aufs Amt, seine ganzen Gebrechen geltend machen, und das Geld reicht nie weiter als die fünfzig Meter von hier am Buchmacher vorbei bis zum Getränkeladen. Trotzdem, man kann's ihm nicht vorwerfen. Wenn sie ihm umsonst Tee nachschenken wollen, wird er sie schließlich nicht dran hindern, ist doch klar. Das ist sein Eckchen hier; sie kennen ihn, er wird akzeptiert und mit Häppchen gefüttert wie eine streunende Katze. Wieso sollte man da nicht wiederkommen?

Brot, Eier und Kekse und solche Sachen gibt's im Supermarkt unter der Hausmarke. Und als Zugabe eine Flasche Whisky. Er hat sich einen Wagen genommen, obwohl er nicht vorhat, ihn vollzumachen, und selbst wenn, hätte er sowieso nicht genug Geld dabei. Am Bankautomaten war er zum letzten Mal, kurz bevor Robbie und Jenna abfuhren, und da hatte er gesehen, dass sein Kontostand ziemlich knapp ist. Deswegen hat er keine andere Wahl, als noch mal auf der Arbeit anzurufen, wenn er wieder daheim ist, und ihnen zu sagen, er werde vorbeikommen, um zu klären, dass er wieder einen Mietwagen kriegt. Keine Ausreden diesmal.

Zu dieser Tageszeit ist nicht viel los. Es herrscht eine ruhige Atmosphäre, erfüllt von den gleichmäßigen Geräuschen der Deckenlampen und Kühltruhen, und ein kleiner Gabelstapler mit Butterkartons surrt vorbei. Am Ende seines Gangs kämpft eine Frau mit ihren Einkäufen, indem sie versucht, ihre Kleinen unter Kontrolle zu bringen, die sie aus Kühltheken zerrt, und ungewollte Artikel wie Chips und Ginger-Ale-Dosen wieder aus ihrem Wagen zu angeln, die irgendwie dort hineingelangt sind.

Er sieht zu, wie sich seine Sachen auf dem Band vorwärtsbewegen. Er hätte dran denken sollen, was Gemüsiges mitzunehmen. Eine Tüte Erbsen oder einen schönen großen Kohlkopf. Jetzt ist es zu spät. Vielleicht nächstes Mal.

»Mick.«

Er dreht sich um. Es ist Mary. Pete steht hinter ihr.

Sie macht Anstalten, auf ihn zuzugehen, aber sein Wagen ist im Weg.

»Wie geht's denn so?«, fragt Pete.

»Ganz gut, Pete, danke.« Die Whiskyflasche kippelt, als das Band weiterruckelt. Er greift nach dem Trennstab, und seine Hand zittert ein bisschen, als er ihn hinter seine Einkäufe legt. Er hält sie einen Augenblick darauf gedrückt.

»Ist ’ne gute Tageszeit, um einzukaufen, was?«

Beide sehen ihn an.

»Genau«, sagt Pete. »Schön ruhig.«

Die Kassiererin hat seine Sachen gescannt. Sie wartet darauf, dass er weitergeht, sein Zeug liegt jetzt verstreut im Einpackbereich.

Mary sieht ihn an. Die Kassiererin sieht ihn an. Alle sehen ihn verdammt noch mal an. Der Betrag steht auf der Anzeige und ist höher als erwartet. Er holt seine Geldbörse hervor, seine Hände zittern immer noch; das Ganze ist zu einer verlegenen Bloßstellung geworden. Nichts, was er sagt oder tut, verweist nicht irgendwie darauf: auf seine gestorbene Frau. Wo kriegt er jetzt Geld her, wenn er nicht arbeiten war? Ist er auf Stütze? Oder hängt er an der Flasche, schau, der Whisky?

Es ist genug Geld drin, und er bezahlt. Er ist beim Einpacken, als Petes und Marys Sachen übers Band kommen: Hähnchenteile, eine DVD von *Still Game,* ein Currygericht, Holzlack. Da liegt das Wochenende aufgereiht, na ja, da kommt es angezuckelt. Plötzlich ein Armdruck, und er blickt in Marys Gesicht, das ihn anlächelt. Jetzt geht’s also los.

»Mick, es ist so schön, dich zu sehen. Wir konnten an gar nichts anderes mehr denken.«

Pete sieht mit einem kleinen verkniffenen Lächeln zu.

Sie nimmt ihre Hand wieder weg. »Ruf uns bitte an, Mick. Jederzeit, ja?«

»Danke, Mary. Mach ich.«

Er nimmt seine Tüte und bemerkt, dass die Kassiererin jetzt auch dabei ist. Alle drei lächeln ihn mitleidig an, als er geht: Sie sehen aus wie Besucher an einem Krankenbett.

Er setzt den Wasserkocher auf, beobachtet, wie der Spatz draußen Brotkrümel aufpickt, und geht hoch, um sich das Gesicht zu waschen. Er wird sich nicht mehr in Cafés von Kellnerinnen einschüchtern lassen, hat er beschlossen. Dann geht er wieder nach unten, um den Tee zu trinken und ein bisschen fernzusehen.

Im Haus ist es viel zu warm, deshalb steht er auf, um die Fenster aufzumachen – das im Wohnzimmer und die Hintertür in der Küche. Bisschen Luft reinlassen. Und anschließend einen Whisky? Warum nicht? Es wird allmählich Nachmittag, und ein paar Kekse und ein Whisky, das wär's. Die Nerven beruhigen. Sich entspannen. Und wenn er dann ruhig ist, kann er zum Hörer greifen und auf der Arbeit anrufen. Bringt doch nichts, hier die ganze Zeit rumzusitzen und nichts zu tun, besser, er kommt in Schwung und hält das Hirn in Gang. Dazu noch der ganze soziale Aspekt, bisschen mit den Fahrgästen schwatzen oder mit den anderen Fahrern. Er muss leise lachen. Ein bisschen schwatzen? Und worüber? Hast du am Wochenende das Spiel gesehen, war doch ein Knaller, hinterher waren wir noch aus, und du kannst dir nicht vorstellen, was passiert ist, hör dir das mal an. Das Leben geht weiter, Mick. Was erwartest du denn, hä? Willst du, dass wir alle stumm rumstehen, weil das passiert ist? Ist ja nicht so, dass wir nicht mitfühlen würden, tun wir ja, nur – das Leben geht weiter, unser Leben geht weiter. Plötzlich lässt ihn ein lauter Knall hochfahren, und ein Schwall Whisky schwappt ihm ins Gesicht. Er wirbelt herum und sieht zur Tür – ach so, das muss der Luftzug gewesen sein. Seine Hände fangen schon wieder an zu zittern, als er sein Glas abstellt und aufsteht, um zuzumachen.

Stimmt. Es war der Zug. Er schließt alle Türen und Fenster und geht zurück, um sich hinzusetzen und sich zu beruhigen.

Auf der Stelle ist es wieder heiß, aber damit muss er halt leben; lieber das, als ein Scheißherzinfarkt.

Lynsey wird jetzt nicht mehr im Büro sein, jemand anders ist in der Zentrale. Irgendwie beunruhigt ihn der Gedanke, wieder mit ihr zu sprechen. Andeutungen. All diese verdammten Andeutungen, an denen kein Weg vorbeiführt. Lynsey und das bisschen Gekichere, das es zwischen ihnen immer gab, man könnte sogar Flirt sagen, aber es ist o.k.; es ist o.k., weil man älter wird und verheiratet ist und Sex nicht auf dem Zettel steht, wenn Frauen sich mit dir unterhalten. Du bist keine Bedrohung, also kann man lachen und rumalbern, weil niemand auf der Hut vor deinen körperlichen Bedürfnissen und Begierden ist. Aber jetzt, jetzt liegen sie allesamt offen zutage, und die Leute werden wachsam, weil es genau das ist, worauf sie achten.

Er ruft im Büro an. Es klingelt, und er legt sich schon zurecht, was er auf den Anrufbeantworter sprechen will, als jemand mitten im Klingeln abnimmt.

»Hallo.«

Er erwägt aufzulegen.

»Hallo?«

»Mick hier. Bist du das, Malc?«

»Ja, Mick, hi. Wie geht's dir? Rufst spät an, was?«

»Ich dachte nicht, dass du noch da bist.«

»Nee, ich hänge hier fest. Musste Papierkram erledigen, und dann hat andauernd das Telefon geklingelt.«

Es entsteht eine Pause.

»Ich würde gern weitermachen, deswegen rufe ich an.«

Er kann Malcolm am andern Ende atmen hören.

»Die Sache ist die, Mick, zurzeit ist nicht besonders viel los. Ich meine, wenn du noch ein bisschen Zeit brauchst, für die Familie und so, das wär o.k., weißt du, kein Problem.«

»Nein, ich würde gern weitermachen.«

Er riecht seinen Whiskyatem an der Sprechmuschel.

»O.k., gut, ganz prima. Den Wagen hast du verkauft, oder?«

»Hab ich.«

»Gut, dann besorgen wir dir wieder einen zum Mieten. Komm irgendwann vorbei, dann suchen wir dir Schichten raus, o.k.?«

»O.k.«

»Jetzt muss ich mal aufhören, Mick. Wir sehen uns dann.«

»Bis dann.«

Er setzt sich hin, schließt die Augen und versucht sich zu beruhigen. Geschafft. Aufgabe erledigt. Jetzt entspann dich. Aber genau da fällt ihm ein, dass er den Anrufbeantworter lange nicht abgehört hat und ja jemand angerufen haben könnte. Er geht zurück in den Vorraum zum Telefon. Drei neue Nachrichten.

»Hallo Mick, hier ist Alan. Wollte nur sagen, wie's aussieht, sind wir am späten Nachmittag da. Kommt auf den Verkehr an. Ich vermute mal, dass du nicht allzu viel im Haus hast, also Lebensmittel, das heißt, wir bringen was von unterwegs mit. Bis bald hoffentlich.«

Wie war das mit keinen Herzinfarkt kriegen? Himmel noch mal. Es dauert die halbe Nachricht, ehe er merkt, dass sie alt ist und die Highlander nicht jeden Augenblick vor der Tür stehen. Um das Datum zu hören, spult er sie noch mal zurück, bloß um sicherzugehen. Löschen.

Die nächste ist von Robbie.

»Hi, Dad, ich ruf nur an, um zu sagen, dass wir wieder daheim sind, und zu hören, wie's dir geht. Der Flug war am Schluss der reinste Albtraum, nicht genug Bodenpersonal oder so in Hongkong, deshalb mussten wir fünf Stunden warten und sind jetzt beide ziemlich geschafft. Jenna ist oben und schläft bei Damien. Na, jedenfalls hoffe ich, dass du o.k. bist. Ich ruf später noch mal an. Pass auf dich auf.«

Die letzte ist ebenfalls von Robbie.

»Hi, Dad, ich nehme an, dass du arbeitest. Egal, ich will nur mal hören, wie's bei dir läuft, das ist schon alles. Ich hab letzte Woche wieder gearbeitet, und das war gut – es lenkt einen ein bisschen ab. Jenna lässt dich grüßen, Dad, und dir alles Liebe ausrichten. Also, tja, ruf mich mal an. Egal, um welche Zeit, ich ruf dich dann direkt zurück. O.k. Pass auf dich auf und lass von dir hören. Mach's gut.«

Ende der Nachrichten.

Dunkel draußen. Er macht den Fernseher aus. Zieht die Bettdecke und das Kissen neben dem Sofa vor und geht nach oben, um die Isoliermatte zu holen. Er schleift alles zusammen zur Hintertür in der Küche und geht in den Garten raus.

Es ist kühl draußen, aber ganz angenehm, kein Wind und auch kein Lärm. Er läuft zum Schuppen und geht rein. Auf dem Boden liegen Kartons und ein Hammer, die er auf dem rissigen Plastiktisch an der Rückwand verstaut. Dann räumt er die Liegestühle und den rostigen Rasenmäher nach draußen, vor die Außenwand der Küche, und kommt mit dem Bettzeug zurück, breitet Matte, Kissen und Decke auf dem Boden aus. Der Platz reicht gerade so. Ein letzter Blick aus der Tür, dass ihn niemand über den Zaun weg beobachtet, dann macht er sie hinter sich zu.

9.

Es ist kalt. Wind ist aufgekommen, und er liegt da, die Decke fest an sich gezogen. Er kann nicht schlafen und hört, wie die lockere Scheibe im Fensterrahmen klappert. Er hätte schlauer sein und noch ein paar Decken mitnehmen sollen. Nur gut, dass er an den Whisky gedacht hat. Er nimmt noch einen Schluck und spürt ihn die Kehle runterbrennen.

Er dreht sich um. Scheiße, Mann, ich kann nicht schlafen. Aber ins Haus zurück – auf keinen Fall. Lieber erfriert er, als die Nacht da drinzubleiben: Obwohl er die Zimmer ausgeräumt hat, bedrängen sie ihn und setzen ihm immer noch zu und bringen ihn dazu, über alles nachzugrübeln. Hier draußen ergeht es ihm allerdings auch nicht besser, um ehrlich zu sein. Wir konnten an nichts anderes mehr denken. An nichts anderes. Wirklich, Mary? Bist du da sicher? Du hast dran gedacht, welche DVD ihr euch anschaut und dass euer Zaun mal wieder lackiert werden muss – aber nein, nein, weißt du, woran wir wirklich gedacht haben, das war Cathy und diese fürchterliche Situation jetzt. Das hatten wir doch die ganze Zeit im Kopf. Und hast du dir mal Gedanken darüber gemacht, Mary, warum es Cathy erwischt hat und nicht dich? Das ist doch die Frage. Pete war genauso lange auf der Werft – sogar auf den Tag genau, schließlich hatten sie am selben Tag angefangen –, und du hast seine Overalls ausgeschüttelt und gewaschen und die Teppiche gesaugt, ganz genau wie Cathy.

Und warum eigentlich nicht Pete? Oder ihn? Es ist immer dieselbe Frage, die ihm kommt: Warum hat es nicht ihn selbst erwischt? Er hat mit diesem Zeug jeden Tag gearbeitet, ist mit den Isolierern zusammengestoßen, die den Affendreck eimerweise rumtrugen, ist unter Gerüsten langgelaufen, von denen es in Wolken runtergerieselt war wie Schnee. Und die Hauptfrage schlechthin – bereit dafür, großer Boss da oben? –, wieso nicht den Schwager? Denn wenn irgendwer es verdient, dass es ihn erwischt, dann ja wohl er, er und die ganzen anderen verlogenen Arschlöcher, weil sie es wussten. Lange vor allen anderen haben sie gewusst, wie gefährlich es war, haben aber nichts unternommen. Nichts. Diese ganzen Gutachten und Berichte, die sie gehabt haben müssen, die die Risiken aufzeigten – alle beiseitegewischt, weil es wichtiger war zu versuchen, mit den Japanern und Franzosen und Deutschen mitzuhalten. Wieso nicht der Schwager? Aber der war ja weggeschlossen, nicht wahr, hat hinter schön fest verriegelter Tür Schiffseignern und Versicherungsleuten Whisky hinter die Binde gekippt. Wir sind unserer Verantwortung immer nachgekommen, glaub bloß nicht, dass nicht. Wir haben schließlich die Schilder aufgestellt. Schilder, auf denen es um Belüftung und Schutzmasken und Staubwerte und all diese Sachen ging, über die sich allerdings niemand groß Gedanken gemacht oder nachgefragt hat, weil man die verdammten Dinger gar nicht lesen konnte, die waren ja komplett von diesem verfluchten Staub überzogen.

Er drängt sich in den Spalt zwischen Boden und Wand, um dem Wind auszuweichen, der hier durchfegt. Alles tut ihm weh. Kein Wunder. Diese Isomatte ist steinalt, nahezu durchgelegen, und wenn sie's nicht schon wäre, wär sie's spätestens demnächst, so wie er sich dauernd darauf herumwirft und wälzt. Noch ein Schluck Whisky. Und noch einer. Lügner.

Verdammte Lügner – denk mal an die ganzen armen Schweine in der Asbestfabrik, die das Zeug herstellten, sind die nicht am allermeisten belogen worden? Man sah immer, wie sie dort rauskamen, verklebt von dem Zeug und nass von oben bis unten, nachdem sie die Maschinen abgespritzt hatten. Jeder hatte eine Zeitung dabei, um sie sich im Bus unter den Allerwertesten zu legen, damit es keinen Ärger mit dem Fahrer gab. Man hatte ihnen gesagt, gefährlich wäre es nur, wenn es trocken ist. So schleppten sie es mit nach Hause, und dort – ja was wohl – trocknete es natürlich wieder, aber soweit es die zuständigen Stellen anging, war das in Ordnung, ungefährlich. Alles verdammte Lügen. Sie verdienten alles, was daraus folgte. Und sollte *er* sterben, würde er vielleicht diesen Weg gehen. Und Cathys Zukunft sichern. Aber so war es nicht gekommen. *Er* war es gewesen, der das Zeug ins Haus gebracht hatte. Und er hätte es wissen müssen. Vielleicht nicht am Anfang, damals vor langer Zeit, später jedoch schon, als es die Warnungen und Zeitungsberichte gab; er hätte diese Lügen durchschauen können und nicht so blind ihnen gegenüber sein dürfen. Er hatte sogar mit jemandem gearbeitet, der es für Rückenschmerzen gehalten hatte. Und einen gekannt, der das zunächst ebenfalls gedacht hatte und gestorben war. Doch als er dann mit Cathy beim Arzt gewesen war, hatte er nichts von Asbest gesagt, es war ihm einfach nicht eingefallen. Hast du dich vielleicht irgendwann irgendwo verletzt, fällt dir was ein? Na ja, vielleicht beim Staubsaugen. Als ich neulich unterm Küchentisch zugange war, hatte ich so ein leichtes Stechen im Rücken. Und das war's dann. Entschieden. Sie hatte sich was am Rücken geholt. Da kann man nur ein paar Wochen Ruhe halten und nichts machen – lassen Sie sich doch mal den Mann im Haus ein Weilchen mit dem Staubsauger anfreunden, hm? Sie hatten alle darüber gekichert.

Und er hatte es getan: staubsaugen, sauber machen, bügeln, während sie den ganzen Monat dagesessen und sich über ihn amüsiert hatte, bis sie wieder zum Arzt gingen, weil sie nicht mehr zu husten aufhörte.

Er bekommt die Gedanken nicht ausgeschaltet und drückt seine Stirn fest gegen das Holz, als wolle er sie bekämpfen, aber es nützt nichts. Und wenn er vor Gericht gehen würde, wären die Erinnerungen ständig da – für Monate oder Jahre, wie lange es eben dauern würde. Aber das ist noch längst nicht das Wichtigste: Wieso sollte *ihn* ein warmer Geldregen ereilen? Ausgerechnet ihn, der es ins Haus gebracht und ihr die Overalls zum Waschen gegeben hat, tja, hier sind zweihundert Riesen, Kumpel, nimm sie, sie gehören dir – du hast sie verdient.

10.

In seinem Kopf schwimmt alles. Bescheuert. Er schaut zur Flasche rüber – er hat sich nicht nur den Schädel zugedröhnt, sondern auch die Hälfte seines Whiskyvorrats vernichtet. Nicht besonders vernünftig, aber so ist es halt; davon geht die Welt nicht unter, die heute früh eigentlich gar nicht so übel aussieht. Durch das kleine, schmutzige Fenster scheint ihm die Sonne auf die Beine. Er bleibt noch eine Weile liegen und lauscht den Geräuschen von draußen: Vögel, eine zuschlagende Tür, entfernt ein Radio. Und die ganze Zeit umspielt sein Zeh etwas wohltuend Kühles und Feuchtes, von dem er vielleicht besser nicht nachforscht, was es ist.

Egal, hoch und los. Er geht in die Küche, wo er Hemd und Hose auszieht und sich an der Spüle wäscht. Er trocknet sich mit dem einzigen verbliebenen Geschirrtuch ab, zieht die Sachen wieder an und macht sich zwei gekochte Eier und eine Scheibe Toast, um Streifen zum Eintunken draus zu machen. Nichts ist besser bei einem Kater als ein gekochtes Ei. Als er sie allerdings köpft, stellt er fest, dass er sie zu lange gekocht hat und sie hart geworden sind, daher kratzt er sie mit einem Teelöffel aus. Er muss heute zur Arbeit, ein paar Schichten kriegen. Das ist unumgänglich. Je länger er wegbleibt, desto weniger werden sie ihn wollen, und außerdem braucht er das Geld.

Er sitzt lange in der Küche und versucht, sich zum Aufbruch zu zwingen. Aber es klappt nicht; er ist nicht bereit. Es ist ihm zu viel – wie auch immer er es betrachtet, es ist ihm zu viel, sogar einfach nur hinzugehen, verdammt noch mal, schon der Gedanke daran lässt ihm den Schweiß ausbrechen. Morgen. Morgen geht er. Egal, was kommt.

Die Nächte werden kälter. Eines Nachmittags geht er ins Haus und die Treppe rauf, um mehr Decken zu holen, ein frisches Hemd und Hosen und einen Pullover. Eine Anstrengung, die allein schon enorme Willenskraft erfordert, einfach nur, sich zusammenzureißen und ins Schlafzimmer zu gehen. Und der Whisky ist schon lange alle, was auch nicht gerade hilft.

Nach drei Haltestellen entspannt er sich ein wenig. Niemand nimmt Notiz von ihm. Diese Leute, die ihre Ohrstöpsel drin haben oder einfach nur aus dem Fenster sehen, sind auf einem anderen Planeten. Selbst als Bertie, der Werkstattmechaniker, zusteigt, ist es o.k., denn er steht an einer Stelle hinten im Bus, wo Bertie ihn nicht sehen kann, weil zwei Dutzend Achselhöhlen und schlecht rasierte Gesichter dazwischen sind. Wobei das komplett unsinnig ist. Er wird ja sowieso bald mit ihm zusammentreffen. Und Bertie ist schon in Ordnung. Ein kurioser alter Kauz, der immer einen Witz oder eine kleine Geschichte auf Lager hat, um die anderen zu erheitern. Mick beobachtet ihn durch die Achseln hindurch. Selbst Bertie ist heute Morgen offenbar noch nicht ganz da, spinnt sich irgendwas aus, vielleicht eine komische Geschichte für die Fahrer.

Er lässt Bertie auf der Straße einen Vorsprung und geht ihm hinterher. In seinem Magen flattert es ein bisschen, als er in den Weg einbiegt, aber es ist niemand zu sehen, und so geht er direkt ins Büro, einen schäbigen kleinen Raum in einer Ecke des Betriebs. Es hat eine Trennwand aus Sperrholz auf der einen Seite und einen Tisch mit Computer auf der anderen, an dem Lynsey mit ihrem Headset sitzt. Sie tippt irgendwas und bemerkt ihn nicht, als er reinkommt. Ihr Blick ist auf den Monitor gerichtet, ihr Gesicht mit Make-up zugekleistert.

»Mick«, sagt sie und sieht auf.

»Hallo, Lynsey, wie läuft's?«

»Gut, Mick, gut.« Es ist ihr unangenehm, dass er da ist, das ist nur allzu deutlich. Weiß nicht, was sie sagen soll. Na ja, damit sind sie schon zwei.

»Ich hab mit Malcolm geredet. Er sagte, ich soll vorbeikommen.«

»Tatsächlich? Mir hat er nichts gesagt.« Sie sieht einen Moment auf ihren Bildschirm, dann wieder zu ihm. »Er ist gerade raus. Ich weiß nicht, wann er wiederkommt. Soll ich ihn auf dem Handy anrufen?«

»Nein, nein, lass mal, Lynsey. Ich warte einfach auf ihn, wenn das für dich o.k. ist.«

»Klar, wenn du willst.« Sie lächelt, und er strafft sich, ist darauf vorbereitet, aber dann sagt sie: »Bertie ist irgendwo da draußen und ein paar von den Fahrern. Schau dich doch ein bisschen um. Sie freuen sich bestimmt, dich zu sehen.«

Er blickt auf die Trennwand. Aus der Werkstatt dringt das Geräusch einer Maschine.

»Wenn's dir recht ist, bleibe ich erst mal hier, falls es dich nicht stört.«

»Nein, o.k. Kein Problem. Und du bist sicher, dass ich ihn nicht anrufen soll? Weil, ich hab keine Ahnung, wann er zurück ist, es könnte 'ne Weile dauern.«

»Ist schon o.k., danke.«

Auf der anderen Seite des Büros steht ein Stuhl, und er geht rüber und setzt sich. Er bleibt einen Augenblick sitzen, schaut sich um und bemerkt den Spalt neben der Trennwand, durch den man in die Werkstatt sieht. Er steht wieder auf,

Lynsey wirft ihm von ihrem Schreibtisch aus einen kurzen Blick zu, und er geht zu einem Metallaktenschrank hinüber, auf dem eine Zeitung liegt. Stehend liest er darin oder sieht sie zumindest an. Die Pinnwand neben ihm ist ziemlich leer. Normalerweise stände da eine lange Liste von Kunden und Vorbestellungen, aber jetzt gibt's da nur ein paar hingekritzelte Namen unter dem vergilbenden Seite-drei-Mädchen, das schon über ein Jahrzehnt dort hängt.

»Vielleicht schau ich tatsächlich mal kurz in die Werkstatt rüber, solang ich warte, Lynsey.«

Ihr Blick verharrt ein paar Sekunden auf dem Bildschirm, ehe sie sich umdreht.

»Ganz wie du willst, Mick, ist in Ordnung. Ich sage Malc, dass du hier warst, ja?«

»Tu das bitte, Lynsey. Ich bin bald wieder da.«

Er geht aus dem Büro, wirft einen Blick in die Werkstatt und geht weiter zum Weg, wo er Bertie im Gespräch mit Steve und einem jung aussehenden Typen sieht, dessen Gesicht er nicht erkennt.

Arschloch. Er ist echt ein Arschloch, anders lässt sich's nicht sagen.

Er ist in einer Kneipe in der Nähe des Betriebs. Er ist reingegangen, weil sie durchs Fenster ruhig aussah, und er war einfach nur so rumgelaufen, ohne Idee, wohin mit sich. Arschloch. Das sind seine Freunde, verdammt noch mal. Na ja, vielleicht nicht direkt Freunde, aber immerhin Kollegen, und das ist doch was, das ist doch von Bedeutung. Gerade jetzt. Und es ist ja auch nicht so, als hätten sie keine eigenen Probleme. Steve, dessen kleine Tochter krank ist; Bertie und sein schwieriges Verhältnis zum Suff. Klar, Bertie wäre gut für ein Schwätzchen – wenn es eins gibt, was er noch hat, dann ist es sein Geplaudere, auch wenn der Rest weg ist. Irre, sich jetzt vorzustellen, wie er früher mal war. Was für ein Typ er vor fast vierzig Jahren war, als sie eingearbeitet wurden. Ein Ein-Meter-fünfzig-Witzbold mit Segelohren – nie hätte jemand gedacht, dass er einen Menschenauflauf derart in den Griff kriegen könnte. Als er dann jedoch, umringt von einer Hundertschaft der schwarzen Schwadron, auf seinem Lötofen stand, schlug er die ganze Werft in Bann. Diese hohe, überzeugende Stimme, die über die Regierung herzog, und zweihundert verschmutzte Ohren, die jedes seiner Worte förmlich aufsaugten. Der Typ konnte stundenlang weitermachen. Es waren solche wie Bertie, die sie bei der Stange hielten: Selbst als die Entlassungen verkündet wurden, blieben sie eisern auf der Werft, arbeiteten weiter und ließen die Insolvenzverwalter und die ganzen anderen Ärsche nicht am Pförtner vorbei. Und den ganzen Winter hindurch bis zum Frühling waren Bertie und die anderen Gewerkschaftler immer da und händigten ihnen ihren Lohn aus. Und die Streikkasse blieb voll, die Frauen und Freundinnen brachten ihnen Fresspakete. Wie Cathy mit ihren Bergen von Schinkenbrötchen in Zeitungspapier, die sie ihm über den Zaun reichte.

Kaum zu glauben, wenn man's von heute aus betrachtet – wenn man Bertie sieht, alt und zittrig –, dass sie gewonnen hatten.

Er steht auf und holt sich an der Theke einen letzten Drink.

»Eins und eins«, sagt er zum Kellner und sieht zu, wie er oben im Regal nach dem Whisky greift. Himmel, aber dieses Saufen lässt ihn rumfaseln. Das ist definitiv sein letzter. Ein faselndes altes Arschloch, das ist er, und er grinst über sich selbst, als der Typ mit seinem Bier und dem Whisky kommt. Ein aufgeschossener, bärtiger junger Bursche mit kleinen, entzündet wirkenden Augen wie ein Paar Arschrosetten und einem zu großen T-Shirt, auf dem VAGITARIER steht – so eins von denen, die offenbar immer nur von XXL-Typen getragen werden. Er stellt die Gläser auf die Theke, und Mick zahlt und geht zurück zu seinem Platz in dem leeren Raum. Du kannst schon ein fieser Hund sein, Mr. Little. Ein fieser, alter Hund, und du weißt es. Ja schon, schon, aber wenn man ehrlich ist, liegt es doch bloß am Saufen.

Ein unerwarteter Gang der Dinge: Er findet sich in einem Elektromarkt wieder. Schwer zu sagen, wie er hierhergekommen ist, und angesichts dessen, dass das Wanken durch die Drinks inzwischen zum Tragen kommt und er derzeit nun wirklich keinen neuen iPod braucht, ist das hier wohl nicht gerade das sinnvollste Ausflugsziel. Immerhin hat es den Sicherheitstypen aufgeweckt.

In den Betrieb zurück kann er jetzt auf keinen Fall mehr. So viel steht fest. Nicht, nachdem er jetzt so lange weg war und mit dieser Fahne. Ziellos läuft er herum, sich halb bewusst, dass der Typ ihn beobachtet. Auf den Fernsehern in seinem Gang läuft Golf; dutzendweise zeigen alle das Gleiche: eins dieser Sponsorenturniere, bei denen ein paar Profis mit irgendwelchen Reichen und Berühmtheiten spielen – ehemalige Fußballer und alt gewordene Schauspieler –, diese Art Quatsch. Alan würde es gefallen. Wahrscheinlich sieht er es sich sogar gerade an. Heiliger Strohsack, wahrscheinlich spielt er sogar mit.

Irgendwo lacht jemand. Schwer zu sagen, woher es kommt und wie weit weg es ist, aber es sind ein Mann und eine Frau. Allmählich erkennt er die Stimmen, die er an warmen Tagen bisweilen draußen reden hörte. Früher am Nachmittag hatten sie gestritten, aber jetzt klingt es eindeutig nach Lachen, das unter der Tür hindurch und durch die Risse im Fensterrahmen seinen Weg herein findet.

Ihm ist kalt. Den ganzen Vormittag hat er unter den hochgezogenen Decken gelegen, und es ist nicht daran zu denken, die Tür aufzureißen. Er wird also mit dem Geruch leben müssen – dem hartnäckigen Gestank eines Fischgerichts, das er sich vor ein paar Tagen zum Abendessen mitgebracht hatte. Aber kurz darauf ist er zu durstig und verlässt den Schuppen, um in der Küche Wasser zu trinken. Er dreht gerade den Hahn auf, als im Vorraum das Telefon klingelt. Es erschreckt ihn. Wie angewurzelt bleibt er stehen, das Wasser läuft noch, und sein Arm fängt an zu zittern. Es klingelt lange. Er wartet, bis es aufhört, dreht den Hahn zu, stellt den Becher auf die Küchenplatte und geht geradewegs aus der Haustür.

Vielleicht sollte er mal zum Fluss runter. In Bewegung bleiben, er muss in Bewegung bleiben.

Er weiß nicht genau, wie spät es ist, auch nicht, wann es heutzutage am sichersten ist, hier runterzukommen, und wann man es besser lässt; es ist so lange her, dass er hier war. Also kommt er langsam den Weg entlang und checkt das Stück vor sich. Er kommt an einem jungen Pärchen mit zwei kleinen Kindern vorbei. Eins davon liegt im Kinderwagen, das kleine Mädchen rennt herum, tollt zwischen den Grabsteinen, und ihr Vater versucht sie zurückzurufen. Aber sie macht das schon richtig. Warum nicht an diesem Ort rumrennen statt um die Gräber staksen? Die sind alle tot, Herrgott noch mal, die schlafen doch nicht bloß. Wieder sind frische Blumen da. Die, die Mick selbst hingelegt hatte, liegen daneben, inzwischen vertrocknet und braun. Er hebt sie auf und schleudert sie über die Umzäunung. Komisch, dass Craig sie hat liegen lassen, obwohl – nein, wahrscheinlich hat er es extra gemacht, als Mahnung, als Markierung von Dads letztem Besuch. Das ist genau etwas, was er tun würde.

Es hat angefangen zu nieseln, deshalb geht er zum Gitterzaun und stellt sich unter einen kleinen Baum. Was es am schlimmsten macht, ist, dass es schwerfällt, den Jungen nicht zu bemitleiden. Es ist das gleiche nutzlose Kackmitleid, das ihm selbst jeder unbedingt aufdrängen will, und er macht es ja auch, wenn er sich vorstellt, wie er da allein und wütend in Yoker hockt und keinen zum Reden hat. Vielleicht aber doch. Wer weiß? Da gab's mal dieses Mädchen, mit dem er sich traf, Tina hieß sie, aber er hat keine Ahnung, ob sie noch zusammen sind. Wahrscheinlich eher nicht. Laut Cathy war es wohl eher eine lockere Sache. Er sollte ihn mal fragen. Bei dem Gedanken muss er kurz lachen. Er hat ihn bisher nur einmal besucht, und das ist ein paar Jahre her. In dieser schmuddeligen Wohnung, die vor dreckigen Tellern und vollen Aschenbechern nur so starrte. Aber es stand ihm nicht zu, was zu sagen, also ließ er's. Und Cathy sagte auch nichts, weil, wie sie meinte, es ist sein Leben, mit dem er anfangen kann, was er will, und wenn er was falsch machen will, dann soll er was falsch machen und aus den Fehlern lernen wie wir alle.

Die Familie ist immer noch vor ihm, als er über den Weg wieder fortgeht. Das kleine Mädchen hält die Hand ihres Vaters, und er beugt sich rüber und gibt seiner Frau einen Kuss auf die Schläfe. In dem Alter denkt man nicht an all das, was passieren könnte – was passieren wird, ja, was mit Sicherheit passieren wird. Man ist viel zu sehr damit beschäftigt, das Essen auf den Tisch zu kriegen und die Kleinen einzukleiden und die Bingo-Leidenschaft der Ehefrau zu finanzieren, um sich Gedanken darüber zu machen, wie es sein wird, wenn einer von ihnen nicht mehr da ist. Und das ist auch völlig richtig so. Himmel! Völlig richtig. Unfassbar, an so was zu denken.

Vor dem Haus ist ein Mann. Mick ist um die Ecke in seine Straße eingebogen und läuft den Gehweg runter, als er ihn vor der Haustür stehen sieht. Mick macht auf dem Absatz kehrt. Hält nicht an. Geht bis zum Ende der Straße zur Bushaltestelle und äugt durch deren Scheibe. Er ist immer noch da, steht da, wartet. Von hier aus kann er nicht genau sehen, wer es ist, aber er ist sich sicher, dass er ihn nicht kennt. Er kämpft damit, seine Atmung unter Kontrolle zu kriegen. Vielleicht hat er sich ja vertan, und es ist gar nicht sein Haus, sondern nebenan. So ist es aber nicht. Es ist eindeutig sein Haus. Der Mann schaut jetzt ins Fenster, die Hände ans Gesicht gelegt. Er klopft an die Tür. Was nun? Abwarten, einfach abwarten. Der Mann dreht sich um und begutachtet das Gras vor seinen Füßen, als ob er nach etwas suchte, dann ist er wieder am Fenster und späht hinein. Einen Moment lang durchzuckt ihn der irre, hoffnungsvolle Gedanke, es könnte ein Einbrecher sein. Doch dann dreht der Mann sich um, geht durch die Vorgartenpforte hinaus, und er kann sein Gesicht sehen. Es ist niemand, den er kennt, ein großer Typ in Hemd und Krawatte, der jetzt in einen dunkelroten, auf der Straße parkenden Wagen steigt. Aber es dauert, ehe er wegfährt. Minutenlang steht der Wagen da, bis er sich vom Bordstein löst, dreht und in die entgegengesetzte Richtung der Bushaltestelle losfährt.

Mick wartet noch einen Moment und beobachtet vorsichtig weiter. Als er aufsteht und auf das Haus zugeht, hört er Gelächter. Er wirbelt herum und sieht zwei männliche Teenager, die ihn aus einer Ecke des Wartehäuschens ansehen und sich kringeln. Er geht schnell davon, checkt die Umgebung und läuft durch die Pforte ins Haus und hintenraus in den Garten, wo er, sobald er im Schuppen ist, den Riegel vorschiebt.

11.

Diese Kälte. Sie setzt sich in einem fest. Lass den Whisky strömen, Mann, lass ihn strömen. Er schraubt die Kappe ab und nimmt noch einen Zug. Er hatte sich an eine Flasche in der Küche erinnert, die ungeöffnet oben auf den Regalen lag. Ein Geschenk von Alan letzte Weihnachten. Das übliche Geschenk von ihm, aber nichts zu meckern, er ist verdammt dankbar, wirklich. Die Flasche ist echt sorgsam ausgesucht: wirklich anständig, er hat dafür offensichtlich ordentlich was hingelegt. Es ist jedoch nie ein Single Malt, nie irgendwas, was der Durchschnittsmensch nach schwägerlicher Ansicht trinken sollte. Trotzdem gut. Nein, wirklich verdammt gut. Ein Prost auf den Schwager und seine bezaubernde Frau, die seit ihrer Abfahrt nicht einmal da gewesen sind und das Grab besucht haben. Und das sagt ja schon alles, wirklich alles. Andererseits, man kann schließlich nicht alles haben, oder? Und es ist besser, dass er ihnen nicht begegnen muss. Und außerdem natürlich: Wie kann er sicher sein, dass sie nicht doch da gewesen sind? Vielleicht ja doch. Quatsch. Nein. Da wären ansonstem irgendwelche Blumen oder so was. Sie waren nicht da. Ist doch klar, wenn überhaupt, kommen sie, wenn es ihnen in den Kram passt. Wenn im Kino ein Film läuft, den sie sehen wollen, oder wenn sie einen neuen Computer brauchen.

Ein gemeiner Wind fegt unter der Tür durch. Er zieht die Decken fester um sich. Mannomann, hat er einen Hunger! Er zieht den ausgeleerten Werkzeugkasten unter dem Tisch vor, tastet darin nach dem Rest einer Packung Kekse und isst ein paar. Fast leer, der Vorratsbehälter. Das erfordert einen Schlachtplan. Ein anderes Problem für einen anderen Tag.

Er hatte das reinste Glück. Eines Nachmittags wühlte er hinten im Schuppen nach irgendetwas Brauchbarem herum und fand das kleine Transistorradio, das sie manchmal draußen aufgestellt hatten, wenn sie sich raussetzten oder sie im Garten zugange war. Es funktioniert noch. Geradezu ein Wunder. Es ist schön, wenn es läuft, auch wenn der Empfang ziemlich schlecht ist, aber egal. Das ist besser als nichts, vor allem in diesen Nächten, in denen er bloß daliegt und nicht schlafen kann, weil ihm so viel durch den Kopf geht.

Er lauscht der ruhigen Stimme des Nachtprogrammsprechers. Er redet über die Fernsehsendung zur Sterbehilfe, die er heute gesehen hat, dass Leute dafür woandershin fahren, wegen der Gesetze und alldem. Mick hört nicht immer zu, aber die Stimme des Typen entspannt. Nach der Sendung kann man anrufen, aber sie bleiben nicht beim Thema. Die Leute können alles erzählen, was ihnen gerade auf der Seele liegt. Was glauben Sie, wie's am Samstag ausgeht? Barry aus Pollokshields prophezeit einen Kantersieg für die Rangers sowie einen Hattrick des Neuen. Es gibt Hoffnung, Barry, es gibt Hoffnung.

Die Essensvorräte sind alle. Aber das ist o.k., kein Problem; kommt ja nicht aus heiterem Himmel. In den letzten Tagen hatte er vorgehabt, ein, zwei Sachen zu besorgen. Brot, Kekse, billige Sachen, die nicht in den Kühlschrank müssen und die er hier draußen aufbewahren kann. Auch eine weitere Flasche

Whisky wäre hochwillkommen, aber er muss auf seine Groschen aufpassen und allmählich mal überlegen, wo Geld herkommen soll. Er schließt die Augen. Muss dies machen, dran denken, jenes zu machen. Ist ihm zu viel, woran er denken soll. Es ist leichter, einfach die Augen zuzumachen und zu schlafen und sich nicht gerade jetzt mit irgendwas rumzuschlagen.

12.

Des steht auf dem Bürgersteig vor dem *Empress,* als er Mick in einiger Entfernung die Straße runterkommen sieht. Er lässt seine Zigarette auf den Boden fallen, nimmt den Besen, der an der Wand lehnt, und fegt die Kippen der Mittagspause auf die Straße. Nicht, dass es besonders viele wären. Es waren nur ein paar da: die kleine Gruppe von Angestellten des Arbeitsamts um die Ecke, ein paar Arbeiter aus dem Einkaufszentrum sowie Pat, der jetzt als Einziger noch in der Kneipe ist, schweigend sein Guinness trinkt und die Rennquoten studiert.

Er fegt den Gehsteig zu Ende und wartet, um Mick zu begrüßen, falls er nicht auf ein Bier reinkommt. Doch Mick wechselt auf halber Strecke auf die andere Straßenseite und verschwindet mit einer blauen Plastiktüte in der Hand im Eingang eines Gebäudes. Des geht nach drinnen. Er schenkt Pat nach, zapft sich selbst ein Grouse und verzieht sich nach hinten, um sich ein bisschen hinzusetzen.

Vielleicht war es ja jemand anders. Sah aber aus wie Mick. Er lehnt sich zurück und zündet sich eine Fluppe an, den Eingangsbereich über den Tresen hinweg immer im Blick. Seine Verwandten dürften inzwischen alle fort sein; es ist über einen Monat her, dass Craig abends herkam, also ist er offenbar wieder in Yoker. Nach dem, was Craig damals gesagt hatte, könnten sie jetzt schon ein Verfahren eingeleitet haben.

Wirklich verflucht traurig, was da passiert ist. Cathy war eine klasse Frau, ein echter Knaller. Immer schon. Er hatte seinerzeit ziemlich auf sie gestanden. Als er als junger Typ für seinen Vater in der Kneipe gearbeitet hatte, hatte er während der Werftbesetzung immer darauf gewartet, dass sie mit den anderen Frauen reinkam. Keine Sauferei, hatten die Betriebsräte ihren Männern gesagt, deshalb müssten sie das jetzt für sie übernehmen, hatten sie gewitzelt. Echt verdammt traurig. Es hätte jede von diesen Frauen erwischen können – konnte es immer noch. Die gesamte Gegend ist eine Zeitbombe. Genauso gut könnte er der Nächste sein oder Pat oder einer von den Männern, denen er hinter der Theke zugehört hatte, als damals die ersten Gerüchte aufkamen. Sie hatten darüber geredet, als wäre das alles ganz weit weg und hätte nichts mit ihnen zu tun, dabei saßen sie da mit diesem Staub in ihren Ohren und Arschlöchern. Ein Gast kommt rein. Des steht auf, zerknickt widerwillig seine Zigarette im Aschenbecher und geht vor zur Theke.

Mick kommt mit einem Triumphgefühl in den Schuppen zurück und packt die Sachen in sein Vorratslager: Brot und Kekse, ein Päckchen Käse, Dosenaprikosen und Frühstücksfleisch; sogar eine Zeitung, um was zum Lesen zu haben und die Stunden rumzubringen. Na bitte, erst diese blöde Aufschieberei, und dann ist es doch prima gelaufen. Er war wahrscheinlich bloß zwanzig Minuten weg. Er hat einen Bogen um den Supermarkt gemacht und ging nur bis zum Geldautomaten auf der Hauptstraße, einen Schein rausholen und den Umstand ignorieren, dass das Konto überzogen wird, und anschließend auf dem Rückweg in den kleinen Lebensmittelladen, das Zeug hier besorgen. Alles ganz easy.

Nachdem er das jetzt hinter sich hat, tritt er wieder aus dem Schuppen und visiert das Haus an. Er könnte ebenso alles in einem Rutsch erledigen, mehr Teller holen, ein Messer und eine Gabel, die Gießkanne mit frischem Wasser auffüllen. Dann hätte er alles.

Er steht vor dem Schuppen und blickt die Reihe der Hinterhofgärten entlang, die allesamt menschenleer sind; nasse Blätter und Müll liegen herum. Fünf Minuten, dann hat er's. Augen zu und durch, rein und wieder raus. Er geht aufs Haus zu. Grauer Kieselrauputz, grüne Hintertür. Komisch, aber er erkennt es nicht wieder, es ist irgendwie so fremd. Wäre er jetzt im Schuppen und würde versuchen, sich vorzustellen, welche Farbe die Hintertür hat oder auch die Vordertür – er könnte es nicht sagen, im Ernst, könnte er nicht. All die Einzelheiten, die Türen, Teppiche, Möbel, sie alle verschmelzen zu einem allgemeinen Gefühl, zu einer Gewohnheit: eben im Haus zu sein. Ein Ort, an den man am Tagesende nach der Schufterei zurückkehrt und sich entspannt. Die gewohnten Routinen – die Schlüssel auf das Schränkchen legen, den Wasserkocher aufsetzen, sich in seinen Sessel setzen – sind einfach selbstverständlich, man denkt gar nicht drüber nach. Und all das liegt jetzt so weit zurück. Vorbei. Nichts davon stimmt mehr.

In der Küche geht die Glühbirne nicht. In dem trüben Licht, das durch das verregnete Fenster fällt, holt er Teller aus dem Schrank. Auf der Arbeitsplatte werfen Wasserkocher und Toaster graue Schatten. Er nimmt sich eine Tasse, Messer und Gabel, dann spült er die Gießkanne aus und füllt sie mit frischem Wasser. Wäre auch keine schlechte Idee, das Federbett aus Robbies Zimmer zu holen: Die Nächte werden zu kalt, selbst mit den zusätzlichen Decken, die er rausgebracht hat. Er geht aus der Küche, und es ist die Geschwindigkeit der Dinge, dass sie alle gleichzeitig geschehen, was ihn fertigmacht. Das

Licht geht nicht an. Die Flut von Umschlägen an der Tür. Oben ein Geräusch – ein Rums. Alles innerhalb einer Sekunde, ehe er irgendwas davon verarbeiten kann. Das Herz schlägt ihm tatsächlich bis zum Scheißhals, und er muss sich ans Geländer lehnen, presst seinen Rücken dagegen und verrenkt den Hals, um die Treppe hinaufzusehen. Sein Atem geht in heftigen Stößen, er kann ihn nicht kontrollieren. Oben ist es wieder still. Doch dann ertönt von irgendwo über seinem Kopf ein weiterer Rums, und er macht einen Satz durch die Wohnzimmertür. So leise er kann, duckt er sich hinters Sofa und legt sich in den schmalen Spalt zwischen ihm und der Wand.

Sein Bein da unten tut höllisch weh, aber er rührt sich nicht. Immer noch nichts von oben. Das Blut rauscht ihm in den Ohren und erschwert das Hören, aber er horcht angestrengt, wartet auf irgendein Geräusch von der Decke über ihm. So was Blödes. Er sitzt in der Falle, und wer immer da oben ist, wartet einfach ab, weil er das weiß, oder er ist schon wieder weg, oder vielleicht war verdammt noch mal gar niemand da, weiß der Kuckuck? Also bleibt er mit schmerzendem Bein liegen, die Knie in die Rückseite des Sofas gedrückt. Von da, wo er liegt, kann er ein Stück des Videorekorders unter dem Fernseher sehen, aber die Uhr auf der Anzeige leuchtet nicht, deshalb weiß er nicht, wie lange er hier schon liegt, vielleicht nur ein paar Minuten, vielleicht auch Stunden, keine Ahnung.

Leise, mit steifen Knochen, schiebt er sich hinter dem Sofa hervor. Seine Ohren sind buchstäblich am Platzen, so intensiv lauscht er, als er sich aus dem Zimmer in den Flur drückt, seinen Schritt beschleunigt und sich in der Küche die Sachen schnappt, ehe er aus der Hintertür geht. Sachte zieht er sie hinter sich zu. Ein kurzer Blick zum oberen Fenster, bevor er am Schuppen ist, aber da ist nichts.

Er sitzt auf dem steiflehnigen Krankenhausstuhl, von dem sich das Plastik ablöst und aus dem der Schaumstoff quillt, während sie aus dem Fenster starrt. Der weiße Vorhang ist hufeisenförmig um sie beide zugezogen, und aus dem Raum dahinter hört man das friedliche Geräusch eines Dutzends schlafender, schnarchender und sterbender Frauen. Draußen auf dem Korridor ertönt schwach das eilige Trappeln von Schwesternfüßen. Und hinter dem Fenster, aus dem sie starrt, pfeift ein Gärtner eine Melodie vor sich hin, während sein rosiger Kopf hinter einer Hecke mal auftaucht und dann wieder verschwindet. Etwas später kommt er auf deren Vorderseite herum, er hat seine Ärmel hochgekrempelt, denn heute ist ein sonniger Tag. Die Fenster stehen offen, und die frische Luft, die zusammen mit seinem Liedchen in den muffigen Raum strömt, ist mehr als willkommen. Plötzlich hört man von irgendwo jenseits des Vorhangs einen Furz – eine laute, lange, trompetende Angelegenheit –, was ihn kichern und sie anblicken lässt, aber sie hat ihn nicht wahrgenommen, sie beobachtet weiter den Gärtner. Den ganzen Vormittag über hat sie geschlafen, und jetzt liegt sie ruhig da, während er sie von seinem Stuhl aus still anschaut.

Irgendwann steckt eine Schwester ihren Kopf durch den Vorhang, lächelt ihn an und verschwindet wieder. Als sie weg ist, fällt ihm auf, dass sie ihr Reinkommen nicht angekündigt hat. Und wenn schon, was macht das schon aus? Sie ist diejenige, die sie umzieht, die ihr auf die Toilette hilft. Diskretion hat sich erübrigt; über *den* Punkt ist es hinaus. Vielleicht, wenn er selbst splitternackt dagesessen hätte, seine Eier auf der Sitzfläche klebend, vielleicht hätte sie sich dann bemerkbar gemacht. Er grinst. Tja, wahrscheinlich.

Man hört leise die Stimme eines Angehörigen. Draußen stutzt der Gärtner eine Reihe verwelkter Blumen am Fuß der

Hecke, immer noch hell und unermüdlich pfeifend. Er sieht sie an. Hört sie zu? Kann sie es hören? Ihm wird klar, dass er gar nicht weiß, ob sie es kann oder nicht – ob sie ihn hört, ob sie ihn sehen kann oder ob sie nur ins Nichts hinausstarrt. Und da begreift er es. In genau diesem Moment. Vielleicht kann sie ihn hören, vielleicht auch nicht, aber so oder so, es macht keinen Unterschied, weil es jetzt nur noch um Zeit geht, um Zeit, die im Weg steht. Er erhebt sich von dem Stuhl, geht zu ihr, und ihre Augen bewegen sich, um ihn aufzunehmen. Er lächelt und schiebt ihr Kopftuch zurück, um ihr einen kleinen Kuss auf die Stirn zu geben, dann verlässt er die Vorhangzelle, um sich am Automaten auf dem Gang einen Kaffee zu holen.

13.

Die Kekse sind hinüber. Sie haben jetzt das dumpfe Aroma von nassen Faserplatten, und der Käse hat grüne Flecken und flauschige weiße Moostupfer. Er öffnet die Tür einen Spalt, drückt sie gegen den Matsch aus nassen Blättern, der sich davor angesammelt hat, und schmeißt die Reste für die Vögel raus. Kein Grund, was zu verschwenden.

Für eine Regenperiode, wie sie sich entwickelt hat, ist der Schuppen nicht gut gerüstet. Es kommt unter den Wänden und der Tür durch und tropft von den Fenstern. Seine Decken sind mittlerweile ziemlich klamm geworden. Wahrscheinlich wird er irgendeine abscheuliche Krankheit kriegen und den Weg des Käses gehen. Die Spatzen werden ihn als Erstes finden und, wenn sie hier drinnen auf der Suche nach Futter rumpicken, feststellen, dass er den Löffel abgegeben hat.

Jetzt reicht's aber. Heiliger Strohsack, was für ein Gefasel.

Allmählich werden die Scheißlöcher knapp. Auf keinen Fall geht er ins Haus mit seiner seltsamen Atmosphäre, dem fehlenden Licht und den rätselhaften Rumsgeräuschen im oberen Stock. Somit bleibt nur der Eimer hinten im Schuppen. Als er aufhörte, die Toilette im Haus zu benutzen, hatte er schon mal erwogen, ihn zu verwenden, bis er zur Vernunft kam und einsah, dass das schwachsinnig wäre. Stattdessen hatte er sich eine Ecke des Gartens geschnappt, an jener Zaunseite, wo

Cathy immer ihre Blumen gepflanzt hatte, und dort mit einer Pflanzschaufel eine Reihe kleiner Löcher gegraben und neben jedem einen kleinen Erdhaufen aufgehäuft, zum Zudecken, wenn er geschissen hatte. Aber jetzt ist die Reihe fast voll. Außerdem muss er Toilettenpapier besorgen. Er hat nur noch rausgerissene halbe Seiten der *Southside News*. Und das ist echt eine heikle Sache, weil egal, wie vorsichtig er auch ist: Sein Hintern wird immer wunder – und schwärzer, jetzt wo er jeden Tag mit neuen Artikeln über Wohnraumerstellung und verprügelte Roma zugekleistert wird.

Von draußen kommt ein Geräusch. Ein schwacher, entfernter, wabernder Klang. Erst denkt er, es ist der Wind, der unter der Tür hindurch aus kalten Blasrohren auf seine Füße zielt, nach einer Weile merkt er jedoch, dass es das Ibrox ist. Ein Spiel läuft. Er macht das Radio an, aber der Bericht ist nicht gerade deutlich, daher gibt er es auf und hört einfach draußen zu, wartet darauf, dass der Wind ihm günstige Botschaften zuweht. Er tut es, und ein paarmal hört er gedämpft Jubel aufbrausen. Vielleicht ist der Neue in Form. Hat in den letzten Wochen die Liga im Sturm erobert und aus den gegnerischen Verteidigungen Hackfleisch gemacht. Egal, wie es steht, offenbar gewinnen sie, was sich später bestätigt, denn da tröten Autohupen durch die Nacht, und auf der entfernten Hauptstraße klingt es ganz nach einer Schlägerei.

14.

Da kommen sie, die kleinen Kerlchen. Er horcht, freut sich an dem Geräusch, wenn sie anfangen, auf dem Beton vor der Schuppentür herumzuhüpfen. Irgendwas ist geradezu wohltuend an dem Geräusch, wenn sie auf dem Boden rumpicken und manchmal auch an die Schuppenwand klopfen.

Bis vor Kurzem war ja nur der eine da gewesen – wahrscheinlich derselbe geduldige Bursche, der die ganze Zeit schon hergekommen war. Aber der ist offenbar weg und hat seinen Kumpels gesteckt, sie könnten herkommen und hier fressen, und jetzt ist eine ganze Horde da. Nett von ihm, nicht alles für sich zu behalten. Offensichtlich kein englischer Vogel, sondern ein echter Junge von der Southside unten am Fluss, dieser Spatz. Meistens kauft er jetzt nur Brot, wenn er sich alle paar Tage dazu aufrafft, den Schuppen zu verlassen, und dann legt er von jedem Laib immer ein paar Scheiben für sie zur Seite. Manchmal, wenn er sie kommen hört und die Schuppentür entriegelt, streut er eine kurze Krümelspur von draußen nach drinnen, um zu sehen, ob er einen von ihnen dazu kriegen kann reinzukommen. Einmal hat es geklappt. Dieser winzige Kopf, der in der Tür auftauchte und dann der Krümelspur folgte, nicht ahnend – oder vielleicht war's ihm auch egal –, dass sich da, in der Dunkelheit unter dem Tisch, diese große, hünenhafte Kreatur ganz still hielt und ihn beobachtete. Manchmal versucht er auch, draußen einen Blick auf sie zu erhaschen, aber jedes Mal fliegen sie alle weg, und er muss ein paar Minuten warten, bis das Geräusch wiederkommt: dieses schwache Flattern, wenn sie sich draußen auf ihr Frühstück stürzen.

15.

Ein dunkelroter Wagen biegt von der Hauptstraße ab. Er fährt am Park und am Friedhof vorbei, verlangsamt kurz, um zwei alte Frauen über die Straße zu lassen, fährt dann weiter, bis er in eine Wohnstraße einbiegt und ein paar Sekunden später am Bordstein hält. Ein kleiner, kahler Mann steigt aus, gefolgt von einem größeren, jüngeren Mann in einem Pullover. Sie gehen durch das Tor zu Micks Haus und bleiben vor der Haustür stehen. Der ältere Mann klopft kräftig, während der andere ins Wohnzimmerfenster späht. Aus dem Haus kommt keine Reaktion, sodass der ältere Mann in die Hocke geht und durch den Briefkastenschlitz späht. Gleich darauf steht er wieder auf und schiebt einen Umschlag unter der Klappe durch. Dann gehen die beiden Männer, ohne etwas zu sagen, zurück durch das Tor, steigen ins Auto und fahren weg.

Im Schuppen auf der anderen Hausseite sitzt Mick nah am Radio. Es ist schon wieder fast hinüber, der Klang ist schwach und ein bisschen verzerrt, wie Stimmen in einem Schiffsrumpf. Er braucht Batterien – alle, die es im Haus gab, sind aufgebraucht. Außerdem mehr Brot und Bargeld. Fürs Erste schaltet er das Radio aus und holt sich die paar verbliebenen Seiten der Zeitung, um sie noch mal zu lesen. Nachdem der Vormittag rum ist und die Spatzen nach ihrem Frühstück weggeflogen sind, gibt es sonst nichts, womit er seinen Kopf beschäftigen kann.

ERSTE MIETER BEZIEHEN NEUEN WOHNPARK
der Wohnungsbaugesellschaft

SLOWAKISCHE ROMA-GEMEINDE
unterstützt die Sanierung der Southside

GLASGOWER SCHÜLERLOTSE
zeigt besondere Ausdauer

Er liest:

Großbritanniens bester Fußballartist brach am Dienstag den Rekord im Ball-in-der-Luft-Halten, als er bei Debenham's im Einkaufszentrum von St. Enoch einen Ball sechs Stunden lang in der Luft jonglierte.

Leider wurde seine Leistung nicht offiziell anerkannt, da kein Repräsentant vom Guinness-Buch der Rekorde anwesend war, obwohl Graeme, 45, bereits Tausende für wohltätige Zwecke gesammelt hat.

Anschließend sagte er: »Ich hätte noch weitermachen können, aber ich musste aufhören, weil das Geschäft schloss.«

Mick lächelt schwach. Viel Glück, Junge. Schon die Vorstellung, wie er da im Debenham's steht, umringt von einer Horde schulschwänzender Kinder und irritierten älteren Mädchen. 42 500 Mal mit dem Ball jongliert. Verdammte Scheiße, das ist einfach irre. Trotzdem interessant, was es für Geschichten gibt. Er erinnert sich an noch so eine über einen Restaurantbesitzer, der ein Rattenproblem hat: Sie fressen ihm die Vorräte weg und vergraulen die Gäste. Für die Fallen sind diese Ratten zu schlau, und wenn sie das Gift fressen, ist es nicht stark genug, um sie umzubringen. Also beschließt der Typ, über Nacht seine Katze dazulassen, in der Hoffnung, dass die

Ratten Schiss kriegen und sich verziehen. Er schließt die Katze im Restaurant ein, und als er am nächsten Morgen hinkommt, findet er sie hinten im Hof, oben auf den Bierkästen, aufgefressen, bloß das Skelett des armen Viechs ist noch übrig, und selbst davon fehlen ein paar Knochen.

Wo hatte er die Geschichte gehört? Von Robbie vielleicht? Ja, genau – er hatte sie ihnen beim Fernsehen erzählt. Lynn war dabei mit einem Gesichtsausdruck auf dem Sofa rumgerutscht, als säße sie auf einem Haufen Scheiße, und Jenna hatte Robbie mit dem Ellbogen angestoßen und zu ihm gesagt, die Geschichte sei ziemlich unpassend, aber er hatte trotzdem weitergemacht; zweifellos genoss er es, die anderen zu ärgern.

Robbie hat wahrscheinlich mal angerufen. Vermutlich auch bei Craig, um ihn zu fragen, was mit Dad los sei.

Aber er will jetzt über so was nicht nachdenken. Dem ist er im Augenblick nicht gewachsen; er muss sich jetzt auf seine unmittelbare Situation konzentrieren. Als Allererstes braucht er Geld, und das bedeutet, er muss sich aufrappeln, um zur Bank zu gehen und sich um einen Dispokredit zu kümmern.

Er geht schnell, nimmt nach Möglichkeit Wege hintenrum, bis er irgendwann auf die Hauptstraße muss. Vor dem *Empress* kürzt er durch eine Gasse zwischen zwei Wohnhäusern ab. Hier ist niemand. Die Tür eines Müllkäfigs schlägt auf und zu, und die Rolltonnen sind, nachdem die Müllmänner sie am Morgen geleert haben, wild darin verstreut. Er kommt über eine Nebenstraße zur Einmündung in die Hauptstraße, wo er anhält und nach links und rechts äugt. Es wimmelt nur so von Leuten. Es muss Mittag sein: Schulkinder vor der Pommesbude, brausender Verkehr – und dann sieht er zu seinem Pech ausgerechnet die Frau von nebenan, die auf der anderen Straßenseite einen Kinderwagen schiebt. Mit gesenktem Kopf und auf seine Füße gerichtetem Blick weicht er in die Nebenstraße zurück. Vielleicht würde sie ihn nicht mal erkennen. Auf einem seiner Hosenbeine bemerkt er irgendeine ölige Schmiere, die sich, am Knie beginnend, bis zum Schuh runterzieht. Na prima. Da steht er und versucht gesenkten Haupts unbemerkt zu bleiben, aber man muss sich ja bloß mal seinen Zustand anschauen – total versifft. Er könnte sie genauso gut im Sarg hinter sich herziehen, auf Rollen und mit 'nem Blinklicht obendrauf.

Er schaut auf und sieht die Nachbarin jetzt weiter unten auf dem Bürgersteig; die Einkäufe sind erledigt, jetzt geht's wieder heim, um das Kleine zu versorgen; der Mann ist offenbar nicht da. Und wo ist er? Wieso sieht man ihn nie? Manchmal ist es natürlich leicht, gleich das Schlimmste zu denken, aber vielleicht ist er einfach nur auf einer Bohrinsel oder so, man weiß nie. Cathy hätte es gewusst, klar, aber so weiß man es eben nicht. Im Augenblick herrscht gerade eine Flaute an Autos und Passanten, und er tritt hinaus auf den Bürgersteig.

Als er bei der Bank ankommt, steht eine riesige Schlange davor. Er beschließt, am besten bis nach der Mittagspause zu warten, und geht die Straße in die andere Richtung wieder runter.

So findet er sich plötzlich in der Bibliothek wieder. Das war zwar nicht geplant, aber er hatte sowieso nichts geplant, und da es drinnen still aussah, ging er rein.

Das Mädchen am Schalter ist sehr hilfsbereit. Als er reinkam, konnte er absolut nicht sagen, was er wollte, stand nur starrend da, unschlüssig, ob er einen Ausweis oder dergleichen brauchte.

»Kann ich Ihnen helfen?«

»Nein, also ja, sehen Sie, ich dachte, ich könnte mich einfach mal bei den Büchern umsehen.«

»Waren Sie schon mal hier?«

»Nein.«

»Dann kommen Sie mit, ich zeige Ihnen alles.«

Sie hebt die Tresenplatte, und er folgt ihr, während sie ihm die verschiedenen Abteilungen zeigt. Er schlurft hinter ihr her, sucht wahllos Bücher aus und versucht so zu wirken, als sei er an ihnen interessiert und nicht nur hier, weil er vor jedem anderen verfluchten Scheißort zu viel Angst hat. Außerdem tut es gut, dass jemand, den er nicht kennt, freundlich ist; jemand, der ihn nicht kennt und ihm nicht mit dieser Mitleidstour kommt. Als sie ihn schließlich sich selbst überlässt, hat er einen ganzen Stoß Bücher, von denen er keinen Schimmer hat, worum es darin geht. Er setzt sich und schlägt eins auf und schaut sich ständig um, ob ihn irgendwer beobachtet. Aber diese Gefahr besteht nicht. Es ist ziemlich leer hier drinnen. Ein Typ, der wie ein Müllmann aussieht, schläft auf einer unter der Stirn ausgebreiteten Zeitung, und drei alte Mädchen sitzen in der Ecke an einem Tisch, allesamt mit dem gleichen Buch in der Hand. Sie führen ein ziemlich angeregtes Gespräch.

»... und gescheit ist er, ich glaube, er kriegt nur nicht die richtige Anerkennung, verstehst du? All diese Leute, die immer in die Show kamen, und er konnte sich mit jedem unterhalten.«

»Stimmt, und außerdem sieht er unheimlich gut aus, da kann man sagen, was man will, aber gut aussehen tut er. Vor allem, wenn man sich die Frau da neben ihm anguckt, die sieht so gelangweilt aus.«

»Na komm, ist doch klar, dass sie gelangweilt aussieht – der Mann ist ein Volltrottel.«

Die drei fangen an zu glucksen.

»Genau, Helen, er ist ein verdammter Volltrottel.«

Der Müllmann ist aufgewacht. Er hat einen Stift und beginnt, die Kleinanzeigen zu umkringeln, arbeitet sich die gesamte Spalte runter und macht um jede einzelne einen Kreis. Immerhin. Ich bewundere deinen Optimismus, mein Lieber. Eigentlich sollte er genau das selbst machen: Sich mal umschauen, was für Jobs es gibt. Wenn er's nicht schafft, noch mal bei Muir's unterzukommen, dann muss er sich was anderes einfallen lassen, denn von nichts kann er schlecht leben. Was sie an Geld hatten, ging während ihrer Krankheit drauf, und ein Überziehungskredit reicht auch nicht ewig. Ein neuer Job. Vielleicht irgendwo anders hinziehen. Eine andere Stadt. Er spielt den Gedanken einen Moment lang durch. Irgendwo eine kleine Wohnung, wo er keinen kennt, mit bloß ein paar einfachen Sachen, die er darin braucht – Fernseher, Wasserkocher, Heizgerät –, neue, ersetzbare Sachen.

Dieser Gedanke an Muir's und daran, Lynsey noch mal zu begegnen, nachdem er letztes Mal abgehauen ist, was müssen die über ihn erzählen! Sein Brustkorb verengt sich, und er muss sich auf seine Atmung konzentrieren, versuchen, die Panik in den Griff zu kriegen. Der Typ drüben geht immer noch die Spalten durch und kringelt alles ein, und er fragt sich, ob er irgendwie geistesgestört ist. Aber vielleicht ist er auch aus dem gleichen Grund hier drin wie er selbst. An seinem Zufluchtsort, wo ihn die Leute in Ruhe lassen und er sich über die Außenwelt und die ganzen Nervereien keine Gedanken machen muss. Genau wie er selbst im Moment auch. Noch ein Geisteskranker in der Bibliothek. Unvermittelt steht er auf und geht, denkt daran, der Kleinen an der Anmeldung zu danken, und nimmt beim Rausgehen noch ein Exemplar der *Southside News* mit.

In der Bank ist nicht viel los; nur wenige Leute stehen an, und zwei Schalter sind besetzt. Niemand da, den er kennt. Er muss sich zusammenreißen, es erledigen, hinter sich bringen, wieder heim in den Schuppen. Die Tonbandstimme ruft ihn an eine der Glasscheiben. Dahinter sitzt ein junger Typ. Sein Hals ist eingeklemmt und gerötet und quillt ihm aus dem Kragen.

»Ich wollte mal wegen eines Überziehungskredits fragen.«

»O.k. Ihre Bankkarte, bitte.«

Er nimmt sie aus der Tasche und lässt sie in die Schublade fallen. Neben ihm am nächsten Schalter steht ein zittriger alter Typ. »Meine was?«, fragt er, und daraufhin die Stimme durch das Glas: »Ihre Abrechnung, Sir. Ich müsste Ihre Abrechnung sehen.«

»Ihr Konto ist im Soll.« Der Angestellte sieht ihn an.

»Ich weiß. Deswegen wollte ich ja wegen eines Überziehungskredits fragen.«

Der Typ wendet sich wieder seinem Bildschirm zu und tippt irgendwas auf der Tastatur.

»Tja, ich fürchte, bei dieser Art Konto besteht keine Möglichkeit für einen Dispokredit.«

»Aha. Na gut.«

O.k., so viel dazu. Er schaut rüber, wo der alte Typ immer noch zittrig in der Tasche seines Regenmantels nach seiner Abrechnung kramt und dabei Unmengen von Papiertaschentüchern, Münzen und Fahrscheinen hervorholt. Als er sich wieder der Scheibe zuwendet, tippt der Angestellte immer noch auf seiner Tastatur herum.

»Angesichts Ihrer Lage dürfte es das Beste sein, wenn Sie sich um eine andere Art Konto bemühen. Ich könnte Ihnen dazu einige Informationen geben.«

So ist das also, sogar die Bank weiß Bescheid – da hinten hat er's auf seinem Bildschirm.

»Im Moment nicht, danke.«

Hunger. Kein Wunder. Er liegt im Dunkeln und sieht aus dem Fenster zum Mond hoch, der heute Nacht groß und hell ist. Sein Vorratslager ist leer. Er und die Spatzen haben die letzten Reste zum Frühstück gegessen, sodass er jetzt wirklich richtig Hunger hat. Man sollte meinen, er müsste eine gewisse Dringlichkeit angesichts seiner Lage verspüren, aber das tut er nicht – jedenfalls kaum. Eher so etwas wie Erleichterung, jetzt, wo er kein Geld mehr hat. Seltsam. Da soll einer schlau draus werden. Kein Geld, kein Essen, und mit der Mütze in der Hand geht er mit Sicherheit zu niemandem. Allein die Vorstellung verursacht ihm Krämpfe – das kommt eindeutig nicht infrage. Trotzdem erlaubt er sich, es sich kurz auszumalen, eine Art krankhaftes Vergnügen, als würde man sich selbst den Schädel einschlagen: zu Pete zu gehen, um sich ein bisschen Geld zu leihen. Wir tun alles, um dir zu helfen, Mick. Alles, was wir können. Aber das verdammt noch mal nicht, Himmel, tickst du nicht mehr richtig?

Bei seinem Schwager dagegen, das wäre natürlich was ganz anderes: Der wäre mit Sicherheit geradezu entzückt. Würde eine Riesenshow abziehen, vom feierlichen Zücken des Scheckbuchs bis zum selbstgefälligen, demonstrativen Aufsetzen der kleinen Lesebrille. Wie viel hättest du denn gern, Mick? Nein, wirklich, das ist kein Problem. Also wie viel? Und zum Sozialamt gehen kommt ebenfalls nicht infrage. Diese Vorstellung ist fast so schlimm wie die, diese andern zwei zu fragen: mit den versoffenen Gestalten dort Schlange stehen, ein Formular nach dem anderen ausfüllen und sie mit jedem Einzelnen aufs Neue umbringen. Und mit der Entschädigung wäre es genauso. Gestorben. Gestorben. Gestorben.

Er wird sich schon helfen. Er wird einen Weg finden. Ist ja nicht das erste Mal, dass er ohne Geld dasteht, daran muss er denken, und außerdem geht's ja diesmal bloß um ihn, nicht um eine ganze Familie, die ernährt werden muss. So schlimm wie beim letzten Mal kann es gar nicht werden, als der Job, den Alan ihm nach Australien besorgt hatte, schließlich doch den Bach runterging. All die Wochen und Monate mit dem »Werden sie? Werden sie nicht?«, und dann kam die erste Entlassungswelle. Dutzende Treffen mit den Betriebsräten und den Gewerkschaftern, das ganze Gerede davon, keinen Meter zu weichen, und vergesst nicht den Geist von 72 und so weiter, und am Ende führte es alles zu nichts. Genau das kriegten sie: nichts. Alan und die Weißhemden trafen Maßnahmen für sich selbst, und der ganze Rest von ihnen stand dumm da. Das war echt eine schlimme Zeit. Der Scheck mit der Abfindung half überhaupt nichts, und es war klar, dass sie vier von dem Job seiner Frau nicht lange würden leben können. Diese Streitereien, die sie hatten! Also, du ziehst es noch nicht mal in Erwägung, wie? Es ist bloß dein verdammter Stolz, Mr. Little, so ist das. Don Parton ist auch zum Sozialamt, hat mir Sheila erzählt – und? Kein Drama. Ich behaupte ja nicht, es sei leicht, ich bin ja nicht blöd, alles, was ich sage, ist, dass es keinem hilft, wenn du jeden Nachmittag im *Empress* hockst und zu Hause rumhängst wie ein nasser Sack.

Sie hatte recht, ganz klar. Und es war auch nicht gerade fair, dass sie ihre Arbeitszeit im Laden aufstockte und ihn dann, wenn sie geschafft heimkam, auch noch mies gelaunt und betrunken auf dem Sofa vorfand. Wieder einmal. Nachdem sie das Gleiche fünfzehn Jahre vorher schon mal mit ihm durchgemacht hatte. Sie arbeitet, und er säuft. Desmond war der Einzige gewesen, der was davon gehabt hatte; seine Kneipe war ständig voll mit den Männern der schwarzen Schwadron gewesen, die tranken, rumbrüllten, ihre Angriffspläne schmiedeten und sich gegenseitig davon überzeugten, alles könne wieder so werden, wie es mal war. Dass sie wussten, wofür sie standen. Ich bin ein Schiffbauer. Ach ja, tatsächlich? Und was bist du jetzt, wo deine Werft abgenibbelt ist und dein Job weg? Ich bin ein Schiffbauer. Einmal Schiffbauer, immer Schiffbauer, und all dieser Scheißdreck, den sie sich erzählt hatten. Es war ja nicht nur die Arbeit, die verschwand, es war das Leben. Das ganz normale Leben, es war weg, das ließ sich nicht leugnen. Er war selbst so ein Arsch. Einer der schlimmsten. Er wollte es nicht einsehen. Konnte sich nicht mit dem Gedanken abfinden, dass sich die Dinge geändert hatten.

Er dreht sich schwerfällig um und zieht die Zudecken bis zum Kinn. Die Nächte sind jetzt zu kalt, um durchzuschlafen. Es fängt an zu regnen, über seinem Kopf trommelt es. Er muss sich was einfallen lassen. Das wird er auch. Er hat es schon mal hingekriegt, und er wird's auch jetzt wieder hinkriegen. Bevor er schließlich beim Privattaxifahren angelangt war, hatte er die Stadt wechseln müssen – in Newcastle an Land gehen, befristeter Vertrag bei der Swan-Hunter-Werft. Man beißt sich halt durch. Das hatte er damals gemacht, auch wenn er die meiste Zeit einsam und betrunken gewesen war, und sie war sowieso dagegen gewesen. Sie wollte nicht allein zurückbleiben und die Kinder versorgen, aber er hatte es trotzdem gemacht, wie immer, wie damals, als sie nach Australien gingen – war das eine gemeinsame Entscheidung gewesen? Den Teufel war es das. Er hatte ihr gesagt, dass sie das machen würden, und sie hatten es gemacht. Der Mond draußen vor dem Fenster. Vollmond. Dieses große, gelbliche Dreckstück, leuchtend wie ein nackter Arsch. Es war immer *sein* Plan. Pack deine Sachen, Mädchen, gib deinen Job auf, deine Freunde, dein Zuhause – wir sind weg! So war es gewesen. Sein Plan.

16.

Haben Sie den Gegenstand dabei?«

»Klar, hier.«

»Würden Sie ihn bitte hier in die Schale legen?«

Er nimmt seine Uhr ab und legt sie rein. Sie begutachtet sie kurz, dreht und wendet sie in den Fingern. Sie ist der reinste Schmuckständer: Ringe an sämtlichen Fingern, inklusive Daumen, goldene Halskette und in den Ohren diese kleinen perlenartigen Geschosse. Offensichtlich kriegt sie Rabatt.

»Warten Sie bitte einen Moment.«

Sie dreht sich aus ihrem Stuhl und geht durch eine Tür nach hinten, und er steht wartend in dem leeren Geschäft. Es ist nicht so, wie er erwartet hat. Aber was hat er denn erwartet? Weiß der Himmel, jedenfalls nicht so was. An dem Laden ist überhaupt nichts Gediegenes, das ist schon mal klar, überall grelles Licht und im Schaufenster ein loderndes Gelb. Abgetretener roter Teppichboden und an den Wänden Sicherheitshinweise. Wie in einer Bank. Nein, eigentlich schlimmer als in einer Bank. Er geht zum Fenster und schaut sich die Auslagen an. Hunderte von Ringen und Armbändern, jedes Stück mit seiner eigenen traurigen Geschichte. Also wirklich, warum machst du's nicht einfach und schneidest dir hier in der Ecke die Pulsadern auf – ist doch egal, wenn dir danach ist, du faselnder alter Arsch, gottverdammt. Vom Sicherheitsfenster her kommt ein dumpfes Klopfen; die Frau ist zurück.

»Zwanzig Pfund.«

»Im Ernst?«

»Sie ist schon ziemlich abgetragen.«

»Nein, ich meine, das ist mehr, als ich dachte.«

Sie lächelt. »Und jetzt wollen Sie sie zurück?«

»Nein, nein, ist schon o.k., danke.«

Sie lächelt immer noch, als sie das Geld hervorholt und in die Schale legt.

Der Tag draußen ist grau und trostlos, die Spitzen der Hochhäuser verschmelzen mit den Wolken, dazu das Geräusch der Autoreifen, die im Vorbeifahren zischend Wasser aufspritzen lassen. Zwanzig Mäuse. Er sollte sich vermutlich freuen, aber dazu hat er viel zu großen Scheißhunger. Er geht auf einen Lebensmittelladen zu, um sich ein Sandwich zu holen.

Die Uhr war ein Geschenk von den anderen Fahrern bei Muir's zu seinem fünfzigsten Geburtstag gewesen. Sie muss ganz schön teuer gewesen sein, wenn er jetzt noch zwanzig dafür kriegt. Dieser Geburtstag – damals waren er, Cathy und die Jungs in ein Restaurant im Zentrum gegangen. Er versucht sie sich vorzustellen, aber er kann es nicht. Es war kurz bevor Robbie nach Australien ging, weswegen Craig ihn ständig aufzog – richte Kylie aus, dass ich sie liebe, und so Zeug –, er gab einfach keine Ruhe. Sie hatten an einem Ecktisch gesessen und sie neben ihm, es war voll und laut, die Kellnerinnen hatten diese altmodischen Schürzchen an, und zu Craigs Ärger war Robbie unheimlich frech zu ihnen gewesen. Allerdings kann er *sie* nicht sehen. Er weiß, dass sie direkt neben ihm saß, aber sie ist der einzige blinde Fleck.

Er nimmt sein Sandwich und läuft rüber zum Friedhof, um es dort auf einer Bank zu essen.

Immer noch ein blinder Fleck. Die vertraute Anspannung seines Körpers setzt ein, und er muss sich auflockern. Er muss entspannen. Normalerweise gelingt ihm das hier, deswegen kommt er ja her, aber er macht es nicht besser, wenn er sich dermaßen reinsteigert; er sollte sich abregen und sein Sandwich essen. Craig. Craig ist da. Er kommt den Weg herauf. Reflexartig zieht er den Kopf ein. Er ist direkt an ihm vorbeigegangen, und jetzt ist er auf dem Weg zum Grab. Hat er ihn gesehen? Unmöglich zu sagen, möglicherweise, könnte schon sein, wie auch nicht – schließlich ist er direkt an ihm vorbeigekommen. Sein Herz läuft Amok. Wie angewurzelt sitzt er da, aber er kann nichts tun. Er kann nicht aufstehen, weil er damit sofort die Aufmerksamkeit auf sich zieht, alles, was er tun kann, ist sitzen bleiben und hoffen, dass Craig sich nicht umdreht. Er linst hoch. Der Rücken von Craigs Jacke ist jetzt ein Stück weiter oben auf dem Weg. Er beobachtet, wie der Junge durch eine Baumreihe zum nächsten Rasenstück geht und stehen bleibt, als er das Grab erreicht. Dem Anschein nach hat er seine Arbeitsklamotten an, obwohl das aus dieser Entfernung schwer zu sagen ist. Er steht einfach nur da und schaut nach unten. Ich und du, Ma, ich und du gegen alle anderen. Er steht ein, zwei Minuten da, dann beugt er sich vor und geht in die Hocke, und dabei wendet er den Kopf. Er sieht direkt zu ihm hin. Es ist nur ein Moment, nur eine Sekunde, dann dreht er den Kopf wieder zum Grab.

Aus Gewohnheit drückt er auf den Lichtschalter, aber natürlich geht es nicht an. Und wenn schon, er braucht nichts zu sehen – je weniger er sieht, umso besser eigentlich. Auch im Halbdunkel kann er immer noch alles gut genug erkennen. Den Berg Post vor seinen Füßen, das kahle, gerissene Band, das an der Wand baumelt. Jetzt muss es schnell gehen, denn wenn nicht, dann bricht er hier zusammen und kommt nicht mehr hoch, und das wär's dann – dann kriegt ihn niemand mehr zu Gesicht. Außer dem Mann oben an der Treppe natürlich, diesem Arsch – er muss sich beruhigen, sich konzentrieren. Denk nicht an einen Mann da oben. Er blendet den Gedanken aus und geht in die Küche, holt eine Plastiktüte und steigt die Stufen zum Schlafzimmer hoch. Er betritt es schnell. Ignoriert den dunklen Haufen Sachen auf dem Bett. Er zieht ihre Schublade auf, greift eine Handvoll Schmuck und lässt ihn in die Tüte fallen. Sein Atem kommt stoßweise, er japst, aber er schafft es, er kriegt es hin. Er nimmt noch ein paar Hände voll, um die Schublade leer zu machen, und die Wahrheit ist: Es ist ein gutes Gefühl – na und? Ist doch scheißegal. Sie ist tot. Sie wird ihn nicht mehr tragen.

Er würde ausrasten, wenn er es wüsste. Aber er weiß es nicht, und wenn er glaubt, dass er mehr Anrechte auf sie hat als alle anderen, soll er zum Teufel gehn. Er verlässt das Zimmer und geht wieder in den Vorraum runter, wo er seine Jacke und die zerschlissene kleine Reisetasche nimmt und anfängt, Sachen reinzustecken: die Tüte mit Schmuck und anschließend von draußen im Schuppen Klamotten zum Wechseln für sich und die Zeitung. Dann ist er weg. Auf und davon. Machsverdammtnochmalgut.

»Ah, wieder da?«

»Ich hab noch ein paar Sachen mitgebracht.«

»Schön, dann lassen Sie mal sehen.«

Er leert die Tüte in das Tablett. Sie sieht ihn an, aber er ignoriert den Blick und starrt zum Fenster, während sie die Sachen inspiziert.

»Wollen Sie das verpfänden oder verkaufen?«

»Verkaufen.«

»Gut. Also, Gold und Silber kaufen wir nach Gewicht, deshalb wird's ein wenig dauern, bis wir das alles berechnet haben. Ist das o.k. für Sie?«

»Ist in Ordnung. Ich warte so lange.«

Sie gibt ihm zweihundertfünfzig Pfund für alles. Er weiß, dass es viel mehr wert ist, aber er hat keine Wahl. Es ist ein Ring dabei, der ihrer Großmutter gehört hatte und allein schon ein paar Hundert wert sein muss, dazu einige andere Stücke, die man ihr vererbt hatte, als sie noch Kind in einem großen Haus in den Highlands war und sich noch nicht mit ihrem dreckigen Galvanisierer-Gatten blamiert und ins Unglück gestürzt hatte.

Als er nach draußen kommt, pisst es. Mit dem Geld, das er jetzt hat, könnte er die U-Bahn nehmen, er muss jedoch sparsam damit umgehen. Deshalb wartet er stattdessen auf den Bus und steht lange da, während der Wind über ihn hinwegfegt und ihm Wasser von der Nase tropft. Er nimmt den nächsten, der ins Zentrum fährt, und steigt am Busbahnhof aus. Am Kartenschalter ist nur eine kurze Schlange.

»Wann geht der nächste Bus nach London?«, fragt er den Typen.

17.

Da, wo der Mann wartet, steht eine Bronzeskulptur: Ein lebensgroßes junges Pärchen begrüßt sich, auf dem Boden neben den beiden steht eine Tasche, und er hebt die Frau hoch, ihre Lippen berühren sich gleich, und eine Hand schiebt sich über ihr Hinterteil. Der Mann betrachtet sie und lächelt. Ein paar Mädchen kommen vorbei, bemerken die Skulptur und fangen an zu kichern. Seine eigene Tasche ist nicht viel größer als die des Bronzemanns. In ihr befinden sich ein paar Sachen zum Anziehen, seine Arbeitsstiefel, eine Brieftasche aus Kunststoff mit seinen Wertsachen und etwas Reiseproviant. An den Glastüren wartet bereits ein ganzer Pulk Leute auf den Bus nach London, doch er sitzt etwas abseits davon auf einem orangefarbenen Plastikstuhl an der Skulptur.

Der Mann greift in seinen Mantel, holt sein Handy raus und wählt eine Nummer.

»Ja?«

»Ja, mein Name ist Djurik. Ich komme heute Abend in London an.«

»Haben Sie die Adresse?«

»Ja.«

»Pass?«

»Ja«, lügt er.

»In Ordnung. Sie erhalten dort die genauen Angaben, wohin Sie morgen früh gehen sollen. Ein Transporter wartet auf

Sie. Bringen Sie den Pass mit, außerdem braucht der Fahrer Ihren Beitrag im Voraus. Er bringt Sie dann direkt zu der Baustelle.«

»O.k., o.k.. Es ist doch keine Gemeinschaftswohnung? Meine Frau und mein Sohn kommen bald her. Der andere Mann sagte, es ist keine.«

»Nein, keine Gemeinschaftswohnung. Pole?«

»Nein, ich bin aus der Slowakei.«

»Ah ja, gut. Es gibt viele Polen da. Slowaken wahrscheinlich auch. Sie kommen morgen um sechs. Einzelheiten finden Sie in der Wohnung.«

Er steckt das Handy in den Mantel zurück und wartet weiter auf den Bus. Es wird nicht einfach werden, wenn er erst mal da ist; er ist ja nicht blöd. Als die Agentur in der Slowakei ihn nach Glasgow vermittelt hatte, hatte man ihm dort das Gleiche erzählt: Sie bekommen Ihr eigenes Zimmer, und wenn Ihre Frau und Ihr Kind nachkommen, werden sie sich wohlfühlen. Von außen hatte das rote Ziegelgebäude wunderbar ausgesehen, sofern man die Schmähgraffiti ausblendete: »Höllenviertel Govan« – »Zigeuner raus« – »Abschaum«. An so einen Ort konnte er sie nicht bringen. Fünf enge Straßen: keine Privatsphäre, keine Heizung, kein Hauswirt. Weiße und asiatische Banden. In London werden sie zumindest unsichtbar sein – Roma, Pole, Pakistani, das interessierte keinen dort.

Eine alte Frau steht vor der Skulptur. Sie betrachtet sie einen Augenblick lang, dann geht sie auf die Glastüren zu, vor denen sich eine Schlange formiert. In seiner Heimat wird es immer gefährlicher: Letzten Monat wurde der Bruder seiner Frau übel zusammengeschlagen und auf dem Schuttplatz in der Nähe ihrer Wohnung liegen gelassen. Sie haben somit gar keine andere Wahl, als hierherzukommen; es ist die richtige Entscheidung. Der Fahrer öffnet die Türen und steigt in den Bus. Er steht auf, nimmt seine Tasche und geht, um sich anzustellen.

Im Bus ist kein Doppelsitz mehr frei, sodass er sich neben einen Mann setzt, der aus dem Fenster starrt und die Tasche auf seinem Schoß umklammert. Am Kopf des Mannes vorbei kann er durch die Glaswände des Busbahnhofs immer noch die Skulptur sehen, und er schaut so lange zu ihr hin, bis der Motor anspringt und der Bus losfährt. Er grinst. Er denkt, wenn meine Frau hier ankommt, fasse ich ihren Hintern genauso an.

Ein junger Typ mit rasiertem Kopf hat sich neben ihn gesetzt. Ist aber in Ordnung. Er sieht nicht aus wie einer, der ihn die ganze Zeit in Gespräche verwickeln will. Was gut ist, schließlich dauert die Fahrt einigermaßen lang. Über neun Stunden. Ankunft in London in den frühen Morgenstunden, wenn die Kneipen schon zu und die Cafés noch nicht auf sind. Das hätte er, echt mal, besser planen können. Eigentlich hätte er das Ganze planen sollen.

Als sie die Stadt und die Wohnsiedlungen hinter sich lassen und unvermittelt ins Grüne kommen, setzt draußen die Abenddämmerung ein, und er schläft ein. Als er wieder aufwacht, ist die Beleuchtung ausgeschaltet, und er braucht einen Moment, bis er sich erinnert, dass er sich in einem Bus befindet. Um ihn herum schnarchen Leute, über dem Mittelgang liegt ein trüber Lichtstreifen und auf dem Boden runtergefallene Chips, eine Chipstüte und ausgestreckte Beine. Er blickt aus dem Fenster in die vorbeirauschende Dunkelheit. Er ist nicht nervös. Er fühlt sich gut. Er fühlt gar nichts.

Einige Zeit später wird sein Nachbar wach. Mick hört, wie er nach vorn rutscht und den Reißverschluss einer Tasche zu seinen Füßen aufzieht. Zunächst das Geräusch von reißendem Papier oder Zellophan, dann Essensgeruch, eine Wursttasche aus Blätterteig, die er zum Mund führt und anfängt zu essen. Also gut, ein Plan. Das Erste, was ansteht, wenn der Bus ankommt, ist essen: Wahrscheinlich muss er sich eine Tankstelle oder einen 24-Stunden-Laden suchen und im Busbahnhof warten, bis alles andere aufmacht. Dann Jobsuche. Für den Anfang der, den er in den *Southside News* gefunden hat.

Der Typ sieht zu ihm rüber.

»Wissen Sie, wo King's Cross ist?«, fragt er, als hätten sie schon die ganze Zeit miteinander geplaudert.

»Tut mir leid, Kumpel, keine Ahnung. Bin noch nie in London gewesen.«

Der Mann nickt und isst weiter seine Wursttasche; eine Weile später holt er sein Handy hervor und fängt an, darauf rumzudrücken. Ziemlich guter Punkt – spielte es denn eine Rolle, dass er noch nie da war? Nein. Das ist sogar das verdammt Beste daran. Er darf es nicht zu kompliziert machen, muss sich von allem, was Erinnerungen weckt, fernhalten. Sich um diesen Job kümmern, der in der Zeitung annonciert war, sich nicht unterkriegen lassen, Sachen regeln. *Englandshire*. Da wird keiner draufkommen. Er ist nur zweimal da gewesen: zuletzt die sechs Monate in Newcastle und davor, als sie noch nicht lange verheiratet waren, zu einem Besuch bei Cathys Cousine und deren Mann in Northampton. Absolut schrecklich. Es waren einige ihrer Verwandten da, die nach England gezogen waren, und sie hatten eine elende Woche mit ihnen verbracht. Er hatte die ganze Zeit versucht, nichts zu verschütten oder zu zerbrechen, wenn er herumlief, und keiner von ihren Leuten hatte mit ihm gesprochen, außer um ihm dumme Fragen über die Werft zu stellen, genau auf die Art, in der Leute ein Kind fragen, wie es in der Schule läuft. Soweit er sich erinnern kann, waren die beiden nicht beim Begräbnis gewesen.

Es regnet. Er lehnt sich zurück und sieht den riesigen Scheibenwischern zu, die auf der Windschutzscheibe hin und her schwenken. Er denkt an England. An Newcastle. Wie er sich gefühlt hat, als er genau diese Autobahn runterfuhr, immer weiter weg von daheim; an den Streit, den er und Cathy am Abend vor seiner Abfahrt gehabt hatten, bei dem sie sich anschrien, im Hintergrund Thatcher im Fernsehen, die die Kopfsteuer in Schottland einführte. In Wirklichkeit hatte er Glück gehabt, überhaupt einen Job zu kriegen, denn Swans war es genauso ergangen wie allen anderen anderswo auch – privatisiert und zusammengeschrumpft. Doch er hatte sich nicht glücklich gefühlt, sondern vielmehr verdammt schrecklich. Er hatte ein Zimmer in einem Haus gemietet, in dem etliche weitere Arbeiter von Swans wohnten, vorwiegend junge Kerle sowie ein Typ aus Southampton in seinem Alter, den Namen weiß er nicht mehr. Sie waren immer zusammen in die Kneipen gegangen und hatten die Zimmerwirtin beim Heimkommen stinksauer gemacht. Deutlicher erinnert er sich allerdings an die Abende, die er allein trinkend in seinem Zimmer verbracht und sich gefragt hatte, was zum Teufel er eigentlich hier mache. An seinen freien Tagen hatte er vor dem laufenden Fernseher gehockt, bis es ihm zu viel wurde und er den weiten Weg zur Telefonzelle einige Straßen weiter gegangen war.

Sein Nachbar schnarcht. Mick dreht sich zum Fenster und versucht die Stimmung abzuschütteln, in die er geraten ist. Daran zu denken, dass nicht alles schlecht war. War es nämlich nicht. Es waren gute Männer. Natürlich verrückt auf Fußball. Nach dem Mittagessen fanden unten an der Mole immer

Spiele statt, und nach Schichtende veranstalteten die jungen Kerle Wettrennen am Ufer lang. Alle hatten Spitznamen – ihn hatten sie vom ersten Tag an Big Yin genannt, weil sie wussten, dass Billy Connolly am Clyde auf der Werft gearbeitet hatte. Trotzdem hatte er sich nie zugehörig gefühlt. Es ging einfach nicht, nicht mit Cathy und den Kindern oben in Glasgow. Und es war nicht seine Werft, nicht sein Fluss. Er gehörte da nicht hin. Es gab ihm nicht dasselbe Gefühl: diese Empfindung, dass der Fluss immer da war, um ihn herum, in ihm drin. Dieser schiere Kick angesichts eines Schiffs auf dem Baudock, aus nur ein paar kleinen Metallstücken entwickelt, und jeden Morgen ging man darauf zu und sah, dass es größer wurde und so aussah, als parkte es am Ende der Straße, wie es da über das letzte Wohnhaus hinausragte. Er erinnert sich noch genau an das Gefühl. Den Klang der Sirene. Wie sich die Tore öffnen und die Arbeiter in Massen durchströmen. Und dann kommt man hin und sieht, dass auf dem Rumpf schon wieder neue Graffiti stehen – Witze, Sprüche, protestantische Slogans. Sodass die gesamte Seite des Schiffs kurz vor der Fertigstellung ein einziges Durcheinander von Kreidekritzeleien war: Karikaturen der Manager, Wettbewerbe, wer am höchsten Punkt schreiben konnte, zwei Jahre andauernde Wortwechsel. Und dann, wenn es fertig war, wurde alles überstrichen, und es gab keinen Hinweis mehr darauf, was einmal alles darunter stand. Außer wenn man wirklich ganz genau hinsah, erkannte man die winzigen Kritzeleien entlang der Wasserline, wo die Anstreicher ihre Spitznamen hinterlassen hatten.

Der Fahrer drückt auf die Hupe, um sie zu wecken. Mick steht benommen auf und quetscht sich in die Reihe, die sich langsam den Mittelgang entlangschiebt. Als er aus dem Bus steigt und zur Flughalle geht, hat er zum ersten Mal Gelegenheit, sich die anderen Mitreisenden anzusehen. Anscheinend sind eine ganze Menge Osteuropäer darunter. Man erkennt sie irgendwie an dieser ruhigen Art, wie sie alles angehen, im Gänsemarsch zum Ausgang laufen und offenbar genau wissen, wohin sie wollen. Auch sein Nachbar zieht mit seiner Tasche über der Schulter los, King's Cross, ich komme.

Im Ankunftsterminal steht ein Süßigkeitenautomat, an dem er sich ein Mars holt; anschließend setzt er sich auf einen der lehnenlosen Plastiksitze, zieht seine Jacke eng um sich und versucht, seinen Grips zum Laufen zu kriegen.

Jemand steht über ihn gebeugt. Ein dicker Kerl mit fleischigem Gesicht.

»Alles klar mit dir, Kumpel?«

Ein Stückchen Bauch ragt unter seinem Hemd hervor.

»Weißt du, wo du bist?«

Mick kichert. »Ich hab keine Ahnung, Alter.« Dann bemerkt er das halb aufgegessene Mars in seinem Schoß.

»Ich fürchte, du kannst hier nicht bleiben.«

»In Ordnung. Ich bin wohl nur für 'ne Minute eingeschlafen. Ich such ein Café, das aufhat. Weißt du hier irgendwo was?«

»Jep. Zufällig ist direkt eins um die Ecke.«

Er zeigt Mick die Richtung und wartet, bis er aufsteht und geht.

Als er dort ankommt, hat es geöffnet, genau wie der Mann sagte. Beim Hineingehen vernimmt er das angenehme Geräusch von Stühlen, Geschirr und leisen Unterhaltungen. Er setzt sich an einen Tisch und liest die Frühstücksangebote auf den bunten Papptafeln über der Küche. Ein paar Typen, die wie Busfahrer aussehen, trinken Kaffee, auch ein Straßenreiniger in einer Warnweste. Da fällt ihm plötzlich der Vorfall mit dem Parkwächter und den gestohlenen Blumen ein, aber als der Typ wegen seiner Bestellung kommt, schließt er ihn sofort wieder weg. Schinken mit Ei und Tee. Dafür, dass es so früh am Morgen ist, ist er ziemlich freundlich, summt leise vor sich hin. Türkisch, wenn man dem Aushang über der Küche Glauben schenken kann. Die Sache hat gut angefangen. Anstatt in den Straßen herumzuirren und eine Tankstelle zu suchen, kriegt er gleich in einem kleinen, ihm zuzwinkernden Laden, den er entdeckt hat, ein warmes Frühstück.

Als er fertig ist, geht er zur Theke und fragt den Typen, ob dieser etwas in der Nähe wüsste, wo er ein Zimmer für den Rest der Nacht kriegen könnte.

»Hostel? Bed and Breakfast?«

»Bed and Breakfast, ja.«

Er greift nach seinem Bestellblock und zieht einen Stift aus der Hosentasche, zögert dann aber und entscheidet sich anders. Er zeigt mit dem Arm nach links.

»Sie sehen die Straße? Sie gehen runter, Sie gehen links unter die Brücke und da – da gibt viele solche Plätze. Zehn Minuten.«

Mick dankt ihm, nimmt seine Tasche und geht. Gar nicht so übel, dieses London, wie? Gar nicht so übel.

Er kann die Brücke weiter vorn sehen. Es ist eine Eisenbahnbrücke, stellt er beim Näherkommen fest, während er an den hohen, rauchgeschwärzten Mauern entlangläuft, die die Straße darunter säumen. Direkt vor der Brücke geht eine schmale Straße ab, und er biegt in sie ein, vorbei an einem Baustoffhändler und einer MOT-Werkstatt unter den Brückenbogen. Ein paar Minuten später sieht er ein rissiges, weißes Plastikschild: BED AND BREAKFAST: EINZEL £25, DOPPEL £40, FAMILIEN £60. O.k., das wird gehen. Er braucht ja nur ein Bett für heute Nacht und ist nicht wählerisch. Er steigt ein paar Stufen hinauf, doch es gibt offenbar keine Klingel, also probiert er, ob die Tür offen ist, was der Fall ist. Er betritt einen schwach erleuchteten Korridor mit einem abgetretenen roten Teppich, unter dem die Profile der Holzdielen erkennbar sind. Gelbe, rissige Tapeten. An seinem Ende befindet sich ein Schild – ANMELDUNG – mit einem Pfeil, der die Treppe hinaufzeigt.

Er geht hoch zum ersten Treppenabsatz, und da ist eine Tür, an die eine zerknitterte Plastikhülle mit einem Blatt Papier darin geheftet ist. *Bin in 10 Minuten zurück*. Wirkt nicht sehr wahrscheinlich. Wahrscheinlich ist es jetzt zu spät, um was zu finden, aber da taucht hinter ihm auf der Treppe ein Mann auf, seinem Aussehen nach zu urteilen, ebenfalls ein Türke.

»Haben Sie Ihren Schlüssel verloren?«

»Nein, ich wollte bloß ... ich dachte, ich kriege hier ein Zimmer.«

Der Mann führt ihn den nächsten Treppenabsatz hinauf, angelt einen Schlüsselbund aus seiner Tasche und schließt eine Tür auf.

»Einzelzimmer?«

Er nickt.

»Einzelzimmer macht fünfundzwanzig Pfund.« Er steht da und klimpert mit den Schlüsseln an seiner Seite. Du vermutest mal, dass er das Geld im Voraus will, oder? Mick holt seine Brieftasche raus.

»Wo gibt's das Frühstück?«

»Kein Frühstück.«

»Wie? Kein Frühstück? Auf dem Schild draußen steht ›Bed and Breakfast‹.«

»Kein Frühstück.« Er nimmt das Geld und geht.

Dann eben kein Frühstück. Mick steht in der Tür und begutachtet das Zimmer. Winzig, ein abgestandener, klebriger Geruch, die gleiche sich abschälende Tapete wie in den Korridoren, und auf dem Teppich etwas, was wie ein riesiger Scheißfleck aussieht. Besser als ein Schuppen, also kein Grund zur Klage. Vorhänge gibt es keine, stattdessen ist ein grauer Stoff vor das Fenster gespannt, an dessen einer Seite orangefarbenes Licht reinfällt. Er klettert aufs Bett, das sauber wirkt und derart straff gemacht ist, dass es aussieht wie vakuumverpackt. Er legt sich auf die Bettdecke. Er sollte mal eine Bestandsaufnahme der Situation machen, klar, aber sein Kopf tut weh, und das Denken fällt schwer. So liegt er einfach da, die Augen geschlossen, und nimmt nur undeutlich wahr, dass draußen eine Straßenlaterne summt und einmal ein Zug über die Brücke rattert.

Später in der Nacht muss er pinkeln, der Druck wird stärker und stärker, bis es nicht mehr auszuhalten ist und er aufsteht. Er wartet eine Weile an der Tür und horcht, um sicherzugehen, dass niemand da ist, dann geht er raus und eine Treppe höher zu einer Tür mit der Aufschrift TOILETTE. Nicht, dass er das nicht am Geruch hätte merken können: stechend, säuerlich, vermischt mit Reinigungsmittel; die Flasche steht noch auf einem Brett unter dem Waschbecken. Als er fertig ist, geht er in sein Zimmer zurück und verriegelt das Türschloss.

Morgen. Er bleibt lange liegen. Ihm ist mulmig im Magen, und sein ganzer Körper tut weh, als sei er gerade von einer Spätschicht gekommen. Die Straßenlaterne ist aus, Tageslicht sickert schmutzig durch den Stoff vorm Fenster und lässt das Zimmer sichtbar werden. Jetzt erkennt er, dass der widerliche braune Fleck auf dem Teppich von einem Brand stammt. Heiliger Himmel. Man mag sich's gar nicht vorstellen.

Ein Geräusch vor der Tür lässt ihn aufschrecken. Irgendwer trampelt die Treppe runter. Auf dem nächsten Treppenabsatz wird es leiser, dann noch leiser, schließlich Stille. Sein Herz rast, weil es so plötzlich kam. Bloß ein Geräusch, es war bloß ein Geräusch. Jemand ist die Treppe runtergerannt – nichts Ungewöhnliches. Und doch ist er in Panik geraten und bekommt sie nur mühsam unter Kontrolle, während er eine Kopfseite ins Kissen drückt und das Blut in seinem Ohr pochen hört. Das ist ja gerade das Problem: Es *ist* ungewöhnlich. Nicht, dass er noch nie hätte Leute eine Treppe runterlaufen hören, aber nicht *hier*, nicht an diesem Ort.

Bloß ein Geräusch, nichts weiter als ein Geräusch.

Aber er wird es nicht los. Ein verdammtes Geräusch, Mann – jetzt ist es weg –, in ihm stürmt es jedoch immer noch herum, kann nicht zur Ruhe kommen, weil auch alles andere durcheinandergeraten ist und in ihm herumstürmt, und er kann nicht normal handeln oder denken, weil, was ist das denn, verdammt noch mal, normal? Das soll ihm mal einer beantworten. Es gibt kein normal. Er schwingt die Beine über die Bettkante und setzt sich auf. Alles rast und rauscht. Er schnappt nach Luft, aber das bringt nichts, vom Aufrechtsitzen wird ihm schlecht, deshalb legt er sich wieder hin und hört auf, dagegen anzukämpfen. Gedanken bestürmen ihn; er kann sie nicht fernhalten. *Sie* ist normal. Das ist es, was normal ist. So, jetzt hat er's gesagt. Allerdings wirbelt jetzt alles durcheinander, und das ist scheiße, weil es genau das ist, was er vermeiden wollte – nämlich an seine Frau denken. Und jetzt hat er es zugelassen und kriegt's nicht mehr unter Kontrolle. *Sie* ist das normale Leben – sie ist genauso ein Teil von ihm wie seine Beine oder sein Magen –, und ohne sie hat alles Übrige seinen Sinn verloren. Vor allem der verdammte Magen.

Heul doch, Mensch. Heul doch einfach drauflos. Keiner sieht zu. Aber er kann nicht aus sich raus. Es ist zwar da, er spürt es in seiner Kehle wie ein Knäuel Haare, das festhängt und ihn würgt, aber er hat zu viel Angst, sich gehen zu lassen. Es würde ihn nur noch mehr runterbringen. Und dann könnte er mit Sicherheit überhaupt nicht mehr aufhören und würde den ganzen Tag hier scheiß rumheulen.

Im Zimmer unter ihm sind Stimmen. Na und? Er ist in einem Bed and Breakfast – na ja, nur Bed –, was erwartet er denn, er muss einfach damit klarkommen. Er versteht nicht, was gesprochen wird, aber es klingt, als wären es mehrere, eine Familie, denn ein Baby kreischt oder weint oder macht sonst irgendwie Krach. Er steigt aus dem Bett und zieht den Tisch, der vor dem Fenster steht, zur Tür und verrammelt sie damit. Dann legt er sich wieder aufs Bett. Kein Fernseher – also gar nicht so leicht, das Gehirn auszuschalten, außer durch Schlafen, die Augen zumachen und schlafen, er könnte den ganzen Tag schlafen, er könnte für immer schlafen.

Später geht er runter und gibt Mr. Kein-Frühstück noch mal fünfundzwanzig Pfund; der zählt das Geld sorgfältig nach und steckt es in die Tasche.

In dieser Nacht schläft er unruhig, wird immer wieder mal wach und starrt lange Zeit einfach auf das orangefarbene Leuchten im Fenster.

Unten an der Treppe streiten sich Leute. Eine Frau schreit. Es zieht sich eine ganze Weile hin, dann knallt eine Tür zu, und es wird still. Er muss sich was zu essen besorgen. Ist allerdings nicht so einfach, raus in den Tag zu gehen. Was er tun muss, ist: einfach alles ausblenden, so tun, als würde er gar nicht existieren, und dann wie ein Zombie zu einem Laden laufen, wo immer der sein mag. Hier kennt ihn ja keiner. Genau das muss er sich sagen: Keiner kennt ihn.

Hinter der Brücke entdeckt er einen Billigladen. Ein Radio läuft, aber er versteht nicht, was gesagt wird. Aus dem Kühlregal nimmt er eine feuchte Pastetenschachtel, ein paar Dosen Bier und ein Sandwich für später. Als er bezahlt, schaut er den Mann nicht an. Beim Rausgehen sitzt bei der Tür hinter einem Verkaufstisch wie ein schweigender Kobold ein anderer Typ, der Telefonkarten verkauft.

Während der nächsten Tage entwickelt er Gewohnheiten. Morgens raus zu dem Laden und sich nach der Rückkehr das Essen reinzwingen. Dann schlafen und trinken und die Gedanken in Schach halten, bis er runtermuss, um Mr. Kein-Frühstück sein Geld zu geben. Ihr kleines Gespräch: Wie geht's, Kumpel? Ach, nicht übel, danke, das Geschäft läuft gerade ganz o.k. wegen Ihnen und der Familie unter Ihnen. Gut, gut, das freut mich. Sich an was Normales klammern. Auch wenn es blödes Geschwätz ist, ist es eine Art von Normalität.

18.

Er schlägt die *Southside News* auf und blättert durch bis zur Anzeigenseite.

Namhafte Hotelkette, vertreten auf den Flughäfen Glasgow, Birmingham, Manchester, London-Heathrow, sucht Mitarbeiter in allen Bereichen: Reinigungskräfte, Aushilfen in Service und Ausschank, Frühstücksköche, Küchenpersonal, Buchungsassistenten. Beschäftigung inkl. Unterkunft.

Arbeit. Wegen Arbeit ist er hierhergekommen, und Arbeit wird ihn wieder auf die Beine bringen. Viel zu lange ist er ohne Beschäftigung gewesen, und was soll man auch sonst machen, außer sich beschäftigen, wenn man die ganze Zeit mit sich allein ist, bis man Gehirnerweichung kriegt? Noch so ein Grund, warum er nie zum Sozialamt gehen wird. Arbeit heißt immerhin Beschäftigtsein. Darum muss er jetzt seinen Arsch hochkriegen und sich welche besorgen, vom Stapel laufen und Robbie anrufen, denn so kann es nicht weitergehen, dass er ihn im Ungewissen lässt. Und was soll's, dass er noch nie als Küchenhilfe gearbeitet hat? Er kann das, er kann auch lügen, wenn es sein muss, und eigentlich ist das perfekt: etwas ganz anderes als das, was er vorher gemacht hat, keinerlei Erinnerungsgefahr. Plus die Sache mit dem Geld: Das geht nämlich allmählich dem Ende zu.

Er wäscht sich oder versucht es jedenfalls mit dem bisschen Wasser, das er dem Duschkopf abringen kann. Anschließend unterzieht er sich im Spiegel einer gründlichen Gesichtskontrolle. Er könnte wirklich eine Rasur vertragen, hat aber keinen Rasierer. Immerhin trägt er jetzt schon seit einiger Zeit einen ganz ordentlichen Bart. Ein respektabler bärtiger Mann, in der Art von Sean Connery – so sollte er das sehen. Andererseits, um ehrlich zu sein, ist »respektabel« wahrscheinlich etwas hoch gegriffen, wenn man sich seine Kleidung ansieht. Er hat das Hemd und die Hose aus seiner Tasche an, das Dumme ist nur, dass sie so zerknautscht sind wie die Vorhaut einer Kröte. Er sollte besser den Zimmerservice anrufen und Mr. Kein-Frühstück bitten, ihm ein Bügeleisen zu leihen. Bei diesem Gedanken zwingt er sich ein Lächeln ab. Er fühlt sich o.k. Ihm geht's prima. Er kommt voran.

Er packt seine Tasche und verabschiedet sich auf die Straße. Was er braucht, ist ordentlich was zu futtern, damit er den Rest des Tages durchsteht. Und wo kriegt man das besser als im Laden von seinem Spezi die Straße runter, beim fröhlichen Türken.

Nachdem er gegessen hat, muss er die U-Bahn bewältigen. Sie zu finden ist kein Problem, die eigentliche Sache ist hingegen echt ein bisschen komplizierter. Verglichen damit, was er kennt, ist das System ein Rubik-Würfel aus farbcodierter Heimtücke. Er schafft es trotzdem. Er wird damit fertig.

Im Wagen sitzt ihm in der Sitzreihe ein junger Typ gegenüber. Er trägt enge blaue Hosen und spitze weiße Schuhe; die Beine hat er übereinandergeschlagen wie eine Frau. Der spitze Fuß wippt bei jedem von den Schienen verursachten Ruck. Er liest eine Zeitschrift, auf deren Titelbild die Karikatur von zwei Männern mit ulkig verzogenen Gesichtern abgebildet ist. Er ist etwa im gleichen Alter wie Robbie und Craig. Was würden sie von ihm halten? Doch in diesem Moment erreicht der Zug eine Haltestelle, und er muss sich auf die Durchsage konzentrieren und kann den Gedanken unterbinden, ehe er sich weiter ausformt. Er muss konzentriert bleiben. Das Gehirn ist ein reines Minenfeld aus all diesen Gedanken, die er sich hüten muss zu denken. Im Moment zumindest, vorläufig, bis er wieder auf den Beinen ist. Dann wird er sehen, wo er steht.

Das Hotel ist eins von einer ganzen Reihe, das er erst erreicht, nachdem er ein Gewirr aus Schnellstraßen und mehrstöckigen Parkhäusern durchquert hat. Es ist riesig – sie sind alle riesig – und hässlich. Ein Klotz aus grauem, schmutzigem Beton; das einzige bisschen Farbe sind die gewaltigen Buchstaben des Hotelnamens über den Eingängen. Aber die Frau, die er an der Rezeption anspricht, ist durchaus freundlich.

»Die Betriebsleitung hat bis drei eine Sitzung«, erklärt sie ihm, nachdem sie ein Telefonat beendet hat. »Macht es Ihnen was aus zu warten?«

»Kein Problem.«

Nachdem er lange inmitten von Plastikblumen auf einem Stuhl gewartet hat, der in einem leeren Restaurant am Tisch fixiert ist, entpuppt sich die Betriebsleitung als Frau. Sie gibt ihm nicht die Hand. »Sie sind also Küchenhilfe«, sagt sie und geht hinter die Theke, um sich einen Kaffee zu machen. »Nicht über Agentur, oder?«

»Nein.«

»Haben Sie einen Lebenslauf?«

»Nein.« Toller Anfang, verflixt noch mal. »Sehen Sie, ich war auf der Werft, und mein letzter Job war Taxifahrer. Aber als ich jünger war, hab ich in Küchen gearbeitet. Hotels und so.« Eine ziemlich offensichtliche Lüge. Sie ist immer noch hinter der Theke und sieht ihn an, während sie Zucker in ihre Tasse rührt. Ihrer Miene nach zu urteilen, ist sie nicht sonderlich beeindruckt.

»Ich hab die Anzeige für den Job in einer Zeitung gesehen.«

Sie runzelt die Stirn. »Wann?«

»Schon ein Weilchen her, genau genommen.«

Sie kommt hinter der Theke hervor. »Na ja, es hängt sowieso vom Küchenchef ab. Kommen Sie hier lang.«

Er folgt ihr um eine Ecke in einen Gang, in dem kein Teppichboden mehr liegt, zu einer zweiflügligen Schwingtür mit kleinen Bullaugenfenstern. Dahinter ist es gleißend hell, und es wimmelt von Männern in weißen Jacketts. Sie geht rein, und er wartet draußen mit einem beklommenen Gefühl in der Brust. Nur die Ruhe. Entspann dich halt. Sie ist im Eingangsbereich der Küche stehen geblieben, und ein groß gewachsener Mann kommt auf sie zu. Hinter ihm schüttet einer der Köche ein Paket irgendwas in eine Pfanne auf einem Gasherd. Der große Mann sieht durchs Bullauge zu ihm raus.

»... das ist er«, hört er sie sagen, als die Tür aufschwingt. Sie geht davon, ohne sich umzudrehen, und der große Mann steht vor ihm.

»Also noch nie Küche gemacht, ja?« Ein Ire. Er hat weite, rot-weiß karierte Hosen an.

»Nein, also, ziemlich lange nicht.«

»Schotte?«

»Ja, Glasgow.«

Der Große verschränkt die Arme, kneift die Augen zusammen und grient.

»O.k., dann kommt hier die Eine-Million-Dollar-Frage – Celtic oder Rangers?«

Mick lächelt. »Rangers.«

Der Küchenchef haut sich gespielt gegen die Stirn. »Verdammt typisch.« Er grinst. »Nein, schon in Ordnung, ist o.k., ist mir scheißegal. Und die richtige Farbe hast du sowieso.«

Er geht durch die Schwingtüren, und Mick folgt ihm; er hält den Kopf gesenkt und vermeidet es, die anderen Köche anzusehen. Von der Oberkante einer Weißwandtafel nimmt der Große einen Stift.

»Wie heißt du?«

»Mick.«

Er schreibt neben FRÜHSTÜCK: MICK SPÜLER 1.

»Das hast du echt gut getimt – gestern hat einer aufgehört.«

Sie gehen durch die Küche. Er bleibt ruhig. Hitze, junge Männer mit rasierten Schädeln, ein Radio. Sie kommen an einem Stapel Kisten vorbei, dann geht die Küche schlauchartig in einen anderen Raum über, der kleiner und düsterer ist als der Hauptraum. Ein sehr schwarzer Mann in einem dunkelgrünen Overall lässt einen Stoß Bratpfannen in eine Spüle scheppern.

»Eric, bring diesen Knaben mal runter zu den Personalzimmern.« Er wendet sich Mick zu. »Nimm dir irgendeins, das frei ist, und leb dich für heute ein. Frühstück gibt's ab sechs, sei also kurz vorher hier, ich such dir dann einen Overall raus«, sagt er und geht.

Der schwarze Typ hat nicht von seiner Spüle aufgeblickt, und Mick fragt sich kurz, ob er das überhaupt verstanden hat. Dann zieht er sich jedoch die Gummihandschuhe ab und geht durch eine Brandschutztür; der Wasserhahn läuft noch.

Er folgt ihm Treppen hinunter und durch Korridore, und es wird immer deutlicher, dass dieser Typ nicht vorhat zu reden; langsam geht er voraus, sein Nacken glänzt unter den fluoreszierenden Lichtleisten. In einem Bereich sind die Leuchtröhren aus, und sie gehen in fast völliger Dunkelheit bis zum nächsten beleuchteten Korridor, dann noch mehr Stufen runter, geradewegs in die Tiefen des Gebäudes.

»Hier«, sagt der schwarze Mann und geht denselben Weg wieder zurück, den sie gekommen sind.

Er steht in einem langen Gang mit Türen auf beiden Seiten. Eine davon steht offen, und er sieht, dass es ein Bad ist. Er geht die Reihe der Türen ab. Aus einer dringt leise Musik, aus einer anderen Schnarchen. Ansonsten ist es still hier. Er steht da und fragt sich, was er jetzt machen soll. Das hier ist irre. Unwirklich. So weit von der Wirklichkeit entfernt, dass schwer zu glauben ist, hier sei nicht irgendein Täuschungsmanöver im Gang und der eigene Verstand spiele einem keine Streiche. Aber für diese Leute hier ist das ganz normal; auch er ist was ganz Normales, das ist das Befremdlichste. Es ist, als ob sie alle miteinander – die Betriebsleiterin, der Küchenchef, der Tellerwäscher – ihn hier erwartet hätten. Er hat nicht die kleinste Stockung verursacht. Geh runter in dein Zimmer, morgen um sechs arbeitest du, und alles geht weiter wie immer.

Weiter vorn kommt jemand aus einer Tür. Ein Mädchen. Sie hat einen Schlafanzug an und ist barfuß. Er steht wie angewurzelt da, während sie auf ihn zukommt, und er ist schon kurz davor, etwas sagen zu müssen, als sie ins Bad abbiegt. Sie hat ihn offenbar nicht mal bemerkt. Sind die vielleicht auf Drogen hier, diese Leute? Er hat den Eindruck, völlig die Orientierung verloren zu haben – diese leisen Geräusche von Schnarchen, Musik und summenden Neonröhren, ein Mädchen im Schlafanzug, und schon weiß er nicht mehr, ob Tag oder Nacht ist. Die Toilettenspülung rauscht. Sie kommt raus und geht zurück zu ihrem Zimmer.

»Entschuldigung«, ruft er. Sie hört ihn nicht.

»Entschuldigung.«

Sie schaut sich mit ausdruckslosem Blick um.

»Können Sie mir bitte sagen, wo hier was frei ist.« Er merkt jetzt, dass sie geschlafen hat; ihre Augen sind halb geschlossen.

Sie zuckt mit den Schultern. »Ich glaub, das hier vielleicht.« Sie zeigt auf eine Tür neben dem Bad und trottet davon.

Langsam drückt er die Tür auf, und die Umrisse im Inneren werden deutlicher, als Licht vom Gang einfällt. Das Zimmer ist leer, das Bett gemacht. Er findet den Lichtschalter, und die Birne braucht einen Augenblick, bis sie stotternd angeht. Es hat etwas von einem Abteil in einem Lagerhaus, schäbig und fensterlos, mit einer abgehängten Kacheldecke. Es gibt ein Waschbecken und einen angeschlagenen weißen Resopalschrank, einen Mülleimer, einen Stuhl und einen kleinen Tisch mit einem Wecker, dessen Zeiger auf kurz nach vier zeigen. Die Unwirklichkeit hat ihn jetzt fest im Griff, treibt ihn benommen an, als er seine paar Sachen im Schrank verstaut, die Schuhe auszieht, sie unter den Tisch stellt und sich aufs Bett legt. Vorsicht. Er muss vorsichtig sein. Man gerät allzu leicht ins Faseln und Nachdenken – zum Beispiel über das fehlende Tageslicht hier drin, verdammte Scheiße. Woran er eigentlich denken sollte, sind gute, positive Sachen. Er hat einen Job gekriegt. Er steht auf beiden Beinen. Er hat gefunden, was er gesucht hat. Und zwar was? Ein anonymes Zimmer an einem Ort ohne Erinnerungen, ohne Arschlöcher, die ihn bedauern oder auf ihm rumtrampeln. Plötzlich steigt das Bild von Craig auf dem Friedhof in ihm auf, aber er weiß, er muss es wegdrängen, sofort wegschließen. Er sieht sich um. Na ja, wenn man das Zimmer ein bisschen auf Vordermann bringt, wäre es vielleicht gar nicht so übel. Ein Minifernseher. Pflanzen. Vielleicht könnte er ja sogar ein paar von den Plastikblumen aus dem Restaurant klauen – ha, jetzt redest du wie ein Mann, jetzt, verdammt, redest du.

Kurz vor fünf herrscht Lärm vor der Tür: ausländische Stimmen, Gebrüll, eine Frau lacht. Anschließend ist es eine halbe Stunde still, bis der Lärm auf einmal erneut losbricht, und ein paar Minuten lang andauert, ehe es wieder ruhig wird. Danach gibt es nur gelegentlich ein Geräusch: Türen schlagen zu, eine Stimme geht vorbei, das Rauschen des Klos durch die Wand hinter seinem Kopf. Später am Abend verlässt er das Zimmer, findet schließlich den Weg aus dem Hotel und geht rüber zum Fughafengebäude, wo er sich eine Folienkartoffel und ein Bier holt.

Er schläft nicht besonders gut, deshalb ist das frühe Aufstehen kein Problem. Um Viertel vor sechs ist er oben in der Küche und wartet in der Spüle. Er hört, wie nebenan im Kochbereich der irische Küchenchef seine kahlköpfige Mannschaft instruiert. Ein paar Minuten später kommt er mit einer Bratpfanne, in der Speckfett qualmt, in die Spüle und sieht Mick an der Maschine stehen.

»Ja, Scheiße.«

Er geht kurz raus und kommt mit einem Overall wieder. »Er wird's dir zeigen, aber es ist sowieso ganz einfach. Spüler 1 heißt, dass du hier an diesem Becken stehst und von allem den meisten Scheiß abkratzt. Dann stapelst du ihm das Zeug hier in diese Körbe, damit er sie in die Maschine stellen kann. Und du machst das Küchenzeug sauber.« Er zeigt auf die Speckpfanne, die im Ausguss zischt.

Es gibt keinen Ort zum Umziehen, deshalb zieht er den Overall hier an, einfach über seine Sachen. Und das ist das Erste, was er lernt: nichts drunter tragen. Binnen einer halben Stunde kocht er förmlich, vor Anstrengung und der Hitze der Maschine. Spüler 2 hingegen geht's gut. Er macht es richtig – immer, wenn er sich bückt, um irgendwas aufzustapeln, wird unter seinem Overall nur nackte schwarze Haut sichtbar. Er ist echt gut drauf und guter Laune. Nicht, dass er viel geredet hätte: Seit er reinkam, hat er kaum ein Wort gesagt. Es ist nicht derselbe Typ wie gestern – dieser hier ist größer, und er ist verflucht schnell. Es ist harte Arbeit, damit nachzukommen, Teller und Tassen in die Einsätze zu räumen, ehe er sie sich schnappt und über die Führungsschienen in die Maschine schiebt – und dann das Zischen des Dampfs, wenn er sie runterzieht und anstellt. Dreißig Sekunden, und alles kommt offenbar trocken wieder raus, jedenfalls stapelt er die gesamte Ladung unverzüglich und bringt sie rüber in die Regale. Wenn er mal spricht, dann um Mick zu sagen, er mache es verkehrt – »Nein, nein« –, und er stellt sich vor ihn und räumt die Einsätze selbst voll. Aber es ist machbar. Er tut es. Er schafft es. Der erste Tag im Job, und er hat alles im Griff.

Trotzdem ist sie eine ganz eigene Welt, die Spülküche. Er hatte sie sich anders vorgestellt – Krach und Gebrüll und Gordon Ramsay und Kellner, die im Schweinsgalopp durch die Gegend rennen. Aber so ist es nicht. Vielmehr eigenartig still, abgesondert, nur er und Spüler 2, die schrubben und stapeln, schrubben und stapeln. Aus der Küche hört man Klappern und Gerüttel an den Öfen und Grills, und ab und zu kommt ein Koch rein und schreit, »Heiße Pfanne«. Aber auch da drüben geht es nicht laut zu, kein lautstarkes Gequatsche. Seltsam. Aber gut so. Ihm passt das. Du bewahrst die Ruhe und machst deinen Job. Schrubben, stapeln, schrubben, stapeln. Hin und wieder tauchen die Gesichter von Kellnern an der Durchreiche über der Spüle auf, um schmutziges Geschirr abzustellen. Neu hier, Kumpel? Wie heißt du? Nett, dich kennenzulernen, wie geht's? Nichts davon. Sie sagen kein Wort. Sie sehen ihn nicht mal. Gut. Das ist gut. Und die Arbeit hat auch etwas durchaus Zufriedenstellendes – nicht unbedingt anregend, dafür mechanisch: Man kommt in einen Rhythmus, wiederholt Bewegungen, fordert sich heraus, den Geschirrstapel wegzukriegen. Durchreiche leer. Da kann man sich auf die Schulter klopfen, gut gemacht. Siehst du das, Spüler 2? Erste Schicht, aber nix rumgetrödelt, guck, kein Scheißgetrödel.

Aber natürlich ist er voreilig. Hält sich für einen tollen Hecht, weil er seine Stapel niedrig gehalten hat, dabei ist wahrscheinlich kaum jemand im Restaurant. Richtig los geht's erst eine Stunde später. Der Tellerstapel auf der Durchreiche wächst, hohe Säulen aus schwankenden Schalen und Tassen bilden sich, der Besteckeimer schwillt an wie Hämorrhoiden, und die Kellner finden endlich ihre Sprache wieder und meckern, dass sie keinen Platz haben, um das schmutzige Geschirr abzustellen. Er kommt nicht hinterher und ist vor Panik schon bald völlig verschwitzt, verzweifelt entschlossen, die Stapel abzuarbeiten, bevor der irische Chefkoch kommt und sie sieht.

Spüler 2 ist jetzt äußerst emsig darin, ihm beizustehen; er quetscht sich an ihm vorbei, um an die Stöße zu kommen und stapelt sie selbst. Und dann, als gerade am meisten los ist, platzen nacheinander die Kahlköpfe mit ihren ganzen Töpfen und Pfannen rein, mit Frittierkörben, Hackbrettern und langen Metallblechen, an deren Rändern angebrannte Eireste kleben. Sein Herz rast. Er hetzt herum, verliert seinen Topfkratzer; überall um ihn herum wachsen die Stapel. Er tritt auf einen Stoß Pfannen vor seinen Füßen und fällt beinah hin. Die Hände auf die Spüle gestützt, holt er ein paarmal tief Luft; der schwarze Typ starrt ihn wütend an. Komm, krieg dich bloß wieder ein. Mach die Stapel weg, ehe der Chefkoch was mitkriegt, bring diese Schicht zu Ende. Dann kann er einen Haken dahinter machen, dann wird er wissen, woran er ist. Er beugt sich zur Maschine rüber, ignoriert Spüler 2, zieht sich einen leeren Einsatz ran und befüllt ihn.

Gegen Dienstende, als er schon denkt, es wird ruhiger, kommen sie mit großen, langen Platten und Glasschalen aus dem Restaurant an. Er kratzt sie aus, schmeißt übrig gebliebene Würstchen und Grapefruitstücke in den Mülleimer, bis einer der Kellner auf ihn zukommt und ihm erklärt, er müsse warten, bis sie alles noch Essbare selbst entfernt hätten. Ihm wird klar, dass es wiederverwendet wird. Und zwar alles, sie packen das ganze Zeug weg. Sogar die Eier, Mann!

Als es vorbei ist, keucht er nur noch und pfeift aus dem letzten Loch. Und das war das Frühstück – weiß der Himmel, wie es erst in der Mittagsschicht oder beim Abendessen ist. Oder wenn er all diese Schichten machen muss; das ist jedenfalls auch so was, wo er noch im Dunkeln tappt. Aber er hat's durchgestanden. Seine Ansprüche an sich selbst hatten sich rasch in Luft aufgelöst, aber er hatte es durchgestanden – mit Speiseresten verklebtes Geschirr ging direkt in den Einsatzkorb und zum Abschrubben, aus Stapeln wurden Halden. Ziemlich unwahrscheinlich, dass es auf der anderen Seite sauber rauskam, aber Spüler 2 schien das nicht weiter zu stören, er wollte einfach nur, dass es läuft, damit die Stapel klein blieben und die Kellner die Klappe hielten. Damit ihre Gesichter von der Durchreiche wegblieben.

Spüler 2 zieht seine Handschuhe aus, bedeutet Mick, er solle mitkommen, und geht in die Küche. Die Glatzköpfe schrubben gebückt oder kniend das Innere der Backöfen sauber. Spüler 2 schreibt seine Stunden auf die Tafel und reicht ihm anschließend den Stift.

»Aha, Dia, ja? Hi.« Er streckt seine Hand aus. »Ich heiße Mick.«

Ein Handschlag scheint irgendwie nicht ganz das Richtige, aber der Typ ergreift sie mit einem schwachen Kopfnicken. »Jetzt Frühstück«, sagt er.

Mick folgt ihm in einen kahlen, hellen Raum, in dem Tische zu zwei langen Reihen zusammengestellt sind. An einem Tisch in der Mitte stehen ungefähr zwanzig Angestellte Schlange, um sich von dort ihr Essen zu holen. Sowie sie hineinkommen, fühlt er sich ungeschützt in dem hell beleuchteten Raum, wo jeder ihn ansehen kann. Stühle scharren geräuschvoll, als die Leute sich hinsetzen und zu essen anfangen. Dia ist schon weiter vorn in der Schlange, und Mick stellt sich hinten an; einer der Köche schiebt sich genau vor ihm rein. Er bleibt dicht hinter ihm und schiebt sich vorwärts. Der Typ hat eine große violette Warze am Nacken, und wo der Kragen auf der Haut scheuerte, ist sie rau und gerötet. Jetzt ist auch jemand hinter ihm, der die Schlange missmutig anschnaubt. »Na los, weiter.« Er beäugt Micks Rücken, nimmt ihn wahr. Köche drängeln sich weiter vorn in die Schlange; niemand sagt etwas.

Hier sind also die Eier gelandet. Hauptsächlich sie sind übrig, als Mick an den Tisch kommt, sowie ein paar Würstchen, Bohnen und etwas Obstsalat. Ist ihm egal. Er will sich nur hinsetzen und was essen und dann zurück in sein Zimmer.

Dia ist an einem Tisch mit Schwarzen; vier in grünen Overalls sitzen da zusammen. Mick geht zur anderen Tischreihe und setzt sich an ein Ende, wo die Plätze um ihn herum alle frei sind. Ein Stück weiter sitzt eine Gruppe Frauen, alle mit dunklen Haaren und fremdländisch aussehend. Eine von ihnen sieht einmal zu ihm rüber, und er merkt, dass er offenbar dort sitzt, wo sich ihre Kameradinnen gleich hinsetzen wollen. Er isst sein Frühstück schnell und wahllos. Nicht, dass es eine Mahlzeit wäre, die man genießen wollte. Ein Würstchen, eine Brotscheibe und ein kleiner Klacks Bohnen, deren Saft sich mit dem von drei Ananasscheiben vermischt. Kein Wunder, dass alle so trostlos aussehen.

Alle hocken in ihren Gruppen zusammen – die Glatzköpfe an einem Tisch, die Kellner an einem anderen, das Empfangspersonal –, alle bleiben sie unter sich. Wie in der Schule. Und das Merkwürdigste ist, dass es so still ist. Kaum jemand spricht, alle futtern nur still ihr Essen in sich hinein, und das einzige Geräusch im Raum ist das Klappern von Messern und Gabeln auf den Tellern. Die meisten sehen aus wie Ausländer, vielleicht ist das mit ein Grund: die fehlende Durchmischung. Andererseits, wer ist er schon, da was zu sagen, der angewiderte Schotte am Ende der Reihe.

Er wird gerade fertig, als der Küchenchef herein- und zu ihm rüberkommt. Vornübergebeugt steht er ihm gegenüber, die Hände auf die Tischplatte gestützt.

»Lief o.k. heute?«

»Gut, ja, sobald ich den Bogen mal raus hatte.«

Ein paar der Frauen sehen herüber.

»Du musst bloß schneller werden, das ist alles.« Er richtet sich auf, blickt in Richtung Tür und wieder zu Mick. »Das nächste Personalessen ist um fünf, und deine Spätschicht fängt um halb sechs an, alles klar?« Er klopft einmal auf den Tisch und geht.

Mick geht nicht zum nächsten Personalessen. Er verkriecht sich in seinem Zimmer, erschöpft liegt er in Hosen und Socken auf dem Bett und pendelt den ganzen Nachmittag zwischen Schlaf und Wachsein.

Die Spätschicht ist länger, erbarmungslos, und es gibt mehr Arten von Geschirr. Wenigstens ist er unter dem Overall jetzt splitternackt, was im Vergleich zu vorher eine himmlische Erleichterung ist. Und es gelingt ihm auch, ein paar weitere Worte aus Dia rauszuquetschen, der wieder mit ihm arbeitet.

»Woher kommst du?«

»Ghana.«

Er merkt, dass es allmählich dem Ende zugeht, als die Kellner nur noch Tee- und Kaffeetassen und diese winzigen Töpfchen mit Senf- und Ketchupresten anbringen.

Als die Küche anfängt, die ganzen Töpfe und Pfannen reinzubringen, hilft Dia ihm beim Abkratzen, und anschließend zeigt er ihm, wo der Scheuerlappen ist, um damit dort hinter ihm herzuwischen, wo er schon gefegt hat. Sie sind fast fertig, als einer der Glatzköpfe mit einer Flasche Bier in der Hand reinkommt und steifbeinig über den nassen Boden stelzt, um seine Messertasche aus einem Regal zu angeln. Ein Bier. Das wäre jetzt das reinste gottverdammte Paradies. Aber das sagt er Dia nicht, sondern sie machen den Rest, lassen das Wasser aus der Maschine und bringen die Müllsäcke raus, bevor sie Schluss machen und sich zurück zu den Personalräumen aufmachen.

Er geht in sein Zimmer und fällt ins Bett.

19.

Der nächste Tag verläuft ganz ähnlich, und der danach ebenfalls. Sein Körper fühlt sich an, als wäre er verprügelt worden. Als sein freier Tag kommt, ist er derart erschöpft, dass er es lediglich schafft, rechtzeitig für das Personalessen aus dem Bett zu kommen, ansonsten schläft er die meiste Zeit.

Der Dienstplan sieht täglich zwei von drei Schichten vor, Frühstück, Mittag-, Abendessen, und ein Tag in der Woche ist frei. Sein Kopf ist vollauf beschäftigt, und wenn er nicht arbeitet, ist er sogar zum Denken zu müde. In der ersten Woche bleibt er Spüler 1, entweder mit Dia oder mit Eric. Er versucht nicht, ihnen irgendwelchen Small Talk abzuringen, daher ist es ein stilles Arbeiten, jedoch nicht unterkühlt oder so, es ist gut, es ist einfach Arbeiten. Die beiden haben ihre eigenen Gründe, über die sie nicht quatschen, genau wie er, und so machen sie einfach ihr Zeug, arbeiten schweigend als Team, während die Glatzköpfe mit heißen Pfannen rein- und wieder raussausen und die Kellner ihre Fratzen in die Durchreiche strecken.

An den Nachmittagen, die, wenn er Mittagsschicht hat, nur ein paar Stunden dauern, ruht er sich in seinem Zimmer aus, oder er geht durch den hinteren Notausgang auf ein Bier zum Terminal oder manchmal, wenn sich ihm beim Gedanken an das schwachsinnige Buffet der Magen umdreht, auch für ein Sandwich.

Das spätere Personalessen ist noch übler als das Frühstück. Normalerweise steht eine Schale mit Gehacktem da, ohne Kartoffeln, und eine Schale mit Möhren- oder Zwiebelomelette oder Rührei mit Würstchen. Dann vielleicht noch Pommes, die in Sekundenschnelle weg sind, und harter, zäher Reis, der einem zwischen den Zähnen stecken bleibt. Er sitzt jetzt am richtigen Tisch. Lässt sich bei seinen afrikanischen Kollegen nieder und isst schweigend neben ihnen vor sich hin. Er fragt die beiden anderen, wie sie heißen. Obi und Vincent. Sie tragen die gleichen grünen Overalls, arbeiten jedoch in einer anderen Küche; wo, weiß er nicht.

Einmal kommt nach der Frühstücksschicht der Küchenchef rein und sagt ihm, er solle hoch zur Betriebsleiterin: Sie müsse seine Daten ins System eingeben.

Er geht nach dem Personalessen. Ihr Büro liegt auf derselben Ebene wie die Küche, in einem Gang mit dem gleichen abgetretenen Teppichboden und den nackten Wänden wie drüben auf der Angestelltenseite, hier und da gibt's jedoch eine Plastikpflanze und eine Wanduhr mit dem Logo des Hotels. Läppische Bemühungen, den Trübsinn aufzupeppen. Es ist tatsächlich nicht viel anders als der Weg, der zu Alans Büro hochführte – vielleicht erklärt das, warum sich sein Magen jetzt so anfühlt. Nein so was, Mick! Schön dich zu sehen. Wie ich höre, bist du jetzt Küchenhilfe. Schön für dich, das ist toll.

Er will gerade anklopfen, als er drinnen Stimmen hört; es klingt nach einer Auseinandersetzung, weshalb er zögert. Kaum zu verstehen, was gesprochen wird, aber es sind zwei Frauen. Vermutlich sollte er besser gehen. Doch dann hört man von drinnen Schritte, und er drückt sich an die Wand, als eins der Zimmermädchen rauskommt, die Tür offen lässt und sich murmelnd durch den Gang entfernt. Die Betriebsleiterin erscheint mit finsterer Miene und sieht ihn.

»Ich bin hier, um meine Daten abzugeben.«

Sie dreht sich ins Zimmer. »Warten Sie.«

Die Tür geht zu, und ein paar Augenblicke später ruft sie, er solle reinkommen.

Sie gibt ihm ein Blatt zum Ausfüllen und ignoriert ihn, schreibt eilig etwas auf einen Block. Sie ist eindeutig sauer. Er spürt die Bewegungen im Tisch, während sie schreibt. Zwischen ihnen steht ein großer, schwarzer Drucker mit Klebezetteln: *Lohnanpassung. Gerry, Bordverpflegung, 16 Uhr.*

Schotte, schreibt er in das Formular, und Mick; den Rest erfindet er. Er füllt es nach dem Prinzip des Allernötigsten aus: Nur, was sie wissen müssen, so läuft es, und es gibt da ganz klar bestimmte Dinge, die sie keineswegs wissen müssen. Provan nennt er sich, nach Dave Provan, der in Micks Kindertagen für die Rangers spielte. Als er ihr das Formular zurückgibt, sagt er, dass er kein Bankkonto hat. Sie versucht erst gar nicht, den Ausdruck von Verachtung zu unterdrücken, der auf ihrem Gesicht erscheint, aber anscheinend glaubt sie ihm wenigstens. Bis er eins hat, wird er bar bezahlt, sagt sie. Ein Briefumschlagjob. Kein Problem. Überhaupt kein Problem.

Als er die erste Lohntüte kriegt, die ihm der Küchenchef zu Beginn der Abendschicht übergibt, hat er keine Tasche, in die er den Umschlag stecken könnte, und klemmt ihn deshalb in den Bund seiner Unterhose. Nachdem er sich ausgestempelt hat und zurück in sein Zimmer geht, um reinzusehen, ist eine Seite des Umschlags von Schweiß durchweicht und lässt sich leicht aufreißen. Ein Bündel Zwanziger ist drin. Allerdings nicht gerade viele Zwanziger, angesichts all der Stunden, die er gearbeitet haben muss. Er legt es auf den Tisch unter den Wecker. An seinem nächsten freien Tag wird er sich einen Minifernseher kaufen. Allerdings keinen Schimmer, wo. In der Umgebung gibt es keine Geschäfte, ebenso wenig wie Kneipen, Lebensmittelläden oder Büros. Die Gegend um das Hotel ist eine irrwitzige Ödnis aus Beton und Parkplätzen, Schnellstraßen und Überführungen. Das Einzige, wohin man gehen kann, ist der Terminal. Soweit er mitbekommt, verlässt keiner der Arbeiter oft das Gebäude. Sie bleiben in ihren Zimmern oder hängen im Keller mit ihren Leuten rum. Aber meistens arbeiten sie. Es sind rund um die Uhr Leute beschäftigt, und er hat sich an das Kommen und Gehen in der Nacht inzwischen gewöhnt: das Zuschlagen von Türen und das Schlurfen auf dem Gang, die Klospülung und Rohrgeräusche in den Wänden, wenn die verschiedenen Gruppen von ihrer Schicht wiederkommen oder zu ihr aufbrechen.

Hier unten im Keller sind vor allem die Küchenhelfer und das Reinigungspersonal untergebracht, aber auch die Türsteher und der Nachtportier, dessen Zimmer gegenüber seinem liegt und den er jeden Morgen um kurz nach sechs reingehen hört. Jede Gruppe stammt offenbar von einem anderen Kontinent, als wären das Saubermachen von Kochtöpfen und Klos angeborene Fähigkeiten. Die Küchenhilfen sind, außer ihm, Afrikaner; die Zimmermädchen Südamerikanerinnen; die meisten der Köche und Empfangsleute Osteuropäer und die Kellner von weiß der Teufel wo.

Dia hat ihm das erzählt. Die Küchenhilfen sind so ziemlich die Einzigen, die je Englisch reden. Und sie verstehen mehr, als er gedacht hat, wenn er mal mit ihnen ins Gespräch kommt, was, ehrlich gesagt, allerdings nicht allzu oft vorkommt. Eric ist immer noch schweigsam, wenn sie zusammenarbeiten, aber ihm ist aufgefallen, dass er das auch bei den anderen ist, wenn sie zusammen sind. Dia dagegen wird ihm gegenüber ein bisschen gesprächiger und sagt ihm manchmal, wen von den Kellnern und Köchen er am wenigsten mag.

Außer der Spülküche und dem schwachsinnigen Buffet gibt es nicht viele Orte, an die man gehen kann: Hinter einer scharfen Biegung am Ende des Gangs befindet sich ein kleiner Aufenthaltsraum mit einem Tisch und ein paar Stühlen, einem zerbeulten Ofen, einem Wasserkocher und einem Toaster. Doch Mick geht nie dorthin, deshalb trifft er lediglich in der Waschküche mal jemanden. Eines Nachmittags betritt er sie mit einer Tüte voll Socken und Unterhosen, da steht Dia vor einer der Maschinen und holt seine Sachen raus. Bevor er hinausgeht, spricht Mick ihn auf ihre Bezahlung an. Dia lächelt.

»Es ist nicht sehr viel.«

»Ja, hab ich gemerkt.«

»Du schreibst auf, wie viele Stunden, aber es ist immer gleich.«

»Heißt das, sie ziehen Geld für die Unterbringung ab? Muss ja wohl, oder?«

Er grinst. »Oh ja. Machen sie. Und Essen. Wir wohnen in einem schönen Hotel. Ja?« Er sieht hoch und lässt den Blick über die abgehängte Decke wandern. »Du bist nicht bei der Agentur?«

»Nein.«

»Du hast Glück. Du bist Engländer. Ich bin bei der Agentur.«

»Vorsicht, Kumpel, ich bin Schotte.«

Dia lacht. »Ja, ja, sorry. Schotte. Dann sind wir dasselbe.«

Mick lächelt. »Na ja, vielleicht.«

Als er das nächste Mal mit Dia arbeitet, reden sie etwas mehr. Dia fragt ihn über Schottland aus, und Mick fängt an, ihm von der Werft zu erzählen und wie es war, dort zu arbeiten. Doch ziemlich bald verstummt er. Dia ist sichtlich interessiert, drängt ihn aber nicht. Ganz schön überraschend, wie viel er schon weiß. Zum Beispiel alles über die großen Pötte, die am Clyde gebaut wurden, was wahrscheinlich verdammt noch mal beweist, welche finstere Rolle einige der von ihnen gebauten Schiffe im Leben von Leuten wie Dia gespielt haben mussten. Mick stellt fest, dass er nicht mal weiß, ob Ghana überhaupt am Meer liegt. Wirklich ganz schön ungebildet, aber er fragt nicht nach. Dia erzählt ihm von seiner Familie. Daheim in seinem Land hat er eine Frau und ein Baby, sagt er. Er geht bald zurück, um als Buchhalter zu arbeiten. Das hat er gelernt, Rechnungswesen, großer Gott.

Er macht sich. Er gammelt nicht oben in Glasgow rum, mit dem Kopf am Gefrierschrank klebend oder wie ein Sack Kartoffeln im Schuppen verfaulend; er steht die Tage durch und auch den schon vertrauten Rhythmus von arbeiten, schlafen, arbeiten, schlafen, arbeiten, frei, arbeiten. In den folgenden Wochen geht er alle paar Tage zum Terminal und besorgt sich einen Vorrat an Viererpacks, zum Spottpreis von sechs Pfund für einen. Demnächst wird er an seinem freien Tag in die U-Bahn steigen, den Minifernseher kaufen und sich darüber nachzudenken gestatten, ob er Robbie mal anruft. Auch, um mal was anderes als den Flughafen zu sehen, das wär doch mal was.

Eines Nachmittags döst er in seinem Zimmer, als er auf dem Gang so etwas wie Tumult hört. Zuerst ignoriert er es, doch nach ein paar Minuten steht er auf, um aus der Tür zu lugen, was los ist. Der Lärm kommt von hinter der scharfen Biegung. Er läuft hin und wirft im Vorbeigehen einen Blick in den Aufenthaltsraum. Dem Anschein nach sind sämtliche Zimmermädchen darin versammelt, und er sieht auch Dia und Eric. Die Frauen sprechen Spanisch, aber vielleicht verstehen die zwei auch das; sonderlich überraschen würde es ihn nicht. Er geht kurz in die Waschküche, lauscht dem Gebrabbel durch die Wand und zieht sich wieder in sein Zimmer zurück.

Er wacht schweißgebadet auf. Dieses irritierende Gefühl zu wissen, dass er wach und der Traum vorbei ist, ihn aber trotzdem nicht loslässt. Er setzt sich auf, die Laken liegen feucht auf seinem Bauch, in seinem Kopf herrscht Konfusion, und das Bild ist immer noch da. Sie kniet vor ihm, und er sieht sie von hinten an. Ein großer Berg Wäsche liegt vor ihr, und sie zieht einen Overall aus dem Haufen. Er schließt die Augen und versucht, den Film weiterlaufen zu lassen, damit er sie von vorn sehen kann, doch seine Brust und schließlich sein ganzer Körper verhärten sich. Der gelbe Lichtstreifen über der Tür und die schwachen Konturen im Zimmer rücken in sein Bewusstsein. Schrank. Tisch. Kleidung auf dem Fußboden. Er ist im Hotel. Ein Tellerwäscher. Am Morgen wieder dran, nur ein paar Stunden noch.

Er steht auf und hockt sich aufs Bettende, aber er kann einfach nichts festhalten, alles wirbelt in seinem Kopf durcheinander. Er steht auf und bewegt sich auf das Kleiderbündel beim Tisch zu, hebt den Overall auf und klemmt ihn unter den Arm. Er klaubt eine Handvoll Münzen aus der Schrankschublade und tritt aus dem Zimmer in das immer brennende Licht des Gangs.

Seine Glieder sind steif beim Gehen, und er hat das Gefühl, nicht ganz bei sich zu sein, eigentlich ganz und gar nicht – wie im Halbschlaf, der Traum schleift wie eine Schleppkette hinter ihm her.

Die Waschküche ist leer. Er geht rein, holt einen Becher Waschpulver aus dem Spender und stopft den Overall in eine der Waschmaschinen. Setzt sich auf einen Stuhl und beobachtet durch das Glas, wie er herumwirbelt. Er schließt die Augen und versucht, sie zu sehen.

Das Geräusch einer Tür, die geöffnet wird, und Schritte auf dem Gang dringen zu ihm. Eins der Zimmermädchen steht in der Tür, den Morgenmantel um sich gezogen, im Gesicht einen genervten Ausdruck. Sie kommt auf ihn zu, beugt sich herunter und legt ihm die Hand auf die Schulter.

»Du solltest jetzt ins Bett, ja?«, sagt sie mit einem kleinen traurigen Lächeln. Dann ist sie weg.

20.

Der Butterbehälter. Bescheuert, aber man fixiert sich drauf, beobachtet, wie voll er da drüben auf dem Sims wird, wo die Kellner die Reste von den Buttertellern reinkratzen; er ist ein Maßstab dafür, wie viel sie zu tun haben. Und dann fängt man an zu raten, welchen Pegel er erreicht, ob er einen Rekord aufstellt und so. Echt bescheuert. Aber es hält bei Verstand. In den heftigsten Schichten ist am besten, tief Luft zu holen und sich reinzuschmeißen, kein Wort zwischen den Kollegen, jeder in seiner eigenen Welt, die Maschine brummt, die Glatzköpfe brüllen rüber, man solle Pfannen abholen, und die Plings der Mikrowellen in der Küche haben eine Frequenz wie die Kasse eines Kiosks nach Schulschluss.

Er wird jetzt auch als Spüler 2 eingesetzt, was so ziemlich aufs Gleiche rausläuft wie Spüler 1, außer dass man von oben bis unten pissnass wird. In ruhigeren Augenblicken unterhält er sich mit Dia und inzwischen auch ein wenig mit Eric. Der war an diesem Morgen irgendwie etwas verrenkt in seinem Overall dahergekommen, der eine Nummer kleiner geworden war, weil er ihn zu schnell getrocknet hatte. »Personalessen ist prima, was?« Und er kriegte direkt einen Lacher. »Klar, sieht man.«

Eins ist ihm aufgefallen: In der Flaute, bevor es losgeht, kommen die Kellner mit einem Tablett Tee und Kaffee für die Küche an der Durchreiche vorbei. Genauso ist es mit dem

Bier, wenn die Köche am Ende des Abends ins Restaurant gehen, um einen zu heben. Manchmal, nach einer Schicht, würde er für einen Drink Morde begehen, aber die anderen Küchenhilfen ärgert das offenbar nicht. Vielleicht ist es ja irgendwas Religiöses. Oder vielleicht, weil es eben so ist; so läuft es nun mal, und sie nehmen es hin. Bei einer Schicht fragt er Dia, wieso man ihnen nie einen Tee reinbringt. Dia lacht und klopft auf die Geschirrspülmaschine.

»Die Maschine trinkt keinen Tee«, sagt er. Seltsam, es so auszudrücken, aber er versteht, was gemeint ist.

Später in dieser Schicht sagt er Dia, dass er das Treffen im Aufenthaltsraum gesehen hat.

»Furchtbar, furchtbar, was sie tun. Diese Leute« – Dia stochert mit einer Handvoll Teelöffel in Richtung Restaurant –, »denen dürfen wir nicht den kleinen Finger geben, sonst nehmen sie die ganze Hand.« Mick muss über die Redensart lächeln, doch in diesem Augenblick kommt der Küchenchef durch, und beide verstummen. Als er wieder weg ist, erzählt Dia, worum es geht, dabei immer ein waches Auge auf dem Durchgang zur Küche.

Die Zimmermädchen, sagt er, wollen streiken, weil sie nicht korrekt bezahlt werden. Es klingt nach übler Trickserei. Das Hotel hat angefangen, ihnen nur die Stunden anzurechnen, die sie tatsächlich in den Zimmern verbringen. Wenn also ein Gast beschließt, auszuschlafen oder vor dem Frühstück noch eine Nummer zu schieben, und das Zimmer nicht wie vorgesehen räumt, müssen die Zimmermädchen warten, ohne für diese Zeit bezahlt zu werden.

»Im Ernst?«

Dia nickt bedächtig.

»Woher wissen sie das? Woher wissen sie, dass die Putzfrauen nicht in den Zimmern sind?«

»Sie spionieren.«

»Ach, das ist ja schrecklich.« Er zieht die Maschine runter und startet einen neuen Durchgang. »Und wenn sie streiken, dann machst du auch mit, oder?«

»Ja. Wenn sie das mit denen machen können, werden sie's auch mit uns machen.«

Bald wird ihm klar, dass das gesamte Kellerpersonal dabei ist. Verdammt in Ordnung. Dia liegt nicht falsch mit dem, was er sagt. Von wegen ihnen einen Finger reichen und so. Eines Morgens wird das nächste Treffen einberufen, kurzes Nicken und Wispern nach dem Personalessen, und er geht auch hin. Es ist nicht gerade organisiert. Als er reinkommt, herrscht im Aufenthaltsraum das reinste Tohuwabohu, und eine ganze Zeit lang scheint niemand so recht zu wissen, wann es eigentlich losgehen soll, bis ein paar mit den Fingern vor den Lippen »pst« machen und eine der Frauen auf einen Stuhl steigt. Es ist die, die er im Büro der Betriebsleiterin sah. Sie spricht Spanisch, doch das Wesentliche kriegt er mit. Ihr Finger sticht in die Luft. Sie ist gut, sie hat den Raum im Griff. Es entsteht eine seltsame Form von Magie, wenn jemand so aufsteht wie sie und all diesen lauschenden Unzufriedenen eine Stimme gibt.

Einige Minuten später sagt sie es noch einmal auf Englisch. »Kein Lohn, keine Arbeit«, und die anderen fallen ein, als die Jungs aus der Spülküche klatschen. Obi und Vincent sind auch da. Er klatscht mit ihnen mit. Ein gutes Gefühl, Teil davon zu sein. Gleichzeitig ist jedoch auch ein Gefühl von Abgeschnittensein da; sie alle sind abgeschnitten. Sie klatschen in einem Keller, und niemand sonst ist hier. Als es damals mit der Werftbesetzung losging und Bertie auf seinen Brennofen stieg, hatte jeder davon erfahren. Deshalb hatten sie Erfolg gehabt. Alle kamen, um sie zu unterstützen – die Bergarbeiter, die Holländer, die Beatles –, Achtzigtausend waren durch Glasgow marschiert. Achtzigtausend! Und dann hatten sie damals ja auch tatsächlich was gebaut, sie hatten nicht gestreikt, sondern weitergearbeitet, wer hätte dagegen was sagen können? Es wäre allerdings eine komische Betriebsbesetzung, wenn sie das Gleiche hier probieren würden: Klos putzen, auf denen keiner gesessen hat, oder Teller spülen, auf denen nie Essen lag. Aber trotzdem, trotzdem. Es ist richtig, was sie machen. Äußerst wichtig.

Er geht auch zum nächsten Treffen. Es ist kleiner, nur einige der Zimmermädchen sind da sowie er und Dia. Diesmal wird mehr Englisch gesprochen. Ein paar Frauen stehen auf und berichten, wie viel vom Lohn man ihnen diese Woche vorenthalten hat oder welche Zimmer erst nach elf frei geworden waren. Er schweigt, hört zu. Geht, als Dia geht. Wann wollen sie was dagegen unternehmen, diese Frage möchte er gerne stellen. Und wenn es zu einem Strick kommt, wer steht dann hinter ihnen?

Ein freier Tag. Schon die Vorstellung: sich aufrappeln, raus aus dem Hotel, einen Minifernseher kaufen, telefonieren. Einfacher, im Zimmer zu bleiben, unsichtbar, sicher, und ein paar Bier sind auch noch da.

Ohne Fenster und Lichtveränderung ist es schwer, das Zeitgefühl zu behalten. Er hat natürlich den Wecker, aber der zeigt nur die Stunden und Minuten an; er vermittelt einem kein richtiges Gespür für das Hier und Jetzt, für das Vergehen der Zeit. Er zeigt sie zwar an, aber das ist nicht *seine* Zeit. Ein Geräusch auf dem Gang. Stimmen kommen vorbei und verklingen wieder. Haben Patienten im Endstadium auf einer Krankenhausstation noch ein Zeitgefühl? Wenn Kopf und Körper ihre Funktionen einbüßen, von Medikamenten heruntergefahren und eingelullt? Wissen sie, wie lange sie schon da sind, oder nehmen sie die Stunden nicht mehr wahr – die langen Phasen zwischen dem Naschen obligatorisch mitgebrachter Weintrauben und dem Wechseln des Stomabeutels, die schneller werden, weil der Kopf langsamer wird?

Er steht auf und zieht sich fürs Personalessen um fünf an. Sie kauen schweigend, ab und zu unterbrochen von Gesprächsfetzen. Er fragt Eric und Dia, ob viel los war, und sie sagen Nein, es ist Donnerstag, und an Donnerstagen ist es immer ruhiger. An der anderen Tischreihe, wo die vom Empfang sitzen, sieht er die Frau, die er am Tag seiner Ankunft angesprochen hat. Er sieht sie zum ersten Mal – vermutlich kommt sie nur zu diesem Irrsinn runter, wenn sie Doppelschicht hat, oder vielleicht bringt sie sich ihr Essen ansonsten selber mit, wer weiß? Spielt das eine Rolle? Sie schwatzt mit ihren Kolleginnen. Lächelt beim Reden ziemlich viel. Vielleicht fällt sie deshalb auf, durch das Lächeln; es ist hier unten nicht unbedingt ein verbreiteter Gesichtszug. Dia ist fertig, er nimmt seinen Teller und klopft Mick beim Weggehen auf die Schulter.

Er bleibt und isst zu Ende, wobei er mit halbem Ohr Obi und Vincent zuhört, die über eine Erhöhung ihrer Agenturgebühren reden. Vincent war es nicht aufgefallen, aber Obi meint, er habe es auf seinem Lohnstreifen gesehen. Sie dort drüben ist derweil die Letzte ihrer Gruppe, die aufsteht. Er wartet, bis sie rüber zum Abräumtisch geht, dann nimmt auch er seinen Teller.

Er steht neben ihr. »Wie geht's?«, fragt er.

»Das Essen könnte besser sein«, lacht sie und kratzt ihren Teller ab.

»Hör mal, ich dachte, ich könnte dich um einen Gefallen bitten, wenn das für dich o.k. ist.«

Ein kurzer Blick. Überraschung – oder Unbehagen.

»Klar, was denn?«

»Nichts Besonderes«, – er versucht ein Lächeln –, »es ist nur, dass ich ein bisschen Papier bräuchte. Also, für einen Brief.«

Ein erleichterter Blick. »Natürlich. Kein Problem. Weißt du was, wenn du 'ne Minute hier wartest, besorg ich dir gleich welches.«

Er setzt sich an einen Tisch und sieht ihr nach. Sein Herz klopft. Volltrottel.

Sie ist schnell wieder da.

»Reicht dir das?«

Er grient; er hatte nur ein paar Blätter gewollt, aber sie hat ihm gleich die ganze Chose gebracht – einen kompletten Schreibblock vom Hotel, einen Stoß Umschläge und einen Kuli.

»Ja, das wird reichen. Danke.«

Sie lächelt ihn an. »Kein Problem. Sag Bescheid, wenn du noch irgendwas brauchst.«

Als er wieder in seinem Zimmer ist, setzt er sich aufs Bett, den Block neben sich. Er versucht zu überlegen. Was soll er eigentlich schreiben? Es gibt nichts. Natürlich gibt es da einiges, aber das geht nicht, ohne Sachen zu sagen, die er nicht sagen will. Ohne zu lügen. Wenn Robbie die ganze Wahrheit wüsste, ginge er die Wände hoch. Und er wäre nicht nur auf ihn sauer, sondern auf die ganze Familie, ganz besonders auf Craig. Und dann würden alle mit reingezogen. Alle wüssten Bescheid.

Lieber Robbie,
ich hoffe, Dir und Jenna und Damien geht es gut

Weiter kommt er nicht. Er legt den Kuli hin und blickt ins Leere, versucht sich zu konzentrieren. Doch stattdessen wandern seine Gedanken zu der Frau vom Empfang. Er weiß ihren

Namen nicht. Er hätte sie fragen sollen. Ich weiß, ich hätte Dir schon früher schreiben sollen oder Dich anrufen, aber es ging alles so schnell, dass ich nicht mehr weiß, wie lange das schon her ist. Was irgendwie stimmt, aber trotzdem Quatsch ist. Es ist nicht das, was er sagen will. Die Wahrheit ist schlicht: Er hat nicht angerufen. Er hätte können, aber er hat nicht – so einfach. Keine Ausflüchte. Wieder der Gedanke an sie. Dass sie freundlich zu ihm war, nicht bemitleidend, einfach freundlich. Gelächelt hat.

Eine Erektion. Himmel. Er schaut sie sich eine Zeit lang an. Du geiler alter Bock, du. Er legt den Block zur Seite, sitzt da und starrt auf seinen Pimmel. Einen Augenblick später steht er auf und geht zur Tür, um kurz auf den Gang zu spähen. Von weiter hinten ist leise eine Stimme oder ein Radio zu hören, aber sonst ist keiner da, alle arbeiten oder schlafen oder was sie auch sonst tun.

Er sitzt auf der Bettkante und wischt sich ab. Es ist unangenehm. Tut weh. Er knüllt das Toilettenpapier zusammen und wirft es in den Mülleimer. Na gut, das war also das Briefschreiben. Unmöglich, jetzt weiterzumachen. Doch als er den Block und den Kuli auf dem Tisch ablegt, überkommt ihn Abscheu. *Lieber Robbie, ich hoffe, Dir und Jenna und Damien geht es gut.* Mehr hat er nicht zu sagen. Und dann das. Er muss sich plötzlich hinsetzen, die Augen zumachen, sie fest zusammenkneifen und gegen die Ekelwellen ankämpfen, die seinen Magen krampfhaft zusammenziehen.

Sein Brustkorb hebt und senkt sich, unkontrolliert laufen ihm Tropfen aus der Nase, und als er schließlich losheult, ist es kein befreiender Ausbruch, wie der von eben, vielmehr so eine stoßweise, angestrengte, sabbernde Art von Heulen, die nichts besser macht, weil er weiß, dass dieses Geblubbere nicht ihr gilt, sondern ihm selbst. Scheiß Selbstmitleid. Diese verzweifelte, verdammte Leere, dass er sie braucht. Ihr sagen will, wie leid es ihm tut, allerdings nicht um ihret-, sondern um seinetwillen. Pure Selbstsucht. Er steht vom Bett auf und sieht, als er zu seinen Arbeitsklamotten rübergeht, auf den verklebten kleinen Papierklumpen auf dem Boden des Mülleimers hinunter.

Er bleibt auf dem Stuhl sitzen und sieht zu, wie die Maschine losschäumt. Er hat aufgehört zu weinen, und seine Augen und seine Kehle fühlen sich staubtrocken und rau an. Genauso wie sein Pimmel, ein ganz ähnliches Gefühl. Das Gedröhne, als die Maschine zu schleudern anfängt, hat etwas Beruhigendes, es hält die Gedankenhorde im Zaum, aber im nächsten Moment kommt jemand rein. Aus dem Augenwinkel sieht er die Füße. Als ihr Besitzer ihn bemerkt, machen sie kehrt und sind schleunigst wieder verschwunden. Irgendwo auf dem Gang fällt eine Tür zu. Aus heiterem Himmel fängt er an zu kichern: Weiß der Teufel, was sie wohl über ihn reden, wenn sie alle zusammenhocken.

21.

Sie ist früh auf, noch ehe der Wecker klingelt. Um halb neun ist sie gewaschen, angezogen und hat sich die Haare getrocknet; jetzt hat sie noch eine ganze Stunde, bevor sie losmuss zum Terminal. Sie schaltet ihren Laptop an und zieht zuerst die Vorhänge auf und dann die dünnen Stores dahinter. Währenddessen fragt sie sich, ob sie sie nicht besser zulassen sollte. Der Ausblick ist nicht gerade hinreißend. Parkplatz an Parkplatz, ein hässliches Stück Umgehungsstraße und, etwas unmittelbarer, der Blick in das Pendant zu ihrem Zimmer in der gleichen Etage des nächsten Hotels. Drüben sind die Vorhänge noch zu, aber das Licht ist an. Zweifellos sieht es da ziemlich genauso aus wie in ihrem Zimmer hier: der helle, gesprenkelte Teppich, ein einzelner Stuhl, das Aquarell im Pseudoholzrahmen und der mit der Wand verleimte Bettsockel.

Sie meldet sich an, dann öffnet sie ihr Postfach. Eine Mail enthält einen Anhang mit den Terminen für die nächsten zehn Tage, den sie sich wirklich schon früher hätte ausdrucken sollen. Es hätte das Leben bedeutend einfacher gemacht, aber der Himmel weiß, wie viele Hürden sie bewältigen muss, um in diesem Hotel hier einen Ausdruck zu kriegen – es ist schließlich nicht gerade eins mit einer Business-Lounge. So nimmt sie sich Stift und Papier, um alles abzuschreiben. Ist eigentlich ganz in Ordnung, denn es gibt ihr die Möglichkeit, zu ein, zwei Sachen noch Anmerkungen zu machen. Als sie sich so weit wie möglich vorbereitet hat, ehe sie ins Flugzeug steigt, löscht sie die Eingänge: ein paar Mails aus der Koordination und Innenrevision in Zagreb, eine von ihrem Bruder sowie die Einladung zu einer Party, bei der sie weg ist. Irgendwann kommt das Zimmermädchen herein; ein schnelles Klopfen, dann blickt es schüchtern durch den Türspalt. Das Mädchen entschuldigt sich – »sorry, sorry« – und geht wieder. Sie klappt den Laptop zu, steht auf und schaltet den Fernseher ein.

Das Nervende an diesen Hotels – selbst wenn man sich mit dem Beton und den Teppichböden abgefunden hat – ist immer die Heizung. Die Fenster lassen sich nicht öffnen, weshalb man gezwungenermaßen die Wahl zwischen Schwitzen oder einer Stunde Rumtippen auf dem unergründlichen Bedienfeld hat, woraufhin man unweigerlich friert. Sie entscheidet sich fürs Schwitzen. Es ist eigentlich egal, sie ist ohnehin bald weg. Allerdings geht sie nicht runter zum Frühstück. Beim Reinkommen gestern Abend hat sie das Restaurant gesehen. Plastikblumen und unglückliche polnische Kellnerinnen. Dann lieber die Flughafenpreise und sich vor dem Flug irgendwas in der Abflughalle schnappen.

Auf dem Gang vor ihrem Zimmer klopft das Zimmermädchen an eine andere Tür. An der Klinke hängt kein Schild, daher macht sie, als von drinnen keine Reaktion kommt, die Tür einen Spalt auf und schaut hinein. Auf dem Boden neben dem Schrank steht ein Koffer, auf dem Kleidungsstücke liegen. Sie macht die Tür wieder zu und geht durch den Gang zurück. Außer zweien ist sie hier mit allen Zimmern fertig, und im Stock drüber fehlt noch eins. Da sie, bis die Zimmer geräumt sind, nichts weiter tun kann, schiebt sie ihren Wagen in einen Aufzug und fährt in die Wäscherei hinunter. Ein paar von den Zimmermädchen sitzen da und unterhalten sich; eine plättet Bettbezüge in der Heißmangel. Sie setzt sich dazu und wartet.

In einer Nacht, in der er wach liegt, klopft es vorsichtig an der Tür. Bevor er sich aufsetzen kann, streckt Dia seinen Kopf rein.

»Bist du wach, Mick?

Auf der Stelle befällt ihn Panik. »Ja, was ist?«

»Komm mit. Wir gehen auf Raubzug.« Dia grinst breit und geht zurück auf den Gang. Die Tür fällt zu, und das Zimmer liegt wieder im Dunkeln. Er steht auf und zieht sich was an. In seiner Verwirrung fällt ihm auf, dass Dia weiß, welches sein Zimmer ist.

Auf dem Gang wartet Dia zusammen mit Eric, Obi und Vincent – alle grinsen und haben ihre Trainingshosen an. Weiß der Kuckuck, was sie vorhaben. Aber er fragt nicht. Dia hält einen Finger vor den Mund, und Mick folgt ihnen den Gang rauf Richtung Hotel. Ist doch schnurz, was läuft, das ist jedenfalls besser, als wach im Bett zu liegen. Er läuft hinter Eric her, der sich immer wieder grinsend umdreht; auf dem Rücken hat er einen kleinen Rucksack. Derart vergnügt hat er ihn noch nie erlebt. Alle sind barfuß. Verblüffend, wie rosa ihre Fußsohlen sind.

»O.k., warte.«

Sie stehen am Eingang zur Spülküche. Dia drückt die Tür einen Spalt auf, sieht rein und winkt Mick dann zu, er solle mitkommen. Eric geht wortlos schnell vor ihnen hinein; Obi und Vincent bewachen den Eingang. Offensichtlich ist alles abgesprochen, oder sie haben das schon einmal gemacht.

In der Spülküche ist es dunkel, und dahinter, in der Küche, leuchtet das Blau der Insektenlampen auf die Mikrowellen hinunter. Eric bleibt hinter der Schleuse zur Spüle stehen, und er geht hinter Dia her, der einen Schlüssel aus der Tasche zieht und das Vorhängeschloss des Kühlraums öffnet.

Dessen Inneres ist riesig, und sobald er drin ist, spürt er die Kälte. Überall Regale mit Lebensmitteln, alles voller Kartons und Päckchen. Eine ganze Wand ist voller Dosen mit Würstchen, es müssen Zigtausende von diesen Scheißdingern sein. Gigantische Plastiksäcke mit Pommes frites, die aufeinandergestapelt sind wie Zement- oder Leichensäcke. Dia weiß genau, was er sucht: Er balanciert auf den Pommes und tastet mit einer Hand in einem Karton ganz oben auf dem Regal herum. Kurz sieht er zu Mick runter. »Keine Sorge. Bestandsaufnahme war gestern«, meint er und zieht eine Handvoll von etwas heraus, was Steaks sein könnten, alle straff in Folie verpackt.

Beide grinsen, als Dia ihm fünf Steaks runterreicht und darauf einen weiteren Karton daneben plündert. Die Steaks fühlen sich überraschend schwammig an, wie Beutel für Sondennahrung. Dia hat gefunden, was er suchte: Stampfkartoffeln. Selbst die sind vakuumverpackt. Verdammt noch mal, kochen die hier eigentlich gar nichts selber? Dia gibt das Zeichen, und schon sind sie wieder weg, schnell durch die Spülküche und raus zu Eric und den anderen, die die Steaks zählen und ihm und Dia auf den Rücken klopfen.

Eine echt coole Aktion. Bis sie wieder in den Keller kommen und in den Aufenthaltsraum gehen, ist ihnen kein Mensch begegnet. Sie machen die Tür zu und fangen an zu lachen. Eric klatscht ihn ab, es geht ein bisschen daneben. Und als Dia dann die Steaks auf den Rost legt, holt Eric Bierflaschen aus seinem Rucksack.

»Woher habt ihr den Schlüssel, Dia?«, fragt er, während sie trinken.

Dia stochert mit einem Löffel in den Kartoffeln und dreht sich um: »Vom Konditor, er ist ein Idiot.«

Die Steaks sind fast schwarz und ziemlich angebrannt, und der Kartoffelbrei ist trocken und pulvrig. Trotzdem schmeckt es verdammt gut. Sie essen schweigend, genau wie beim Schwachsinnsbüfett, aber jetzt mit zufriedenem Nicken und Lächeln und dem geilen Gefühl, ein geklautes Bier dazu zu trinken. Als sie fertig sind, beseitigen sie sorgfältig sämtliche Spuren und lassen die Tür offen, damit der Rauch abziehen kann. Kräftiges Händeschütteln. Fettverschmiertes Grinsen. Total genial.

Lieber Robbie,
ich hoffe, Dir und Jenna und Damien geht es gut. Tut mir leid, dass ich nicht früher geschrieben oder angerufen habe. Ich wollte schon, aber irgendwie kam immer was dazwischen. Das soll keine Ausrede sein, Junge, es tut mir echt leid. Ob Du es glaubst oder nicht, ich bin jetzt in London. Ich kann es selbst kaum glauben. Muir's hat mich gehen lassen, und ich brauchte sowieso mal was anderes, und als ich diesen Job in der Zeitung sah und ihn auch kriegte, dachte ich, dann geh ich halt da runter. Du wirst es nicht fassen, aber ich arbeite in einem Hotel in der Küche. Das ist völlig o.k.. Ich habe ein nettes Zimmer, und es lohnt sich auch. Ein Haufen Leute ist hier beschäftigt, alle prima, bis auf die Chefs natürlich, aber mehr kann man ja nicht erwarten. Das Essen ist dafür nicht so toll.

Ich hab Deinem Bruder nicht gesagt, dass ich hierhergegangen bin. Ehrlich gesagt, ging alles ziemlich schnell, aber ich sag's ihm bei passender Gelegenheit, also funk mir bitte nicht dazwischen, ja? Er wird auf seine Weise mit den Dingen fertig, und es ist besser, man lässt ihn, bis er so weit ist, deshalb warte ich ab, eh ich ihm erzähle, wie es aussieht. Ehrlich gesagt, genau wie mit Dir, Robbie, ich brauchte einfach eine gewisse Zeit, um die Sachen zu regeln, bevor ich mich gemeldet habe. Mit Deinem Bruder braucht es nur ein bisschen länger.

Ich schreibe bald wieder, versprochen. Von meinem Hotel aus ist das einfacher als anrufen, aber wenn ich meinen nächsten freien Tag habe, suche ich ein Telefon und rufe Dich mal an.

Pass auf Dich auf, Sohn, alles Liebe für Deine Familie,
Dein Dad

Er klebt den Umschlag zu und fummelt die Adresse aus seiner Brieftasche. Es ist ein ziemlich armseliger Versuch, aber was sollte er sonst sagen? Wie er's auch dreht oder wendet, es ändert nichts, und hätte er sich früher bei ihm gemeldet und ihm die ganze Geschichte von seinem allmählichen Verwahrlosen erzählt, wäre Robbie sofort ins nächste Flugzeug gestiegen, so gut kennt er ihn. Bringt nichts, ihm nachträglich alles zu erzählen. Ihm geht's gut, das ist das Einzige, was er wissen muss. Er hatte überlegt, was über die gestohlenen Steaks oder den Konflikt mit den Zimmermädchen zu schreiben, aber irgendwie passte es nicht; außerdem will er auch nicht, dass Robbie eine falsche Vorstellung kriegt, warum er sie unterstützt.

An seinem nächsten freien Tag geht er zur Post im Terminal und schickt den Brief von dort ab. Besser so, als zu schauen, ob das Hotel einen eigenen Postservice hat. Er kann sich das muskulöse Weibsbild eine Etage höher förmlich vorstellen, wie sie da mit ihrem Umschlag-Aufdampfer hockt und die Radikalinskis aussortiert. Soso, das Essen ist also nicht besonders – ja, findest du das? Da kümmern wir uns drum, kleiner Schotte, das müssen wir dann ja wohl einfach, nicht wahr?

Für vier Uhr nachmittags ist ein Treffen angesetzt. Als er und Eric nach der Mittagsschicht hingehen, läuft es bereits; Dia winkt sie zu sich nach hinten in den Raum an den Ofen. Die Anführerin spricht auf Englisch über die neueste Entwicklung. Sie sagt, die Geschäftsführung habe angefangen, noch mehr Spione auf die Flure zu schicken, deshalb hätten die Zimmermädchen jetzt ebenfalls ein System mit Aufpasserinnen eingerichtet. Immer eine von ihnen werde am Ende eines Gangs Wache halten und ein Zeichen geben, wenn so ein Schwein auftaucht. Sie erzählt, was vor ein paar Tagen passiert ist: Zwei von ihnen klopfen an eine der Türen, ohne Antwort zu erhalten, als sie das Zeichen von der Aufpasserin bekommen. Schnell huschen sie in das Zimmer, in der Annahme, es sei leer. Stattdessen ist jedoch ein Typ drin, der splitternackt Übungen vor dem Fernseher macht. Sie ahmt ihn nach: fuchsteufelswilde Miene und Hände, die nach unten schießen, um seine Blöße zu bedecken.

Alle lachen noch über die Geschichte, als die Betriebsleiterin in der Tür erscheint.

Sie sieht sie an.

»Jede Person in diesem Raum ist fristlos entlassen.«

Wenigstens redet sie nicht drumrum.

Stille. Verstörte Gesichter. Sie hat schweres Geschütz mitgebracht: zwei große Typen, die auf beiden Seiten der Tür stehen, sowie einen weiteren Mann im Anzug direkt neben ihr.

»Nicht genehmigte Versammlungen oder die Organisierung der Belegschaft stellen eine Verletzung Ihres Arbeitsvertrags und damit einen Verstoß dar, der eine sofortige Entlassung nach sich zieht.«

Sie steht einfach nur da, mit verschränkten Armen und triumphierend, diese verdammte Eiserne Lady mit ihren klopshirnigen Bodyguards – Klops 1 und Klops 2. Arbeitsvertrag? Was, bitte schön, ist das? Er hat bestimmt keinen gesehen. Niemand rührt sich, nicht mal die Anführerin. Sie steht immer noch auf dem Stuhl und sieht hilflos und ertappt aus wie ein Schulkind, das beim Reinkommen des Lehrers gerade Quatsch gemacht hat. Alle warten drauf, dass irgendjemand etwas unternimmt, und es ist überdeutlich, dass die Betriebsleiterin nicht in Eile ist – dieser Blick, man sieht buchstäblich, wie sie es genießt. Der Typ im Anzug neben ihr scannt den Raum ab und schreibt etwas auf einen Notizblock – offensichtlich ihre Namen, woher auch immer er sie weiß. Mick schaut zu, wie alle anderen auch. Er hat nicht erfasst, dass hier etwas Wirkliches passiert.

Vom Stuhl ertönt ein lauter Aufschrei, und die Wortführerin steigt herunter. Sie marschiert auf die Tür zu, und die Klöpse rücken etwas zusammen, doch dann tritt die Betriebsleiterin vor, und die beiden Frauen stehen sich Auge in Auge gegenüber.

»Das ist keine Versammlung. Wie kommen Sie darauf, das wäre eine Versammlung?«

Die Arme sind immer noch verschränkt. Das Lächeln immer noch da.

»Wenn Sie uns rausschmeißen, haben Sie keine Leute mehr.«

Aber sie redet gegen eine Wand, und die Eiserne Lady weiß es. »Lassen Sie das mal meine Sorge sein.« Sie bedeutet den Klöpsen, die Tür freizugeben. »Diejenigen von Ihnen, die für heute Abend eingeteilt sind« – und sie sieht dabei direkt Mick und die Küchenjungs an –, »werden in ihrer Schicht nicht mehr benötigt. Sie dürfen heute Nacht alle noch im Hotel bleiben, aber bis morgen früh um neun müssen Sie das Haus verlassen haben.«

Und das war's. Ende der Show. Im Gänsemarsch verlassen sie den Raum, langsam, schweigend, mechanisch wie beim Schwachsinnsbüfett. Die Klöpse lauern darauf, dass irgendetwas vorfällt, und der Typ im Anzug notiert sich die letzten Namen. Sie hören die Wortführerin hinter sich argumentieren, während sie auf den Gang hinausgehen. Dann veschwinden sie einer nach dem anderen in ihren Zimmern. Ohne den Aufenthaltsraum gibt es sonst nichts, wohin man gehen könnte.

Er liegt auf dem Bett, und in seinem Kopf breitet sich Dumpfheit aus. Es klopft an der Tür. Dia kommt rein, gelassen wie immer, sogar vergnügt. Er hockt sich auf den Tisch, Mick setzt sich an der Bettkante auf.

»Da können wir wohl kaum was machen, oder?«

Dia schüttelt langsam den Kopf und schnalzt mit der Zunge.

»Wer arbeitet gerade?« Blöde Frage. Interessiert das wen? Nein.

»Vincent. Obi ist in der Cafeteria, deshalb ist er allein.« Dia grinst. »Wird 'ne heiße Schicht haben. Sie sagen, sie gehen auch, aber ich sage Nein, bleibt. Warum weggehen? Sie waren nicht bei dem Treffen. Also, warum gehen? Jetzt bleiben sie.«

»Was ist mit dir, Dia? Was machst du?«

»Ich mach mit der Agentur weiter. Die finden leicht was für einen, weil sie das ganze Geld kriegen.« Er lacht. »Und das Hotel holt sich ja auch Leute von da. Vielleicht nehmen sie mich ja noch mal, wer weiß?«

Mick lächelt; dann wird ihm bewusst, dass er Dia vermutlich zum letzten Mal sieht. Natürlich nur, wenn er sich nicht selbst bei der Agentur anmeldet, aber allein schon der kurze Gedanke daran zieht ihm den Magen zusammen.

»Und du? Was machst du?«

Es gibt keinerlei Grund, Dia anzulügen, aber er fühlt sich augenblicklich in der Defensive. Er hat sich noch nicht erlaubt, darüber nachzudenken.

»Ich komm klar, kein Problem.« Und dann: »Ich kenn da wen, der sagte, er hätte 'nen Job für mich, wenn ich will.«

Dia nickt. »Gut.« Er steht auf, kommt mit ausgestreckter Hand auf ihn zu.

»Alles Gute.«

»Dir auch, Dia, alles Gute für dich.«

Er muss eingeschlafen sein, denn als er aufwacht, ist es Morgen, fast sechs; er ist immer noch angezogen. Er geht zum Schrank, packt seine restlichen Klamotten in die Tasche, und das war's, Abgang. Auf dem Gang und eine Etage höher ist niemand; er tritt aus dem Notausgang in die kalte, trübe Dämmerung. Ohne groß nachzudenken, wohin er eigentlich will, geht er Richtung Terminal.

22.

Also, meine Damen und Herren, ich warte immer noch auf grünes Licht in Hatton Cross. Soll gleich so weit sein, heißt es, aber das hieß es letztes Mal auch schon, daher ist Ihr Tipp wahrscheinlich genauso gut wie meiner. Jedenfalls ist genügend Zeit, um sich bequem zurückzulehnen, sich zu entspannen, Zeitung zu lesen oder was auch immer. Ich halte Sie auf dem Laufenden.«

Ein Witzbold, der Fahrer. Trotzdem lacht niemand. Gegenüber sitzt ein Geschäftsmann; er schüttelt den Kopf über das plump-vertrauliche Geschwätz, das aus den Lautsprechern knistert. Na bitte, ihr trostlosen Dumpfbacken, es geht nirgendwohin – und? Macht das einen Unterschied? Andererseits, wenn er selber ein Ziel hätte, wäre er vielleicht genauso. Echt ein komisches Gefühl. Er weiß nicht, wohin er will. Anders als die ganze Bande hier, die zu spät zu ihren Besprechung kommt – aber vielleicht stimmt das gar nicht, wer weiß, vielleicht tut der da drüben nur so, und in seiner Aktentasche, auf der er jetzt mit den Fingern rumtrommelt, sind bloß ein paar Sandwiches und 'ne Literflasche Wein aus Buckfast.

»O.k., Leute, sieht so aus, als ob wir weiterkönnen, also bitte weg von den Türen, dann fahren wir.«

Der Zug setzt sich in Bewegung, und er versucht nachzudenken. Wohin fährt er? Aus heiterem Himmel fängt er an zu lachen. Kann nichts dagegen tun. Wirklich komisch, die

Situation. Ein paar kurze verächtliche Blicke von gegenüber. Wahrscheinlich denken sie, es gehe um was, was der Fahrer gesagt hat – Himmel, er muss in deren Augen ja der reinste Blödmann sein. Aber mal ernsthaft, was soll er jetzt machen? Gute Frage, sehr gute Frage, aber er kann sich immer noch nicht aufraffen, darüber nachzudenken, und als der Zug in die nächste Station einfährt, schläft er ein – Vorsicht an den Türen bitte, Vorsicht an den Türen.

Irgendwie ist es eine Entscheidung, aber nicht unbedingt eine, die er selbst getroffen hätte. Eher eine Art Automatismus. Das Einfachste, was man machen kann, wenn man sonst keine geniale Idee hat. Denn auch wenn Mr. Kein-Frühstück ein griesgrämiger Mistkerl ist – was er ist –, so ist er doch immerhin ein vertrauter griesgrämiger Mistkerl, und das erscheint im Moment schlicht einfacher, als sich was anderes einfallen zu lassen.

Aber er ist nicht da. Überhaupt niemand ist da. Das *Bin-in-10-Minuten-zurück*-Schild hängt da, also geht er wieder raus und holt sich im Billigladen einen Hotdog und eine Dose Bier und setzt sich auf eine kleine Mauer unter der Brücke, wo er vor dem eisigen Wind geschützt ist, der aufgekommen ist.

Als er wiederkommt, ist das Schild weg, doch auf sein Klopfen hin macht ein anderer Mann die Tür auf.

»Äh, Entschuldigung, ich hätte gern ein Zimmer. Ich hab schon mal vor ein paar Monaten hier gewohnt.«

»O.k., Sir, hier lang.«

Eine Veränderung, na gut.

Er folgt ihm in die oberste Etage. Am Ende der Treppe befindet sich rechts und links jeweils ein Zimmer, und der Typ öffnet eines und lässt ihn rein. Als er ihm das Geld gibt, fällt ihm auf, dass es einen Fernseher gibt.

»Ist das in Ordnung?« Er ist jünger als Mr. Kein-Frühstück. Vielleicht ein Bruder.

»Prima, danke.«

Er muss ganz schön erledigt gewesen sein, denn als er aufwacht, ist die Dämmerung draußen vor dem Fenster schon fast vorbei, und es wird schon dunkel. Na gut. Bringt ja nichts, hier rumzuliegen und auf dem Bett zu vergammeln; er muss Action machen, Entscheidungen treffen. Besser, du beschäftigst dein Hirn, damit es dir Beine macht, als dass du hinter ihm herjagst, um es zu stoppen. Er steht auf und geht ans Fenster. O.k., ein Plan. Ein vernünftiger Plan. Zuerst zur Tasche, um aus dem Geldumschlag einen Zehner zu nehmen, dann zum Laden für die Sachen, die er braucht.

Er kauft einen Kuli, einen Din-A4-Block, einen Viererpack Bier und eine Lammpastete. Außerdem noch eine Zeitung mit kostenlosen Anzeigen, die ihrerseits allerdings, wie sich herausstellt, keineswegs kostenlos ist, aber was willst du machen, Junge, das hier ist London. Als er zurück ins Zimmer kommt und seine Tasche sieht, wird ihm klar, dass er all das Zeug schon hat – Kuli, Papier –, und das hohle, schmerzhafte Gefühl, das die Erinnerung daran mit sich bringt, versetzt ihm einen Rückschlag; er lehnt sich an die Wand hinter dem Bett, nimmt einen tiefen Schluck aus der Bierdose, um ruhiger zu werden.

Als Erstes das Finanzielle. Er nimmt den Geldumschlag und zählt nach, was er bekommen hat, anfangs langsam und gründlich, dann noch ein paarmal schneller, nur um sicherzugehen, und der Kopf der englischen Königin saust vorbei wie im Daumenkino, mit immer demselben Ausdruck, fischlippig und missbilligend. Vierhundertsiebenundneunzig Pfund. Prima. Gut. Das verschafft ihm Zeit. Er muss nicht die erstbeste Stelle annehmen; er kann dafür sorgen, dass es die richtige ist, ein anständiger Arbeitgeber, nicht wieder so ein Gauner, der ihn ausplündert. Er macht noch eine Dose auf und stellt den Fernseher an. Schläft auf dem Stuhl ein.

Es ist Morgen, und sein Rücken tut weh, aber er ist gleich wach und bei der Sache; er schlägt die Zeitung auf, um die Stellen einzukringeln. Es gibt etliche Minitaxi-Jobs, mit denen er es, ehrlich gesagt, schon damals hätte versuchen sollen, auch wenn sich die meisten davon an registrierte Wagenbesitzer richten. Aber bei ein, zweien heißt es, sie würden Wagen vermieten.

Er fängt mit einem an, der in der Nähe zu sein scheint. Er geht raus zu einer Telefonzelle und wählt die Nummer. Die vertraute Nervosität stellt sich ein, während er wartet und die kleinen Wölkchen betrachtet, die sein Atem bildet. Schließlich nimmt ein Mann ab und meint, er solle doch, wenn er könne, gleich vorbeikommen.

Eines ist ihm aufgefallen: An allen Bushaltestellen gibt es diese kleinen Pläne, wodurch die Adresse ziemlich leicht zu finden ist. Zwanzig Minuten später ist er da. Zur Straße hin hängt ein Schild, und hinter einer beschlagenen Scheibe brennt Licht.

Drinnen sitzt ein Mann hinter dem Fenster.

»Tag, ich hatte vorhin mit jemandem wegen der Stelle telefoniert.«

»Ah, o.k., Sie waren das, ja?« Er mustert ihn von oben bis unten.

»Wie schon gesagt, ich hab reichlich Erfahrung. In Glasgow bin ich mehr als fünfzehn Jahre Minitaxi gefahren.«

»Sehr schön. Haben Sie ein Arbeitszeugnis?«

»Ja sicher, aber ich hab's jetzt nicht dabei.«

»Das brauche ich jedenfalls.« Er schaut auf seine Zeitung runter.

»Ich könnte Sie anrufen, wenn ich zu Hause bin, und Ihnen die Nummer geben. Ich kann mir die bloß nie auswendig merken.«

»Klar, prima. Wir hören dann von Ihnen«, und geht davon.

Arbeitszeugnis. Damit ist er natürlich am Arsch. Malcolm ruft er auf keinen Fall an. Die wissen ja noch nicht mal, dass er hier ist. Aus dem Grund kam er ja überhaupt her, Scheiße noch mal, um von dort wegzukommen. Egal, er muss weitermachen. Positiv denken. Die wollen ja nicht alle Arbeitszeugnisse haben – es gibt bestimmt ein oder zwei, die gerade erst anfangen und es o. k. finden, wenn du einfach den Job kannst.

Beim Nächsten ist es jedoch genau das Gleiche. Als er dort in so was wie einem Wartezimmer sitzt – der Laden gehört zu einer Kette und ist etwas gediegener –, erhält er ein Bewerbungsformular zum Ausfüllen. Es ist niemand sonst da, deshalb haut er nach ein, zwei Feldern wieder ab. Wozu soll er es abgeben, wenn er in die Hälfte der Felder nichts eintragen kann? Adresse. Telefonnummer. Referenzen. Es ist erst kurz nach elf, als er zurückkommt, aber der Tag ist gelaufen. Schnell noch in den Laden und dann ab in sein Zimmer und Fernseher an. Jetzt muss ein Plan B her.

Plan B wird für diesen Nachmittag allerdings ausgesetzt. Er muss Kraft sammeln, sich wieder aufbauen dafür. Er bleibt vor dem Fernseher hocken und trinkt ein paar Dosen. Schaut diese Sendung über diese berühmten Leute, von denen er noch nie gehört hat, die sich gegenseitig besuchen, um rauszufinden, wer am besten kochen kann. Dann schaltet er rüber zum Snooker. Das Bild ist so schlecht, dass man kaum die Farbe der Kugeln erkennen kann, aber das ist egal, er sieht sowieso kaum hin; trotzdem hat es was Beruhigendes, die Stille, das Klackern der Kugeln und die trockenen Sprüche der Kommentatoren. Snooker hat er schon immer gemocht. Sie hatten es manchmal im Hintergrund laufen lassen, während er im *Record* blätterte und sie die Nase in einen ihrer Romane gesteckt hatte. Manchmal mussten sie beide über was kichern, was der Kommentator gesagt hatte – einlochen und kraftvoller Stoß und so –, Sachen, die sie vermutlich ganz ähnlich gerade in ihrem Buch las. Das Gefühl ist so vertraut. Er lässt sich davon überschwemmen, es tröstet, ein dumpfer, vertrauter Trost, der vom Alkohol verstärkt wird, ihm beim Wegdriften hilft, den Fokus verschwimmen lässt. Er weiß, dass er das nicht tun sollte, es war falsch. Aber er bremst sich nicht, leert die Bierdosen und gleitet immer weiter aus dem Hier und Jetzt, bis ihm die Augen zufallen und er einschläft.

Der, der nicht Mr. Kein-Frühstück ist, hat an die Tür gewummert. Er will die Miete. Mick macht auf, reibt sich die verschlafenen Augen, geht zu seiner Tasche und geht davor in die Hocke, damit er dem Typen mit seinem Rücken die Sicht versperrt; er will nicht, dass er sieht, wie er die Scheine aus dem Umschlag nimmt.

Anschließend legt er sich aufs Bett. Der Rücken tut weh. Er muss damit aufhören, auf dem Stuhl einzuschlafen. Der Fernseher läuft noch, aber er lässt ihn an, dreht nur die Lautstärke runter, als er unter die Decke kriecht, um den Rest der Nacht rumzubringen; er weiß, dass er nicht schlafen wird.

Der Mann mustert ihn kurz und erklärt, die Annonce habe eigentlich gar nicht erscheinen sollen; sie hätten schon jemanden eingestellt. Ein Handlangerjob. In der Rubrik Baugewerbe gibt's eine Menge davon, und es ist vernünftig, in die Richtung zu denken, denn dafür werden wahrscheinlich keine Referenzen benötigt. Außerdem stimmt das Geld, und es wird täglich, nicht wöchentlich ausgezahlt. Er probiert's beim

Nächsten auf seinem Zettel: *Geschickte Person für div. Tätigkeiten, London W2, 50 Std./Woche, Mo–Fr, £ 6.50/Std., befristet.* Doch als er hinkommt, fragt ihn der Typ nach seiner Adresse, und ihm fällt nicht schnell genug was ein. Er fängt an, ihm zu erklären, dass er derzeit in einem B&B wohnt und sich, sobald er Arbeit hat, etwas suchen will. Und bekommt das Gleiche zu hören: Sie hätten schon jemanden eingestellt, er solle aber nächste Woche noch mal vorbeikommen, falls es mit demjenigen nicht hinhaute. Er versucht es bei einem Weiteren, wo man ihm am Telefon mitteilt, man wisse nichts von einer Stelle, daraufhin hakt er den Tag ab.

Das Problem ist: Selbst wenn er eine Adresse erfindet, lässt sich das heutzutage wahrscheinlich nachprüfen. Sogar auf diesen Schrottplätzen, auf denen es nur rostige Autos und Tittenkalender gibt, können sie mit einem Computer rausfinden, ob die Adresse stimmt, die man angibt, und dann ist man am Arsch. Er schaltet den Fernseher ein. Vielleicht geht er es ja von der falschen Seite an. Er sollte sich zuerst mal eine Wohnung suchen. Aber nein, das geht auch nicht, er hat's ja alles schon durchgedacht: Er hat nicht genug Geld für die Kaution, und selbst wenn, dann würden die Vermieter ebenfalls Referenzen wollen. Und die hat er nicht, das ist mal klar. Trotzdem muss er weitermachen. Sich durchboxen. Wie heißt das noch – wenn dich einer in den Clyde wirft, dann schwimmst du ans Ufer und hast in der einen Tasche 'nen Fisch für mittags und in der anderen einen fürs Abendessen.

Zurück geht er nicht. Das ist das Einzige, dessen er sich sicher ist. Mit eingekniffenem Schwanz im Bus zurückfahren und wieder in das dunkle, stille Haus, in dem er nicht mal atmen kann, und alle sehen, dass er versagt hat, und bedauern ihn. Alle? Spinnst du? Was heißt hier alle? Kein Mensch weiß, dass er überhaupt weg ist. Und das mit dem Haus ist mittlerweile sowieso ungewiss, da ist inzwischen irgendwer anders eingezogen, und die Wohnungsgesellschaft ist wegen Mietrückständen hinter ihm her.

Die nächsten paar Tage bleibt er im Zimmer. Routine stellt sich ein. Morgens zum Laden und den Rest des Tages fernsehen, trinken, dösen, die Gedanken an die Leine gelegt. Auf diese Weise abgeschottet, hat er die meiste Zeit alles unter Kontrolle, hält seine Gedanken so träge, dass sie nicht losgaloppieren können, obwohl diese Starre und der Alkohol auch bewirken, dass er viel schläft, und da kann er sie nicht mehr kontrollieren. Sie kommt in seinen Träumen vor, aber immer außer Reichweite, nie deutlich. Eines Nachmittags döst er ein und hat die lebhafte Empfindung, im Haus zu sein, in seinem Sessel zu sitzen und im Halbschlaf zu sehen, dass im Fernsehen gerade die Fußballergebnisse eingeblendet werden. Das Haus ist still. Aus der Küche sind schwache Hackgeräusche zu hören. Er wartet auf das Ergebnis der Rangers, und als er sieht, dass sie gewonnen haben, steht er auf und geht aus dem Wohnzimmer. Hier ist das Hackgeräusch lauter, ebenso wie das unüberhörbare Lärmen der Jungs, die oben raufen. In der Küchentür bleibt er stehen und betrachtet ihren Rücken, sie schneidet etwas klein, summt vor sich hin und merkt nicht, dass er hinter ihr steht. Mohrrüben. Ein Eintopf. Das angenehme Geräusch von Fleisch, das auf der Herdplatte brutzelt. Er genießt es, ihr zuzusehen – die flinken Hände, die die Mohrrübenscheibchen zusammenklauben, und die geschmeidige Bewegung ihrer Schultern unter dem Pullover. »Bist du's?«, fragt sie, ohne sich umzudrehen. Er lächelt und geht zu ihr, um ihr die Arme um die Taille zu legen. »Riecht gut, Schatz.« Er beugt sich vor, und jetzt dreht sie sich um, aber es ist nicht sie, es ist Mary, und sie gibt ihm einen Kuss. Er fährt strauchelnd zurück, versucht sich an der Arbeitsplatte festzuhalten, Mohrrübenstückchen fallen zu Boden und kullern übers Linoleum.

Erhitzt und verwirrt wacht er auf. Draußen ist es hell, aber er kommt nicht auf die Tageszeit. Seine Gedanken überschlagen sich, während sein Gehirn rauszufinden versucht, wo er ist und ob er überhaupt wach ist oder nicht. Er ist im Bett, Kekskrümel liegen auf dem Kissen neben seinem Gesicht. Er schnippt sie auf den Teppich und schließt die Augen, alles dreht sich.

Schlimmer als diese Träume tagsüber ist es allerdings, nachts wach zu liegen. Die Dunkelheit draußen vorm Fenster scheint endlos zu dauern, und er liegt erhitzt und wie gelähmt auf dem Bett; aus dem dunklen Nichts schießen ihm Bruchstücke von Erinnerungen durch den Kopf. Der Alkohol hilft. Er bringt ihn runter, und er schläft ein paar Stunden lang tief. Doch dann kommt nachts immer dieser Punkt, an dem er aufwacht und es noch lange hin ist bis zum Morgen, und er weiß, dass er einfach nur daliegen wird, mit einem Schmerz hinter den Lidern, und beim geringsten Geräusch von draußen oder von unten schreckt er hoch.

Wenn er am Tag döst, geht es hin und her, ist er mal diesseits und dann wieder jenseits der Grenze von Träumen und Erinnerungen. Dabei geht es nicht immer um sie; manches ist schön, Kleinigkeiten von früher. Ein anderer Traum, den er hat, ist gar nicht so sehr ein Traum, vielmehr eine sich fast real anfühlende Erinnerung an etwas, was einmal auf der Werft passierte. Sie schießt ihm wie aus dem Nichts in den Kopf. Charley Gordon. Ein Bär von Mann mit breitem, rotem Nacken, und wenn er sein breites, dümmliches Grinsen grinste, sah man, dass ihm die Hälfte der Zähne fehlte. Es geschah, als er bei John Brown's in die Lehre als Galvanisierer ging und Charley dort Geselle war. Er war Katholik. Einer von den wenigen, aber Charley kam zurecht, ja, er genoss das Gefasel und die Bigotterie sogar. Er erzählte Mick die ganzen Geschichten von dieser oder jener kleinen Nervensäge, die nur Ärger gemacht hatte und die er hatte aussieben müssen. Wenn er ihm nicht gerade solche Storys erzählte, schickte er ihn ins Lager, um Sachen zu holen, die gerade gebraucht wurden. Meistens handelte es sich um was Einfaches, was er direkt bei der Lageristin erfragte – Flanschlager und Hohlschrauben zum Beispiel, was hatten diese Sachen bloß alle so komische Namen. Und dort stand er dann dumm rum und schaute auf seine Füße, weil er sich nicht traute, mit ihr zu reden. Manchmal handelte es sich auch um einen ganzen Berg Sachen, die Charley wollte, dann ließ sie ihn ins Lager, um sich dort alles selbst zusammenzusuchen, und er stieg die Rollleitern rauf und runter und packte sich das Zeug in seinen Sack.

Einmal hatte Charley ihm eine lange Liste von Teilen mitgegeben, irgendwas musste gefräst werden. Mick wusste, dass Charley damit rechnete, er würde bestimmt eine halbe Stunde dafür brauchen, alles zusammenzusuchen. Überheblicher kleiner Wicht, der er war, glaubte er, das Lager besser zu kennen als jeder andere, und kam auf die Idee, die Gelegenheit zu nutzen und mal eben für ein schnelles Spiel zur Billardhalle hochzulaufen, bevor er um diese Leitern rumgurkt und pünktlich zurück ist. Im Lager dann kann er natürlich die Hälfte der Sachen nicht finden, und als er schließlich alles zusammenhat, ist eine Stunde rum. Charley flucht dermaßen, dass ihm fast noch die letzten Zähne aus dem Mund fliegen. Den restlichen Nachmittag spricht er kaum noch mit ihm, lässt ihn malochen wie ein Tier und scheucht ihn durch die Gegend, um alles Mögliche für ihn zu erledigen. Es dauerte ein paar Tage, bis Charley ihm verzieh und einen Riesenwitz draus machte, Friede, Freude, Eierkuchen: bedeutungsvoll auf sein Handgelenk tippt und breit grinst, wenn Mick aus dem

Lager zurückgesaust kommt. Weshalb er denkt, alles sei vergessen. Doch irgendwann später in der Woche schickt Charley ihn los, und weil er absolut nichts falsch machen will, fällt ihm überhaupt nicht auf, was er tut, als er zur Lageristin geht und sie fragt, ob sie ein Paar große rote Nippel hat. Ihre Ohrfeige spürte er noch eine Stunde später, als er an der Fräse stand und Charley neben ihm vor sich hin kicherte.

Manchmal taucht so eine Erinnerung wie aus dem Nichts auf und bringt ihn dazu, über Sachen nachzudenken, zum Beispiel, was wohl aus Charley geworden ist. Lebt er noch? Hat er sich je das kleine Segelboot angeschafft und sich auf die Inseln verpisst, wie er immer sagte? Wer weiß? Wahrscheinlich. Doch, wahrscheinlich schon. Der alte Charley hat nie was vermasselt.

Mr. Kein-Frühstück ist wieder da. Geschwätzig wie immer. Manchmal ist *er* da, manchmal der Freundliche, der ihn in ein Gespräch verwickeln will. Inzwischen hat er das Gefühl, die meiste Zeit zu treiben. Er befindet sich außerhalb von allem, außerhalb seiner selbst. Er schenkt der Welt die gleiche Aufmerksamkeit wie einem Fernseher, der im Hintergrund läuft – dem Bezahlen der Miete, dem Hupen eines Wagens draußen auf der Straße, einem Müllmann, der eine Tonne leert, wobei einzelne Zeitungsseiten und eine Bananenschale aufs vereiste Pflaster fallen. Geistesabwesend sieht er ihm vom Fenster aus zu. Ein Schwarzer. Er hat jedenfalls einen Job. Wie ist er da drangekommen? Wahrscheinlich ist er für irgendwas anderes qualifiziert, so wie Dia und Eric, die Geschirr spülen und einen Abschluss in der Tasche haben. Aber sie kommen zurecht. Sie sind sich für nichts zu schade, weil sie etwas vor Augen haben, weil sie eine Familie versorgen müssen und ein Haus bauen wollen. Da spielt es keine Rolle, wie oft diese Ärsche von englischen Arbeitgebern sie in den Hintern treten – sie berappeln sich immer wieder und machen einfach weiter.

Draußen ist es dunkel. Er hat schon eine Weile nichts mehr gegessen, aber der Punkt ist: Er kann sich nicht aufraffen, zum Laden zu gehen. Kaum zu fassen, dass er noch vor Kurzem wegen Jobs durch die Stadt gestiefelt ist, Termine ausgemacht und mit Leuten telefoniert hat. Er braucht lange, bis er die Energie aufbringt, doch nach draußen zu gehen, und das auch nur, weil er mit sich selbst ausmacht, sich so viel Vorrat zu besorgen, dass er eine Weile vorhält.

Er hängt die Tüten an die Fensterverriegelung draußen, so sind sie gekühlt. Die Lebensmittel wickelt er noch in eine zweite Tüte, damit sie trocken bleiben, falls es regnet.

Außer um unten die Miete zu zahlen und aufs Klo zu gehen, verlässt er das Zimmer etliche Tage hintereinander nicht und setzt sich immer nur in Bewegung, wenn er für frischen Nachschub kurz rausmuss. Die Toilette ist eine Etage tiefer, und er horcht immer durch die Tür, ob die Luft rein ist, bevor er das Zimmer verlässt. Aber eines Morgens erwischt es ihn doch. Er ist auf dem Weg zum Klo und kurz davor, als eine Flurtür in seine Richtung aufgeht und eine Frau beinahe mit ihm zusammenstößt.

»Willst du da grade rein, Kumpel?« Sie ist jung und trägt einen weiten grünen Sweater und Strumpfhosen.

»Ja, aber Sie können vor – bitte.«

»Nein. Ist schon o.k., ich warte.«

Als er an ihr vorbeigeht, sieht er einen Teil des Zimmers: Kleider auf dem Fußboden und einen Mann, der aus dem Fenster lehnt und raucht, Pflanzen und an der Wand ein großes Poster. Als ob sie hier leben würden. Er pinkelt, dann wird ihm plötzlich bewusst, dass die Frau nach ihm reinkommt. Als er fertig ist, nimmt er ein paar Blatt Klopapier und wischt die dunkelgelben Flecken weg, die er auf den Rand getropft hat.

Der Umschlag mit dem Geld wird dünner. Außerdem hat die letzten Vorräte, die er gekauft hat, übel der Regen erwischt: Die Sandwichs sind zwar noch essbar, aber zu durchgeweicht, um noch bis morgen zu halten. Immerhin sind die Bierdosen schön kalt. Eins steht jedenfalls fest: Sobald ihn irgendein Arbeitgeber im Computer überprüft, wird er von seiner Arbeitgebervereinigung oder sonstwie sofort erfahren, dass er irgendwie radikal ist – von wegen der Betriebsbesetzung damals und der Gewerkschaft und so. Und jetzt auch noch die Geschichte mit dem Hotel; glaub bloß nicht, dass das nicht auch registriert ist – ist es nämlich garantiert.

Eine Sendung läuft. Er sieht eine Weile zu. Sie ist gut. Interessant. Es geht um Bären, Grizzlys und Eisbären, und wie die Klimaerwärmung sie zwingt, näher beieinanderzuleben. Der Eisschild der Arktis schmilzt jeden Sommer derart, dass es den Eisbären nicht immer möglich ist, wie gewöhnlich in den Norden zu schwimmen, weil das zu weit geworden ist; stattdessen drehen sie ab nach Süden Richtung kanadisches Festland. Wo die Grizzlys leben. Folge sind zwangsläufig Überlebenskämpfe. Gleichzeitig haben sie jedoch damit angefangen, sich zu paaren. In der Sendung zeigen sie dieses Bild des ersten gekreuzten Bärs, erlegt von einem Jäger. Für Mick sieht er, ehrlich gesagt, ziemlich wie ein Eisbär aus, hat aber anscheinend eine Menge Grizzly-Eigenschaften. Der Schütze auf dem Bild grinst wie ein Idiot. Er hat einen dicken militärischen Tarnanzug an und kniet neben dem Bären, die Hände auf seinem Rücken gespreizt. Blöder Arsch. Man fragt sich doch, wie diese Begegnung ablief, als der Jäger auf die Biologen traf: Ha, schaut mal, ich hab den seltensten Bären der Welt entdeckt, ein echtes Wunder der Natur, und hab ihm voll durch den Hals geschossen. Das bringt die Sendung allerdings nicht. Stattdessen zeigt sie all diese Eisbären, die sich frech wie Oskar auf den Straßen vereister Provinzstädtchen rumtreiben und deren Bewohner vor dem Lebensmittelladen vor Angst erstarren lassen.

An diesem Abend trinkt er zu viel, vernichtet seine gesamten Bierbestände. Nicht besonders klug, denn statt den Dingen die Schärfe zu nehmen, macht es ihn nur noch rührseliger, und er liegt auf dem Bett und kann mit dem Heulen nicht mehr aufhören. Es überrascht ihn – als beobachte er sich von außen wie ein anderer –, wie lange und laut er weint. Das Bedürfnis, bei ihr zu sein, überfällt ihn so stark, dass er es nicht aufhalten kann. Sein Körper spannt und verrenkt sich auf der Suche nach dem Gefühl, bei ihr zu sein. Doch vergeblich, da ist stattdessen nur eine Leere, und er fällt und fällt.

Er friert. Vor dem Fenster scheint nicht der schlechteste Tag zu sein – sogar sonnig, einer dieser strahlenden, beißend kalten Wintermorgen –, aber Mr. Kein-Frühstück geizt mit der Heizung, und das Zimmer ist der reinste Eiskeller. Er bleibt im Bett. Manchmal schläft er, manchmal hat er die Augen auf und starrt an die Decke, das Gehirn leer, bis auf gelegentliche dumme kleine Gedanken, wie etwa, den Ansagern zwischen Fernsehshows zuzuhören und mitzuzählen, wie viele Sendungen es sind, bis ein anderer Sprecher seine Schicht antritt. Was tun sie eigentlich, während die Sendung läuft – müssen sie in ihrer Kabine oder wo auch immer sitzen und sich auf das nächste Programm vorbereiten, oder dürfen sie rumlaufen und sich einen Tee holen oder am Kiosk ein Rubbellos? Dumme kleine Gedanken. Dumme kleine Gedanken, die die wichtigeren auf Abstand halten, zum Beispiel, was verdammt er jetzt machen soll, wo das Geld beinahe alle ist.

Als es so weit ist, fällt er eine Entscheidung. Die zwanzig, die er noch hat, wird er für Lebensmittel und Notfälle aufheben. Für noch eine Nacht reicht es sowieso nicht, und das Wichtigste ist, dass er genug fürs Essen hat; dazu die Notfälle, was immer die sein mögen. Bier vermutlich, wenn man danach gehen kann, wie sehr er jetzt gern eins hätte. Er packt seine Sachen zusammen und geht sich das Gesicht waschen. Komisch, aber jetzt, wo er keine Wahl mehr hat und sich auf den Weg machen muss, hat er irgendwie Kraft. Er macht den Fernseher aus und verlässt das Zimmer.

Er hatte gehofft, auf dem Weg hinaus niemandem zu begegnen, doch die Tür zur Anmeldung steht offen, und der Jüngere sieht ihn runterkommen. Er denkt wohl, er wolle für die nächste Übernachtung bezahlen, denn er kommt an die Tür und bemerkt jetzt erst die Tasche.

»Geht's zurück nach Schottland?«

»Nein.«

Er nickt. Ist schon o.k., der Typ, selbst wenn er die Nase in zu viel reinsteckt.

»Trotzdem, das Zimmer ist wieder frei. Danke.«

23.

Eins ist gewiss: In dieser Stadt ist es nicht gern gesehen, dass man sich hinsetzt. Seit über zwanzig Minuten sucht er irgendwas, wo er sich niederlassen und sein Sandwich essen kann, aber er ist an keiner einzigen Bank vorbeigekommen. Es ist nicht gewollt, dass man an einem Fleck bleibt, vielmehr soll man rumhetzen, auf die Hupe drücken und sich eine der kostenlosen Zeitungen schnappen. Vor den Kneipen stehen keine Leute, die rauchen. Zum Teufel, wo er langkam, waren noch nicht mal Kneipen. Er geht weiter. Er weiß nicht, wo er ist, und läuft einfach ziellos herum, allerdings muss er irgendwie im Kreis oder so gegangen sein, denn nach einiger Zeit kommt er wieder am Busbahnhof raus.

Drinnen ist es rappelvoll, Leute laufen herum, stehen irgendwo an oder sitzen auf den Bänken. Ist aber gut so. Je mehr Menschen, desto unauffälliger fühlt er sich, und als er hindurchläuft, fragt er sich, wie viele andere sich wohl noch hier drin verstecken und so tun, als wollten sie irgendwohin, in Wirklichkeit jedoch nur vor der Kälte fliehen. Er muss pinkeln. Noch so ein Problem. Nach kurzer Suche findet er raus, dass das Vergnügen, die Klos zu benutzen, dreißig Pence kostet. Bei seiner Finanzlage also lieber nicht. Wenn er nicht nur pinkeln müsste, wäre es vielleicht eine adäquate Verwendung seines Notfalletats, aber bloß fürs Pissen – auf gar keinen Fall.

Um den Busbahnhof herum gibt es etliche Selbstbedienungscafés und Take-aways, aber bis er eine Kneipe findet, dauert's eine Weile. Zum Glück ist dort ziemlich was los, und es ist nicht schwierig, sich auf die Toilette zu schmuggeln und schön lange und befriedigend zu pinkeln. Bloß dass er jetzt, wo er fertig und schon mal hier ist, gut ein Glas vertragen könnte. Nein. Erst muss er – weiß der Teufel, was er zuerst muss, aber das bestimmt nicht. Also geht er wieder zurück zum Busbahnhof, wo er sich einen Sitzplatz sucht, eingekeilt zwischen einer Muslimin und einem Chelsea-Fan. Über den Lautsprecher wird irgendwas durchgegeben, was er aber nicht versteht. Das Letzte, was er noch wahrnimmt, ist, dass er im Abfahrtsbereich nach Birmingham sitzt, dann nickt er ein.

Als er aufwacht, zeigt die Anzeigetafel 17 Uhr 44 an. Die Bänke sind leer, und er sitzt inmitten leerer Reihen. Er steht auf und geht rüber zum Kiosk, schaut nach, was die Sandwichs kosten, entscheidet sich dagegen und stattdessen für einen Schokoriegel. Dann geht er wieder zurück, zum nächsten belebten Abfahrtspunkt.

Draußen biegt etwas weiter der Glasgower Bus in seine Haltebucht. Beklommen beobachtet er, wie die Fahrgäste herausströmen. Wie lange ist es her, dass er herkam? Es kommt ihm vor wie eine Ewigkeit, vermutlich sind es aber nur ein paar Monate. Genau weiß er es nicht. Nicht gerade seine besten Monate, ehrlich gesagt. Sehr witzig, du sarkastischer Saftsack. Die Fahrgäste aus Glasgow kommen an den Scheiben vorbeigelaufen, und er senkt den Blick. Sehr unwahrscheinlich, dass einer dabei ist, der ihn kennt, aber trotzdem, könnte ja passieren. Könnte. Doch in Wahrheit kommen die Dinge mit einer tödlichen Sicherheit so, wie sie kommen müssen, weshalb er den Kopf weiter gesenkt hält und auf seine Füße starrt. Sein Nacken wird steif. Er wartet förmlich drauf – dass ihm jemand auf die Schulter tippt. Irgendwer, der ihn erkennt; jemand, der wieder nach Glasgow zurückfährt und erzählt, er habe ihn gesehen, der es den Highlandern erzählt, der es Craig erzählt. Und für den Bruchteil einer Sekunde gestattet er sich den Gedanken, dass Craig vielleicht nach ihm sucht, vielleicht kommt er tatsächlich mit dem Bus hier runter, um ihn zu suchen, kann man's wissen? Nein, kann man nicht, er weiß nur, dass er diesen Gedanken loswerden muss, ihn zu fassen kriegen und verdammt noch mal wegsperren.

»Hi. Geht's Ihnen gut?«

Ein junges Mädchen setzt sich neben ihn. Er zuckt zurück. Verwirrung und Panik lassen ihn erstarren. »Möchten Sie was essen?« Er setzt sich auf und blickt sich um, ob irgendwer sie beobachtet. Sie hat sich zu ihm herumgedreht und lächelt. Sie trägt eine Wolljacke mit großen Holzknöpfen, dazu eine Wollmütze mit zwei solchen Dingern, die rechts und links runterbaumeln. Er erwidert nichts, und sie beginnt, in ihrer Tasche rumzusuchen. Er steht auf. Er muss weg. Sein Herz hämmert. Er läuft durch den Abfahrtsbereich; ein Mann sieht ihn über den Zeitungsrand hinweg an, schlägt aber dann die Augen nieder, als er vorbeihastet.

Ein kriechendes, widerliches Gefühl verfolgt ihn, als er die Straße runter davonläuft. Jetzt gibt's nur noch ein Ziel; scheiß auf die Vorsätze.

Er bestellt sich ein Bier. Drei Pfund fünfzig, wen wundert's, er ist schließlich in London. Aus irgendeinem Grund. Aus irgendeinem Grund ist er in London. Im Fernseher läuft ein Spiel. Einige Anwesende schauen hin, aber dies ist offenbar keine richtige Fußballkneipe, denn besonders interessiert wirken sie nicht. Das Bier dämpft ihn, beruhigt die Nerven. Er wartet, trinkt langsam und lässt sich Zeit, ehe er austrinkt und geht. Und jetzt? Vorsicht. Jetzt möglichst nicht über das große Ganze nachdenken, weil es verflucht viel zu groß ist und er viel zu nah dran ist, um es richtig erkennen zu können. Er muss sich unbedingt immer nur auf ein Teilstück konzentrieren, zurücktreten, bis er das Ganze deutlich sieht und sich drüber klar werden kann. Kleine Schritte machen. Ihm ist kalt, und er hat Hunger. Er zieht die Jacke hoch bis zum Hals und läuft los, um sich nach was zu essen umzusehen.

Er entdeckt eine Dönerbude und geht rein; Wärme und Fettgeruch hängen in der Luft, als er sich in die Reihe der Männer vor dem Tresen stellt, die dem Typen dahinter ihre Soßen- und Salatwünsche mitteilen. Er fühlt sich wohl hier drin. Zwanglos. Unbeachtet. Der Dönermann schabt geschickt Fleischstreifen vom Drehspieß, wie ein Friseur, der einen Hals rasiert. So einen Döner könnte er jetzt wahrhaftig gut vertragen. Ist aber zu teuer. Als er drankommt, nimmt er stattdessen eine Tüte Pommes, setzt sich damit auf einen Stuhl am Fenster, beißt jede Fritte in der Mitte durch und sieht zu, wie aus dem weichen Kartoffelinneren der Dampf entweicht.

Es ist spät geworden. Er tritt aus dem Laden. Diese Dumpfheit in ihm, die er nicht abschütteln kann. Er geht den gleichen Weg zurück, den er gekommen ist, ohne eine andere Idee, die ihm den roten Teppich ausrollen würde. Bloß, um sich aufzuwärmen. Ein winziger Schluck, irgendwas, nur, um warm zu werden – weiter kann er nicht denken. Kurz vor der Kneipe fällt ihm eine Seitengasse auf. Sie ist dunkel, zu schmal für Laternenpfähle. Ohne groß nachzudenken, biegt er in sie ab. Sie hat Kopfsteinpflaster, ein paar Autos stehen mit einem Reifen auf dem Gehweg, und an ihrem Ende befindet sich nur eine Wand, die Rückseite eines Gebäudes. Er steigt auf einen Betonklotz und schaut über den Lattenzaun in den kleinen, schäbigen Hinterhof der Kneipe. Unkraut und Kippen und schwarze Mülltonnen.

Drinnen sind jetzt nur noch ein paar Gäste. Der Fernseher ist aus, und er setzt sich an den Tisch direkt darunter, nippt langsam an seinem Whisky und spürt, wie sich dessen Wärme in ihm ausbreitet. Er holt sich einen zweiten, und als er den fast getrunken hat, ist es so spät, dass die Barfrau schon hinter der Theke aufwischt; dass er geht, merkt sie nicht.

Er wirft die Tasche rüber und klettert unbeholfen über den Zaun, wobei er sich hinten das Bein aufschürft. Hier draußen gibt es kein Licht, er kann jedoch die Druckstangen des Notausgangs erkennen und gleich daneben einen Stoß Bierkästen. Des Weiteren einen großen summenden Kasten, so was wie einen Generator, an dem Gaszylinder lehnen. Er stellt seine Tasche hinter dem Kasten gegenüber vom Notausgang ab, setzt sich hin und hofft, dass er etwas Wärme abgibt. Damit hat er allerdings Pech. Hier wären wir also. Nicht gerade, was zu erwarten gewesen wäre. Eine Zeit lang sitzt er verständnislos da, doch allmählich wird ihm die Kälte immer unangenehmer, und der harte, unebene Boden bohrt sich ihm durch die Tasche hindurch in den Hintern.

Nach einer Weile steht er auf und sucht nach irgendwas, was die Lage verbessern könnte. Er hat Glück, denn hinter den Mülltonnen liegt ein Stapel platt getretener McCoy's-Chips-Kartons. Gut. Was jetzt noch zu seinem Glück fehlt, ein, zwei übrig gebliebene Flaschen in den Bierkästen. Er sieht nach. Leider nicht.

Die Pappkartons, die er unter sich auf den Boden gelegt hat, verbessern die Sache etwas, aber an Schlafen ist bei dieser beißenden Kälte nicht zu denken. Trotz des Whiskys ist er total durchgefroren. Und in Alarmstimmung. Er horcht zum Notausgang hin oder ob jemand die Gasse runterkommt, sitzt steif an den Generator gelehnt, seine Tasche hinter sich gequetscht, und die Schürfung an seiner Wade reibt schmerzend am Hosenstoff.

24.

Er schläft nicht, jedenfalls so gut wie nicht, höchstens mal ein paar Momente lang. Die Kälte und sein Rückgrat, das gegen den Generator drückt – er ist vollkommen steif und kann sich kaum bewegen. Alles an ihm ist taub. Im Lauf der Nacht sagt er sich ein paarmal, er müsse aufstehen, sich bewegen, irgendwas Geschlossenes finden, wo er es wärmer hat, aber die Anstrengung ist einfach zu groß. Sein schmerzender Körper rührt sich nicht vom Fleck. Ein Schmerz, der in seinen Füßen und Händen begann und sich dann auf seinen Rumpf ausdehnte, bis er alle Teile von ihm erfasst hatte, bevor er allmählich wieder nachließ. Seine gesamte Oberfläche ist wie abgestorben, die Haut, die Extremitäten, das Gesicht. Jetzt arbeitet sich die Kälte nach innen vor, in Nase und Kehle, sie blockiert die Lungenatmung und dringt ins Gehirn vor, zwingt es dazu, sich paralysiert an die Schädelwände zu pressen. Die Geräusche nehmen zu. Verkehr auf der Hauptstraße, ein Bus bremst. Wenn er sich bewegt, tut er es äußerst langsam, Muskel für Muskel. Es ist immer noch dunkel, aber am Himmel zeichnet sich ein düsteres Blau ab. Er schiebt sich hinter dem Generator hervor, steht auf, lehnt seine schmerzende Rückseite dagegen und schaut in den dämmrigen Hof: Kippen vor dem Notausgang, ein zerbrochener Lampenschirm aus Glas in einer Kiste, schief aufeinandergestapelte, rostige Eisenstühle vor der Wand. Er versucht, die Pappen aufzuheben und wieder hinter den Bierkästen zu verstauen, aber seine Finger machen nicht mit, daher schiebt er sie hinter den Generator und nimmt dann ein paar Anläufe, um seine Tasche aufzuheben und seinen Körper über den Zaun zu wuchten.

Die meisten Geschäfte sind noch zu. Er geht einfach weiter, hat den Autopiloten eingeschaltet. Ihm ist kalt, immer noch kalt. Seine Füße in den Schuhen pulsieren. Er ertappt sich dabei, dass er in Richtung Busbahnhof läuft, als würde sein Körper die Dinge jetzt selbst in die Hand nehmen, weil er ihm nicht mehr genug vertraut, um solche Sachen mit ihm zu bereden. Aber o.k. O.k. Hier drin ist es wärmer, und er setzt sich in eine der Wartebuchten. Weniger los als gestern, aber es ist auch noch früh; er sieht auf die Anzeige – 6 Uhr 53 –, der ganze, endlose Tag liegt vor ihm. Mit der Tasche auf dem Schoß rutscht er auf dem Sitz zurück und schläft ein.

Er erwacht aus einem unangenehmen und verwirrenden Traum und empfindet schlagartig eine Angst, die ihm direkt in den Magen fährt. Er blickt um sich. Gegenüber hockt schon wieder dieses Arschloch, das ihn über seine Zeitung hinweg ansieht und dabei mit dem Fuß wippt. Und es gibt noch andere, eine ganze Reihe, die ihn beobachten, einfach verdammt noch mal dahocken und ihn beobachten. Er steht auf. Hier kann er nicht bleiben, mit all diesen Augen, ganz zu schweigen von denen auf dem Dach – den Kameras –, denn die haben ihn doch mit Sicherheit auch im Visier, wo er schon zwei Tage hintereinander hier rumsitzt, ohne einen Bus zu nehmen. Er verlässt den Busbahnhof und bleibt in einem Zustand fast völliger Orientierungslosigkeit am Eingang stehen. Ein Mann kommt auf ihn zu und hält ihm eine Zeitung direkt vors Gesicht, und er versucht den Kopf zu schütteln, aber der Typ fuchtelt weiter damit vor ihm herum.

»Verpiss dich.«

Achselzuckend wendet der Mann sich ab und zielt mit der Zeitung jetzt auf eine Frau, die vorbeikommt.

Er läuft eine ziemlich lange Zeit einfach herum. Ziellos. Und allein damit beschäftigt, die aufsteigende Panik abzuschütteln, die ihn befällt, wenn jemand ihn anstarrt. Er beschleunigt seinen Schritt, um an demjenigen vorbeizukommen, läuft einfach weiter, müde und kaputt, aber er bleibt in Bewegung, denn er hat zu große Angst davor, stehen zu bleiben. Er hat Hunger, und als er an einem Lebensmittelladen vorbeikommt, geht er rein, nimmt ein Eiersandwich und einen Viererpack Bier und ignoriert den Ausdruck im Gesicht der alten Kuh, als sie die Sachen über den Scanner zieht.

Er geht weiter, und als er zum Fluss kommt, hält er Ausschau nach einem ruhigen Platz, wo er sich hinsetzen und essen kann. Genau gegenüber am anderen Ufer bietet sich der geradezu erschreckende Anblick eines riesigen Kraftwerks aus roten Ziegeln, das, wie es aussieht, schon lange außer Betrieb ist. Eine Bank ist frei, und er setzt sich. Es sind nicht viele Leute hier, nur ein paar Jogger und ein Stück weiter oben auf einer anderen Bank ein Mann und eine Frau, beide in Anzügen, die mit kleinen Plastikgabeln was aus Plastikschalen essen.

Allmählich entspannt er sich ein wenig. Es hat so was Friedliches hier, auf den Fluss zu schauen und Boote vorbeikommen zu sehen, und auch der dicke Klotz des Kraftwerks mit seinen vier riesigen Schornsteinen auf der anderen Seite des Wassers. Er macht eine Dose auf. Besser, er hält sich fern von allem. Kümmert sich um den eigenen Kram und muss sich keine Gedanken machen über Arschlöcher, die Zeitung lesen oder ihm damit vorm Gesicht rumfuchteln. Und wenn niemand da ist, der ihn ansieht, dann muss er auch nicht über sich selbst nachdenken – und was für eine verdammte Beleidigung für ihre

Augen er ist, für die Zeitung lesenden Leute dieser Welt, für die jungen Frauen, die ihm ihre Sandwichs aufdrängen wollen.

Seine Blase ist voll, deshalb wartet er, bis niemand in Sichtweite ist, geht ein Stückchen weiter und pinkelt durch den Zaun.

Später, als der Alkohol Kälte und Panik ein wenig die Schärfe genommen hat, spaziert er am Wasser entlang. Ein ziemliches Stück, er läuft lange, geht in einem Burger King kacken und landet schließlich auf einer Brücke, von der aus er einen hinreißenden Blick auf Big Ben hat. Von dort beobachtet er, wie sich Lichter in den kleinen Wellen fangen, und registriert erstaunt den eigentümlichen Anblick von Menschen, die in einem vorbeifahrenden Boot in lautloser Ausgelassenheit tanzen.

Als er zurückkommt, ist die Kneipe zu, also wird er ihnen heute Abend keine Miete zahlen. Die Pappen sind noch da, wo er sie hingetan hat, und er faltet ein paar von ihnen auseinander, um sie wie eine Röhre um sich herumzuwickeln. Das hilft, aber nicht viel. Ihm ist immer noch scheißkalt. Er schließt die Augen und kann nicht schlafen, stattdessen denkt er an seinen dicken Mantel, der im Vorraum hängt, und wie viel wärmer ihm damit wäre als mit seiner Jacke. Das Bild vom Haus bleibt ihm kurz im Sinn, zum Glück ist sein Hirn aber so taub von der Kälte, dass es die Vorstellung nicht weitertreibt.

Als er sich über den Zaun davonmacht, ist es noch dunkel. Er hat nur einen Gedanken: sich aufzuwärmen. Bis die Cafés öffnen, treibt er sich herum und geht schließlich in eines auf eine Tasse Tee. Als er bezahlt, ist der Mann sichtlich ungehalten, weil er so lange mit dieser einen Tasse rumgesessen hat, aber was soll's, der Laden ist ja nun nicht grade überlaufen, also ist doch drauf geschissen, Kumpel. Weitergehen.

Zum Lebensmittelladen, für ein Eiersandwich hat er gerade noch genug in der Tasche, aber das Bier hakt er ab, weil dies sein letztes Geld ist.

Das Sandwich ist eigentlich gar nicht so übel, jedenfalls für den Preis. Auch der Platz am Fluss ist nicht übel, beim Näherkommen sieht er jedoch, dass jemand anders ihn belegt hat. Ein dicker Mann im Anzug mit einer leeren Brotbüchse auf dem Schoß hat sich gerade niedergelassen. Er geht vorbei und geht weiter. Ist ja bloß eine Bank. Spielt keine Rolle. Hier am Ufer wird's noch viele geben. Aber er kann nicht anders, er muss zurückzuschauen; der Fettarsch fläzt sich auf der Bank rum, einen Arm über die Rückenlehne gelegt, als bilde er sich ein, eine unsichtbare Frau würde sich an ihn kuscheln. Bescheuert, sich deswegen zu ärgern. Absolut lächerlich. Aber trotzdem. Der Typ hat ihm sein Programm versaut. Dabei hat er wahrscheinlich in der Nähe auch noch ein warmes Büro, in dem er eigentlich sein sollte – mit Heizung und Sekretärinnen und der verdammten, in einer Schublade gebunkerten Flasche Whisky.

Ein Stückchen weiter ist er jetzt stehen geblieben und beobachtet den Mann, dem sehr wohl bewusst ist, dass man ihn ansieht. Trotzdem tut er so, als würde er ihn nicht bemerken. Sitzt herausfordernd und regungslos da, mit seinem ausgestreckten Arm. Na los, du Drecksack, sieh mich an! Du denkst wohl, ich scheiß da drauf? Und jetzt steht er auf, sichtlich ungehalten wegen der Situation, der arme Kerl, und zeigt ihm den Stinkefinger, als er geht. Aber na und, echt, na wenn schon. Er freut sich. Diese kleinen Schlachten, die man schlagen muss. Verdammt gut, immerhin mal eine gewonnen zu haben. Er setzt sich auf die Bank und sieht zu, wie der Mann auf dem Weg davongeht; bei jedem Schritt schwabbeln seine zwei dicken Satteltaschen über den Gürtel.

Am anderen Flussufer legt ein Schlepper an einem Kai an. ABFALLENTSORGUNG steht auf einem der Container. Zwölf Stück insgesamt, zählt er, alle voll mit – ja, womit? Müllsäcken? Chemikalien? Scheiße aus den Klos? Wohin geht das alles, das ist doch die Frage, wo geht es hin?

Ein Mann und eine Frau stehen vor ihm. Er war eingeschlafen. Der Himmel ist dunkler, Lichter von Autos bilden Ketten auf einer Brücke, und er hat Hunger. Sie sagen was zu ihm. Lächeln ihn an. Er will sich aufsetzen, hat nicht die Kraft wegzugehen, sie fortzuscheuchen, und sie bleiben stehen und reden ständig freundlich auf ihn ein – Decken … unser Herrgott … Essenstafel. Er zieht die Tasche auf seinen Schoß. Essen. Sie reden vom Essen. Brutal. Brutale Schweine. Sie wissen Bescheid. Alles ist irgendwie vernetzt: die Bank und die Behörden und die Elektrizitätsgesellschaft und die alte Kuh in dem Lebensmittelladen. Und jetzt diese zwei. Wir sind über Ihre finanzschwache Situation informiert worden, deshalb sind wir hergekommen, um darauf rumzureiten. Der Mann zeigt die Straße runter – sehen Sie das große Gebäude da? Es ist auf dem Parkplatz dahinter. Beide lächeln noch mehr, dann sind sie weg. Ansonsten ist meilenweit niemand zu sehen. Woher kommen die? Da schläft man kurz ein, und im nächsten Moment sind sie plötzlich dem Fluss entstiegen und bieten einem was zu essen an.

Es ist kälter geworden, und sein linkes Bein hat das Zittern; so ein leichtes Flattern, das auch nicht aufhört, wenn er draufdrückt. Das Kraftwerk am anderen Ufer ist angestrahlt. Es hat etwas Unwirkliches, hält ihn dort fest, als wäre er in Trance, unfähig, sich zu bewegen oder zu denken oder zu fühlen, bis sich schließlich sein Magen verkrampft und er aus ihr herausgerissen wird.

Beim Gehen verspürt er einen stechenden Schmerz in seinem zitternden Bein. Er konzentriert sich auf ihn, erwartet den kurzen spitzen Stich bei jedem Schritt, den er macht.

Hinter dem Gebäude ist ein Durchgang und dahinter ein Parkplatz. In dessen Mitte steht ein Kleinbus, vor seine geöffnete Hecktür hat man einen Tapeziertisch gestellt. Gestalten schwirren umher. Er bleibt im Durchgang stehen und beobachtet. Auf der einen Seite des Tischs drängt sich eine Gruppe von vier oder fünf abgerissenen Gestalten. Ein kleines Stück weiter stehen noch ein paar; alle haben Plastikschalen in der Hand. Sein Puls hämmert; er tritt zurück, lehnt sich an die Wand des Durchgangs. Ein Drang, laut loszulachen, überkommt ihn, es bleibt ihm aber im Hals stecken, und er presst seine Handflächen hart an die Wand, zwingt sie gegen den harten, rauen Stein. Er kann das nicht. Lieber verhungern als dies hier, und er wendet den Blick vom Parkplatz ab, geht den Durchgang zurück zur Straße und wieder zum Fluss.

Dort folgt er dem Fluss in Strömungsrichtung. Was nun? Er verspürt ein geradezu schmerzhaftes Verlangen nach einem Drink, aber das ist eindeutig nicht drin. Er hat nur die Möglichkeit, weiterzulaufen oder in den Kneipenhof zurückzukehren. Er hat inzwischen tatsächlich solchen Hunger, dass ihm der Gedanke kommt, Mülltonnen zu durchsuchen. Er bleibt stehen. Ein Wagen bremst ab, als er an ihm vorbeifährt, und stoppt dann an einer Ampel. Er muss was essen. Er muss was essen – so einfach ist das.

Es sind noch mehr von ihnen gekommen, sie stehen in zwei Gruppen weiter hinten auf dem Parkplatz, aber er hält den Blick starr auf den Tisch gerichtet, als er darauf zusteuert. Hinter dem Tisch stehen ein paar Leute in dicken Mänteln, einer von ihnen beugt sich lächelnd vor. Er hält den Kopf gesenkt und schaut ihm nicht ins Gesicht. Auf einem Tablett liegen Käsesandwichs, es gibt Kekse, Chips, Obst und eine Schüssel Nudeln. Er räuspert sich. »Bitte ein Sandwich.« Der Mann legt es auf einen Pappteller und schüttet noch ein paar Chips dazu, wie bei einem Picknick. »Möchten Sie etwas Suppe?« Mick nickt. Er bekommt eine Schale gereicht. »Danke«, sagte er und geht auf die andere Seite des Kleinbusses.

Er schlingt das Sandwich und die Chips runter, aber die Suppe ist zu heiß, um sie schnell zu essen. Warum bleibt er hier eigentlich stehen? Er könnte auch gehen. Er ist schließlich verdammt noch mal nicht verpflichtet oder so was, aber er bleibt, wo er ist, starrt die Seite des Kleinbusses an und versucht, die Suppe aufgegessen zu kriegen. Und schon ist es zu spät: Eine Frau kommt um den Wagen herum auf ihn zu. Er sieht sie über den Rand seiner Schale an; seine Schultern spannen sich an.

»Hallo.« Sie steht einfach da, sagt nichts, lächelt. Offenbar eine Masche, um ihn zum Reden zu bringen. Er sagt trotzdem nichts, hält die Schale vor seinen Mund.

»Gut, die Suppe?«

Er nickt.

»Wir versuchen immer, eine Suppe dabeizuhaben. Vor allem an Abenden wie diesem.«

Er verbrüht sich den Gaumen. Von der anderen Busseite kommen Geräusche.

»Haben Sie einen Platz für heute Nacht?«

»Nein«, sagte er, vor allem, weil er keine Lust hat, so zu tun.

Sie kramt in ihren Manteltaschen. »Hier.« Sie reicht ihm einen Zettel. »Das ist die Adresse von einer unserer Winterherbergen, die heute Abend offen ist. Sie ist nur ein kleines Stück von dieser Hauptstraße entfernt. Nicht weit.« Sie lächelt, er trinkt einen großen Schluck von der Suppe und sieht, wie sie ihre Hand wieder in die Tasche steckt.

»Sind Sie gläubig?«

»Nein.«

Sie ist unbeeindruckt. »Na, nehmen Sie trotzdem eine hiervon. Was zum Durchlesen, wenn sonst nichts anliegt.« Und sie hält ihm Broschüren hin, die nach Bibeltexten aussehen. Er nimmt keine, aber sie hat sich sowieso schon umgedreht, abgelenkt von dem, was hinter dem Kleinbus los ist. Irgendein Streit ist ausgebrochen. Sie läuft hinüber, und auch er bewegt sich instinktiv vorwärts, um zu sehen, was da läuft. Irgendeine lautstarke Auseinandersetzung zwischen zwei Gruppen; sie stehen sich gegenüber, und es gibt jede Menge Gebrüll und Durcheinander. Eine der Gestalten macht einen Schritt nach vorn, und in der Gruppe hinter ihm brandet Begeisterung auf – »Schmeiß die Suppe, mach schon, schmeiß die Suppe … na los, verpiss dich zurück nach Warschau« –, und eine Suppenschale fliegt durch die Luft, die Flüssigkeit beschreibt einen Bogen. Es kommt zu einem Handgemenge, die Christen nähern sich ihm auf vorsichtigen Füßen, und er ergreift die Gelegenheit, um zu gehen; er stellt Teller und Schale auf den Boden und ist weg.

Die Kartonpappen sind tagsüber entfernt worden, und so wird er hier möglicherweise sterben, angelehnt an diesen Eisberg von Generator. Mittlerweile zittern alle beide Beine, und sein Gesicht ist derart eingefroren, dass seine Zähne das Klappern aufgegeben haben. Stattdessen bekommt er alle paar Minuten einen unvermittelten Krampf im Kiefer, der seine Zahnreihen aufeinanderkrachen lässt, sodass er jetzt auch noch Zahnschmerzen hat; kein Teil von ihm will zurückstehen. Es ist ihm aber längst egal. Nichts ist mehr wirklich, nicht mal die Schmerzen. Es gibt nur noch die Kälte.

Die Straße ist dunkel und menschenleer, und er kehrt kurz um, um ihren Namen zu überprüfen. Es ist die richtige. Warum auch nicht? Was erwartet er? Dass betrunkene, zahnlose Schnorrer auf der Straße rumlungern? Einen riesigen Pfeil – Penner, hier lang?

Etwas weiter geht eine kleinere Seitenstraße ab, an deren Ende eine Kirche steht. Ziemlich benebelt geht er darauf zu, ohne zu überlegen, was er tut; er weiß nur, dass er, verflucht noch eins, entschieden zu nüchtern dafür ist. Es ist die Kälte, die ihn vorantreibt, wie eine Waffe, die sich ihm zwischen die Schulterblätter drückt.

Die große Holztür der Kirche ist zu, weit und breit keine Spur von irgendjemandem zu sehen, deshalb geht er seitlich um sie herum auf ein einstöckiges, eher modernes Gebäude zu. Hinter dem geriffelten Glas über der Tür brennt Licht. Er drückt auf die Klingel, aber es kommt niemand, deshalb probiert er die Klinke und geht hinein. Er befindet sich in einer kleinen, dunklen Diele mit einem Regal voll alter Bücher und einem Aushang an einer Pinnwand: Sonntag Gottesdienst im Kinderhort. Verdammte Scheiße, was treibt er hier? Aber es ist zu spät für einen Rückzieher, denn eine Tür geht auf: Die Hallelujas kommen.

Ein großer Mann mit kurz geschorenem Haar und einer Brille schaut aus dem Türrahmen zu ihm rüber.

»Hallo. Können wir Ihnen helfen?«

»Es hieß, hier gäb's ein Bett.«

»Kommen Sie.«

Er folgt ihm in einen großen Saal; es brennt kein Licht, aber die gekrümmten Gestalten in den Schlafsäcken auf dem Boden erkennt er trotzdem ganz gut. Sie gehen in eine Art Büro, der Mann setzt sich an einen Tisch und deutet auf einen Stuhl ihm gegenüber.

»Also, was Formalitäten angeht, verlangen wir hier sehr wenig. Wir stellen einen Schlafplatz, es gibt warmes Abendessen und Frühstück. Wir möchten lediglich, dass Sie mit den Kirchenräumen und den anderen Gästen respektvoll umgehen. Tja« – er lächelt und wirft in gespielter Kapitulation beide Hände in die Luft –, »komplizierter wird es nicht.«

Gäste. Ist das sein Ernst?

»Wie ist Ihr Name?«

Er versucht, einen zu erfinden, aber er ist nicht schnell genug. »Mick.«

»Willkommen, Mick. Ich heiße Yann.« Er lächelt wieder, und Mick fragt sich, ob jetzt vielleicht der Halleluja-Teil kommt. »Was immer Sie heute Nacht zu uns geführt hat, Mick, niemand hier wird über Sie urteilen, und alles, was Sie uns erzählen, wird vertraulich behandelt, wie es auch bei jedem anderen unserer Gäste geschieht.«

»Ich bin nicht obdachlos, ich stecke nur grade in einer Übergangsphase, das ist alles.«

Yann lächelt. Er nimmt es ihm nicht ab. »Schon in Ordnung.« Er schickt sich an aufzustehen. »Ich hole Ihnen eine Tasse Tee. Fürs Abendessen ist es leider schon zu spät. Eigentlich gestatten wir nach acht keine Aufnahmen mehr, aber wir haben noch Platz, und ich weiß, wie kalt es heute Nacht ist.«

»Danke, gegessen habe ich schon.«

»Gut.« Er geht zur Tür. »Jetzt muss ich Ihnen noch sagen, dass wir keinerlei Drogen, Alkohol oder Waffen dulden.« Er lächelt. »Ansonsten sind wir nicht kleinlich.« Er verlässt das Zimmer. Drogen? Waffen? Welchen Eindruck hat der von ihm?

Wenige Augenblicke später kommt der Halleluja wieder rein. Eine kleine Tasse, und auf der Untertasse klimpern ein Teelöffel und ein Zuckerstück. Er reicht sie ihm und bückt sich, um draußen vor der Tür etwas aufzuheben. Ein Schlafsack und eine zusammengerollte Matte. Er legt sie auf den Tisch. »Trinken Sie Ihren Tee, dann zeige ich Ihnen den Weg.«

Es sind ein paar Dutzend Körper. Der Raum stinkt nach Füßen und Alkohol und Urin. Drecksäue. Er bekommt einen Platz an der Wand zwischen zwei kleinen Erhebungen gezeigt, und das Einzige, was er denken kann, ist: Nein, das kann er nicht. Also abhauen. Entfern dich von diesem Ort, und knall die Tür fest hinter dir zu – ja, danke, lieber Gott, dass du nicht über mich urteilst, und auch für den Tee, aber ich mach heut Nacht die Mücke, leb verdammt noch mal wohl.

»Frühstück ist um halb sieben«, flüstert die Stimme, während die Matte für ihn ausgerollt wird, »und alle Gäste sind gebeten, den Raum bis sieben zu räumen.« Mick setzt sich hin und zieht seine Schuhe aus, eine absolut himmlische Erleichterung, und auch wenn sein Verstand nicht will, dass er's tut – als er in den warmen Schlafsack kriecht, besteht keine Chance mehr, dass sein Körper darauf hört. Sobald er das Frühstück runtergeschlungen hat, ist er auf der Stelle weg. Die Gäste sind gebeten, den Raum bis sieben zu räumen. Was für ein Scheißladen. Hotel Halleluja.

Er liegt mit dem Kopf zur Wand, den Schlafsack ganz über den Kopf gezogen. Trotzdem kann er die Geräusche nicht ausblenden. Überall um ihn herum Furzen und Röcheln. Drecksäue. Er schläft sporadisch. Jedes Mal, wenn er aufwacht, verkrampft sich seine Brust, und er zieht den Schlafsack fester um sich. Doch der Geruch, dieser Gestank, ist im Schlafsack, er ist in ihm selbst, er geht direkt in die Luftröhre und die Lunge, bis er sich völlig verzweifelt einen anderen ersehnt, einen, den er kennt, einen vertrauten. Aber er kann sich an keinen erinnern. Unmöglich, sich vorzustellen, dass ein anderer Geruch existiert. Es gibt nur diesen.

Ein Geräusch weckt ihn. Ein Schrei irgendwo im Raum, gefolgt von einem langen Klagelaut. Kurz herrscht Stille, doch dann kommt es erneut, ein lautes, absolut schreckliches Geräusch. Wie von einem Fuchs, nichts Menschliches. Er schließt die Augen, will es ausblenden, aber es geht nicht, selbst in den ruhigen Unterbrechungen nicht, weil er darauf gefasst ist. Sein Herz posaunt, wartet darauf, dass es wiederkommt. Er zieht den Schlafsack Zentimeter für Zentimeter vom Gesicht und stützt sich auf einen Ellbogen, um einen Blick über die Erhöhung von Wem-auch-immer zu werfen, der neben ihm liegt, um etwas zu erkennen. Nirgendwo regt sich was. Da sind nur die schwachen Konturen von all diesen anderen, die dieses verzweifelt heulende Geräusch offenbar nicht wahrnehmen, sondern es stattdessen in ihre eigenen Albträume einbauen.

Eine Hand auf seiner Schulter. Es ist Bewegung im Raum, Stimmen sind zu hören, und Licht strömt durch die großen, hohen Fenster herein. Jemand steht über ihm; geht wieder. Er liegt starr da und sieht zu, wie sich der Kokon neben ihm öffnet. Kein Schmetterling, so viel ist sicher. Der Mann ist alt und narbig, das Haar verfilzt, das Gesicht tief zerfurcht. Mick rührt sich nicht, beobachtet aus seinem Schlafsack, wie all diese hoffnungslosen Geschöpfe sich bücken und husten, während sie ihre Bettstatt zusammenräumen. Zwei von ihnen sehen so jung aus, dass sie Schulkinder sein könnten. Es sind auch Schwarze darunter, Asiaten, die ganze Palette. Yann ist da und plaudert mit ein paar von den anderen Hallelujas, die lange Tische reintragen und sie auf einer Seite des Saals auseinanderklappen. Frauen tauchen auf. Zerbrochen wirkende Frauen, denen es sogar noch schlimmer ergangen ist als den Männern. Benommen liegt er da und nimmt alles in sich auf. Er hat schon viele ziemlich abgerissene Gestalten gesehen, bei

Buchmachern, im Park, auf der Straße, aber es ist etwas anderes, sie hier alle zusammen in einem Raum zu sehen. Yann kommt auf ihn zu.

»Wie haben Sie geschlafen, Mick? Es gibt jetzt Frühstück, also wenn Sie sich mit anstellen wollen, es wird jeden Moment rausgebracht.« Vor einem Tisch auf der anderen Saalseite bildet sich schon eine Schlange. »Hier.« Er geht neben ihm in die Hocke und gibt ihm ein Faltblatt. »Jede dieser Kirchen ist an einem anderen Wochentag für die Nacht geöffnet. Sie können sich an jede wenden, aber Sie müssen sich vorher anmelden.«

Er hört dem Rest von Yanns Gequatsche nur noch mit halbem Ohr zu, ehe er sich am Ende der Schlange anstellt; vor ihm steht eine Frau ohne Socken, ihre nackten Füße sind dunkelrot und aufgeschwemmt. Nichts davon kann er richtig einordnen. Er setzt sich auf einen Platz, wo er niemanden neben sich hat. Schon wieder Personalessen. Wenigstens ist es diesmal besser: Rührei, Schinken, Bohnen. Er isst schnell, gierig, hält den Kopf gesenkt und will hier raus. Jemand setzt sich ihm gegenüber. Mick blickt kurz auf, dann wieder auf sein Essen. Ein Mann mit einer roten Wollmütze. Sein riesiges Bauerngesicht ist mit Blasen bedeckt und fleckig, ein Trinker. Er will nur aufessen, hier weg und mit keinem von denen reden. Aber dieser Typ starrt ihn an.

»Bohnen gibt's hier nich immer, weißt du. Echt, nur manchmal.«

Der Dialekt! Ein verdammter Glasgower. So eine Scheiße, einfach nicht zu fassen. Mick sieht nicht auf. Er beschließt, sich kein Wort entschlüpfen zu lassen.

»Guck, den Schinken gibt's immer – den kriegt man immer, den Schinken, aber die Bohnen mal so, mal so. Kannst du dir das vorstellen? Ich sag denen immer, bringt mehr Bohnen.

Bohnen sind für die sowieso billiger, und außerdem hast du mehr im Bauch.«

Mick nickt, nimmt seinen Teller und steht auf.

Er legt Teller und Besteck in die Eimer auf dem Tisch. Wie kann so einer ihn ansehen und denken, ach, da ist ja ein Typ auf meiner Wellenlänge? Zwecklos, sich damit aufzuhalten. Wahrscheinlich ein Psycho. Misstrauisch geht er rüber zu seinem Schlafsack, und dann sieht er zu, dass er zur Tür und aus diesem Haus rauskommt, bevor sich noch so ein Irrer an ihn klammert.

25.

Ein Mann in einem Anzug sitzt auf einer Bank. Ein kleines Stück weiter den Treidelpfad runter wartet eine ältere, mediterran aussehende Frau in einem mächtigen Pelzmantel darauf, dass ihr kleiner Hund damit fertig wird, neben einen Baum zu scheißen. Der Mann weiß genau, dass sie den Haufen nicht wegmachen wird. Er weiß es und ärgert sich höllisch, dass er es weiß, dennoch kann er den Blick nicht lösen: Der Hund drückt das letzte Würstchen heraus, und er sieht in stiller Wut zu, wie die Frau in ihrem gewaltigen Mantel langsam davonspaziert.

Der Mann wendet sich wieder seinem Mittagessen zu, aber das erbost ihn nur noch zusätzlich. Deshalb schaut er lieber rüber zum Battersea-Kraftwerk – dessen Größe und Massivität haben etwas Beruhigendes. Im Moment würde er für einen Hotdog töten. Im letzten Sommer hatte er sich das zur Gewohnheit gemacht: Wenn in den ersten Wochen all die neuen Berater aus dem Wirtschaftsministerium immer zusammen zum Mittagessen in den Pub gingen, hatte er es vorgezogen, zum Fluss runterzugehen und sich unterwegs einen Hotdog zu holen. Jetzt blickt er missmutig auf sein Fast-Food-Menü von *Boots:* Den Saft hatte er in einem Zug weg, das Sandwich ist verputzt, was noch bleibt, ist die bunte Herrlichkeit des Obstsalats. Dieser Obdachlose ist wieder da. Er sitzt drei Bänke weiter, und es ist kaum anzunehmen, dass er ihn gesehen hat. Dennoch kehrt der

Gedanke an gestern zurück, und einen Moment lang spürt er noch einmal das gleiche Panikgefühl, das er empfunden hatte, als der Mann mit diesem durchgeknallten Ausdruck im Gesicht auf ihn zukam. Heute scheint er sich nur mit sich selbst zu beschäftigen, beachtet die Vorbeikommenden nicht, starrt einfach nur auf den Fluss und trägt anscheinend noch dieselbe schmutzige braune Jacke und zerrissene Hose wie gestern.

Er kostet den Obstsalat. Er ist trocken und seifig; er drückt ein Stück im Mund zusammen, aber es kommt kein Saft. Er weiß, dass es allmählich Zeit wird, zurück ins Büro zu gehen, aber sobald er sich vornimmt, von der Bank aufzustehen, wird ihm ein bisschen übel. Um eins ist eine Vorbesprechung, um den Idioten für seine Nachmittagstermine zu briefen. Natürlich werden die anderen vorbereitet sein: Sie werden beim Mittagessen eine Strategie für das Briefing entwickelt haben. Sie werden ihr Gequatsche choreografiert haben, und wenn sich der Idiot am Ende des Briefings ihm zuwendet und ihn fragt, ob er etwas beizusteuern habe, wird er mit seiner Erwiderung, dass seiner Ansicht nach alles behandelt wurde, wie ein nutzloser fetter Trottel dastehen. In seiner ganzen Zeit dort bestand sein einziger nennenswerter Beitrag bisher in einem Moment während einer Besprechung mit dem Verband der Kleinunternehmer, in dem der Idiot ihm einen bekritzelten Zettel zuschob, auf dem stand: *Wie hoch ist zurzeit der Mindestlohn?* Die Erinnerung an den dämlichen Anflug von Stolz damals, als er die Antwort zurückschob, verstärkt die Übelkeit in seinem Magen, als er jetzt von der Bank aufsteht.

Ein Jogger in goldfarbenen Elastanhosen kommt vorbei, seine großen, muskulösen Hinterbacken spannen sich, während er den Treidelpfad hinuntertrabt. Der Mann macht sich auf den Weg zurück nach Westminster, schlagartig taucht dabei in seinem Kopf das befremdliche, schreckenerregende

Bild von sich selbst in solchen Hosen auf, wie er damit das Gebäude betritt und ihn plötzlich jeder ansieht – die Sicherheitsleute unterdrücken ein Grinsen, als er durch die Kontrolle geht –, und der Anblick seines fetten, goldenen Arschs wiederholt sich überall um ihn herum in den zahllosen Glasscheiben, Spiegeln und polierten Böden. Abrupt bleibt er auf dem Treidelpfad stehen, sieht sich um, ob niemand in der Nähe ist, und schaufelt mit der Schale vom Obstsalat die vier kleinen Köttel Hundescheiße neben dem Baum zusammen. Er verknotet sie in die Tragetasche von *Boots,* geht weiter den Fluss entlang und lässt das Bündel in den nächsten Abfallkorb fallen, an dem er vorbeikommt.

Weiter unten am Ufer schaut Mick auf das Kraftwerk hinüber. Eins muss man zugeben: Es ist verdammt groß. Wann wurde es dichtgemacht? Ach egal, wen schert's? Keinen. Aber wahrscheinlich war es die Eiserne. Wir wollen keine Kraftwerke, was wir stattdessen wollen, sind mehr Apartmenthäuser – genau wie die, die man hier hinter der Brücke am gesamten Ufer sieht, ein kurviges Wabern aus Hellblau und Grün.

Er zieht das Faltblatt hervor und dreht es um. Ein Blick auf die Karte macht klar: Diese Kirchen liegen meilenweit auseinander. Noch dazu liegt die am Montag geöffnete genau am entgegengesetzten Kartenende der am Dienstag offenen, die wiederum keineswegs in der Nähe der Mittwochskirche liegt, und so weiter und so fort. Da steckt eindeutig Absicht dahinter. Um die Sache schwieriger zu machen, warum auch immer. Einfach absurd, das Ganze. Eine durch und durch absurde Sache, finden Sie nicht auch, Mr. Jogger, in Ihren – seien wir mal ehrlich – ziemlich beknackten Leggings? Verdammte Scheiße, er braucht was zu trinken. Die Kneipe ist nur ein Stückchen die Straße runter, und er hockt hier ohne Geld in der Tasche. Grausam. Sehr grausam.

Er braucht zwei Stunden, um hinzulaufen, und als er ankommt, ist es noch hell. Vielleicht legen sie sie deshalb so weit auseinander. Um den Pennern was zu tun zu geben. Als Zeitvertreib. Der Halleluja, der an die Tür kommt, ist nicht so freundlich wie der andere. Genauer gesagt, ist er sogar ziemlich verärgert, dass Mick aus heiterem Himmel auftaucht, ohne sich zuvor für einen Platz angemeldet zu haben. Außerdem darf er nicht vor sieben kommen und hätte vorher anrufen sollen. Guter Witz. Sehen Sie, ich wollte ja vorher vom Handy aus anrufen, aber dann hatte ich so viel mit Kunden und Vertragspartnern und so zu telefonieren, dass ich's glatt vergessen habe. Er hat keine Lust, sich mit dem Typen zu streiten. Auch nicht die Kraft oder den Stolz, also schweigt er, und der Mann trägt ihn ein. Allerdings muss er jetzt wieder gehen und nicht vor sieben Uhr wiederkommen. So geht er, läuft herum und fragt sich, wieso man annimmt, dass er weiß, wann es sieben Uhr ist.

Shepherd's Pie und ein Löffel gekochtes Gemüse. Die Kulisse ist eine andere hier – der Raum ist größer und man sitzt an kleinen runden Tischen. Er findet einen, an dem er für sich ist. Ein, zwei Gesichter erkennt er wieder. Der Bohnen-Typ zum Beispiel sitzt schräg gegenüber an einem voll besetzten Tisch und setzt einem armen, steinalten Penner irgendwas auseinander.

Die Hallelujas warten, bis jeder etwas zu essen hat, dann füllen sie Teller für sich selbst und setzen sich mitten unter die Stadtstreicher. Mick fixiert seinen Teller, isst schnell, aber es kommt keiner. Anschließend holt er sich einen Schlafsack und sucht sich einen Platz, dann setzt er sich, an die Wand gelehnt, daneben und bemüht sich darum, niemandes Aufmerksamkeit zu erregen. Einige Penner stehen in versifften Trauben zusammen und reden. Andere bleiben für sich, meiden die Gruppen, so wie er. Nein. Solange er allein bleibt, nur das

Essen und den Schlafplatz annimmt und nicht mit irgendwelchen Pennern oder Hallelujas redet, kann er sich über Wasser halten. Nur wenn er akzeptiert, dass er dazugehört, dass er hierhergehört, ist er erledigt. Denn dann hat er keine Kontrolle mehr darüber und kann genauso gut das Handtuch werfen. Game over.

Es ist ein nieseliger Tag, dafür nicht allzu kalt. Von einem Stand, an dem er vorbeikommt, nimmt er sich eine Gratiszeitung mit, um sie auf die Bank zu legen. Vielleicht absurd, jedenfalls nicht das, was ein vernünftiger Mensch tun würde, aber er marschiert wieder zu seinem gewohnten Platz. Die Kirche für die Nacht liegt zwar in der anderen Richtung, aber egal, ist sowieso besser, den Tag mit Laufen rumzubringen. Er sitzt und starrt auf das Kraftwerk, als ein junger Bursche, der nach Student aussieht, sich direkt neben ihn setzt. Es dauert nicht lange, bis er sich rüberdreht und anfängt zu reden. Mick sagt nichts, hofft, dass er die Botschaft kapiert. Tut er aber nicht. Tolle Aussicht, sagt er, ziemlich regnerisch heute, und lauter solches Zeug. Dann geh halt verdammt noch mal irgendwo rein, wenn's dir zu nass ist. Jetzt fängt er an, in seinem Rucksack rumzuwühlen.

»Wollen Sie einen Muffin?«

Mick ignoriert ihn.

»Ist schon o.k., er ist übrig.« Er hält ihm den Muffin hin. »Ich leg ihn einfach hierhin, falls Sie sich's noch überlegen.«

Der Junge bleibt jedenfalls sitzen. Blickt ständig rüber, wie Mick aus den Augenwinkeln registriert. Nach einer Weile dreht er sich dem Burschen zu, der Muffin liegt immer noch zwischen ihnen auf der Bank.

»Gegessen hab ich schon. Aber ein Pfund für 'ne Tasse Tee würd ich schon annehmen.«

Der Junge hat da sichtlich seine Zweifel, er zögert einen Augenblick und denkt mit Sicherheit: Woher soll ich wissen, dass er sich nicht schnurstracks Bier holen geht? Was er haargenau vorhat. Doch jetzt holt der Bursche seine Geldbörse raus und gibt ihm ein Pfund fünfzig.

Er geht clever mit dem Geld um. Für einsneunundzwanzig holt er sich eine ordentlich große Flasche polnisches Bier, und den Rest hebt er auf, um sich telefonisch in der Kirche anzumelden. Nach ungefähr fünf Sekunden ist das Geld durch, aber der Typ ruft zurück.

Mit einem Bier intus ist die Tour erheblich angenehmer. Er ist nicht betrunken, aber lockerer, und ihm ist wärmer. In diesem Zustand lassen sich die ganzen Nerver, die ihm entgegenkommen und ihn anglotzen, leichter ignorieren, alle unterwegs nach Haus in den Feierabend mit Currygericht und Fernsehen und Streiterei mit der Frau. Auch jede Menge Penner sind unterwegs: allein in Eingängen, in kleinen Gruppen, manche halten den Fußgängerverkehr damit auf, dass sie ihre Hefte verkaufen. Er kommt in eine schickere Gegend. Hinter einem riesigen Caféfenster sitzen Weintrinker, es gibt Blumenläden und Kleidungsgeschäfte für Besserverdienende. An so einem kommt er gerade vorbei. Im Fenster steht eine nackte Schaufensterpuppe, kahl und glatt, eine Hand auf der Hüfte. Unvermittelt überkommt ihn die Versuchung, reinzulaufen und sie zu klauen und mit der kahlköpfigen Frau unterm Arm die Straße runterzurennen. Wie weit käme er wohl? Wie viele Meter Straße, ehe der muskelbepackte Mob ihn einholt, in einer Seitengasse vermöbelt und ihm den Rest gibt?

Nicht, dass es in diesem Stadtteil viele Seitengassen gäbe. Von wegen. Hier gibt's nur Nobelstraßen und Delikatessengeschäfte, diese italienischen, wo luftgetrocknete Salamis über den Olivenölen und riesigen Käserädern hängen.

An diesem Abend ist es eine katholische Kirche und der Raum ein Anbau direkt am Kirchengebäude; die Wände über den Schlafmatten sind voll von verzierten Leuchtern und Kerzenhaltern; lebensgroße Nonnenstatuen mit Kreuzen blicken mit ernsten Gesichtern auf die Penner. Es sind weniger da als an den letzten beiden Tagen, aber ein, zwei von den Stammgästen sind dabei, diejenigen, die wissen, dass sie was Gutes aufgetan und sich auf die Schwachköpfe eingelassen haben. Er ignoriert sie und schafft es, für sich zu bleiben. Isst sein Essen. Trinkt seinen Tee. Nach dem Abendessen findet eine Gebetsstunde statt, aber die Hallelujas zwingen keinen. Dennoch nimmt eine ganze Menge teil, folgt dem Rosenkranzschwinger, der in seinem Talar und mit seinen Ringen durch den Raum stolziert ist, auf ein Schwätzchen mit Dem-da-oben. Schwer zu sagen, ob sie ihn um was bitten.

Er rollt seine Matte und seinen Schlafsack aus und legt sich hin. Wie schnell man sich an etwas gewöhnt. In einen Rhythmus verfällt.

Am Morgen kommt nach dem Frühstück eine Halleluja-Frau auf ihn zu.

»Gut geschlafen?«

»Prima, danke.«

Sie steht am Teetisch, während Mick sich seinen Tee und den Orangensaft nimmt. Wieso müssen die Leute immer ihre Nase in alles reinstecken und können ihn nicht in Ruhe lassen?

»Sie sind Mick, oder? Wir kennen uns noch nicht. Ich heiße Jenny.«

»Sehr erfreut, Jenny«, erwidert er und will abdrehen, um wieder an seinen Platz zurückzukehren.

»Ich dachte nur – kennen Sie unser Tageszentrum überhaupt schon?«

»Kenn ich, ja, danke.«

»Ah, schön. Gut. Und wissen Sie, wir haben da auch Sozialarbeiter, die Ihnen bei der Stellensuche helfen können.« Der Bohnen-Typ ist am Tisch aufgetaucht, nimmt sich Tee und hört mit einem kleinen Lächeln zu.

»Danke, Jenny, ich behalt es im Kopf.«

»Gut, prima.« Sie lächelt und schickt sich an zu gehen. »Schönen Tag, Mick.«

Na klar doch, das wird ein Hammer: erst auf der Nobelstraße einen neuen Anzug, dann mit der kahlen Frau in ein Restaurant auf Guinness und Austern.

»Wie läuft's?« Bohne sieht ihn an, immer noch dieses kleine Grinsen im Gesicht. Die rote Wollmütze hat er sich bis zu den Augen runtergezogen.

»Gut.«

»Bist aus Glasgow, oder?«

Derart durchschaut, bringt Abstreiten auch nichts mehr.

»Stimmt.«

»Und von wo da?«

»Clydebank.«

»Bist du da geboren?«

»Ja, Clydebank.«

Ein breites Lächeln. Seine Oberlippe ist auf einer Seite aufgesprungen und blutet. »Ich bin aus Paisley.« Er streckt eine riesige violette Hand aus. »Keith. Religiös bist du nich, wie?«

»Nee.«

Bohne richtet den Blick kurz zu den Deckenbalken. »Dem Himmel sei Dank. Gibt genug von denen, findst du nich auch?«

»Die Hallelujas.«

Er lässt einen lauten, irren Lacher los, sodass Jenny und die Frau, bei der sie steht, sich kurz umdrehen. »Genau. Die Hallelujas, echt, du sagst es, Kumpel. Voll getroffen.«

Als Mick geht, gluckst er immer noch vor sich hin.

Wo gehen sie hin? Da sind natürlich die, die in den Eingängen hocken und die Hefte verkaufen, aber was ist mit den ganzen anderen? Wohin gehen die? Die Frauen zum Beispiel. Nie sieht man die Frauen. Abends in den Kirchen übernachten eine ganze Menge. Sie haben einen eigenen Raum, oder es wird, wo nicht so viel Platz ist, eine Trennwand aus Kunststoff dazwischengeschoben, um ihnen die Männer vom Hals zu halten. Der Kloschlepper kommt angefahren und legt mit seiner Ladung Scheiße an. Er sieht zu, wie er wendet und sich langsam dem Kai nähert. Trotzdem nicht wirklich ein Rätsel. Es ist ziemlich klar, wohin die meisten gehen, jedenfalls die Männer, die männlichen Penner. Die, die nicht neben einem Take-away sitzen und Passanten um Geld für eine Flasche angehen, lassen sich im Sozialamt registrieren. Aber ist er irgendwie besser? Schnorrt Essen und Orangensaft bei den Christen. Und verflucht, er isst dort mehr als alle anderen.

Er geht auch weiterhin hin. Jeden Abend holt er sich seine kostenlose Mahlzeit und sein kostenloses Unterhaltungsprogramm, wenn er den nächtlichen Schrecken lauscht, die im Saal losbrechen. Vage ist ihm bewusst, dass er irgendwas unternehmen muss, aber es fällt ihm immer schwerer, den Gedanken festzuhalten und was draus zu machen. Sein Gehirn wird nicht damit fertig. Die Hallelujas schon. Ständig sprechen sie ihn drauf an. Vor allem dieser Typ, Yann. Ob er wisse, dass es im Tageszentrum Waschmaschinen und Duschen gibt? Hat er schon eine Idee, was er macht, wenn die Unterkünfte im Februar schließen? Er geht wieder rauf nach Glasgow, sagt er. Zurück zur Familie. Yann ist entzückt. Das ist gut, Mick. Das ist sehr, sehr gut.

Was passiert dann mit denen allen? Wohin wollen sie? Sie haben sich daran gewöhnt, jedenfalls manche. Vielleicht sind sie ja in Wirklichkeit verkappte Scheißmillionäre, und wenn hier dichtgemacht wird, hocken sie in ihren Jets, unterwegs zu ihren Villen am See, und vielleicht wirken sie deswegen alle so unbekümmert, wer weiß? Denn das sind sie. Unbekümmert. Echt wahr. Selten, dass mal was passiert. Manchmal schon, aber nichts Dolles. Ab und zu dieser komische Zank, dieses Gestreite darum, wer wem den Schlafplatz geklaut hat, aber gewöhnlich war's das auch schon. Es dauert, bis mal eine richtige Prügelei ausbricht, und wenn, sind es zwei Frauen. Die eine schreit die andere an, sie habe ihr die Handschuhe gestohlen, und wenn diese das abstreitet und weggehen will, springt die erste sie von hinten an und zerkratzt ihr das Gesicht. Augenblicklich sind dann die Hallelujas da, zerren sie auseinander und stellen für die Nacht eine zusätzliche Trennwand auf.

Bohne meint, dass er den ganzen Hintergrund kennt. Er setzt sich beim Essen zu ihm an den Tisch und verklickert es ihm.

»Weißt du, sie hatte die Handschuhe seit Jahren. Die waren ein Geschenk von wem; kann man schon verstehen, dass sie sauer is. Wenn mir einer die Mütze klauen tät, wär ich auch sauer. Ich würd verdammt ausrasten.« Mick sitzt da, trinkt seinen Tee. »Weißt du, was ich glaube?«, macht Bohne weiter. »Ich glaub, es geht gar nich um die Handschuhe. Wahrscheinlich gab's die überhaupt nie. Manchmal is das nämlich so, weißt du, was ich meine? Weihnachten isses am schlimmsten. Da is hier dünnes Eis. Kommt natürlich auf die Situation mit der Familie an, aber die meisten von denen hier sind dann kurz vorm Durchdrehen.«

Weihnachten. Er hat nicht mal gemerkt, dass es bevorstand und vorüberging. Er muss in diesem Hotel gewesen sein, und er versucht sich vorzustellen, wann es gewesen sein könnte, ob es irgendeinen Hinweis darauf gab, aber er kann nicht denken; es ist alles nur Nebel. Und dann auch noch dieser Riesenidiot direkt vor seiner Nase.

»Also ich, ich bleib nich mehr lange hier.« Er sieht Mick über den Tisch weg entschlossen an.

»Aha, und?«

»Also, ich kenn da so'n Ding, nah, ganz in der Nähe, Betten, Küche, gemütlich, weißt du, nich wie hier.« Er dreht sich um und schaut kurz in die Runde. »Ich will einfach nur mal in Frieden scheißen.«

Er grinst über seinen Witz. Mick fällt auf, dass auf der Außenseite seiner Mütze Schuppen kleben.

»Verstehst du, warum ich dir das sage, is, weil du solltest da auch hin, wir sollten zusammen dahin. Hier kannst du nich bleiben.«

Mick sieht weg und hinüber zu den Tischen, die für die Nacht zusammengeklappt werden. Die erste Schlafmatte wird ausgerollt. Klar, Bohne hat recht. Der Hinterhof der Kneipe fällt ihm wieder ein, der kalte, brummende Generator. Immerhin hat dieser Typ was in petto, im Gegensatz zu ihm. Wenigstens denkt er nach. Mittlerweile haben ihm schon die Irren was voraus.

Ein paar Tage lang regnet es heftig. Am Fluss ist es in dieser Zeit ruhig, der Niederschlag bringt das schnell fließende Wasser zum Schäumen und Stinken. Gelegentlich kommt ein wild entschlossener Jogger vorbei. Es ist zu nass, um hierzubleiben. Er hatte sich hingesetzt, weil er dachte, so schlimm ist es nicht, immerhin steht die Bank halb unter einem Baum, aber es könnte ja ein Ast unter dem Gewicht des Wassers nachgeben und ihm auf den Schädel krachen. Er geht rauf zum Busbahnhof, sitzt in den Wartebuchten, klitschnass und bibbernd, und jagt den Reisenden Angst ein. Aber Lungenentzündung ist gut für die Almosen. An beiden Tagen setzt er für den Gegenwert einer Dose Bier ein mitleiderregendes Gesicht auf und trinkt sie dann unter der Eisenbahnbrücke oder auf dem Weg zur Nachtkirche.

Bohne sitzt allein am Ende des langen Tischs. Mick geht zu ihm und setzt sich gegenüber.

»Alles o.k.?«

Aber Bohne ist in Gedanken versunken und starrt auf sein unberührtes Hähnchen mit Pommes.

»Also, ich meine, was du gesagt hast, ich denke, vielleicht nehm ich dein Angebot an.«

Bohne hebt langsam den Kopf. »Angebot.«

»Ja, was du über dieses andere Ding da gesagt hast.«

Bohne erwidert nichts. Er starrt jetzt zur Seite rüber, auf nichts, auf die Wand. Vielleicht ist er voll, obwohl, er riecht nicht danach, jedenfalls nicht nach Fusel.

»Na, ich dachte, ich sag's dir einfach.«

Danach drängt er nicht weiter, isst weiter sein Essen, während Bohne abwesend dasitzt, bis er nach einer Weile seinen Stuhl zurückschiebt, geht und sein Essen einfach stehen lässt.

Mick beobachtet, wie er sich auf der anderen Saalseite, mit dem Rücken an die Wand gelehnt, hinsetzt. Mal ganz was Neues. Bisher kannte er ihn nur, wie er hibbelig durch die Gegend flitzte und allen die Ohren volllaberte. Als der Tee rausgebracht wird, bleibt er allein dort sitzen, auch noch, als die Stühle und Tische weggeräumt werden, und er hockt immer noch reglos da, als Mick und die anderen zum Schlafen in die Schlafsäcke kriechen. Ein Halleluja geht schließlich zu ihm, und er steht ganz langsam auf und geht zu seinem Platz.

Doch am nächsten Abend kommt Bohne auf dem Parkplatz auf ihn zu, wo Mick darauf wartet, dass sich die Kirchentür öffnet. Er erinnert sich an das Gespräch. Und zwar nicht nur an das erste, sondern auch an das Nicht-Gespräch von gestern Abend.

»Also, ich hab gedacht, Sonntag.« Auf den Stufen sitzt ein Penner und raucht, hebt den Kopf, um zuzuhören, und Bohne zieht Mick zur Seite. »Weißt du, Sonntag is günstig, um's zu probieren, weil am Wochenende immer welche rausfliegen, die rumgeprügelt haben.«

»Also, ich weiß nicht, ich meine ...«

»Keine Sorge. Ich regel das. Ich regel das. Ich kenn den Laden, ich weiß, wie's da läuft.« Er grinst. »Mensch, ein Bett. Ein verdammtes Bett, hey.«

Schwer zu sagen, was er davon halten soll, aber denken fällt sowieso schwer, also lässt er es. Beim Abendessen sitzt er nicht weit von Bohne und beobachtet, wie er jeden besoffen redet, der in seine Nähe kommt. Sie essen. Sie schlafen. Am nächsten Morgen auf, und dann ist er wieder in der Kälte, wieder auf der langen bleiernen Tour in den Schutz des Busbahnhofs. Seine Füße sind in der Zwischenzeit ganz schön angeschwollen. Vielleicht vom Laufen oder von der Kälte oder weil seine Socken inzwischen daran kleben wie eine zweite Haut. Von einem Augenblick zum andern. Mehr geht nicht. Von einem Augenblick zum nächsten. Den Hallelujas aus dem Weg gehen und schweigend dahocken, während diese merkwürdige Gestalt ihn zulabert und ihn jetzt anlächelt. »Na los, komm.« Sie räumen die Teller weg. »Bist du fertig?«

26.

Weißt du, was ich immer sage, is, lass sie nie merken, dass du am Arsch bist, weil dann bist du echt gefickt, Mann, aber echt, voll echt. Du hast keine Ruhe mehr vor denen. Und von allem kriegst du das Mieseste – Zimmer, Bett, Feueralarm, Konto, die ganze Palette nur Scheiße.«

Mick sieht aufs Pflaster runter. Es ist dunkel. Und kalt. Ihr Atem bildet beim Gehen kleine Dampfwölkchen vor ihnen. Das heißt, nein – Bohnes Atem bildet Dampfwölkchen vor ihnen, weil er einfach nicht aufhört zu quatschen. Seit der Kirche geht es nonstop: Stütze, Religion, Hämorrhoiden, Vogelpopulation. Er braucht eine Pause, aber er ist zu müde, als dass ihm was anderes einfiele, als mit diesem Typen durch die dunklen Straßen zu ziehen, an Haltestellen und Ampeln ins Gewühl zu stolpern, wo die Bürgersteige voll sind, durch leere Nebenstraßen, vorbei an geschlossenen Läden und Kneipen, in einer Tür steht ein Mädchen, die Arme verschränkt, und raucht. Das Problem mit Vögeln, sagte er, besteht darin, dass sie sterben, weil die Bauern geldgeil sind und die ganzen Hecken abreißen, genau wie die Sozialwohnungen, und jetzt ist alles weg, alles Kahlschlag. Mick versucht, nicht hinzuhören. Eigentlich sollte es ganz nah sein, wo sie hinwollen, aber jetzt laufen sie schon wer weiß wie lange, und er hat keine Ahnung mehr, wo sie sind. Nur einfach die Augen zumachen. Augen zumachen. Schlafen. Nicht mehr denken müssen. Nicht mehr zuhören müssen.

»Wo, hast du gesagt, ist das?«

»Keine Sorge, keine Sorge. Ganz in der Nähe. Ich weiß, wo.«

»Und du warst da schon mal?«

Bohne bleibt ruckartig stehen und wirft sich zu voller Größe auf. »Ob ich da schon mal war? Klaro war ich schon da. Klaro!« Und er geht vor sich hin kichernd weiter. Ist er besoffen? Schwer zu sagen. Aber so oder so – er ist ein gewaltiger Spinner. Eine Zeit lang herrscht Schweigen. Sie gehen immer weiter. Und zwar keineswegs langsam – dieser Typ marschiert mit ausholenden Schritten dahin, mit nach vorn gezogenen und gekrümmten Schultern, als hätte er einen Buckel. Es war eine echte Überraschung, bei dem Anfall eben zu sehen, wie groß er ist, wenn er aufrecht steht. Ein großer, kräftig gebauter Mann, und diese Art von Armeemantel, den er trägt, lässt ihn noch kräftiger wirken. Unmöglich zu sagen, wie alt er ist. Wenn er zum Schlafen die Wollmütze abnimmt, sieht man volles, dunkles Haar, das bis unter die Ohren reicht und fettig ist wie Schleppketten. Und sein Gesicht: zerfurcht, zernarbt, violett. Was immer er mit sich angestellt hat – er hat's anscheinend ziemlich lange getan.

Jetzt versucht er, seine zerrissene Ikea-Tüte höher auf die Schulter zu wuchten. Mick wird sich seiner eigenen abgegriffenen Tasche bewusst, die im Vergleich geradezu gepflegt aussieht, genau wie seine Klamotten, die vielleicht nicht mehr die saubersten sind, aber doch ganz normale Klamotten, seine Klamotten. Er läuft nicht in einem Militärwintermantel und silberfarbenen Turnschuhen mit baumelnden Sohlen rum. Bohne quasselt inzwischen weiter: das Wetter, wie kalt es ist, dafür aber nicht feucht, und darauf kommt's an, weil Schmuddelwetter am schlimmsten ist. Himmel, er könnte ein Bier gebrauchen.

»Hier, siehst du, das hab ich gemeint. Hier.«

Sie stehen vor einem grauen Betonbau am Ende einer Straße. Eine schwere Tür ohne Aufschrift, eine Frauenstimme an der Sprechanlage, dann summt es, und man lässt sie ein. Ein Gang, geradeaus eine Treppe, auf jeder Seite zwei Türen. Kahle Wände und graue Teppichfliesen. Ein intensiver Geruch nach Desinfektionsmitteln. Bohne ist sich offenbar nicht sicher, wohin, er zögert kurz, schaut zur einen Tür rein, dann wieder raus, probiert die nächste, geht rein. Mick folgt ihm.

Es sieht aus wie ein Wartezimmer beim Arzt: an den Wänden entlang Plastikstühle und ein zerschlissenes Sofa, ein kleiner Fernseher, der nicht läuft, sowie ein niedriger Tisch mit zerfledderten Mistzeitschriften. Jenseits einer kleinen Sicherheitsluke sitzt eine Asiatin an einem Computer. Bohne geht zu ihr und legt seine Hände auf den Tresen. In dem grellen Licht sehen sie riesig aus, geädert wie Kohlblätter.

»Wir sind für heute Nacht angemeldet. Ich war schon mal hier.«

Mick setzt sich auf das Sofa. In seinen Beinen steigt Wohlgefühl auf. Er könnte auf der Stelle einschlafen, Augen zu und einschlafen.

»Nein, sehn Sie, ich war Sonntag hier, aber da war nichts frei, und es hieß, ich soll heute kommen, dann wär was frei für uns, wie gesagt.«

Die Stimme der Frau ist gedämpft und hinter Bohnes gewaltigem Rücken kaum zu verstehen. Er streitet mit ihr; jeden Moment kann der Sicherheitsrollladen an der Luke runterrasseln. Dann dreht Bohne sich um und kommt zum Sofa. Er lässt sich fallen, und Mick rutscht beinah auf seinen Schoß.

»Sie sagt, wir müssen auf den Chef vom Asyl warten. Sie findet nichts, dass wir angemeldet sind, aber das is purer Schwachsinn – ich war heute Morgen hier und hab mit dem Typen geredet, hab ihm gesagt, dass wir kommen. Wenn du mich fragst, das is nich grade ’ne verdammte Einladung.« Er redet weiter, aber Mick sitzt da wie in einer Art Nebel und will seinem Kopf eine Verschnaufpause gönnen. Asyl. Er ist in einem Asyl. Er versucht, nicht daran zu denken, was gerade geschieht, an nichts von alldem und am allerwenigsten an das Großmaul neben ihm, das sich jetzt die Unterwäschemodels in einem abgegriffenen Modekatalog anschaut. Einmal steckt ein aufgebrachter alter Schwarzer seine Nase zur Tür rein. Seine Hosenbeine sind unterschiedlich weit hochgerollt, darunter sind schmutzige gelbe Socken zu sehen. Er wirft einen kurzen Blick auf den Fernseher, dann ist er wieder draußen.

Mick schläft ein, und Bohne blättert still in den Zeitschriften, als ein weiterer Mann reinkommt, jünger, gepflegter, gestutzter Bart. Bohne steht auf und spricht mit ihm. Der Mann geht durch eine Tür, die er aufschließt, in den Raum mit der Frau und kommt mit Formularen zurück. Eins gibt er Bohne, dann sieht er auf Mick runter und drückt ihm ebenfalls eins in die Hand. Er sagt etwas – Mick versteht es nicht richtig, es klingt wie bei einem Radio, dessen Batterien nachlassen. Unterstützung, es ist irgendwas mit Unterstützung. Er versucht sich aufzusetzen. Der Mann spricht nun wieder mit Bohne. Kein Besuch. Kein Alkohol. Keine Drogen. Er wiederholt es. Bohne nickt. Grinst. Er sieht aus wie ein Schwachsinniger.

Das Zimmer ist klein. Eine Schachtel. Drei Betten mit hohen Kunststoffrahmen, aufgereiht wie Pritschen. Er stellt seine Tasche ans Fußende von einem und sieht aus dem kleinen Fenster auf einen hell erleuchteten Parkplatz. Legt sich aufs Bett. Draußen hört er Bohne, der sich mit dem Mann anlegt, weil das Zimmer zu klein ist. Er starrt an die Decke. Wieder dieser Geruch: Desinfektionsmittel. Komisch, aber er ist froh, dass Bohne da ist. Die Decke verschwimmt. Er schließt die Augen. Er ist so müde, dass er denkt, seine Atmung setzt aus.

Ein Schrei weckt ihn. Er setzt sich auf. Er hat seine Sachen an, und außer ein paar Lichtern von einem Fenster her ist es dunkel. Als er sich orientiert hat, durchfährt ihn ein dumpfes Gefühl. Erneut ein Schrei, er kommt von draußen aus dem Gang und klingt wie: *Los, weiter!* Dann Fußgetrappel, und als es an seinem Zimmer vorbeikommt, bebt der Boden. *Los, weiter!* Das ist mehr als eine Person, eher drei oder vier. Männerstimmen. Kurz darauf ist es wieder still, aber das beklemmende Panikgefühl verlässt ihn nicht, und er liegt unbeweglich da, erschöpft, jedoch unfähig, wieder einzuschlafen.

Als er wieder aufwacht, wird es draußen hell. Das Zimmer ist leer. Auf einem der Betten sind die Laken zerknüllt. Er hat Hunger, aber er weiß nicht, ob es hier Frühstück gibt. Und überhaupt: Er weiß nicht, was dieser Ort hier eigentlich ist oder wo er sich befindet. Nach einer Weile steht er auf, horcht an der Tür und geht raus.

Die Küche weiter unten im Gang ist leer. In der Spüle stapeln sich Teller und Pfannen, und auf einer elektrischen Kochplatte kleben verkohlte Essensreste. Irgendwas hier drin stinkt. Weniger nach Essen, und als er näher kommt, merkt er, dass es der Mülleimer ist. Er rückt von ihm ab und geht zum Kühlschrank. Darin liegen eine zugeknotete Supermarkttüte und in der Tür eine offene Packung Pastasoße. Das war's. Am Boden hat sich eine Pfütze gelber Flüssigkeit gebildet. Eine zweite Überprüfung ergibt, dass die Tüte ein Plastikgefäß mit Cocktailwürstchen enthält. Ein paar davon wird bestimmt keiner vermissen, und er ist auch nicht zimperlich, also schiebt er sich eins in den Mund. Aber irgendwas stimmt nicht damit, er kommt aus der Hocke und macht die Kühlschranktür zu. Der Geschmack – widerlich, einfach nur widerlich. An einer Pinnwand hängen Zettel: Nadelaustauschprogramm, Mitarbeiter Methadonprogramm. Ihm dreht sich der Magen um, und er beugt sich über die Spüle, will kotzen, aber es geht nicht. Er steht da, bereit, sein Magen verkrampft sich, aber es kommt nichts hoch, nur dieser dünne Spuckefaden, der ihm von der Lippe hängt. Er steckt die Plastikverlängerung auf den Hahn, spült sich den Mund aus. Der Wasserstrahl klatscht auf die Teller und Pfannen und durchnässt seine Brust. Wo ist er? Auf einmal möchte er loslachen. Wo zum Teufel ist er? Er dreht den Hahn zu und geht hinaus, zurück in das leere Zimmer und wieder ins Bett.

Bohne steht am Fußende und sieht ihn an.

»Lust auf Frühstück?«

Mechanisch und ohne zu überlegen steht Mick auf und zieht sich die Schuhe an. Bohne steht drüben am Fenster, die Hände auf dem Rücken verschränkt, und schaut versonnen hinaus, als ginge der Ausblick auf einen See.

Draußen marschieren sie unverzüglich los. Nicht der übelste Tag. Wo die Sonne aufs Pflaster scheint, ist es warm, auch wenn es im Schatten noch ziemlich zackig ist. Sie gehen an Büro- und an Wohnhäusern vorbei, unter einer Brücke durch und an einer Reihe geparkter Busse entlang. Sie überqueren einen kleinen zugewachsenen Platz, um dessen Bänke auf der einen Seite sich eine Gruppe von Pennern schart. Etwa sieben oder acht, es sind auch Frauen dabei; sie stehen herum und trinken. Bohne wird langsamer, schaut rüber. Einen Moment lang hat Mick Angst, dass er zu ihnen will, aber sie gehen vorbei, obwohl Bohne immer noch rüberschaut. Er ist ehrlich froh, aus dem Asyl raus zu sein, raus aus dem Zimmer. Vermutlich wohnen die meisten von dem Haufen dahinten auch da. Allein dieser Gedanke, dort mit ihnen zu wohnen, dass sie im Zimmer nebenan sind – es ist so absurd. Das kann er nicht glauben. Lieber draußen im Freien, weg von da, auch wenn das heißt, bei diesem Typen zu sein. Sie bleiben vor einem Café stehen, mit einem großen zerkratzten Aufkleber auf dem Schaufenster, auf dem ein dicker Koch ein auf eine Gabel aufgespießtes, dampfendes Würstchen hochhält. Bohne geht rein; Mick zögert.

»Kommst du?«

»O.k.« Aber er bleibt, wo er ist, und schaut an dem dicken Koch vorbei ins Innere.

Bohne grinst. »Keine Angst, Kumpel, es geht auf mich. Es geht auf mich.«

»Nee, so läuft das nicht.« Aber Bohne ist schon drin, und er folgt ihm.

Sie gehen zum Tresen, und Bohne bestellt postwendend zweimal Frühstück und zweimal Tee, dann setzen sie sich an einen Tisch an der Wand, abseits von der belebten Mitte des Raums. Erbärmlich. Er weiß es. Aber irgendwie spürt er's nicht. Er ist derartig hungrig und schwach – genau das ist es, Schwäche –, dass er sich nicht zu einem Nein durchringen kann. Das Frühstück kommt, und Bohne haut rein, Pilzstückchen fliegen durch die Gegend, und auf seinem Teller vermischen sich Ketchup und Senf und Worcestersoße zu einem ausgeflippten Sonnenuntergang. Wahrscheinlich sieht jeder Arsch, der da ist, zu ihnen her. Da, diese komischen zwei in der Ecke. Aber das Frühstück ist gut. Ein Stapel gebutterter Toast, das warme, weiche Würstchen. Plötzlich durchfährt ihn der Gedanke, dass Bohne überhaupt nicht bezahlen kann und einfach abhaut – die verächtlichen Gesichter der anderen Gäste, und der Cafébesitzer ruft die Bullen an.

Aber wie sich zeigt, kann er bezahlen. Ein Zehnpfundschein kommt aus der Tasche hervor, cool bis dorthinaus, kein Trick, kein hysterischer Aufstand. Er geht einfach zum Tresen, zahlt, und sie gehen.

Es ist immer noch sonnig draußen. Sie laufen ein ziemliches Stück, Bohne redet – vorm Abend dürfen sie nicht ins Asyl zurück, sagt er –, und mit einem Mal sind sie am Fluss. An einem Abschnitt, den er nicht kennt. Bohne meint, er wolle ihm was zeigen, und sie gehen durch ein Gartentor mit einem aufgebrochenen Vorhängeschloss – *Betreten des Grundstücks aus Umweltschutzgründen nur mit Sondergenehmigung* – in ein kleines, überwuchertes, unkrautbewachsenes Areal. Durch Dickicht, Dornen und hohes Gras geht es einen Pfad hinunter, überall liegt allerhand Müll herum, wie leere Zementsäcke und ein umgekippter Bürostuhl. Sie stoßen auf eine ausladende Hecke, unter der sie durchkriechen, und kommen auf einem unbewachsenenen Flecken heraus, von dem aus man aufs Wasser schaut.

»Die Veranda«, erklärt Bohne. Sie setzen sich hin und lassen die Beine über die Uferbefestigung baumeln. Hier sitzt er gerne, sagt er, um den vorbeifahrenden Schiffen zuzusehen. Und um zu trinken, den ganzen rumliegenden Dosen nach zu urteilen. Eine Schwänin gebe es hier, erzählt ihm Bohne, da seitlich unter der Hecke, wo die Böschung aufhört, aber jetzt sei sie nicht da, weil sie unterwegs sei, um ihr Nest zusammenzukriegen. Es fällt schwer, ihm zu glauben – wie bei allem –, doch dann sieht Mick das Nest, weiter unten lugt es aus dem Unterholz heraus, lauter Ästchen, die auf dem feuchten Boden zu einer großen Schale verschlungen sind, inmitten von Plastikflaschen und Bierdosen. Ganz schön mutig. Er muss bei dem Anblick lächeln. Ihm fallen die Schwäne ein, die bei den Ausrüstungsdocks nisteten. Ihr Gefieder war ölverschmiert, aber dort ging auch kein Mensch hin, um rumzurudern und sich einzubilden, er sei auf dem Loch Lomond.

Irgendwann am Nachmittag geht Bohne für eine Weile weg und kommt mit etlichen Viererpacks zurück. Sie sitzen in der

Sonne, trinken, und Mick erzählt ihm etwas über ein paar der vorbeifahrenden Schiffe, zum Beispiel, was für ein Schiffstyp es ist, und Bohne hört zu, als hätte er noch nie was Spannenderes gehört.

Erst als es Abend wird und sie wieder unterwegs zum Asyl sind, braut es sich wieder über ihm zusammen. Das kahle Zimmer, der Desinfektionsgestank, umgeben von Obdachlosen. Sie kommen an einer Kneipe vorbei, und fast schon will er Bohne fragen, ob er noch Lust auf ein Bier hätte, aber das geht natürlich nicht, wegen des Gelds. Schlimm genug, dass er bereits das Frühstück von ihm angenommen hat und vorhin auch noch die Dosen. Also ins Asyl. Bohne geht in die Anmeldung, um mit den Angestellten zu schwatzen, und lässt Mick allein hinaufgehen.

Am obersten Treppenabsatz will er gerade in den Flur einbiegen, aber weiter vorn ist Lärm. Stimmen. Er wartet hinter der Ecke, sein Herz spielt schon wieder verrückt. Was geredet wird, ist kaum zu verstehen, es klingt jedoch nach mehreren, und dann ist da noch dieses Geräusch, als würde jemand rhythmisch gegen die Wand hämmern. Er ist so auf das fixiert, was da vor ihm los ist, dass er die Gruppe nicht bemerkt, die hinter ihm die Treppe raufkommt.

Einer von ihnen lacht.

»Alles klar da oben, Kumpel?«

Er wirbelt herum. Drei sind es. Junge Burschen, die anzüglich grinsend dastehen.

»Ja, prima«, sagt er und geht um die Ecke in den Gang. Die vor ihm drehen den Kopf, um ihn anzusehen, die hinter ihm kommen nach, und einer macht ein tutendes Geräusch wie eine Trompete. Er geht ins Zimmer, macht die Tür zu und schiebt eine der Pritschen davor.

Ein dünner Sonnenstrahl fällt durch den Vorhang. Bohne schläft in seinen Klamotten. Draußen ertönen Geräusche und schwinden wieder, halten ihn wach, nervös.

Es ist dunkel. Er hat geträumt. Von Weihnachten. Von sämtlichen Weihnachtsfesten, wild durcheinandergemixt. Beim ersten hockt er im Wohnzimmer, und die Jungs und die Highlander sitzen auf ihren Plätzen. Hinter dem Fernseher steht ein kleiner Weihnachtsbaum aus Plastik, Lynn sitzt neben Alan auf dem Sofa mit diesem angewiderten Ausdruck im Gesicht, als wäre dieses Dreckloch mit den verfleckten Teppichen, den engen Fluren und dem wackeligen Geländer der letzte Ort, an dem sie sein will, und er geht die Treppe rauf ins Schlafzimmer. Dort sitzen Robbie und Craig auf den Küchenstühlen mit Tellern vom Weihnachtsessen auf dem Schoß und blicken auf die Gestalt im Bett. Craig schneidet die Putenbrust in winzige Stücke, den Rosenkohl viertelt er.

Er ist wach. Sein Hirn ist wie entfesselt, Gedanken und Bilder wirbeln chaotisch durcheinander. Nach einigen Minuten hat er es geschafft, sich ein bisschen zu beruhigen, und liegt wach, bis er wieder einschlafen kann.

Noch ein Weihnachtsfest. Australien. Er sitzt am Tisch, wartet, dass sie aus der Küche kommt. Die Papierkrone klebt ihm auf der Stirn, und vor ihm auf dem Teller präsentiert sich das volle Programm: Truthahn, Röstkartoffeln und Pastinaken, Brotpudding mit Preiselbeersoße. Und draußen sind sämtliche Gärten in der Straße menschenleer, weil in der ganzen Tartan Terrace gerade das Gleiche abläuft: Es ist das einzige Wochenende im Sommer, an dem garantiert niemand seinen Grill anwirft.

Es ist Morgen, er liegt im Bett, sein Körper schmerzt und fühlt sich verklebt an. Plötzlich steht Bohne in der Tür und runzelt die Stirn. Er sieht ihn einen Moment an. »Frühstück?«

Sie sitzen am selben Tisch, auf denselben Plätzen. Der einzige Unterschied ist, dass Bohne heute früh nicht so strahlt. Er ist sauer, weil irgendwas im Asyl passiert ist, und er brummelt vor sich hin und zieht mit der Gabel Linien durch seine verquirlten Soßensonnenuntergänge.

»Weißt du, das Problem mit diesen Leuten is, sie respektieren dein Privatleben nich, verstehst du? Ich mein, das is genau wie im Knast, im Ernst, und ein bisschen Privatleben erwarte ich schon. Das is doch das Mindeste.«

»Was war denn los?«

Bohnes Augen weiten sich, werden so groß, dass die weißen Außenpartien sichtbar werden, die ansonsten unter den Lidern verborgen sind. »Was los war? Der Arsch von Asylleiter, der war los. Sagt mir, die Zeitschriften gehören in die Anmeldung, sind nich zum Mitnehmen. Stell dir das vor! Er hat mich nich mal gefragt. Sagt mir, ich hätte sie, aber nich mal zuerst gefragt hat er, deswegen bin ich sauer.«

Dann reicht es ihm, und es wird nicht weiter darüber gesprochen. Sie essen zu Ende, und Bohne bezahlt.

Der Tag ist kälter und windiger, und nachdem sie eine Weile gelaufen sind, gehen sie in einen Bahnhof und lassen sich auf Sitzen bei einem Imbiss nieder. Ein Penner hängt am Fahrkartenautomaten rum, und Bohne beobachtet ihn wie ein Hund mit aufgestellten Nackenhaaren. Der Geruch von Pasteten – ein seltener Genuss. Kurz denkt er darüber nach, dass ihn die Scham über sein Schmarotzen eigentlich anstacheln sollte, etwas zu unternehmen. Sie tut es jedoch nicht, es ist genau andersrum: er denkt nicht dran, es ist ihm egal, sie ist ihm zur Gewohnheit geworden. Sie sind wieder unterwegs. Ist aber o.k. Ist o.k. In Bewegung bleiben. Auf dem Weg zur Veranda kurz beim Getränkeladen vorbei, und als sie dann dasitzen, geht es eigentlich, denn der Wind wird den ganzen Nachmittag lang weitgehend von den Büschen abgehalten. Doch sobald sie wieder aufbrechen, meldet sich das vertraute Gefühl zurück und die Nerven sind schon wieder gereizt.

Zum Glück geht Bohne nicht in die Anmeldung. Er hat sich mit ihnen die Hände abgewischt, sagt er, und als sie die Treppe rauf und in den Flur kommen, ist niemand da. Tür auf und rein.

»Oh, Scheiße.«

Das Zimmer steht auf dem Kopf. Das ganze Bettzeug liegt auf dem Boden, die Schubladen unter dem kleinen Tisch stehen offen. Ihre beiden Taschen sind weg. Er lässt sich schwer aufs Bett fallen, es schnürt ihm die Luft ab. Bohne ist aus der Tür. »Scheißdreck, verfluchter. Mann, so ein Scheißdreck.« Er legt den Kopf auf die Matratze. Starrt aus dem Fenster. Ein Kind kickt einen Ball gegen die Parkplatzmauer. Er liegt da und hört zu, wie er immer wieder von den Ziegeln abprallt.

»Sie sagt, sie kann da nix machen, wir hätten abschließen sollen. Schweine. Wahrscheinlich waren sie's selber. Echt. Wahrscheinlich schon. Bist du o.k., Kumpel?« Eine Hand auf seiner Schulter. »Guck, is nich schlimm. Wir hatten doch eh nich viel, oder? Das Erste morgen früh is, dass wir hier abhauen. O.k.?« Er schiebt eine der Pritschen gegen die Tür. »Wir bleiben besser unter uns, aber echt, damit hier nich wieder solche Arschlöcher rumschnüffeln.«

27.

Die Gruppe ist schon den ganzen Morgen da. Immer sind es so zwischen vier und acht: Manchmal ziehen zwei Richtung Straße ab, oder jemand Neues kommt auf den kleinen Platz, dann wird die Stille ein paar Minuten lang unterbrochen, wenn die Übrigen aufstehen, reden, schreien. Eine der Frauen hält sich ein wenig abseits und sitzt auf der letzten Bank in der Reihe. Wenn einer der Männer auf sie zukommt und etwas zu ihr sagt, ignoriert sie ihn, bis er schließlich zu den andern zurückgeht. Die Stimmung in der Gruppe ist gereizt, leise, doch im Lauf des Vormittags wird sie schlechter. Nichts zu trinken. Nüchtern ist ihr kalt, und sie ist unruhig, ihr ist bewusst, dass die Schlange an der Bushaltestelle rüberstarrt.

Kurz vor Mittag treffen drei Männer ein; zwei von ihnen haben große Plastikflaschen mit Cider dabei. Schlagartig schlägt die Stimmung um. Es wird gelacht, alles gerät in Bewegung; die erste Flasche wird aufgemacht und geht von Hand zu Hand. Sie bleibt auf ihrer Bank sitzen, und es dauert nicht lange, bis eine andere Frau rüberkommt, sich neben sie setzt und ihr die zweite Flasche hinhält. Diese andere Frau grinst, als sie ihren Mantel ansieht: »Himmel, Anna, ganz in Ordnung für manche.«

Mit dem ersten Schluck ist sie anderswo. Die Angst verzieht sich, ganz tief von innen breitet sich Wärme aus, und die

Leute an der Haltestelle verschwinden. In der Gruppe bricht Gelächter aus, einer der Männer sagt was, das sie nicht versteht, und die andere Frau legt jetzt den Kopf an ihren Ärmel und schließt die Augen. Ihr Haar ist schütter, sie sieht, dass sie stellenweise einen Ausschlag auf der Kopfhaut hat und am Oberkopf einen großen, dunkelblauen Grind.

Ein Kampf bricht aus, aus heiterem Himmel. Sie hat nicht mitbekommen, wer angefangen hat, doch zwei Männer umschleichen einander steif, und plötzlich krümmt sich einer am Boden, als ihn etwas von hinten getroffen hat. Sofort ist der kleine Platz von Geschrei erfüllt, die andern der Gruppe kommen dazu und beteiligen sich an dem Handgemenge. Sie hebt den Kopf der Frau von ihrem Arm, lässt ihn vorsichtig auf die Latten der Bank hinunter und eilt davon.

Sie atmet flach, als sie die Straße runtergeht, vorbei an einer Reihe geparkter Busse und unter einer Brücke hindurch, bevor sie langsamer wird, denn ihre Beine tun ihr weh und sind eiskalt. Wenigstens ihre obere Hälfte ist warm. Der Mantel ist teuer und neu, das Futter weich, sie zieht ihn eng um sich und knöpft ihn bis zum Hals zu. Sie muss pinkeln, aber es ist noch ein ziemliches Stück bis zu ihrem eigentlichen Ziel, deshalb macht sie einen Umweg zu einer öffentlichen Toilette am Fluss. Als sie hinkommt, ist sie geschlossen. Diese Arschlöcher. Sie denkt an die blöden besoffenen Volltrottel, die sich im Park prügeln, und schwört sich, später nicht wieder dorthin zu gehen, unter gar keinen Umständen.

Sie kommt an einer Kneipe vorbei und geht hinein. Sobald sie durch die schwere Schwingtür ist, hat das Barmädchen sie sogleich im Auge, und als sie über die schmale Wendeltreppe in einen düsteren Gang hinuntergestiegen ist, steht ein großer Mann in Kochhosen vor dem Eingang zu den Klos. Er schüttelt langsam den Kopf. Sie macht kehrt, weicht seinem Blick aus und geht die Wendeltreppe wieder hoch. Das Mädchen hinter dem Tresen sieht ihr nach, als sie das Lokal durchquert. Ihre Arme und Beine sind schwer, und einen Augenblick glaubt sie, die Schwingtür nicht aufzukriegen. Sie muss dringend pinkeln. Mit einem schmerzhaften Stoß drückt sie die Tür auf und dreht sich beim Hinausgehen noch mal zurück.

»Scheißziege!«

Sie braucht noch mindestens zehn Minuten bis zu ihrem Ziel, und sie macht sich fast in die Hosen. Jetzt kommt sie an eine Nebenstraße, die zu einem Bahnhof führt, und sie kauert sich hinter eines der Autos, die neben einem hohen Eisenzaun parken. Noch ehe sie fertig ist, kommen erst ein Mann, dann eine Frau mit einem Mädchen im Teenageralter aus dem Bahnhofsgebäude und gehen auf der anderen Straßenseite in ihre Richtung. Die Frau und das Mädchen unterhalten sich und sehen sie nicht, der Mann jedoch überquert ein kleines Stück vor ihr die Straße; er muss sehen, wie der Urin auf das Pflaster rinnt, denn jetzt sieht er sie durch das Fenster des Wagens an, und einen Moment bleibt ihm der Mund offen stehen, ehe er irgendetwas murmelt und davoneilt.

Als sie bei dem Haus ankommt, ist ihr Mund trocken, und beim Klingeln zittern ihre Arme und Beine leicht. Sie wartet am Eingang, dann ertönt eine Männerstimme, die Tür öffnet sich mit einem Klicken, und sie geht hinein.

Sie hocken auf der Veranda und schauen aufs Wasser. Eine Jacht kommt vorbei, die Segel blähen sich im Wind. In einem Bullauge ist ein Frauengesicht zu erkennen. Ab ans Mittelmeer, sagt Bohne. Champagner und Koks. Pass nur in der Biskaya auf, sonst kotzt du alles ins Meer. Man fragt sich, wo er das alles herhat. Wer weiß, vielleicht kennt er's ja. Dann sagt er, dass das Geld alle ist, aber keine Sorge, er hat einen Plan. Er kniet sich hin und hebt die Zweige an, um rauszukriechen. O.k.? Einverstanden?

Weiter vorn auf der Straße ist irgendein Krach. Eine Frauenstimme und, etwas leiser, die eines Mannes. Er versucht, etwas zu verstehen, hört aber keine einzelnen Wörter heraus, die Stimmen kommen jedoch näher. Durch eine Windbö oder dergleichen kann er plötzlich hören, dass sie in seine Richtung kommen. Er kriecht tief ins Gebüsch und bleibt platt darunter liegen. Sie dürfen ihn nicht sehen; er zieht sich die Jacke über den Kopf. Sie kommen immer näher – jetzt sind sie auf dem Pfad, und er kann ihr genervtes Gesicht sehen, weil sich ihre Knöchel in all diesen Wurzeln und dornigen Zweigen verheddern. Dann sehen sie ihn unter dem Busch liegen. Sie ist von dem Anblick einfach nur angewidert, er hingegen lächelt ein wenig, als er auf die Dosen zu seinen Füßen blickt.

Als Bohne zurückkommt, ist es kälter geworden, und der Fluss hat sich in schwarzen Sirup verwandelt. Er hat einen kurzen dunkelblauen Mantel in der Machart einer Skijacke unterm Arm sowie eine Tüte, aus der er jetzt Sachen zieht: ein Brot, eine offene Büchse Bohnen und etliche Bierdosen. Er setzt sich neben ihn. »Hier«, sagt er, drückt ihm den Mantel ihn die Hand, »zieh das mal über deine Jacke. Hält wärmer.«

Aus den ersten paar Brotscheiben machen sie sich kalte Bohnensandwichs, danach nehmen sie sich die Bierdosen vor. Bohne hat offenbar schon einiges intus. Er ist noch nicht völlig weggetreten, aber er redet laut, lacht, will alle paar Minuten anstoßen – und dann immer noch einen extra auf die Schwänin. »Danke«, sagt Mick nach einer dieser Prostereien, »für den Mantel und alles.«

»Ach, aber gerne.« Bohne setzt einen gekünstelten englischen Akzent auf. »Mit dem größten Vergnügen.« Er nimmt einen tiefen Schluck. »Dieser Typ, den ich kenne, er war mir was schuldig. Er is o.k., kein Arschloch. Weißt du, er is zwar 'n Drecksack, aber er is in Ordnung.« Sie lachen. Das Bier schafft ein warmes Zusammengehörigkeitsgefühl.

»Hilfst du mir so, weil ich aus Glasgow bin?«

»Was?« Er setzt sich kerzengerade auf und kommt schwankend auf die Beine. »Du bist aus Glasgow? Echt? Wenn ich das gewusst hätt, hätt ich dich nich mal mit 'm Arsch angeguckt«, meint er und geht vor sich hin kichernd zu Boden.

Doch sofort kommt er wieder auf die Knie. Mit den Füßen zuerst krabbelt er ins Gebüsch, Dornen zerren an seinem Mantel und entblößen seinen Rücken, der blass und mehlig aussieht wie Grützwurst. Sein Kopf taucht über der Hecke auf. »Komm mit, ich zeig's dir.«

In einem Winkel zum Pfad arbeiten sie sich durch Unkraut und Unterholz, bis Bohne neben einer Art Drahtgitter stehen bleibt. Ein orangefarbenes Schild hängt daran, im Dunkeln kann er es jedoch nicht lesen. Es handelt sich um so was wie einen Tunnel unter der Straße durch. Bohne zieht das Gitter zur Seite und quetscht sich durch. Es springt wieder in die ursprüngliche Position zurück. »Na los.« Er macht einen Schritt vorwärts. Ein alter Turnschuh liegt vor seinen Füßen.

Er kriecht hinter die Drahtmaschen. Es ist dunkel und riecht nach abgestandenem Wasser. Bohne breitet so was wie eine Matte auf dem Boden aus. »Komm, leg dich hin.« Kleine Steinchen piksen ihn, ihre aneinandergedrückten Rücken reiben sich, aber es ist warm, wo sie sich berühren. Über ihren Köpfen hallt der Verkehrslärm, und die Matte ist nicht groß genug für sie beide – ein Stück seines Beins und ein Arm hängen drüber hinaus und drücken sich in Steine und Schutt.

Doch der Alkohol hält es von ihm fern, lässt es ihn kaum wahrnehmen und hilft ihm einzuschlafen.

Licht. Der Kopf hämmert. Seine Kehle ist trocken, er friert, und Beine und Rumpf sind gefühllos, abgesehen von einem Stechen im Kreuz, wo Bohne seinen Ellbogen reinrammt. Er versucht noch einmal einzuschlafen, aber dafür ist es zu kalt, und so setzt er sich auf und schaut sich um. Auf einer Seite erkennt er durch den Draht hindurch Unkraut und Bäume sowie ein kleines Stück des dunkel dahinströmenden Flusses. In der Düsternis des Tunnels macht er Holzstücke und Brocken von Leichtbausteinen aus und eine Spriteflasche, die auf einer stinkenden schwarzen Wasserpfütze schwimmt. Auf der anderen Seite befindet sich ebenfalls Maschendraht, dahinter eine Baustelle, ein riesiges Loch in der Erde, Gerüste, ein kleiner Schaufelbagger. Auch Bohne hat sich aufgesetzt. Stille. Sie bleiben lange so sitzen, und er fragt sich, ob Bohne nichts sagt, weil er verkatert ist. Den ganzen Morgen über bleibt er still und in sich gekehrt, auch als sie wieder draußen auf der Veranda sitzen, frierend und bibbernd, bis Bohne irgendwann aufsteht und wortlos geht.

In einer der Manteltaschen findet er einen Schlüsselanhänger mit der Aufschrift *London* und zwei von diesen Palastwachen mit ihren bescheuerten Fellmützen drauf. Er dreht ihn zwischen den Fingern. Kein Schlüssel dran. Natürlich nicht. Wieso auch? Muss aber mal einer dran gewesen sein. Oder zumindest hat ihn einer gekauft, der einen hatte. Ein Autobesitzer oder ein Hauseigentümer. Unwahrscheinlich, dass Bohne so jemanden kennt. Eher ist der Mantel geklaut. Dennoch zieht er ihn jetzt nicht mehr aus, ums Verrecken nicht. Er zittert inzwischen vor Kälte. Vom Fluss her kommen etwas Wind und Gischt hoch. Unruhe steigt in ihm auf; was, wenn Bohne dieses Mal nicht mit was zu trinken wiederkommt? Er mag gar nicht daran denken, was wäre, wenn nicht. Einen ganzen Tag und eine Nacht in der Kälte durchstehen, die Zeit läuft nicht weiter, gerinnt um ihn. In der anderen Tasche stecken ein paar unverpackte Kaugummis, und er steckt sich einen in den Mund und kaut.

Als Bohne zurückkommt, ist es dunkel. Ein halbes Brot hat er mit. Aber kein Bier. Mick sagt nichts, und sie essen das Brot. Bohne ist immer noch genauso drauf wie zuvor, bleibt verschlossen, und Mick spürt, wie allmählich Wut in ihm aufsteigt, dass er sich so verhält. Trotzdem sagt er nichts. Er belässt es dabei, schluckt alles runter, was er sagen könnte, und sieht stattdessen zu, wie Bohne die leere Brottüte ins Wasser wirft. In dieser Nacht ist Schlafen unmöglich. Die Temperatur ist offenbar noch mal gesunken. Das einzige Warme ist Bohnes Rücken, der an seinem eigenen schwitzt. Er will aufstehen und irgendwohin gehen, einfach nur laufen, aber er kann sich nicht rühren.

Nachmittag. Diese dumpfe Unruhe beim Warten darauf, ob es Bier gibt oder nicht. Es gibt. Eine große Plastikflasche starkes Lagerbier. Außerdem ist Bohne gut gelaunt. Sie machen sich drüber her, und Taubheit breitet sich in ihm aus. Irgendwo lacht jemand, und er merkt, dass es Bohne ist. Wo hat er das Zeug her? Das Geld ist alle, hat er gesagt. Aber er hat keine Lust, sich darüber den Kopf zu zerbrechen – scheißegal, kipp's runter, kipp es verdammt noch mal einfach runter. Er fängt an zu lachen. Ein kleiner Vogel, genau das ist er. Ein kleines Küken, ein Spatzenküken, das den ganzen Tag im Nest bleibt, während Bohne loszieht, ihm Essen und Trinken besorgt, wieder zurück zur Veranda kommt und es ihm vorkaut. Tag für Tag. Wie viele schon? Wie viele Tage? Scheißegal, und wieder lacht er los. Er dreht sich um, und Bohne lacht auch, weiß der Kuckuck, worüber. Komisch, wie die Zeit vergeht. Hier ist sie, dehnt sich vor dir aus – nur der Fluss, Schiffe, Verkehrslärm und die Gedankenmeute in deinem Hirn, die es kaum erwarten kann, dich fertigzumachen.

28.

Oben auf dem Pfad ist Bohnes Stimme zu hören, er kommt zurück und führt Selbstgespräche. Sein Herz gerät in Bewegung, aus Vorfreude oder Panik oder einfach nur aus Gewohnheit – weiß der Geier. Er dreht sich um und schaut durchs Gebüsch, und da stehen Bohne und noch ein Mann. Panik erfasst ihn. Sie kommen unter der Hecke durchgekrochen. »Siehst du, das is der Typ, den ich meine.« Der Mann nickt ihm zu und lässt sich auf der Veranda nieder. Er ist jünger, hat ordentlich geschnittenes Haar, und sein Pulli und die Jeans wirken ziemlich sauber. Bohne und der Typ wechseln sich mit einer Flasche vom Starken ab, der Typ hat einen ordentlichen Zug, nimmt zwei große Schlucke. Dann reichen sie ihm die Flasche. Die beiden unterhalten sich. »Das Problem ist, sie besetzen die ganzen alten Stellen.« Er ist Engländer. »Kommen her wegen Baustellenjobs und so, und dann sind die ganzen Scheißjobs schon weg, und sie sind am Arsch und haben das Scheißgeld für die Rückfahrt nicht.« Bohne lacht mit ihm und gibt ihm die Flasche. Dann sieht der Typ die Schwänin und rennt die Uferböschung runter. Er hat urplötzlich einen dicken Stock in der Hand und sticht damit lachend auf das Nest ein. Die Schwänin zischt, und es sieht so aus, als würde sie sich jeden Moment aufrichten und ihn kaltmachen. Aber Bohne ist eher da. Er springt dem Typen auf den Rücken, und die beiden wälzen sich im nassen Unterholz bei dem Nest. Jetzt ist Bohne oben und schlägt auf ihn ein. Sekunden später krabbelt der Typ die Böschung hoch und verschwindet unter der Hecke. »Was soll denn die Scheiße? War ein Witz, Mann, war doch bloß ein Witz.«

Er öffnet die Augen. Tageslicht. Er ist im Freien, und er friert. Bohne sitzt da, starrt vor sich hin und isst etwas. Mick setzt sich auf und bekommt aus einer Plastiktüte ein Sandwich gereicht. Er schaut es kurz an. »Da ist ein Gebissabdruck drauf.«

Bohne dreht sich um und runzelt die Stirn. »Ja, na und?«

»Ich will nur sagen, hier sind mehr Zahnabdrücke als du Zähne hast«, grient er, und Bohne krümmt sich und lacht sich einen ab.

Später steht Bohne über ihm und kickt ihm mit der Schuhspitze leicht in den Oberschenkel. »Na komm schon. Wir müssen einkaufen, hab ich doch gesagt.«

Hoch auf die Straße, auf die Gehwege. Seltsam, als wäre er da, in Wirklichkeit jedoch nicht. Sie sehen ihn an, aber von irgendwo anders, aus einem anderen Bewusstsein, einer anderen Welt. Wie wenn man betrunken ist, sich in seiner eigenen Sphäre befindet, und alle anderen zeichnen sich wie durch einen Schleier an deren Rändern ab. Er ist aber nicht betrunken. Dass ihm alles wehtut, ist ein sicheres Indiz dafür. »Jetz is die günstigste Zeit. Man muss bis zum letzten Moment warten, wenn der Typ mit der Knarre die Etiketten draufpappt.« Kaum zu glauben, aber er ist da. Kühltruhen. Einkaufswagen. »Unauffällig, o.k.? Wir müssen unauffällig sein.« Mick muss lachen. Unauffällig! Ja wie denn? Sie sehen aus wie zwei Comicfiguren, als sie hinter dem Typen herlatschen, der die Preisschilder aufklebt. Sie kommen in den Gang mit dem Brot. Dieser wohlige Geruch! Ein Kind starrt ihn an, während die Mutter Vollkornbrot aussucht. Es weiß nicht, was es von den beiden halten soll, mit leicht geöffnetem Mund beobachtet es sie, dann läuft es eilig zu seiner Mama und greift ihre Hand. Bohne hat inzwischen ein Brot und mehrere Dosen Lachs – *preisreduziert.*

Draußen, auf dem Parkplatz hinter dem Haus, gibt es einen schmalen Durchgang zum Supermarkt. Die Tore sind geschlossen, aber davor sind rote Plastikkisten aufgestapelt. »Hier.« Bohne gibt ihm ein paar. Sie sind flach, allerdings breit und lang, und sie können sie nur mit ausgestreckten Armen tragen. Schnell verkrümeln sie sich die Straße runter, wofür sie den halben Gehweg einnehmen.

»Brotkisten«, sagt er. »Prima Matratzen. Total elastisch, weißt du, und du liegst nich direkt auf'm Boden.« Recht hat er. Zusammengefügt und mit den Pappmatten obendrauf, funktioniert das gut, und in dieser Nacht fühlt er sich erheblich wohler, nicht zuletzt auch wegen der Flasche Starkbier, die sie auf dem Rückweg im Getränkeshop mitgenommen haben. Er kann schlafen, auch wenn er oft aufwacht. Jedes Mal wenn das geschieht, ist der Tunnel von einem widerlichen Geruch erfüllt. Die abgestandene Pfütze? Doch dann zischt es leise hinter ihm, und ein leichter Luftstoß kitzelt die Rückseite seiner Beine. Der Lachs.

Regen. Sie bleiben im Tunnel, der jedoch mit Wasser vollläuft, Gott sei Dank für die Brotkisten. Sie sitzen und liegen die ganze Nacht auf ihnen und auch noch den Tag, als sich das Mistwetter fortsetzt, sein Körper tut weh, baut ab, doch immer ist der gute alte Bohne da, zuverlässig wie immer mit einer Flasche. Die Sonne kommt zum Vorschein, eine traumhafte Frühlingssonne. Osterglocken. Wo kommen die verdammten Osterglocken her? *Wir haben zahlreiche Beschwerden erhalten.* Sie sitzen rum, werfen Steine in den Fluss und zielen damit auf eine Büchse, die im gelben Schaum festhängt. Bohne zielt ziemlich gut. Hast ja verblüffende Talente, Mann. Ach, Kumpel, weißt du, ich hab für Schottland Kricket gespielt. Die beiden bepissen sich vor Lachen. Die Osterglocken stehen einfach da und glotzen. *Einige Anwohner haben sich beschwert.* Anwohner? Willste mich verarschn? Wer solln das sein, etwa die verdammte Schwänin? Der geht's prima, Mann, die kennt sich aus, die is nich son Arschloch wie ihr. Aber die Osterglocken finden das nicht besonders komisch, sondern stehen in ihren Neonjacken und Hochwasserstiefeln einfach da. *Wenn ihr nicht abhaut, müssen wir die Polizei rufen.* Wie bitte? Wer seid ihr denn, wenn ihr nicht die Polizei seid? Sie lachen wieder los und fangen an, die drei mit Kieselsteinen zu bewerfen, aber das Spiel ist vorbei. Unklar, was nun. Plötzlich ist die Polizei da, die Beschützer der Anwohner, und sie werden rumgezerrt und, an den Ellbogen gepackt, den Pfad hochgetrieben – sieh dir bloß die Scheiße an, sagt einer von ihnen mit Blick auf das Bierdosensortiment. Auf der Straße oben lassen sie ihre Arme los, und kurz sieht es so aus, als würden sie in die grüne Minna verfrachtet, aber nein – haut ab, heißt es. Die Polizei folgt ihnen in kurzem Abstand. Also wieder raus auf die Straßen, und sie laufen Meile um Meile; als sie sich einmal umdrehen, ist die Polizei weg. Bohne grummelt und knurrt vor sich hin. Jetzt klopft er an eine Tür. Nach einer Weile öffnet ein asiatischer Typ. Nein, sagt er, und macht wieder zu.

Sie gehen ein Treppenhaus hinauf, und seine Beine geben nach. Er sackt auf die Stufe, und Bohne zieht so lange, bis er wieder hochkommt und sich weiterschleppt. Noch eine Tür.

»Du?«

»Ja, ich.«

Sie werden eingelassen und folgen den Beinen eines Mannes eine Treppe hoch. Wer ist das? Is mein Kumpel. Sie kommen in ein kleines Zimmer, in dem ein Fernseher läuft. Er setzt sich aufs Sofa, Bohne und der Mann sind irgendwo in ein anderes Zimmer. Auf dem Boden steht ein Teller mit den Resten einer Folienkartoffel, nur die stark verbrannten Teile der Schale sind übrig. Bohne und der Mann tauchen mit finsteren Gesichtern in der Tür auf.

Bierdosen kommen zum Vorschein, man reicht ihm eine. Die Augen des Mannes sind groß und geschwollen, die Oberlider haben die fein gefältelte Haut von Hodensäcken. Die Luft steht vor Qualm, während er seine Packung Zigis aufraucht, Bohne raucht ebenfalls, auf dem Boden liegen Kippen, ein Schuh und ein paar zerknüllte Laken. Viel sagt er ja nicht, dein Kumpel, kommt durch den Rauch. Dem geht's gut, dem geht's gut. Zitternd wacht er auf, von irgendwas hochgeschreckt. Bohne liegt auf dem Sofa, ein leichenhaftes Bein hängt über die Kante. Er selbst liegt auf dem Boden. Der Teppich verströmt den Gestank von Rauch. Auch die Kartoffel ist noch da; er kriecht zu ihr und macht sich über sie her, zerrt an der sohlenlederharten Schale.

Immerzu ist er mit Bohne irgendwohin unterwegs, ständig hat er neue Ideen und bleibt nicht stehen, bis sie ihr Ziel erreicht haben. Sie kommen auf einen kleinen Parkplatz hinter einem niedrigen Flachdachgebäude, rundum eingezäunt und mit einem gepflegten Beet voll grüner Sprösslinge. *Arztpraxis Butterfield* steht auf einem im Boden steckenden Schild. Überfallartig regt sich Angst in seinem Magen, arbeitet sich in die Kehle hoch, bis er fast keine Luft mehr kriegt, würgt und sich neben dem Beet hinsetzen muss. Bohne klopft ihm den Rücken. Er braucht unbedingt was zu trinken; Bohne zieht ihn hoch, und sie gehen wieder zur Straße zurück.

Sie kommen zu einem Park – kein richtiger Park, eher ein Flecken zwischen mehreren sich kreuzenden Straßen. Ein Stück Rasen und ein gummiunterlegter Spielplatz, gerade groß genug für drei Kinder, mit Wippe und einer kleinen Elefantenrutsche, der Rüssel ist die Rutschbahn. Neben einer Bank steht ein Abfallkorb; Bohne durchsucht ihn, ehe er in die Tasche greift und Mick einen Fünfpfundschein gibt. »Hol was zu trinken, ich geh was zu essen besorgen.«

Der Mann im Getränkeshop ist ein Arsch, aber was will man machen? Mick knallt die zwei Flaschen Starkbier auf die Theke, der Typ sagt kein Wort, sondern sieht ihn nur kurz an, damit ist alles gesagt. Ich, der Verkäufer von Erfrischungsgetränken, weiß, dass du, der Penner, dich vollsaufen wirst; und wenn du dann auf die Straße kippst und dich umbringst oder irgendwen anders, dann ist das nicht meine Schuld, und ich steh hier mit säuerlichem Gesicht, nur damit klar ist, wer von uns beiden besser ist. Na und? Prima. Gib einfach das Bier rüber, Kumpel.

29.

Eine Frau kommt auf sie zu.

»Verzeihung.«

Bohne strafft sich, sein Blick wird schlagartig wachsam.

»Kein Problem, die Dame, Sie haben hier nicht gestört.«

Sie hat die Hände in die Hüften gestemmt.

»Sie können hier nicht trinken. Hier spielen Kinder.«

Wie alt ist sie? Dreißig? Vierzig? Ihre Kinder sind auf der Wippe, es ist noch eine weitere Frau da, die kurz unsicher zu ihnen rüberschaut. Bohne kichert und sagt irgendwas Unverständliches. Die Frau steht mit verschränkten Armen vor ihm. »Verzeihung.« Sie sieht ihn jetzt an. »Verstehen Sie, was ich sage?« Die Kinder haben aufgehört zu spielen, stehen nebeneinander auf dem gummiunterlegten Spielbereich und schauen her. Ihn befällt eine gedämpfte Empfindung, sie möge dableiben, eine Art von Sehnsucht, aber Bohne behält die Regie und nuschelt weiter. Schließlich geht sie, packt wütend ihre Taschen und Kinder zusammen und rauscht aus dem Park, um den Schlägertrupp zu holen oder die Bullen oder den Stadtrat – zieht die Hochwasserstiefel an, Jungs, die Anwohnerschaft ist beunruhigt.

Der Park hat nur eine einzige Bank, deshalb wechseln sie sich jede Nacht ab. Wer gerade nicht dran ist, darauf zu schlafen, liegt daneben im Gras oder darunter. Einmal versucht Bohne, auf der Rutsche zu schlafen, doch die ist definitiv nicht groß genug, und morgens findet Mick ihn zusammengeknäult am Rutschenende wie etwas, was der Elefant in der Nacht ausgekotzt hat.

Er wacht auf mit dem säuerlichen Geschmack von Alkohol im Mund. Eine leere, zerknitterte Plastikflasche, die er als Kissen verwendet hat, drückt ihm ins Gesicht. Die Sonne scheint und ist auch schon warm, aber er zittert. Nicht bloß die Arme oder Beine – alles, Kopf, Brust, Ellbogen, Hüften, bis runter zu den Zehen ist ein einziges Bibbern. Er kneift die Augen fest zu, aber sie rasen wie Flipperkugeln in ihren Höhlen hin und her, bis sie schließlich nur noch hämmern und er diese Angst nicht länger aufhalten kann, die in ihm aufsteigt, ihn überflutet, ein echtes, abgrundtiefes Entsetzen, das umso schlimmer ist, als es nichts gibt, woran er es festmachen kann, keine Ursache – es ist einfach da. Er presst die Stirn hart gegen die Latten der Bank, drückt gegen den Schmerz an. Öffnet die Augen einen Spalt. Bohne ist weg. Jäh überkommt ihn der Gedanke, aufzustehen und nach ihm zu suchen – doch das ist ausgeschlossen, schon der Gedanke daran dreht ihm den Magen um und lässt ihn würgen. Sogar sich aufzusetzen und die Augen ganz aufzumachen, ist ganz und gar unmöglich. Es ist einfacher, einfach dazuliegen, zitternd und schwitzend. Die Sonne macht es auch nicht besser – sie zehrt an ihm und verursacht ihm noch größere Übelkeit. Dennoch hat er nicht die Kraft, den Mantel auszuziehen. Selbst die kleinsten Dinge sind unmöglich. Trotzdem lechzt er danach, etwas zu trinken. Sein Organismus schreit förmlich danach, es ist das schiere körperliche Verlangen, alldem ein Ende zu machen, den Schmerz und die Angst wieder zu verjagen.

Es wird allmählich dunkler, und er friert. Bohne ist zum Scheißen im Gebüsch hinter dem Spielplatz. Hinten auf der Straße flackert eine Laterne auf. Dann noch eine. In willkürlichen Intervallen leuchtet am Rand des Parks eine nach der anderen auf, und er erkennt, dass als Erste diejenigen an den dunkelsten Stellen angehen, dort, wo an den kleineren Bäumen gerade die ersten Blätter kommen. Interessant. Was für Kleinigkeiten einem so auffallen.

Bohne rüttelt ihn an der Schulter.

»Los komm, aufstehen.«

»Was?«

»Frühstück.« Das vertraute Grienen. Sein Frühstücksgrienen. »Ich hab mich mal umgetan.«

Er steht vom Boden auf. Es nieselt, und sein Rücken ist nass, aber wahrscheinlich auch vom Schweiß, obwohl er sich heute gar nicht so miserabel fühlt. Ihr Geld ist alle, deshalb konnten sie sich die letzten Tage nicht volllaufen lassen. Sie gehen durch den Regen, bis sie zu einem Gebäude kommen, das auf den ersten Blick wie ein Bürohaus aussieht, aber sobald sie durch die Glastür und den kahlen Vorraum durch sind, öffnet sich dieser in einen großen Saal voller Penner. Helle Deckenlichter, Tische, Lärm. Bohne dreht sich zu ihm um: »Bist du o.k.? Probier mal das Essen. Is nich übel.« Dabei sieht er überhaupt kein Essen. Das Ding ist voll von rumschlurfenden, quasselnden und glotzenden Pennern. »Kommst du?« Bohne ist schon voraus, und er eilt ihm hinterher, klebt an ihm wie ein Kind, dermaßen auf ihn angewiesen ist er. Was wäre, wenn Bohne ihn hängen lässt? Die Schnauze voll davon hat, dass er bloß besoffen herumliegt wie ein nasser Sack, und ihn abhakt? Allein der Gedanke versetzt ihn in Panik, während er ihm zu einem Klapptisch folgt, auf dem große Schüsseln mit Essen stehen. Er wartet hinter Bohne, macht ihm nach, wie er sich sein Essen nimmt und anschließend weiter zur nächsten Station geht, wo es Tee gibt. Sie setzen sich an einen freien Tisch und essen mit Heißhunger Toast und Rührei. »Ziemlich gut, wie? Hätte mich früher hier dran erinnern sollen. Is mit eins der Besten. Hat aber bloß 'n paar Stunden auf, man muss sich also beeilen.«

Ein jüngerer Typ beobachtet sie. Er sitzt mit ein paar anderen an einem anderen Tisch, schaufelt Rührei in sich hinein, sieht aber unmissverständlich zu ihnen rüber. Bohne scheint es nicht zu bemerken, vielleicht ignoriert er es auch. Mick schaut weg. Er will hier raus. Bohne hat allerdings andere Pläne: »Wenn du fertig bist, gehn wir duschen, o.k.?«

In einem anderen Raum gibt es Waschmaschinen und Trockner und Pappkartons voller Klamotten. Bohne ist durch eine Tür verschwunden, und er steht unschlüssig da. Eine alte Frau mit einem Namensschild um den Hals kommt zu ihm und erklärt ihm, er solle sich was von den Sachen aussuchen. Und so wühlt er in den Kartons herum und zieht schließlich ein Paar verblichene schwarze Trainingshosen und ein graues Hemd mit dunklem Schmutzrand am Kragen raus.

Hinter einer Tür mit der Aufschrift MÄNNER steht eine Schlange zum Duschen an, und Bohne ist schon ein ganzes Stück weiter vorn. Gott sei Dank sind es keine Gemeinschaftsduschen, sondern fünf, sechs Einzelkabinen, jede mit einem Vorhang. Einige der Männer vorn sind schon in Unterhosen. Wie sie aussehen – verdammt grausig: Narben und Adern und gelbsüchtige Haut.

Er zieht sich erst aus, als er in einer der Kabinen ist. Schon den Mantel auszuziehen fühlt sich komisch an. Seit Bohne ihn mitbrachte, hat er ihn ständig angehabt. Dann schält er sich den ganzen Rest runter, alles ist feucht und vergammelt, klebt an der Haut, dann unter die Dusche. Es ist so lange her, dass er sich nackt gesehen hat, dass er sich gar nicht erkennt. Als wäre sein Körper nicht seiner; er gehört einer anderen Zeit an, als Nacktheit zu seinem Alltag gehörte, doch jetzt gehört ihm dieser Körper nicht mehr – er hat sich genauso von ihm entfernt wie von allem anderen. Der einzige Hinweis darauf, dass es ihn tatsächlich noch gibt, ist, dass er wehtut. Auf seinen Beinen sind blaue Flecken, auch seine Vorderfront runter, auf den Hüften, verflucht, einfach überall. Die Haut an den Unterarmen ist schlabbrig und ähnelt der eines gerupften Huhns; er zieht dran, sie ist nicht mehr elastisch. Und dann der Penis da unten. Echt schwer zu glauben, dass das seiner ist. Er legt seine Hand drum, versucht sich daran zu erinnern, was es heißt, einen Penis zu haben. Aber da tut sich nichts. Sein Schwanz ist sich ebenfalls nicht sicher, und so sind beide ein Weilchen unentschlossen, warten darauf, dass was passiert, es zu einer Verbindung kommt. Doch da kommt keine. Möglicherweise fühlt sich aber auch keiner der beiden sonderlich wohl angesichts der Reihe halb nackter Penner, die draußen ansteht, und das ist ja, ehrlich gesagt, verständlich.

Er wäscht sich gründlich, verwendet die Flüssigseife aus dem Spender, um sich damit den Kopf und den Körper einzureiben, und widmet sich ganz besonders den Füßen, die inzwischen aussehen wie rohe Rindernieren. Es fühlt sich gut an, der Wasserstrahl, das Waschen. All den Körperstellen Aufmerksamkeit zu schenken, die er schon ganz vergessen hatte – Bauchnabel, Achseln, Brustwarzen, du heiliger Strohsack!

Als er fertig ist, geht er auf die Toilette und scheißt richtig genussvoll. Es ist das erste Mal seit Langem, dass er sich nicht in eine Kneipe oder mit einer geklauten Klopapierrolle in den Park schleichen muss.

Die dreckigen Sachen packt er in eine Waschmaschine. Mit den neuen ist er ziemlich zufrieden. Das Hemd passt ganz anständig, und die Hose ist um die Hüfte rum sehr bequem, dafür eine Idee zu kurz. Aber selbst wenn man seine Socken sieht, sieht er nicht halb so bescheuert aus wie Bohne. Er entdeckt ihn in dem Saal und geht kichernd zu ihm.

»Heilige Scheiße, wie siehst du denn aus?«

Bohne trägt ein Paar schwarze Jeans und eine weiße Jacke aus Jeansstoff, beide etliche Größen zu klein. Bohne grinst. »Todschick, oder?« Dann hält er einen Finger in die Luft, dreht sich langsam und zeigt seine Rückseite: ATLANTA HAWKS.

»Wenn du meinst, Kumpel, wenn du meinst.«

Bohne geht noch mal in den Klamottenraum, sagt, er hätte vergessen, nach einem zweiten Paar Socken zu gucken, und Mick geht zu dem Tisch, an dem es Saft gibt. Jede Menge Leute mit Namensschildchen laufen rum, füllen Becher nach, verteilen Broschüren und reden. Sie wirken nicht wie Hallelujas. Tatsächlich hängt an den Wänden nichts Religiöses, nur Zettel – Fußpflege, ambulante Klinik, Unterkunftshilfe –, lauter Sachen, mit denen er sich wahrscheinlich befassen sollte, aber schon ihr bloßes Zurkenntnisnehmen macht ihn noch lustloser. Drüben im Klamottenraum sieht er Bohne mit jemandem reden. Mit dem Daumen deutet er auf seine Jacke, führt sie stolz vor, aber plötzlich schießt eine Hand hinter dem Türrahmen vor, packt ihn am Kragen und reißt ihn nach vorn. Bohne stolpert und ist außer Sicht. Es ist zu laut im Raum, um mitzukriegen, was los ist. Schnell läuft er hin, einige andere sehen auch in den Raum.

Es ist der junge Typ, der rübergestarrt hatte. Nase an Nase steht er dicht vor Bohne.

»Gib sie verflucht noch mal her.«

Hinter ihm steht noch ein Typ, der Bohne anglotzt und verwirrt auf den Füßen wippt. »Hör mal, ich hab die aus dem Karton da, und ich …« Aber da kriegt er einen Stoß, die Adern am Hals des Typen treten hervor, und Bohne fällt hin, direkt auf den Arsch. Mick rennt zu ihm und stellt sich dazwischen, bevor der Typ zutreten kann. »Jetzt komm, hör auf. Was soll das? Hör auf.« Der junge Typ sieht ihn mit so einem komischen Lächeln an, als würde er ihn kennen.

»Die Jacke is meine.«

Männer mit Schildchen kommen zur Tür rein, hinter ihm steht Bohne auf. In dieser Situation sieht er in den knappen Jeans noch lächerlicher aus. Der Kumpel des Typen zieht diesen an der Schulter – »komm, lass uns abhauen« –, er ist jedoch ziemlich kräftig gebaut und rührt sich nicht von der Stelle, und es ist ziemlich klar, dass es nicht seine Jacke sein kann, weil sie ihm viel zu klein ist. Im Nu sind die zwei aus dem Raum, rempeln die Namensschilder beiseite, und das war's dann, einfach so. Bohne sieht mitgenommen aus. Er selbst ist ebenfalls ziemlich aufgewühlt, darunter mischt sich jedoch auch ein leichtes Hochgefühl.

Niemand rührt sich, und es ist Bohne, der als Erster was sagt, als er zwischen den Leibern zur Tür raussieht. »Bekloppte«, meint er und geht wieder rüber zu dem Karton, in dem er, noch immer auf der Suche nach Socken, herumwühlt.

Auf dem Rückweg zum Park haben sie jeder eine neue Decke und ihre gewaschenen Sachen in Tüten dabei. Bohne spricht nicht über das, was gerade passiert ist. Stattdessen schwätzt er drauflos wie immer, als wäre nichts gewesen, und erzählt ihm, wo er als Kind in den Ferien war. Mick jedoch lässt der Vorfall nicht los. Er fragt sich, ob Bohne seine Rolle dabei überhaupt mitgekriegt hat. »Weißt du noch, das lange Wochenende, wenn Jahrmarkt war? Wir sind immer nach

Rothesay. Immer, da gab's keine Debatte. Einmal sagt meine Ma, lass uns dies Jahr doch mal woandershin fahren, vielleicht ihre Kusinen und so in Irvine besuchen, aber Dad sagt zu ihr, wir fahren nach Rothesay, und so wurd's gemacht.«

Mick lächelt. »Rothesay. Da waren wir auch immer.«

Bohne bleibt ruckartig stehen, und ein Mann, der in sein Handy spricht, läuft fast in ihn rein.

»Nee, Scheiße, ehrlich?«

»Ja echt. So ziemlich jedes Jahr.«

Hingerissen steht Bohne immer noch wie angewurzelt da. Passanten müssen um die beiden herumlaufen. »Erinnerst du dich an den Bahnhof freitags morgens? Der Bahnsteig knallvoll mit den ganzen Jahrmarktheimsuchern und die Schaffner, die dir die Hölle heiß machten, wenn du zu nah an die Kante kamst – aber man konnte nix machen, wie? Wo hätte man denn hinsollen?« Er kichert los. »Mit wem warst du denn da, Eltern, Geschwister?«

»Nee. Also mein Dad ist gestorben, als ich noch klein war, also waren es meistens nur meine Ma und ich. Manchmal noch ein Typ, mit dem sie grad zusammen war, aber meistens nur wir.«

Eine Zeit lang laufen sie schweigend weiter. Wenn sie tatsächlich gleich alt sind, hätten sie durchaus zur gleichen Zeit dort sein können. Er kommt in Versuchung, ihn zu fragen, in welchen Jahren er dort gewesen ist, aber dann hält er sich zurück. Bohne hat so was an sich, als würde er nicht gern festgenagelt werden, besser, ihn nicht zu bedrängen. Andrerseits muss *er* gerade was sagen. Er, der schon bei der geringsten Erwähnung von irgendwas, was Erinnerung in ihm auslösen könnte, zumacht.

Als sie zurück zum Park kommen, ist Bohne immer noch beim Thema. Weißt du noch, der Mann mit der Fiedel auf der Fähre nach Wemyss Bay? Warst du auch beim Kasperltheater? Und auf dem Ausflugsboot? Und im Anglerladen und hast deine Leine durch die Ritzen im Pier runtergelassen? Mick hört ihm zu, versucht jedoch gleichzeitig zu überlegen, woher sie das Geld für eine Pulle kriegen, um durch den restlichen Tag zu kommen.

»Ein- oder zweimal haben wir in'nem Wohnwagen gewohnt, aber meistens hat meine Ma uns Zimmer aus den Kleinanzeigen rausgesucht, die Leute in den Ferien vermietet haben. Und mein Dad, weißt du, der war Getränkehändler und hing immer an den Schnapsbuden rum oder wenn nich, dann trank er in unserm Zimmer. Aber diese eine Wirtin, an die ich mich erinnere, die hatte das spitzgekriegt, und ich weiß nich warum, ob's war, weil es eigentlich das Zimmer von ihren Kindern war oder was, jedenfalls fährt sie ihn einmal an: – ›Sie bringen hier keinen Alkohol mit, Sie furchtbarer Mensch, das ist mein Haus‹, dies ganze Zeug. Und ich und meine Ma und meine kleine Schwester sitzen da wie die Ölgötzen, denken, jetzt scheuert er ihr gleich eine, sonnenklar, dass er's tut. Aber nee. Er steht einfach auf und geht raus, natürlich zur Schnapsbude, und wir drei und die Wirtin starren uns an und wissen nich weiter.«

Er sitzt auf der Bank und lacht, als wäre es eine schöne Erinnerung, die ihm da gerade gekommen ist.

»Echt irre, dass du in Rothesay warst, findst du nich?«

Ohne Geld für Alkohol hat der Nachmittag ein Loch, also beschließen sie, zum Fluss runterzulaufen und die Schwänin zu besuchen.

Am Tor hängt ein neues Vorhängeschloss. »Ärsche.« Bohne wuchtet sich über den Zaun und trottet den Pfad runter. Die Schwänin ist nicht da. Vielleicht wurde sie auch zwangsgeräumt. Das Nest ist noch da, aber das gesamte Gelände ist aufgeräumt worden, die Dosen und der andere Müll sind verschwunden, und vor dem Eingang zum Tunnel ist neuer Maschendraht. Sie setzen sich auf die Veranda und werfen mit Kieselsteinen nach dem Treibgut; Bohne fängt wieder mit dem Jahrmarkt an. Alles, wovon er erzählt, gibt es wirklich – den Wintergarten, den Strand, das italienische Eis –, aber irgendwas an der Art, wie er davon erzählt, ist komisch, als würde es irgendwie nicht stimmen. Als hätte er alles von jemand anders gehört und würde es jetzt für seine eigene Erinnerung halten. Oder er erfindet es einfach. Aber vielleicht ist es auch nur er selbst, der Lücken und Fehler finden will. Vielleicht *will* er einfach nicht glauben, dass es stimmt.

Später gehen sie am Fluss lang. Bohne probiert's und haut Entgegenkommende um ein paar Münzen an, hat aber kein Glück. Angeblich haben sie gerade kein Kleingeld dabei, oder sie sagen gar nichts. Kopf senken, Blick auf den Asphalt. Trotzdem keine totale Katastrophe, denn irgendwann kommen sie an einem jungen knutschenden Pärchen vorbei, das ihm eine Zweipfundmünze gibt.

Bei ihrer Rückkehr in den Park setzt die Dämmerung ein. Sie trinken die eine Dose, die jeder von ihnen hat, dann beziehen sie ihre Schlafplätze, Mick mit der Decke auf dem Boden, Bohne oben auf der Bank. Ohne genügend betäubendes Bier intus ist an Schlaf nicht zu denken. Die Kälte beißt, und in Wellen durchläuft ihn dieses beunruhigende Gefühl, von dem er weiß, dass es alte Erinnerungen hervorholt. Trotzdem döst er wohl irgendwann ein, denn er träumt gerade von einem Paddelboot und einem Jungen, der rausfällt, als er plötzlich wach wird – Lärm, Hitze und über ihm eine große Feuerwolke, und durch die Flammen hindurch erkennt er, dass es Bohne ist.

Taumelnd und in Panik schlägt er um sich, seine Brust und Arme stehen in Flammen. Schwerfällig kommt Mick auf die

Knie, das Feuer prasselt, es riecht nach Benzin. »Keith«, schreit er sinnlos, zieht ihn auf den Boden, und erst jetzt nimmt er die Gruppe von Männern wahr, die auf dem Spielplatz steht. Sie schauen zu und kommen näher. Der Typ von vorhin ist dabei, lachend und mit einer Bierdose in der Hand. Bohne schlägt mit den Händen aufs Gras, und Mick versucht ihn herumzurollen; eine Art Grollen steigt aus seiner Kehle, sein Gesicht ist nass, und am Hals schälen sich Hautstücke ab. Die Mütze – hat sie Feuer gefangen? Hektisch versucht er sie ihm abzuziehen. Bohnes Blick ist flehentlich, er kapiert, dass er sterben wird. Mick glaubt es ebenfalls, doch er weiß auch, in dem Moment, als er den Körper über das Gras wälzt, dass er Angst um sich selbst hat. Die Männer stehen über ihnen. Einer streckt einen Arm aus, Bier regnet herunter und zischt in den absterbenden Flammen. Er ist machtlos, rollt die große kohlige Masse einfach hin und her, verbrennt sich dabei die Hände, bis das Feuer schließlich fast erloschen ist. Dann versucht er ihm die Jacke auszuziehen, aber sie sitzt zu fest – noch mehr Gelächter –, deshalb reißt er einfach nur daran, und sie fällt in Fetzen ab. Plötzlich tritt einer der Männer zu, Bohne in die Seite. Dann trifft ein anderer Mick in den Magen; er fällt vornüber ins heiße Gras und kriegt keine Luft mehr.

Sie sind weg, rennen über den Weg zum Parktor und springen darüber. »Keith. Bist du o.k., Kumpel?« Blöde Frage. Aber er lebt. Die Lippen in seinem rauen, blutenden Tölpelgesicht beben; auf Kinn und Wangen sind nasse rote Stellen. Mick streift die Reste der Jacke und des Hemds ab, vermeidet den Blick auf Bohnes Körper, zieht dann den eigenen Mantel aus und breitet ihn darüber. Er legt sich neben ihn, seine Hände brennen, und er ist einfach zu erledigt, um sich zu rühren oder darüber nachzudenken, sie irgendwohin zu bringen, wo sie sicher sind.

30.

Bohne sitzt aufrecht auf der Bank und schweigt. Der Mantel ist wie eine Decke über ihn gebreitet, aber darunter kann man sehen, was von seinen Kleidern übrig ist, die als schwarze Fetzen auf Brust und Bauch kleben, auf zuckendem Fleisch und Blasen.

»Bist gut angebraten.«

Das kam nicht gut. Kann er nicht drüber lachen. Er sitzt bloß da und starrt vor sich hin. Er hat seine Wollmütze wieder auf, deren Rot jetzt etwas dunkler ist. Seine Läuseleitern darunter sind weggebrannt, ein paar schwarze Haarstummel ragen aus der mit Blasen bedeckten Haut, und die untere Hälfte seines Ohr ist gelb und klebrig von Eiter wie eine offene Muschel.

»Willst du was essen?«

Bohne zuckt nur die Schultern. Gibt so was wie ein Schnauben von sich. Schon klar, was er meint: Wer soll das denn besorgen, hä? Mick steht auf und geht zu dem Abfallkorb. Seit gestern wurde er nicht geleert und ist randvoll: Obenauf liegen eine Zeitschrift und eine leere Dose Red Bull. Das Brauchbarste, was er findet, ist ein Stück braune Banane, noch in der Schale, und eine Tüte mit ein paar restlichen Chips. Er bringt beides rüber und legt es neben Bohne auf die Bank, der dreht jedoch noch nicht mal den Kopf. Alles Leben in ihm ist erloschen.

Er setzt sich wieder zu ihm auf die Bank, Banane und Chips zwischen ihnen.

»Ich hab schon mal einen brennen sehen«, sagt er dann, nur um was zu sagen. »Einen Schweißer. War einfach Pech, echt, weil er hat einfach nur seinen Job gemacht und hatte einen Gesichtsschutz auf und auch einen von diesen feuerfesten Anzügen an, und genau das war das Problem. Er fängt an rumzuzucken, und anfangs weiß keiner, was los ist, alle denken, er spinnt einfach rum, aber in Wirklichkeit ist ein Funke unter den Anzug gesprungen, und keiner sieht, dass seine Klamotten brennen, weil der Anzug wie gesagt feuerfest ist.«

Bohne hört nicht zu. Sein Kopf ist runtergesunken, und er schaut aufs Gras. Vor ihnen ist ein Brandfleck.

»Jedenfalls, bis sein Kumpel mitkriegt, was los ist, ist das arme Schwein fast gebraten, und als er aus dem Krankenhaus wiederkommt, hat er Verbrennungen dritten Grades. Alle sagten ihm, er soll vor Gericht gehen, aber er sagt, nee, weil's sein eigener Fehler war, dass er den Halsschutz nicht hochgezogen hat.«

»Findst du das aufheiternd?«

Erleichtert dreht Mick sich zu ihm um. »Nee, tut mir leid.« Er lächelt. »Sorry. Weißt du, ich mein bloß, es könnte noch schlimmer sein.« Bohne schaut die Banane und die Chips an, rührt sich aber nicht. Seine Lippen sind geschwollen und bläulich verfärbt. »Schlimmer«, sagt er mit leiser Stimme.

Das eine Problem ist das Essen, jetzt kommt dazu, wo sie bleiben sollen. Sie sprechen nicht darüber, aber aus dem Park müssen sie unbedingt weg. Außerdem braucht Bohne ganz klar medizinische Hilfe. Doch als Mick vorschlägt, ins Krankenhaus zu gehen, kommt nur ein klägliches Lachen. Es ist die einzige Reaktion an diesem Nachmittag. Ansonsten hockt er einfach schweigend da, schlingt den Mantel um sich und bedeckt seine Wunden, aber Mick sieht nur zu gut, in welchem Zustand er ist: Gesicht und Hals sind inzwischen enorm angeschwollen, und der obere Mantelteil ist durchweicht von was auch immer da aus seinen Wunden sickert.

Irgendwann später steht Mick auf und sagt, er wolle was zu essen auftreiben. Er macht sich zur Straße auf, wo er in die Abfallkörbe schaut. Hin und wieder beobachten ihn Leute, wie er darin rumwühlt, aber er ist viel zu hungrig, dass ihn das kümmert. Er zerrt und zieht das ganze Zeug raus, das die Anwohner für nicht mehr brauchbar halten: Zeitschriften, einen Strauß Blumen, Zeitungen mit dem Bild dieses Politikertypen vorn drauf. Lebensmittel gibt es auch, massenhaft. Sandwichverpackungen, in manchen ist nur noch die Kruste, aber in einigen noch eine ganze Hälfte drin. Echt unglaublich, verdammte Scheiße. In einem anderen Abfallkorb findet er eine Frühlingsrolle in einer Schachtel sowie zwei weitere mit diesem rosa eingelegten Zeugs dabei. Er packt alles in zwei Sandwichkartons und geht wieder zum Park zurück.

Dort breitet er alles auf der Bank aus. Bohne nickt schwach – ein Auge ist halb zu, das Lid rosa und entzündet –, dann starrt er wieder ins Nichts, ohne das Essen anzurühren; ist wieder ganz in dem versunken, woran auch immer er gerade denkt.

Sie warten, bis der Nachmittag vorbei ist und Mick es schafft, dass sie sich in Bewegung setzen. Bohne macht keine Einwände. Er macht gar nichts, sondern bleibt verschlossen und schlurft langsam hinterher. Sie kommen wieder zu der Arztpraxis. Er führt Bohne einen Weg entlang hinter das Gebäude. Die gesamte Beleuchtung ist ausgeschaltet, und der Parkplatz ist leer. So legt er die Decke unter einen Torbogen am Hintereingang und setzt Bohne so hin, dass er an der Wand lehnt. Dann zieht er los, um weiteres Essen aufzutreiben.

Merkwürdig, aber was passiert ist, hat ihm irgendwie Auftrieb gegeben. Absolut schrecklich natürlich, und er ist ein schreckliches Arschloch, so was zu denken, aber es stimmt. Jetzt hat er eine richtige Aufgabe. Jetzt liegt es an ihm, und er kann Bohne beweisen, dass er nicht bloß ein Schnorrer ist, der selber nicht klarkommt. Jetzt kann er sich mal nützlich machen. Er ist nützlich. Nach einem langen Fußmarsch entdeckt er bei einem Dönerladen einen vollen Abfallkorb. Ein paar Leute gucken, na und? Fickt euch doch. Auf dem Rückweg beginnt es zu regnen. Er legt einen Schritt zu und klemmt sich den warmen Karton mit den zusammengesammelten Pommes und Fleischstücken unter die Jacke.

Bohne ist weg. Die Decke liegt noch ausgebreitet da, daneben eine leere Plastiktüte. Aus einem Gully quillt das Regenwasser, von oben gießt es pladdernd auf den Betonboden.

Er isst die Hälfte der Verpflegung. Sieht zu, wie sich die gelben Blumen drüben im Beet neigen und krümmen. Auf dem Parkplatz bilden sich Pfützen, was ihn auf eine Idee bringt. Er geht noch mal los Mülltonnen durchsuchen und findet schließlich eine leere Colaflasche. Kein Mensch ist auf der Straße. Er kehrt zum Schlafplatz zurück, wo er die Flasche in den Regen stellt und mit einem Stein abstützt.

Bei der Nässe und ohne Mantel schläft er unruhig, wacht immer wieder mit dem vertrauten Panikgefühl auf. Die Decke neben ihm leer. Am Morgen hört es zu regnen auf, und die Flasche hat sich ganz schön gefüllt, wie sie da im Halbdunkel des glitzernden Parkplatzes steht. Bohne ist immer noch weg. Er bleibt da, ist wach, die Sonne geht auf, und der Verkehrslärm auf der Straße nimmt zu; schließlich bleibt ihm aber nichts anderes übrig, als zu gehen, bevor irgendwer auftaucht.

Er setzt sich auf eine Mauer auf der anderen Straßenseite und behält die Zufahrt zum Parkplatz im Auge. Der Putzmann kommt. Er beobachtet seine schwache Kontur durch ein Fenster, wie er langsam den Schrubber hin- und herschiebt. Dann tauchen Ärzte auf und Patienten. Eine Frau mit einem schreienden Baby im Kinderwagen bleibt stehen und brüllt es an, es solle still sein.

Hinter ihm werden Vorhänge einen Spalt aufgezogen; er sieht die Bewegung aus den Augenwinkeln heraus, wenn er den Kopf dreht, um die Straße runterzusehen. Zweifellos wird als Nächstes die grüne Minna angejault kommen. Ach verpisst euch doch, er macht ja nichts, er sitzt einfach nur da. Aber es sind nicht die Bullen, die kommen, sondern der Mann aus dem Haus, der die Tür aufmacht und rauskommt. »Verzeihung.« Hinter ihm in der Tür seine Frau im Morgenmantel. Er hat ein T-Shirt an – DUBLIN MARATHON FINISHER – und sieht nach Pflichteifer aus: Das ist seine Mauer, also geh da verdammt noch mal runter. »Verzeihung, kann ich Ihnen helfen?« Mick fängt an zu lachen. Die Bewohner des Hauses wissen nicht, was sie davon halten sollen, sie tauschen Blicke, fragen sich, was jetzt. Ach, leckt mich doch, und er springt von der Mauer, geht weg, geht die Straße runter. Das war das. Es bringt nichts, da noch länger zu warten, also beschließt er, zum Fluss zu gehen und auf der Veranda nachzuschauen.

Keine Spur von Bohne. Und hundert Orte, wo er sein könnte.

Die Nacht verbringt er hinter der Praxis. Kalt, bibbernd. Permanent attackiert ihn die Panik und hält ihn vom Schlafen ab.

Seine üblichen Orte bleiben der Fluss und der Park – eines Morgens macht er sich sogar zu dem Tageszentrum auf, aber als er sich ihm schon nähert, dreht er wieder ab. Ein Schmerz wächst in ihm, ergreift Besitz von seinem ganzen Körper.

Zum einen ist es Hunger. Aber auch noch etwas anderes. Etwas zu Großes. Es ist einfach zu groß. Ein Gefühl, das untrennbar auch damit verbunden ist, dass er was zu trinken braucht – ein pures verdammtes, verzweifeltes Verlangen nach einem Drink. Also wieder zum Busbahnhof. Er braucht lange, um hinzukommen, benutzt zwar die kleinen Stadtpläne an den Bushaltestellen, verläuft sich aber trotzdem dauernd, aber was soll's. So schlägt er die Zeit tot. Hätten Sie wohl etwas Kleingeld übrig, meine Dame? Ein bisschen Kleingeld, mein Herr? Sie haben keins. Oder, manche haben's vielleicht, aber die meisten zeigen ihm die kalte Schulter und ignorieren ihn schweigend. Ist ihm egal. Er braucht was zu trinken, so einfach ist das, und alles andere – ist ein großes Nichts über den Wolken, er liegt darauf, die Hände hinterm Kopf, die Decke unter sich, und er schwebt und gleitet darauf herum, als sei es ein fliegender Teppich. Etwas Kleingeld, Sir? Nein? Keine Angst, es passiert Ihnen nichts, keine Sorge. Eine Alte fummelt mit beiden Hände, wie alte Damen das so tun, in ihrer Handtasche. Gott segne Sie, Lady. Ein Mann gibt ihm seinen Apfel, und er geht rüber zum Abfahrtsbereich nach Newcastle und isst ihn da, versteckt zwischen den Beinen und Rollkoffern, bis der Fahrer mit seinem Becher Kaffee auftaucht, in den Bus steigt und die Türen öffnet. Jetzt gibt's ein paar Momente lang Lärm, Gewusel und Geleiere. Ein kleiner Mann kommt vorbei und albert mit seinem Kumpel rum. An irgendwen erinnert er ihn. An wen bloß? Er kennt ihn ganz sicher, und dann fällt's ihm ein – Ken –, und er lächelt bei der Erinnerung an ihn. Ein prima Typ. Knapp eins dreißig in Arbeitsstiefeln und ein Lächeln wie ein Einkaufswagen, der aus dem Fluss gezogen wird. Einer der Galvanisierer bei Swan Hunter. Und erst seine tolle Singstimme, irgendwas schmetterte er immer vor sich hin – *You ain't seen nothing like the*

Mighty Quinn –, das hatte er immer parat, weil Newcastle damals diesen Stürmer hatte, der pro Saison immer dreißig Tore reinhaute.

Der Wartebereich lichtet sich jetzt, und draußen am Bus bildet sich eine Schlange.

Die andere Sache mit Ken war etwas, was die meisten nicht ahnten, bis es zu spät war – er war ein echt hartnäckiger Hund. Jeden Tag brachte er in niedlichen kleinen Papiertüten seine Verpflegung mit, die seine Frau ihm gemacht hatte. Brote mit Schinken und Erbsenpüree. Tag für Tag. Und er war eigen damit. Was hast du denn heute für Brote mit, Ken? Lustig war, dass er nie merkte, wenn man ihn aufzog, weil er so stolz auf die Sachen von seiner Frau war. Und eines Tages findet dieser Hilfsgalvanisierer namens Tommy Lambton, es wäre wahnsinnig witzig, die Tüten, wenn er grad nicht hinsieht, unter der Werkbank wegzunehmen und zu verstecken. Die Mittagspause kommt, und Ken tobt. Wer von euch hat sie geklaut? Und plötzlich steht die komplette Galvanisierertruppe aufgereiht vor ihm, alle ahnungslos, weil wirklich keiner weiß, wo die Tüten sind, bis Klein-Tommy es schließlich nicht mehr aushält. Er kringelt sich vor Lachen – da hast du sie, Ken – und gibt ihm die Brote zurück, die inzwischen ziemlich zermatscht und schmierig sind. Das war's, denkt sich jeder. Aber dann, in der nächsten Mittagspause, sitzt Tommy in der Kantine und gibt mit seinem tollen Streich an, als Ken an den Tisch kommt, gelassen wie ein Kellner Tommys Teller nimmt und damit rausgeht. Und alle ihm hinterher durch die Werft, als wär er der Rattenfänger. Tommy ist auch dabei, jetzt still wie ein Mäuschen, aber mit einem stinksauren Gesicht, und Ken geht vor bis zum Liegeplatz und kippt sein Essen ins Wasser. Dann überreicht er Tommy den leeren Teller und geht davon; die anderen schauen zu, wie das Pastetenstück langsam den Tyne runtertreibt. Einer witzelt, das würde nur beweisen, wie viel Füllung sie in diese verdammten Pasteten machten.

Bei der Erinnerung muss er lachen. Eine Frau, die in der nächsten Wartebucht ihre Zeitschrift liest, blickt ihn missbilligend an. Nach Chichester will sie. Na soll sie doch. Er steht auf, überlässt sie sich selbst und nimmt seine Bettelei wieder auf.

Irgendwann hat er genug für ein paar Dosen Bier und einen Hotdog. Er geht den Fluss rauf zur alten Stelle, schaut auf das Kraftwerk rüber und auf den Scheißeschlepper. Aber er bleibt nicht lange. Selbst mit dem Alkohol gelingt es ihm nicht, sich zu entspannen. Nicht allein. Dieses Panikgefühl ist da, sein Herz wummert; jetzt, wo er ganz allein die Augen aufhalten muss, ist irgendwas in ihm ständig in Alarmbereitschaft, zudem lenkt ihn auch nichts mehr ab, keiner liegt ihm im Ohr und erzählt ihm was von vogelmordenden Bauern und solchem Zeug.

Der Park ist leer. Keine Kinder, keine Mütter, niemand. Es ist ziemlich feuchtkalt heute. Der Fleck von verkohltem Gras ist noch da, weniger schwarz als zuvor, aber genauso tot. Er zieht weiter. Ein kleines Stück die Straße runter geht er in eine Kneipe, um zu pinkeln, aber drinnen ist nichts los, und der Wirt erwischt ihn, ehe er das Klo erreicht. Gegenüber ist jedoch noch eine Kneipe, und er schlüpft unbemerkt rein. Er wäscht sich das Gesicht und klaut eine Klopapierrolle aus einer der Kabinen.

Etwas weiter ist eine U-Bahn-Station, und er setzt sich, ohne viel nachzudenken, neben die Geldautomaten, er weiß nur, dass er sich setzen muss, also kann er's genauso gut hier tun und nebenbei ein bisschen Kohle einsammeln. Doch nach einer Weile friert ihm fast der Arsch ab, trotz der Decke und der Tüte mit den Klamotten unterm Hintern. Dickichte aus

Beinen kommen in Wellen die Treppe der U-Bahn hoch. Er sieht nicht auf, nicht in die Gesichter. Stattdessen hält er den Blick auf die Knöchel und Schuhe gerichtet. Ohne die Körper und die Gesichter bekommen die Füße ein Eigenleben, als wären es die Füße selber, die weiterwollen und sauer sind, dass sie um ihn herum müssen. Aber das ist o.k. Ist o.k. Mit Füßen kommt er zurecht.

Am ersten Nachmittag kriegt er siebenundachtzig Pence zusammen. Am nächsten Tag ist das Wetter besser, und er kommt früher. Jemand wirft ihm eine Baseballkappe hin, und er setzt sie auf, um sein Gesicht vor der Sonne zu schützen. Jemand anders gibt ihm einen Becher Tee, und als er ihn alle hat, lässt er den leeren Becher auf dem Boden neben sich stehen. Seine Einnahmen verdoppeln sich fast. Klimper. Wieder was drin. Als hätte man einen Knopf gedrückt. Die Nächte verbringt er am gewohnten Platz hinter der Praxis, ist schon frühmorgens wach und davon. Sandwich, Starkbier, alles ganz einfach, diese Routine, sie zieht um ihn herum auf wie ein Nebel, sie führt und schützt ihn. Doch unvermittelt tauchen darin immer wieder Gedanken und Erinnerungen auf, wie Gestalten, die aus dem Schleier treten – er will sie loswerden, ihnen ausweichen. Doch es ist immer der gleiche Wettlauf zwischen Alkohol und Erinnerung.

Er hat durchgeschlafen, und sie sind da, um ihn wegzuschaffen. Es ist hell, und eine Horde Blaujacken kommt über den Parkplatz, einer hebt eine leere Bierflasche auf, Bohne ist nicht da, die Nervensägen ziehen ihn an den Beinen – na los, auf! –, einer beugt sich zu ihm runter, das Gesicht angewidert verzogen.

Busse – ein viel besserer Gedanke. Der natürlich Vor- und Nachteile hat, was Gutes und was Schlechtes. An einem Straßenabschnitt liegen vier, fünf Kneipen dicht beieinander, und nach ein paar Versuchen an anderen Stellen findet er raus, dass es hier am besten ist, reinzukommen. Man muss bloß warten, bis die Kneipen zumachen und die Haltestellen voll mit Betrunkenen sind, die sich schubsend versuchen durch die Türen zu hieven. Im Bus dann die Treppe hoch und ganz nach vorn, da ist es am besten; man hat mehr Platz für die Beine und dazu den Fahrerblick aus dem Fenster. Es riecht nach Pommes und Essig und Döner. Er hört den Gesängen zu, die von hinten kommen. Nur wenn vorn besetzt ist und er sich weiter hinten hinsetzen muss, fangen manche Zoff an. Ein Mädel mit Handy sitzt neben ihm, das Gesicht zum Fenster gedreht, telefoniert seelenruhig und merkt nicht, oder es ist ihr egal, dass er hört, was sie sagt. Ein anderes Mal schläft er mitten im Gewühl dieser feschen, rumgrölenden englischen Jungs ein und wacht von ihrem Gelächter auf. Der Mittelgang ist voller Beine, und der neben ihm hat seine Baseballkappe auf. Die anderen kugeln sich deswegen. Er sieht, dass Mick aufwacht, und dreht sich zu ihm, grinst, nimmt langsam die Kappe ab und setzt sie Mick wieder auf. Er schließt wieder die Augen. Er ist zu müde, um irgendwas zu unternehmen. »Verpiss dich.« Aber das bringt sie bloß wieder in Fahrt.

Wenn der Bus weiter aus der Stadt rauskommt und leerer wird, kann er schlafen. Manchmal hat er eine Tüte mit ein paar Bierdosen dabei und trinkt sie hinter der Rückenlehne des Vordersitzes, bis er sich ausgeknockt hat und am Fenster zusammensackt. Irgendwann geht flackernd die Beleuchtung aus und irgendwann flackernd wieder an. Der Bus fährt los, zurück in die Stadt, müde wirkende Afrikaner und Osteuropäer steigen ein, starren still vor sich hin und bleiben für sich.

Es ist nicht ungewöhnlich, dass eine Prügelei ausbricht. Er versucht, aus der Schusslinie zu bleiben, aber eines Abends fängt einer auf der anderen Gangseite von ihm an, so richtig einer für die Titelseite. Zwei blasse Burschen lachen und grölen rum, starren jeden nieder, der rübersieht. Einer von ihnen zündet sich eine Fluppe an, der Geruch zieht durch den Bus. Direkt vor ihnen sitzt ein Dickbäuchiger in einem Rockmusik-T-Shirt und mit Haaren, die wie dauergewellt hinten über die Lehne hängen. Die beiden jungen Kerle fangen an rumzublöken und Witze darüber zu machen, dass sie die Dauerwelle gleich anzünden. Dann fängt der Raucher an, Qualm am Ohr des Dickbäuchigen vorbeizublasen, und er lehnt sich dabei so weit nach vorn, als wolle er ihn auf den Hals küssen. Der dicke Typ wird sauer, sein Fuß wippt, und er brummelt was in einer Sprache vor sich hin, die kein Englisch ist. Das Ganze eskaliert, als einer seinen Hinterkopf berührt. Er springt auf, dreht sich um, klettert unversehens auf den Sitz und bleibt dort stehen. Die beiden Burschen sind völlig überrumpelt und starren zu ihm hoch.

»Willst du meinen Arsch sehen?«

Weiter vorn im Bus hört man Kichern.

»He, willst du meinen Arsch sehen?«

Die Burschen wissen nicht, was sie tun sollen, sitzen starr und wutschäumend da, und plötzlich fängt der dicke Typ einen Arschtanz an, praktisch unmittelbar vor dem Gesicht eines der Jungs. »Willst du meinen Arsch sehen?« Das ist mehr, als der Junge vertragen kann, er springt auf, packt den Dicken am Hals und stößt ihn über den nächsten Sitz; unter dem T-Shirt wird der gewaltige Bauch sichtbar. Jetzt greifen andere Männer ein; ein junger Typ vor Mick steht auf, aber seine Freundin zieht ihn am Arm, will ihn aufhalten. Vier oder fünf halten den Jungen zurück, darunter sein Kumpel, aber der Junge schäumt immer noch und will sich den Arschwackler greifen, der jetzt über den Mittelgang weggeht. Die

Stirnadern des Jungen stehen hervor, und sein ganzes Gesicht sieht aus, als würde es gleich aus der Haut explodieren – Augäpfel, Zähne, alles. Und dann passiert genau das. Ein paar Mädchen vorn kreischen, als seine Nase platzt und winzige rote Geschosse durch die Gegend fliegen.

31.

Pass mal auf, ich ruf dich an, wenn ich mit Kenny geredet hab … Er kommt vom College direkt hierher, glaub ich … Nein, wahrscheinlich nicht, aber ich frag ihn. O.k., ich muss los.«

Der Junge steckt sein Telefon in die Jeanstasche und wartet. Die Frau vor ihm braucht buchstäblich ewig. Er starrt ihr auf den Rücken. Als sie schließlich ihre Karte rausnimmt, macht er einen Schritt vor, aber sie geht nicht weg, sie bleibt an dem Automaten stehen, und jetzt schiebt sie tatsächlich ihre Karte noch mal rein. Unfassbar.

Als die Frau schließlich abzieht und er an der Reihe ist, zögert er einen Moment, unschlüssig, wie viel Geld er abheben soll – ob sie noch was essen, bevor sie nach Hause gehen. Er holt sich dreißig, dreht sich von dem Stadtstreicher auf dem Boden weg und steckt sie in sein Portemonnaie, ehe er sich in die Menge schiebt, die in die U-Bahn-Station strömt.

Tagsüber ist es leichter. Meistens kann er Stunde um Stunde dasitzen, ohne zu denken, sieht nur die Füße an, und manchmal klimpert's, und dann schaut er auf, sieht zu, wie sie weggehen, wie zwei Beine und ein Hintern in die U-Bahn runter verschwinden. Er trinkt nie vor ihnen. Gesunder Menschenverstand, das ist alles. Er hebt sich den Suff fürs Tagesende auf, wenn er weggeht, und er gibt immer alles aus, was er bekommen hat, wobei auf gute Tage meist schlechtere folgen. Morgens sitzt er da und verzehrt sich nach was zu trinken. Die Schweißausbrüche, das Schlottern. Zitternd sitzt er, an die Wand gelehnt, und versucht, den Blick nicht zu heben. Sein Herz rast und flattert bei der in ihm aufsteigenden Paranoia, dass jeden Moment eins dieser Fußpaare, die aus der U-Bahn nach oben kommen, zu einem gehört, den er kennt. Es hat sich die Überzeugung in ihm gebildet, dass Robbie auftauchen wird. Er versucht zwar, dagegen anzukämpfen, aber es ist vollkommen aussichtslos, er hat die Kraft nicht, er will einfach nur schlafen, vergessen und das Hirn taub werden lassen. Aber er ist Scheiße noch mal viel zu nüchtern, und immer wenn Robbies Schopf die Treppe hochkommt, verschlägt es ihm den Atem. Er schließt die Augen, aber das Gefühl, dass er genau auf ihn zukommt, verschwindet einfach nicht – und dann muss er den Blick heben, aber er ist weg, irgendwo in der Menge verschwunden.

Niemandsland. Ein Busdepot. Stille Straßen und geschlossene Läden. Ein Autohaus, ein Friedhof und ein Golfplatz, auf den man hintenrum leicht reinkommt und sich in eine der Mauernischen setzen kann. Ist eigentlich ganz gemütlich da auf dem schwammigen grünen Filz mit dem hölzernen Dach darüber; man blickt über den Platz mit den Abstandsmarkern und einem Traktor, der am Rand abgestellt ist.

Scheiß auf die Busse. In der Nähe der U-Bahn steht ein Bürogebäude, ein großer Betonklotz mit dunklen Streifen, die aussehen wie verlaufenes Make-up am Morgen. Es steht etwas von der Straße zurückgesetzt, und oberhalb von ein paar Stufen befindet sich ein großer, überdachter Eingang mit einer Drehtür. Die Beleuchtung bleibt nachts an, damit ist dies also nicht gerade die dunkelste Stelle, aber wer weiß, vielleicht ist das ja auch ein Vorteil. Denn wenn man ihn dort zwar sehen kann, kann man aber auch jedes andere Arschloch sehen, das ankommt und seine Bekanntschaft machen will. Er kauert sich an die Tür und fängt an zu trinken. Tiefe, gleichmäßige Züge; er will schnell voll werden, die Erinnerung auslöschen. Drinnen am Empfang stehen ein prächtiges Blumenbukett, ein leeres Pult und an der Wand daneben ein schwarz-weißer Bildschirm, der wechselnde Bilder aus dem Gebäude zeigt: verlassene Korridore, eine Büroetage, das kahle Innere eines Aufzugs. Weit und breit kein Mensch. Es sieht aus wie nach einem Atomkrieg. Scheiß-Trident, Mann, schmeiß die Maschinen an, bring sie den Clyde rauf. Und dann das bizarre Bild von ihm selbst, zusammengekauert am Eingang. Der einzige Überlebende. Er winkt und sieht, wie sein Arm sich bewegt. Also nur noch er. Der Rest der Welt ist endlich dahin. Prost. Ihm ist schwummrig. Auch darauf ein Prost.

Als die Uhr am Empfang kurz nach sechs zeigt, kommen die Putzleute, und er muss aufstehen und weiter. Obwohl sie ihm gegenüber, um fair zu sein, ganz in Ordnung sind, ist dennoch klar, dass er nicht dableiben kann. So früh am Morgen ist es kalt, und er ist steif und kaputt vom harten Boden und vom Alkohol, deshalb läuft er ein paar Stunden rum, um den Kreislauf in Gang zu kriegen, ehe er wieder zur U-Bahn geht. Auf einer Körperseite zeichnet sich eine Art riesiger Bluterguss ab. Er zieht Hemd und Jacke hoch und stellt fest, dass der gesamte Bereich wund ist – weniger violett, eher irgendwie entzündet und scharlachrot, wie ein Ausschlag. Ja, vielleicht ist es tatsächlich ein Ausschlag. Er ist jedoch nicht scharf darauf, die Sache näher zu untersuchen.

Die Straßenlaternen brennen noch, und die Straßen sind noch fast leer. Ein paar gefährlich wirkende Typen lungern rum, und ein schweißdampfender, rotgesichtiger Jogger quält sich vorbei. Nach einer Weile kommt er zu einer Hauptstraße, wo schon mehr los ist: Rollläden werden hochgezogen, ein Lieferwagen wendet, und vor einem Zeitungsladen ist das Pflaster nass. Er ist ein Geist. Niemand sieht ihn. Er läuft weiter den Gehsteig lang. Ein Asiate im Metzgerkittel stellt neben seinem Schaufenster ein Schild auf: *Super Angebot – fast frisches Huhn – £ 2.50 kg*. Er kichert. Fast frisches Huhn. Viel Erfolg, Kumpel. Und dann bemerkt er, dass dieser Typ die asiatische Ausgabe von John Virgo ist, im Ernst, haarklein, und er muss noch mehr lachen. Der Lieferwagen parkt mit geöffneten Heckklappen vor der Tür, und zwei weitere Asiaten kämpfen mit etwas, was wie ein gehäutetes Schaf aussieht. Sie hängen es einem der beiden Typen über die Schulter, und er geht damit in den Metzgerladen; sein Kittel ist voll dunkler Flecken. Die Beine des Tiers baumeln leblos herunter, wie bei einem müden Kind auf der Schulter des Vaters. Als Mick an dem Wagen vorbeigeht, sieht er, wie der zweite Typ im Innern einen zweiten Tierkörper aus einem Haufen zerrt und ihn nach hinten zur Tür schleppt, wo er mit einem feuchten Klatschen auf die Holzplanken fällt.

Ein Stückchen weiter hat schon ein Secondhandladen auf. Ein Anzugtyp steht davor und kramt eine Reihe Bücher in einem Einkaufswagen durch. Er stellt sich neben ihn, nimmt ein Buch aus dem Wagen und blättert darin herum. Der Mann wirft ihm einen Seitenblick zu, na wenn schon, echt. Er steckt das Buch zurück in die Reihe und liest die Buchrücken, und mitten in der Reihe friert sein Blick fest.

Er streckt die Hand aus, um das Buch zu nehmen, aber sie zittert. Aus seiner Kehle dringt ein Laut, er ist sich dessen jedoch kaum bewusst. Der Mann sieht ihn an und geht. *Remember* von Barbara Taylor Bradford – »Eine unvergessliche Geschichte voller Spannung und Leidenschaft«. Er blickt auf.

Durch das Schaufenster sieht er eine Frau, die in einer Plastiktüte kramt, und er schiebt sich das Buch unter die Jacke und geht.

Jemand streift seinen Arm, und sein Körper versteift sich, und ihm wird schlagartig über und über kalt. Er weiß nicht, wo er ist, aber Menschenmassen strömen die Straße runter, und er sucht sie ab, bescheuert, total bescheuert, aber er kann nicht anders, wobei er verzweifelt versucht, sich an ihr Gesicht zu erinnern, aber er kann es nicht.

32.

Jemand kommt auf ihn zu. Ein Mann kommt von der Straße die Stufen hoch, eine Tüte in der Hand. Mick verkrampft sich schon, der Alkohol wirkt noch nicht, und der Arsch da vor ihm ist absolut scheißreal.

»Möchten Sie ein Sandwich?«

Er streckt es ihm hin wie einen Knochen.

»Es ist o.k., nehmen Sie's. Es waren ein paar übrig, die wir nicht verkauft haben.«

Er sieht das Sandwich in der Hand des Mannes an, es ist fest in Folie verpackt.

»Was ist drauf?«

Er hält es sich vor die Nase, inspiziert den Belag.

»Weiß nicht genau. Krabben, glaube ich.« Er hält es ihm wieder hin.

»Haben Sie eins mit Rinderbraten?«

Der Mann lacht kurz, hält inne, dann raschelt er in seiner Tüte rum.

»Nein.« Er holt ein anderes raus. »Thunfisch?«

Mick schüttelt den Kopf. »Ich brauch nichts.«

Er starrt ihn an. »Sie wollen keins von diesen Sandwichs?«

»Nein.«

Die Augenbrauen heben sich ein wenig.

»O.k., gut. Wie Sie wollen.« Und weg ist er. Der Herr der Sandwichs. Leck mich, Kumpel. Regt sich auf, weil jemand seine Überbleibsel nicht will. Er mag nun mal keine Fischsandwichs. So einfach ist das. Allein der Geruch. Eins der wenigen Dinge, an die er sich bei seinem Dad erinnert, sind diese Sardinenbüchsen, die er immer aß, und wie es stank, wenn er sie aufmachte, einfach widerlich.

Sandwichs. Immerzu Scheißsandwichs. Wieso kommt eigentlich nie einer und bietet einem mal 'ne verdammte Flasche an?

Er sitzt auf der Decke und starrt auf das Buch; die Sonne ist hinter Wolken verschwunden. Er nimmt seine Kappe ab und schaut die Straße runter. Eine leere Dose scheppert im Wind einen Zaun entlang.

»Ich werd nich mehr. Ein Mann mit Kohle.«

Er schaut auf. Es ist Bohne. Er steht über ihm, grinst und stiert in die Tasse. Dann bückt er sich und setzt sich neben ihn an die Wand. Sein Hals und eine Gesichtshälfte sind rot und ledern, sein Ohr ist ein einziger schwarzer Schorfklumpen.

»Na sieh ma an – machst jetz Geld, wie?« Er deutet auf den Becher. Unter ihnen rumpelt eine U-Bahn. Er streckt sich und legt die Beine aufs Pflaster. Mick schließt die Augen. Versucht zu verstehen. Es ist jedoch zu anstrengend, und er öffnet sie wieder und sieht zu ihm rüber. Bohne hat eine blaue Jacke an, die an einer Seite einen Riss hat, er hat den Kopf in Richtung Geldautomaten gedreht, hinter seinem Ohr löst sich ein großer Hautfetzen. Einen Augenblick später kommt er schwerfällig auf die Beine.

»Na los. Hast du Hunger?«

Mick rührt sich nicht. Die Augen unter der schmutzigen roten Mütze fixieren ihn.

»Nee. Ich halt hier die Stellung.«

»Ach so, o.k.« Trödelnd steht er da, während Passanten versuchen, an ihm vorbeizukommen. »Wir sehen uns.«

Am restlichen Nachmittag scheint die Sonne, und es klingelt ziemlich oft im Becher. Er ist weder erleichtert noch sauer oder sonst was wegen Bohne. Als wäre er gar nicht da gewesen, als hätte er ihn sich nur eingebildet.

Allerdings ist er durchaus real. Er taucht wieder auf, als Mick gerade gehen will, und hat eine Tüte Bierdosen dabei. Mick packt seine Sachen zusammen, und sie gehen die Straße runter, um eine Stelle zu finden, wo sie trinken können. Ganz einfach. Zurück zu den alten Gewohnheiten, ohne ein Wort über die zurückliegende Zeit. Leichter, einfach so weiterzumachen. Und augenblicklich fühlt er sich sicherer. Was angesichts all der gefährlichen Situationen, in die Bohne ihn gebracht hat, natürlich dämlich ist. Aber er hat das Bier. Das Einzige, worauf man sich bei ihm immer verlassen kann. Auf einem trostlosen Betonplatz setzen sie sich auf eine Bank und fangen zu trinken an.

»Also ich, weißt du, ich würd nich betteln. Ich mein, betteln is o.k. – hab's selbst schon gemacht.« Er kratzt sich die Kehle. »Aber es is doch so, dass du total leichte Beute bist. Ich würd eher aufs Amt gehen. Und weißt du, wenn du's da richtig anstellst, winken sie dich einfach durch. Die wollen ja schließlich nich, dass du mehr Kohle kriegst als sie selber, oder?« Er kichert, Bierblasen zwischen den Lippen. »Und noch die Hämorrhoiden. Verdammte Hämorrhoiden, Mann, die setzen deinen Arsch in Flammen.« Mick hebt die Dose an den Mund. Das Starkbier fängt schon an zu wirken. Er macht sie leer.

Bohne gefällt das Bürohaus. Gut und geschützt, lautet sein Urteil. Und es gefällt ihm auch, sich selbst auf dem Bildschirm zu sehen. Bis er schließlich zusammenklappt, verbringt er den größten Teil des Abends damit, sich dabei zuzusehen, wie er winkt, tanzt und seinen nackten Hintern zeigt. Mick hockt da und sieht ihm zu. Der Typ ist ein völliges Rätsel, echt. Und nicht zum ersten Mal fragt er sich: Wer ist er? Wie lange lebt er schon so? Aber man kriegt nie eine klare Antwort. Ausgeschlossen. Allerdings ist schwer, ihn sich anders vorzustellen als so, als jungen Mann etwa oder als Kind. Schon gar nicht, wenn man ihn sich jetzt ansieht, abgefüllt mit Starkbier und wie er sich immer wieder kleine Hautfetzen vom Gesicht abzieht.

»Wo bist du denn eigentlich hin?«

Bohne richtet sich einen Moment auf und kneift die Augen zusammen, als versuche er, sich zu erinnern.

»Ach, weißt du, ich bin nirgendwohin.« Er lacht. »Ich war in Ferien. Rothesay, ich war in Rothesay.« Er lacht sich fast schief, und das ist das letzte Mal, dass das Thema erwähnt wird.

Sie pendeln sich auf ein Muster ein: abends Betonplatz, nachts Bürohaus, und am Morgen geht jeder seiner Wege, bis Bohne ihn am späten Nachmittag abholt. Eines Abends kommen am Bürohaus ein paar Leute zu ihnen hoch. Schwer zu sagen, ob sie Hallelujas sind oder von der Sandwichtruppe oder sonst was. Bohne, dieser große besoffene Wachhund, verscheucht sie jedenfalls ruckzuck.

Er schläft. Träumt. Das Bild trifft ihn wie ein Windstoß in die Rippen, immer wieder, verschwindet einfach nicht. Wie sich ihr Haar nass auf der Oberseite ihrer Brüste kringelt und die Buchseiten sich mit dem Badewasser vollsaugen. Mit feuchten Fingern blättert sie Seiten um. Aber das Bild ist falsch, es passt nicht. Sie ist zu jung darauf. Sie ist das Mädchen auf dem Stapellauffoto, von bevor sie verheiratet waren. Er kann nicht aufhören, sie anzusehen.

33.

Sie bleiben an der Ampel neben einer rappelvollen Kneipe stehen. Vor dem Eingang stehen haufenweise Männer, die auf dem Gehweg rauchen. Drinnen sieht man auf einer Fensterbank eine Reihe von Arschritzen.

»Champions League«, sagt Martin, legt den Gang ein und fährt den Transporter über die Kreuzung. Auf den Straßen ist nicht viel los, und sie kommen gut voran. Nun biegen sie auf eine Hauptstraße ab und halten Ausschau nach dem Schild des Drogeriemarkts. Martin ist ziemlich still. Das hat allerdings nichts Unbehagliches, und sie schlürft ihren Kaffee, den Blick aus dem Fenster gerichtet.

Als sie den Drogeriemarkt finden, ist er verwaist. Sie parken davor, und sie sieht auf dem Zettel nach, ob sie an der richtigen Adresse sind. Das ist der Fall. Sie steigen aus und sehen sich um. Der Eingang ist nass, sauber und beginnt zu überfrieren. »Arschlöcher«, sagt Martin, und sie trennen sich, um die Straße in entgegengesetzten Richtungen abzusuchen.

»Irgendwas?«, fragt sie, als sie sich wieder am Wagen treffen.

»Nix.«

Sie fahren wieder los, an einer anderen vollen Kneipe mit beschlagenen Scheiben vorbei.

»Wichtiges Spiel?«

Martin lächelt. »Viertelfinale.«

»Du hättest deine Schicht tauschen sollen.«

Er dreht sich, um sie kurz anzusehen, dann schweigen beide wieder, während der Transporter durch einen verlassenen Straßenmarkt fährt, an leeren Ständen und aufgestapelten Pappkartons neben Müllbehältern vorbei.

An der nächsten Station haben sie mehr Glück. Im Eingangsbogen zu einem Einkaufszentrum sitzt ein junger Mann in Decken und einen großen roten Schlafsack gehüllt. Als sie sich ihm nähern, erkennt er sie. Danny. Es ist ihre vierte Begegnung mit ihm, und beim vorigen Mal hatte er ihnen gesagt, er wäre froh, wenn das Team ihm eine Einweisung besorgen würde. Heute Abend wirkt er ziemlich aufgekratzt und lächelt, als sie sich neben ihn hocken und ihm berichten, sie hätten einen Besuch in einem Wohnheim für ihn ausgemacht, damit er sich dort mal umsehen und ein erstes Gespräch führen kann. Er freut sich über die Nachricht. Sie sprechen ab, wann sie ihn abholen sollen, und er lacht. »Ich hab keine großen Pläne, irgendwohin zu gehen«, sagt er.

Danny, das hatten sie bei der zweiten Begegnung erfahren, stammte aus Hartlepool. Seine Mutter starb, als er sechzehn war, danach wohnte er bei seiner Schwester. Doch die Schwester hatte ihre eigene Familie, und Danny, der das Gefühl hatte, im Weg zu sein, zog wieder aus. Weil er nicht wusste, was er in Hartlepool machen sollte, kam er nach London. Er kannte ein paar Leute, die ebenfalls hier runtergezogen waren, aber nachdem er kurze Zeit auf dem Sofa eines Bekannten gepennt hatte und den anderen nicht aufspüren konnte, hatte er irgendwann kein Dach mehr über dem Kopf und war die letzten sechs Monate von Schlafplatz zu Schlafplatz gezogen.

Sie freuen sich über die Entwicklung und sind ganz guter Laune, als sie zum Wagen zurückgehen. Auf der Hauptstraße halten sie noch mal an, damit sie schnell rausspringen kann, um ihnen noch einen Kaffee zu besorgen. Martin sieht ihr durch den Eingang des Ladens nach. Als sie wieder rauskommt und sich umdreht, bemerkt sie seinen Blick, und er sieht weg, während sie mit dem Kaffee zurückkommt.

Ihre nächste Anlaufstelle befindet sich hinter einem Billighotel, in einem kleinen Komplex mit Bürogebäuden. Vor dem Eingang des Haupthauses sind zwei Männer, die sie vor ein paar Wochen nach dem Anruf eines Hotelangestellten zum ersten Mal aufgesucht hatten. Damals waren die zwei zu betrunken gewesen, um richtig mit ihnen reden zu können, aber bei den folgenden Begegnungen war es etwas besser gewesen. Sie waren beide aus Glasgow runtergekommen, möglicherweise zusammen, obwohl es schwer war, sich ein klares Bild zu verschaffen. Einer der Männer, Mick, bleibt immer sehr still, während der andere, Keith, offensichtlich für sie beide spricht. Sie haben keine Pläne und keinen Ort, wo sie hinkönnen, so viel steht fest. Als sie jetzt die Stufen zum Eingang hochkommen, wirken die Männer halbwegs nüchtern, aber sie erkennen sie nicht. Als Martin sie daran erinnert, wer sie sind, steht Keith auf und schüttelt ihnen übertrieben die Hand. Er hat schwere Brandmale auf Gesicht und Hals, aber er lässt sich nicht dazu bewegen, zu sagen, woher sie stammen. »Ein Kampf«, ist das Äußerste, das er klar dazu sagt.

Als sie die beiden Männer in der folgenden Woche wiedertreffen, haben sie schon angefangen zu trinken, aber vor allem Mick scheint ihre Anwesenheit zunehmend zu akzeptieren. Sie erfahren auch, dass beide Männer in einem Asyl waren, ehe sie herkamen, es aber wieder verließen, nachdem man ihnen ihre Sachen gestohlen und es irgendeine Auseinandersetzung mit der Leitung gegeben hatte.

Eines Abends sitzen sie in dem geparkten Transporter und essen Donuts. Martin hat Zucker auf seiner Manschette, und aus einem plötzlichen Impuls streckt sie die Hand aus, um ihn wegzuwischen, aber er zieht seinen Arm zurück. Ein paar Augenblicke später lässt er den Wagen wieder an, und sie machen mit ihrer Runde weiter.

Die Polizei hat sie informiert, ein älterer Mann schlafe vor der U-Bahn-Station. Sie finden ihn, und er ist wach, aber verwirrt. Als sie vom Wagen aus auf ihn zugehen, weicht er zurück und schreit sie an. Sie bleiben in einiger Entfernung stehen und versuchen mit ihm zu reden, aber er schreit weiter, und nach ein oder zwei Minuten nimmt er einen Schuh und wirft ihn nach ihnen. Sie beschließen, ihn in Ruhe zu lassen, und es ein andermal zu versuchen. Doch als sie das nächste Mal zur U-Bahn-Station kommen, ist er fort, und sie sehen ihn nicht wieder.

Auch Danny hat sich davongemacht. Als sie ihn abholen und zum Wohnheim bringen wollten, war an seinem Stammplatz keine Spur von ihm, und auch als sie die nächsten Male hinkommen, ist er nicht wieder aufgetaucht. Das Büro macht einen Rundruf bei anderen Sozialarbeiterteams in den umliegenden Stadtteilen, aber niemand weiß etwas. Immerhin, was Keith und Mick angeht, kommen sie weiter. Nach einigen weiteren erfolgreichen Treffen wird in einer nahe gelegenen Unterkunft ein Antrag gestellt. Sie fahren die Männer zu einem ersten Besuch hin, und sie kommen auf eine Warteliste. Obwohl Mick sich zunächst nur widerwillig zeigt, zieht er offenbar Selbstvertrauen aus Keith, der zwar unberechenbar ist, aber erklärt hat, er würde nur zu gern in das Wohnheim ziehen.

In einer der folgenden Wochen hat Mick auf einer Gesichtsseite einen Bluterguss, weil er, wie Keith ihnen erzählt, getreten wurde, als er vor der U-Bahn-Station saß. Er ist dadurch eindeutig in einer Notlage und hat Schmerzen, und sie und Martin machen sich Sorgen – vor allem nach den Erfahrungen in ihrer früheren Unterkunft –, dass der Kontakt abreißt, ehe Plätze für sie frei werden. Doch in den nächsten paar Wochen bleiben sie, wo sie sind, und als schließlich der Zeitpunkt da ist, sie hinzubringen, ist es am Ende gar nicht so schwierig, sie in den Transporter zu bekommen und danach ins Wohnheim.

Sobald sie dort sind, werden die beiden Männer irgendwie aufgeregt, sodass ihre Aufnahme an diesem Abend nicht mehr abgeschlossen werden kann. Man verständigt sich darauf, dass die Formulare auch noch am nächsten Tag ausgefüllt werden können, um den beiden Männern eine Nacht zu ermöglichen, in der sie sich beruhigen und sich in ihrer neuen Umgebung orientieren können.

Das ist ein schöner Erfolg, und sie verlassen erleichtert das Wohnheim und gehen schweigend zurück zum Transporter.

34.

Er sitzt auf dem Bett, apathisch, dumpf. Den größten Teil der Nacht war er wach und hat gelauscht; den Vormittag hat er durchgeschlafen. Alles in dem Zimmer ist weiß: die Wände, der Boden, die Vorhänge, der Schrank, sogar der Nachttisch, der jetzt die Tür blockiert. Wie in einem Krankenhaus. Einem Irrenhaus. Er hat Hunger, aber im Moment denkt er nicht mal an Essen, weil er sich nicht rührt, weil er den Raum nicht verlässt – sein Blick ist wachsam auf die abgeschlossene Tür vor ihm gerichtet.

Auf der anderen Seite des Zimmers befindet sich eine weitere Tür und dahinter ein kleines Bad mit Dusche und Klo, ist das zu glauben? Sogar Handtücher und Toilettenartikel gibt es. Ein paarmal geht er rein, pinkeln, ansonsten bleibt er auf dem Bett. Still ist das Zimmer. Kein Laut dringt durch die dicke Tür oder durch das Doppelglasfenster, das auf eine Straße rausgeht. Dort stauen sich Autos, es gibt Läden, im ersten Stock des Gebäudes gegenüber hängt ein Schild – *Mumtaz Teppiche.*

Früher am Vormittag kam jemand nach ihm sehen. Renuka, sagte sie durch die Tür. Er habe seinen Termin mit ihr nicht wahrgenommen. Es sei sehr wichtig, dass sie noch heute miteinander sprächen. Er drückt den Kopf ins Kissen und bleibt still. Noch lange, nachdem sie weg ist, rast sein Herz.

Immer wieder reißen ihn plötzliche Klarheitsmomente aus seiner Apathie, in denen er weiß, was er tun wird: Er wird die

Dunkelheit abwarten, kurz bei Bohne reinschauen und ihm sagen, dass er die Mücke macht und zurück zu seinem Schlafplatz geht. Allerdings weiß er nicht, wo Bohnes Zimmer ist. Eigentlich weiß er nicht mal, wo sie überhaupt sind. *Mumtaz Teppiche* ist der einzige Hinweis. Und dann schwindet all seine Energie fürs Abhauen schlagartig, und sein Verstand trübt sich wieder. Der Fluchtgedanke kommt ihm mehrmals bis er, als würde er die Niederlage hinnehmen, seine Jacke auszieht und sich schlafen legt.

Er wacht erst spät am Nachmittag auf. Außer einem Spiegel und einem Fernseheruntersatz aus Sperrholz am Bettende ist die kleine Uhr auf dem Nachttisch, deren Kabel straff an der Wand bis zur Tür läuft, der einzige Schmuck im Zimmer. Er starrt lange Zeit auf die Uhr und dann auf den nicht vorhandenen Fernseher. Und was jetzt? Er braucht was zu trinken, aber die Vorstellung, sein bisschen Klimpergeld rauszukramen und sich auf die Suche nach einem Getränkeshop zu machen – alles viel zu riskant. Selbst in der Stille und mit dem Möbelstück vor der abgeschlossenen Tür fühlt er sich ausgeliefert, wehrlos. Als ob jeden Moment die Tür aufgehen und dahinter irgendeine schreckliche Katastrophe lauern könnte. Er steht auf und nimmt seine Jacke vom Haken an der Tür, zieht sie wieder an und fühlt sich auf der Stelle besser, wie eine Schnecke, die ihr Haus wiederhat.

Es klopft an der Tür, und er öffnet die Augen.

»Mick.«

Er kauert sich hin und tut so, als würde er schlafen, fürchtet jedoch plötzlich, dass sie ihn durch den Türspion sehen kann.

»Mick, es ist wirklich wichtig, dass wir diese Besprechung machen. Mick. Wir müssen Ihre Ansprüche einreichen, sonst können wir Ihnen diesen Platz nicht erhalten.«

Er sieht den Schatten ihrer Füße unter der Tür durch. Sie bleiben ein, zwei Minuten da, dann geht sie.

Aber am nächsten Morgen ist sie zurück. Am Geräusch der Schuhsohlen hört er, dass sie dieses Mal nicht allein ist, und sie klopft diesmal energischer, ihr Ton ist strenger.

»Wenn Sie nicht antworten, muss ich die Tür aufschließen.«

Er setzt sich auf, atmet schwer.

Sekunden später hört er den Schlüssel im Schloss, und die Tür schiebt sich auf und stößt gegen den Nachttisch.

»Mick, hören Sie auf damit, die Tür zu blockieren!«

Langsam steht er auf und zieht den Nachttisch zur Seite. Die Tür geht auf, und er steht belämmert vor ihr. Sie ist allein. Klein, asiatisch und sauer.

Sie gehen durch den leeren Flur in einen Raum auf derselben Etage. Sie sei seine zuständige Sachbearbeiterin, sagt sie. Sie bedeutet ihm, am Schreibtisch Platz zu nehmen, und beginnt, ihn über seinen Nutzungsvertrag aufzuklären, und dass er anfangen müsse zu kooperieren. Er sitzt still da, versucht zuzuhören oder wenigstens so zu tun. Als sie fertig ist, gehen sie raus und machen einen Rundgang durch die übrigen Stockwerke; wenn sie anderen Leuten begegnen, hält er den Kopf gesenkt. Sie öffnet alle Türen, die er kennen muss: zur Kantine, zum Aufenthaltsraum, zum Computerzimmer. Durch das Fenster des Werkraums sieht man eine Reihe schiefer Tontöpfe auf einem Fensterbrett stehen.

Anschließend bringt sie ihn zu seinem Zimmer zurück und macht einen Termin für ihre nächste Besprechung aus. Als sie weg ist, geht er vorsichtig die Treppe runter und durch die Anmeldung hinaus aus dem Wohnheim. Auf der belebten Straße draußen entdeckt er einen Gemischtwarenladen und gibt das, was er noch hat, für ein Brot, ein Päckchen Schinken und einen Viererpack aus.

Bohne findet ihn am Tag darauf. Er bollert an die Tür und ruft seinen Namen. Mick linst durch den Spion auf das riesige, vernarbte Tölpelgesicht. Er macht die Tür auf und erwartet eigentlich schon das vertraute Grinsen – »Frühstück?« –, aber Bohne marschiert einfach rein und setzt sich aufs Bett.

»Wie läuft's?« Er sieht aus dem Fenster. »Nette Aussicht.«

»Ganz gut. Und bei dir?«

»Prima. Super. Außer, dass dieser Arsch nebenan die ganze Zeit sein Radio laufen hat. Aber hier isses ruhig.« Er sieht sich im Zimmer um und schaut dann zu Mick hoch. »Warst du in der Kantine?«

»Nee.«

»Dann komm, gehn wir.«

Er zögert einen Moment, aber Bohne ist schon aus der Tür raus und fordert ihn auf mitzukommen.

Er bleibt dicht hinter ihm auf dem Weg einen Gang runter und in die Kantine, in der sich ein paar Leute aufhalten. Schwer zu sagen, wer von ihnen die Obdachlosen sind. Aber ein, zwei Kandidaten sind schon dabei. Ein blasses, mageres Mädchen zum Beispiel, das mit einer älteren Frau spricht, und ein klapperiger bärtiger Mann in einer wilden Mischung von Kleidungsstücken. Sie gehen an die Glastheke und sagen dem Typen, was sie wollen. Beide nehmen das volle Programm: Rührei, Würstchen, Bratkartoffeln und Bohnen. Damit setzen sie sich an einen der kleinen runden Tische, abseits von da, wo sich die anderen zusammengeschart haben.

»Sag mal, wer bezahlt das eigentlich?«

Bohne grinst. »Du, Kumpel, also hau rein.«

Sie reden nicht, während sie essen. Der Raum ist von leisem Gesprächsgemurmel erfüllt. Das blasse Mädchen kommt an ihrem Tisch vorbei und schaut sie an, aber er senkt den Kopf, ignoriert sie. Komisch, aber mit Bohne fühlt er sich freier.

Irgendwie hält er die Welt von ihm weg. Mick sieht ihn an, wie er isst und sich im Gesicht und am Hals kratzt, was er die ganze Zeit macht, in der sie dasitzen. Er hat nach wie vor die Wollmütze auf und über die Ohren gezogen. Trotzdem kann man deutlich erkennen, dass er eins von ihnen abschreiben kann, das Ohrläppchen ist dunkel und zu einer kleinen Rosine zusammengeschrumpelt.

Bohne isst seinen Teller schnell leer und lässt Messer und Gabel klappernd darauffallen.

»Und – wie findst du's so?«

Er zuckt mit den Schultern. »Ganz in Ordnung. Eigentlich bin ich noch gar nicht richtig aus dem Zimmer rausgekommen.«

Bohne nickt. »Weiß ich, weiß ich. Scheint – na ja, ziemlich gemütlich da, wie? Musst aber trotzdem aufpassen. Trau keinem.« Bei diesen Worten starrt er über Micks Schulter auf zwei junge Männer, die gerade zur Theke gehen.

»Das isser.«

»Wer?«

»Mein Nachbar.«

Die beiden Männer lachen mit dem Typen hinter der Theke über irgendwas.

»Welcher?«

»Der Dünne da mit dem Gesicht, als wär ihm 'ne Kühltruhe draufgefallen.« Er steht auf. »Komm, gehn wir. Hast du Geld?«

»Nee, ich ...«

»Macht nix, ich hab. Los, komm.«

Sie gehen eine andere Treppe runter zu Bohnes Zimmer im Erdgeschoss. Es sieht mehr oder weniger genauso aus wie sein eigenes. Vom Boden des Kleiderschranks klaubt Bohne ein paar Dosen hervor, gibt Mick eine, und sie setzen sich aufs Bett.

Das Wohnheim ist nicht weit entfernt von da, wo sie vorher waren. An einer Wand in der Anmeldung hängt eine große Karte des Stadtbezirks, und eines Vormittags, als nicht viel Betrieb ist und die Frau am Schreibpult sich mit ihrem Computer beschäftigt, sieht er sie sich genauer an.

Beim ersten Mal geht er zu Fuß und hockt sich an die alte Stelle bei den Geldautomaten. Als er nachmittags zurückkommt, findet er raus, dass es einen Bus gibt, der genau die Straße langfährt, an der das Wohnheim liegt, noch dazu einer von diesen Gelenkbussen, in denen man gut schwarzfahren kann. Ein Bonus. Und außerdem: Dank des eigenen Badezimmers stinkt er nicht mehr so wie früher, wodurch die Einnahmen steigen.

Selten, dass auf den Gängen oder in der Anmeldung viele Leute sind. Er hat keine Probleme, um zu vermeiden, jemandem über den Weg zu laufen. Es gibt vier Etagen, vollgestopft mit Männern und Frauen. Insgesamt etwa fünfzig Personen schätzungsweise, die er jedoch normalerweise nur in der Kantine sieht. Ein paar Blicke bloß, damit hat sich's. Es ist anders hier als dort, wo sie zuvor waren. Schon mal deshalb, weil die Penner nicht alle wie Penner aussehen. Viele von ihnen sind sauber und wirken völlig normal. Haben anständige Klamotten. Es gibt sogar einen schwarzen Typen, der immer nur in Anzug und Krawatte rumläuft, die Haare zum Seitenscheitel gegelt und die Schuhe so glatt wie polierter Stahl. Natürlich gibt es Grüppchenbildung und kleine Intrigen. Er hält sich fern davon, obwohl er bisher niemanden getroffen hat, der nach Ärger aussieht. Ziemlich viele der Männer und Frauen sitzen sogar zusammen, und die Stimmung ist ziemlich entspannt, ja gesittet.

Er übernimmt Bohnes Idee und lagert seine Bierdosen nun auch unten im Kleiderschrank. In seiner Vereinbarung steht zwar, dass das erlaubt ist, aber besser, man passt auf. Im Kühlschrank der Küche auf ihrem Flur, an der er auf dem Weg zu seinem Zimmer vorbeikommt und in der er ständig Männer aus seiner Etage rumstehen, kochen und sich unterhalten sieht, lässt er sie jedenfalls bestimmt nicht.

Jeden Donnerstag hat er mit Renuka einen Termin in ihrem kleinen, engen Büro, das sie, wenn die herumliegenden Zettel und Umschläge irgendeine Aussagekraft haben, mit Daniel Katongo, einem Sozialarbeiter, teilt. Eine Wand besteht komplett aus Regalen, vollgestopft mit Aktenordnern, die Etiketten mit Aufschriften tragen wie: Risikoeinschätzung, Überdosis, HEP/TB, Schwerwiegende Vorfälle. Sie sprechen über seine Unterstützungsansprüche und darüber, wo seine Angehörigen sind, wissen sie, wo er ist? Nicht gerade seine Lieblingsthemen, weshalb er meistens abschaltet und auf die Ordner oder die Fotos an den Wänden starrt. Eins davon zeigt eine Frau in einem Hosenanzug, die einem verwirrt wirkenden älteren Typen im Eingang zum Wohnheim die Hand schüttelt. Und ein anderes Renuka in einer Reihe Leute in gelben T-Shirts, die einander die Arme um die Schultern gelegt haben und lächeln.

Bei ihrer zweiten Besprechung hatte sie ihn gefragt, ob er Drogen nähme. Nein, tut er nicht. Alkohol? Manchmal vielleicht, aber wer macht das nicht? Jedenfalls hat er keinen Eimer Hochprozentiges neben dem Bett stehen. Trinkt er in seinem Zimmer? Er sagt ihr, er tue es nicht. Na ja, hin und wieder vielleicht. Aber für Renuka geht das in Ordnung, sie bohrt nicht weiter nach. Sie hilft ihm, ein Konto einzurichten und seine Ansprüche zu regeln, vermittelt ihm Vorstellungsgespräche für Wohnungen und Geld vom Sozialamt. Es ist ein ziemlicher Horror, als er das erste Mal zum Jobcenter geht. Er hat es mit einer überaus fröhlichen Schwarzen mit Dreadlocks zu tun, aber er schämt sich dermaßen, dass er kaum etwas sagen kann. Er bettelt schon wieder. Er, dem früher schon bei dem bloßen Gedanken daran schlecht wurde, der mit ansah, wie andere sich die Stütze holten, während er selbst zu stolz war, auch nur vom Thekenhocker aufzustehen – und jetzt das. Von Bohne zum Amt. Eine krasse Kombination, so viel steht fest.

Für Bohne läuft es mit seinem eigenen Fallbearbeiter nicht so glatt. Wahrscheinlich eher für Letzteren. Er fühle sich einfach nicht wohl, in solchen Zimmern zu sitzen, erklärt er Mick, er müsse aufstehen und rumgehen. Was schon mal das Erste wäre, womit ihm dieser Robin in den Ohren liegt. Zudem war er auch nicht sonderlich mitteilsam, was das Saufen betrifft. Er sei abstinent, hat er Robin erzählt. Und Robin meint, dass er sich mit dieser Einstellung keinen Gefallen tut und es im Wohnheim Angebote gibt, die er nutzen könnte – aber sobald er das gesagt hat, schaltet Bohne auf stur und verfällt in sein übliches Getrickse.

Außerdem gab es wohl Ärger mit seinem Zimmernachbarn. Der dürre Typ hat Streit angefangen, vielleicht auch Bohne, aus Bohnes Bericht wird das nicht ganz klar. Auf jeden Fall steht dieser Typ, auch wenn er noch ziemlich jung ist, offensichtlich gut mit dem Personal und ist ziemlich empfindlich, was seinen Teller und sein Fach im Kühlschrank und so angeht. Der Krach hatte irgendwas mit einer Überschwemmung im Kühlschrank zu tun, und seither gehen sich die beiden beim geringsten Anlass an die Gurgel. Laut Bohne hält der Dürre sich für einen ganz harten Burschen, ist aber in Wirklichkeit nur ein beschissenes kleines Arschloch, und ein paarmal hat der Nachbar versucht, ihm eine zu verpassen, was beim letzten Mal damit endete, dass Bohne auf seinem

Kopf saß. Robin ist über all das nicht sehr erfreut. Hier drin würden Null-Toleranz-Regeln gelten, was Aggressionen betrifft, und wenn er so weitermacht, fliegt er hochkant raus.

Eine träge, bleierne Traurigkeit lastet auf ihm. Er fühlt sich verloren – hilflos. Jetzt, wo er nicht mehr davon abgelenkt wird, dafür sorgen zu müssen, dass er es warm und sicher und was zu essen hat, ist es, als sei eine Schutzschicht verschwunden, und nun treibt er im freien Raum, ohne etwas, was ihn vor seinen Gedanken schützt. Gesprächsfetzen und Bilder stürmen auf ihn ein, und er ist machtlos, sie abzuwehren. Robbie. Craig. Er liegt auf dem Bett oder sitzt auf dem Pflaster, die Augen fest zugekniffen, und wartet darauf, dass sie wieder gehen, aber dann steht er vor dieser großen, unbeweglichen Starre in seinem Inneren. Auch das Trinken hilft nicht, sondern macht es nur schlimmer. Nichts zu tun. Er hat nichts zu tun. Es bleibt nur der Schlaf, aber auch der kommt inzwischen vollkommen willkürlich: Manchmal schläft er nur zwei Minuten am Stück und liegt nachts lange Zeit wach, an anderen Tagen haut es ihn ins Bett, und er schläft fünfzehn Stunden durch. Er braucht etwas, um den Kopf zu beschäftigen. Etwas, was ihn aus dem Bett bringt. Es gibt einen Aufenthaltsraum mit einem Fernseher und einem Billardtisch, und manchmal denkt er daran, Bohne zu fragen, ob er Lust auf eine Partie hat. Doch dann überzeugt er sich davon, dass das keine gute Idee wäre – bestimmt ist der dürre Typ da, und dann gibt es ein Blutbad. Natürlich könnte er auch allein da raufgehen und sich ein Spiel oder einen Film ansehen, doch schon bei dem Gedanken daran wird ihm augenblicklich unbehaglich – bei der Vorstellung von diesem Raum voller Leute, Augen, Geräusche.

Eines Nachmittags liegt er auf dem Bett, als ihm einfällt, dass er ja dieses Barbara-Buch hat. Er steht auf, holt es unten aus seinem Schrank vor und sitzt eine Zeit lang damit da, hält es im Schoß und betrachtet es. Versucht herauszufinden, ob er das Titelbild wiedererkennt. Vielleicht. Schwer zu sagen. Soweit er weiß, waren sie sich alle ziemlich ähnlich, immer diese gut aussehenden Frauen in teuren Kleidern auf Achse. Er dreht es um und liest sie Rückseite:

> Kriegsreporterin Nicky Wells ist ein Medienstar. Mutig, schön und bekannt für ihre knallharten Reportagen von den gefährlichsten Krisenherden der Welt, zerbricht ihr Leben, als sie den einzigen Mann verliert, den sie je wirklich geliebt hat – den eleganten englischen Adligen Charles Deveraux.

Er kichert. Nicht gerade Dickens, was, Kleine? Trotzdem schlägt er es auf und liest die ersten Seiten. Als er es weglegt, um sich mit Bohne in der Kantine zu treffen, hat er schon ein ganz schönes Stück geschafft.

Der Krieg mit dem dürren Typen scheint kein Ende zu nehmen, aber seine eigenen Zimmernachbarn sind in Ordnung. Der auf der einen Seite kommt selten raus, und wenn, dann sagt er nicht viel. Mick begegnet ihm gelegentlich auf dem Flur oder in der Küche, wenn er sich Tee holt – er hat ziemlich lange, zu einem Pferdeschwanz gebundene graue Haare und immer denselben grünen Trainingsanzug an. Sie nicken sich zu und gehen wieder zurück in ihre Zimmer. Mit dem auf der anderen Seite ist es anders. Es dauert fast einen Monat, ehe sie sich über den Weg laufen, und dann wird sofort klar, dass der Typ ein Quasselmaul ist. Sie wollen gerade beide in ihre Zimmer, als er sich in seinem Türrahmen umdreht und Mick fragt, ob er im Kühlschrank ein Fach hat, nur um anschließend mitten im Flur so ziemlich seine komplette Lebensgeschichte vor ihm auszubreiten, als hätte Mick danach gefragt, was er natürlich nicht hat, vielmehr hat er kaum ein Wort gesagt.

»Also, ich selber, ich bin schon ein Jahr hier. Eigentlich hätte ich schon längst eine eigene Wohnung kriegen sollen, aber ich war mit den Nebenkosten im Rückstand, und jetzt wollen sie mich nicht mehr vermitteln, obwohl sie wissen, dass ich zuverlässig bin. Bin ich nämlich. Ich war in der Army, Infanterie, aber ich wurde verwundet, hier.« Er zieht sein Hosenbein hoch, wo eine dunkle Narbe sichtbar wird, die vom Knöchel bis hoch zum Knie verläuft. Er schaut Mick an; es ist unklar, ob er auf eine Aufforderung wartet oder ob Mick beeindruckt sein soll.

»Wo warst du denn stationiert?«

»Zypern. Aber dann wurde ich verwundet, ja? Also hab ich dann bei meinem Bruder in Stockport gewohnt. Er ist Fernfahrer, und das passte prima, weil ich die Wohnung meistens für mich hatte. Kennst du diese Lkw-Parkplätze? In Calais oder wo auch immer. Echt, fast wie Bordelle, ich schwör's, diese ganzen Mädchen, die da bei den Lastern arbeiten. Und die Betten in den Wagen klappen so seitlich raus, dass er und sein Mitfahrer quasi direkt aufeinander schlafen. Na ja, und dann also, mein Bruder war eh immer stinkig, wenn er eine Tour hinter sich hatte, und er will seine Ruhe vor mir haben, und schließlich kriegen wir uns echt in die Haare, und er schmeißt mich raus.«

Mick sagt weiterhin nichts. Schwer zu schätzen, wie alt er ist. Könnte alles zwischen zwanzig und vierzig sein. Hinter ihm hört man einen Fernseher laufen, und ein schwacher Mief kommt aus der offenen Tür; die Wände sind mit Plakaten und Bildern aus Zeitschriften bedeckt. Er wusste gar nicht, dass das erlaubt ist. Ist es vielleicht auch nicht.

»Und deshalb bin ich runter nach London, weil ich einen Freund hier hatte, wo ich wusste, dass ich da wohnen kann. Ich kannte ihn schon, bevor ich zum Militär ging, und er war immer ziemlich cool. Auch seine Kumpel – alle schwer in Ordnung. Und ständig diese Partys. Du würdest es nicht glauben, Mann, echt ausgeflippt, die ausgeflipptesten Partys, die du je gesehen hast. Oben war so ein Dach, auf das man eigentlich nicht raufsollte, aber jeder ging rauf, und dort oben hatte man das ganze Gebäude für sich. Ich weiß noch, einmal hatte einer ein Schwein – und ich meine, ein *ganzes* Schwein –, weiß der Teufel, woher sie es hatten, auf jeden Fall kriegen wir es nur mit einem Dutzend Leuten hochgeschleppt, weil es war schwer wie ein Auto, echt wahr. Und als wir es oben haben, sagt jemand, hey, schmeißen wir's runter, also schleppen wir's an die Kante und dann« – seine Hände machen eine Stoßbewegung – »knallt's auf die Straße, und es muss explodiert sein oder so was, weil es klang wie ein gewaltiger nasser Furz. Und dann bremst dieser Wagen direkt davor, und der Typ steigt aus und steht da und kratzt sich den Schädel, weil er keinen Schimmer hat, was los ist – er denkt, er hätte gerade ein Schwein überfahren –, aber er guckt nicht nach oben, und wir stehen da auf dem Dach und bepissen uns vor Lachen.« Mick schiebt sich in Richtung auf seine Tür, unsicher, wann diese Geschichte endet. »Bloß, was ich nicht wusste, war, dass dieser Typ, mein Kumpel, dass er mich beklaut. Mich verdammt noch mal beklaut, direkt vor meiner Nase, so wahr ich hier stehe. Eines Tages komme ich rein, und da durchwühlt er meine Tasche. Sagt, er sucht Fluppen, aber er lügt, und das war's dann, Mann, da bin ich dann verdammt noch mal weg.«

Er heißt Paul, teilt ihm sein Nachbar noch mit, ehe es Mick gelingt, zurück in sein Zimmer zu kommen. Er ist in Ordnung. Er ist eine Quasselstrippe, aber er ist in Ordnung. Sie haben das gleiche Thema noch ein paar Male. Es ist unklar, ob Paul sich erinnert, dass er ihm die Geschichte bereits erzählt hat, oder ob er nur die Details ausschmücken will. Die ändern sich ohnehin ständig. Als er ihn das nächste Mal sieht, spült Paul in der Küche einen Schwung Kaffeebecher, und jetzt war er nicht mehr in Zypern im Einsatz, sondern in Afghanistan. Aber was soll's? Selbst wenn's erfunden ist, was macht das schon? Schließlich schreibt er nicht die Biografie von dem Typen, und wenn er ständig über sich reden will, na schön – jedenfalls besser, als wenn er ihm Fragen stellte.

Eine halbe Stunde zu Fuß vom Wohnheim ist ein Park. Nicht so ein mickriger, sondern ein großer, grüner mit Teichen und Wegen und Sonnenbadenden. Er gewöhnt sich an, früh jeden Nachmittag hinzulaufen, einfach um was zu tun, um nicht in seinem Zimmer zu hocken und zu vergammeln. Am oberen Ende eines großen geschwungenen Rasenstücks steht, etwas abseits, vor einem Rosengarten eine Bank. Zur einen Seite sieht man auf die Tennisplätze und in einiger Entfernung auf eine Gruppe Obdachlose, an denen er immer vorbeimuss, wenn er zu seiner Bank geht, die sich bei einigen frisch angepflanzten kleinen Bäumen betrinken. Sie hören sich nach Osteuropäern an. Komisch, denkt er, als er da auf der Bank sitzt, dass keiner von denen im Wohnheim ist.

Er macht mit dem Buch weiter. Es ist tatsächlich ganz spannend. Während diese Frau, Nicky, von den Protesten auf dem Tienanmen-Platz berichtet, begegnet ihr ein alter Freund, ein Fotograf. Die beiden kommen sich näher, der Tod des umwerfenden englischen Aristokraten hängt ihr allerdings immer noch nach. Dennoch, der Fotograf hat ein Landhaus in der Provence, und als sie ihn dort besucht, folgt die unausweichliche heiße Liebesszene. Die Beziehung wird immer enger und fester, bis sie eines Tages Nachrichten sieht und in einer Menschenmenge den umwerfenden englischen Aristokraten entdeckt. Wie sich herausstellt, ist er gar nicht ertrunken, und so macht sie sich auf, um in ganz Europa nach ihm zu suchen.

Mit Teetasse und einem Teller mit Keksen sitzt er im Bett und liest. Manchmal ist es kein Tee, aber was soll's, so ist das Leben. Das Buch hält ihn echt bei der Stange, und er braucht mehrere Wochen dafür. Danach überkommt ihn eine seltsame Stimmung. Ein Gefühl der Leere, jetzt, da er das Buch fertig hat, und es nagt an ihm, aber er versucht nicht, es abzublocken.

35.

Inzwischen schießen ihm jetzt häufig Gedanken an die Jungs durch den Kopf. Beunruhigende Gedanken, die ihn dazu bringen, sich in seinem Zimmer einschließen und schlafen gehen zu wollen. Der geringste Anlass kann sie auslösen. Er sitzt still auf der Bank, trinkt, nichts rattert in seinem Schädel herum, hinten auf den Plätzen das gedämpfte Plopp der Tennisbälle, da kommt mit einem Mal so ein Winzling auf ihn zugestolpert, fällt auf die Hände und liegt da, schaut ihn mit gehobenem Kopf schweigend an, bis seine Mutter kommt, ihn schwungvoll aufhebt und mit ihm fortgeht. Und dann brechen sie los, die Gedanken. Die beiden wissen nicht, wo er ist. Er sitzt hier in der Sonne auf einer Bank, und niemand außer ihm weiß es. Und dann rollt eine Riesenwelle Selbstmitleid über ihn hinweg, wieder dieses Gefühl, verlassen zu sein. Nein. Nein, ist er nicht, und tu verflucht noch mal nicht so, als wäre es anders, denn wenn hier jemand irgendwen verlassen hat, dann ja wohl er. So sieht's doch aus, finde dich, verdammte Scheiße, damit ab.

Bei ihren Treffen erwähnt Renuka es manchmal. Ob er irgendwelche Scham- oder Schuldgefühle gegenüber seiner Familie hätte? Nein, sagt er. Und dann verstummt er, während sie von Aktivitäten und Anstellungen und Wohnungen redet.

Bohne hat sich der Kunstgruppe angeschlossen. Mick lacht, als er es ihm in der Kantine erzählt, während sie gerade ein wässriges Hühnercurry essen.

»Nee, im Ernst, das is prima. Und auch gut für die Punkte. Dieser Typ Robin liegt mir ständich im Ohr, ich soll in der oder jener Gruppe mitmachen und meine grauen Zellen trainieren, also dachte ich, verdammt, warum nich?«

»Und was machst du da, malen?«

»Klar, malen, zeichnen, alles. Bin bisher nur zweimal da gewesen. Solltest mitkommen.«

Doch beim nächsten Termin lässt er es sausen und beschließt, stattdessen im Zimmer zu bleiben und den Kopf gegen die Wand zu hauen.

Erst in der darauffolgenden Woche, nachdem Bohne ziemlich lange rumgemosert hat, nimmt er seinen ganzen Mut zusammen und geht hin.

Es ist ein heller Raum mit ein paar großen Schultischen, die zu einem Quadrat zusammengeschoben sind. Er sitzt an einer der Seiten neben Bohne. Es gibt noch vier weitere Teilnehmer – zwei Männer und zwei Frauen, die offensichtlich schon länger herkommen, denn sie schwatzen mit dem Lehrer, Chris, einem Engländer, hundertzwanzig Kilo, weiße Locken und Brille. Als Typ ganz in Ordnung, wie sich zeigt, freundlich. Er fragt Mick nach seinem Namen und sagt ihm, er solle sich mit Tee und Keksen bedienen. Während er den Kessel aufsetzt, lässt er den Blick durch den Raum schweifen. Alle sitzen an Bildern, die sie in der Vorwoche angefangen haben. Der Mann mit Anzug und Krawatte ist ebenfalls dabei. Er summt etwas aus dem Radio mit, und ab und zu murmelt er leise vor sich hin.

Bohne hat eine Menge Farbe auf seinem Blatt. Stellenweise hat er getrocknete Teile von früher übermalt, sodass die

Farbe eine Art Struktur gebildet hat. Es ist nicht ganz klar, was er da eigentlich malt. Das Meer vielleicht. Oder einen Sonnenuntergang.

»Das bin ich, wie ich brenne«, sagt er, als Mick ihn fragt.

»Ah, o.k. Ist echt gut.«

Ihm fällt nichts ein, was er malen könnte, deshalb sitzt er eine Zeit lang nur da, trinkt seinen Tee und sieht den anderen zu. Die beiden Frauen sind sehr eng miteinander, sie unterhalten sich und machen gelegentlich einen kleinen Witz mit dem Anzug-Krawatte-Mann. Eine von ihnen ist ein gutes Stück älter als die andere, und es ist offensichtlich, dass die junge zu ihr aufschaut, sich an sie anlehnt. Mutter und Tochter? Nein, wie sollte das gehen? Aber wer weiß? Wie geht so was überhaupt? Er hat absolut keinen Schimmer. Der Lehrer kommt wieder zu ihm. Fragt, ob er nach Ideen suche, und schlägt ihm dann vor, warum er nicht mal versuche, sich was vorzustellen, was er richtig gut kennt. Dann geht er weiter zu Bohne, und Bohne sieht den Typen aufmerksam an, während dieser sein Bild begutachtet. Es ist gut, sagt er ihm. Vielleicht einen bisschen weniger Farbe. Und schon geht er zur anderen Tischseite, um mit den Frauen zu sprechen.

Er fängt an, die *Queen Elizabeth 2* zu malen. Sie wird eigentlich ganz gut, außer dass er die Festmacherleine zu dick gemalt hat und es dadurch ein bisschen so aussieht, als zöge sie einen Schwanz hinter sich her. Aber das Malen entspannt. Schweigend macht er weiter, im Hintergrund das Gemurmel aus dem Radio und vom Anzug-Krawatte-Mann.

Beim nächsten Mal macht er an dem Schiff weiter. Paul ist da, er sitzt bei ihm und Bohne, und die zwei quatschen unablässig, während Mick malt und zuhört. Als er fertig ist, sind beide der Ansicht, dass es ein sehr ordentliches Bild geworden ist. Und als der Dicke am Ende des Nachmittags alle bittet, der Gruppe zu zeigen, was sie gemalt haben, finden die Übrigen das auch. Detailgenau, meinen die zwei Frauen. Die Junge hat eine Sonnenblume gemalt und die andere Frau ein Bild ihrer Tochter, die offenbar schwarz ist, damit kommt die Junge diesbezüglich also nicht mehr infrage, sofern sie sich nicht mit den Farben vertan hat.

Sie dürfen ihre Werke behalten, und so nimmt er sein Gemälde mit in sein Zimmer und hängt es an die Wand. Mit dem Geld von seinem Konto hat er das Zimmer ein bisschen aufgehübscht, und es verfügt jetzt über eine Reihe von Bechertassen, einen Minifernseher, für den er eine ganze Weile gespart hat, einen Bettvorleger, einen Wasserkocher und außerdem zwei weitere Barbara-Bücher sowie eine Topfpflanze auf dem Fensterbrett.

Worüber er dieser Tage viel nachdenkt: Was würde sie wohl darüber denken, wenn sie's wüsste? Er in einem Obdachlosenheim, die Familie auseinandergefallen. Von allen Schuldgefühlen, die ihn heimsuchen, ist dieses bei Weitem das schlimmste. Dieses Gefühl, das damit einhergeht und ihm im Magen liegt: dass es zu spät ist. Dass alles inzwischen viel zu weit vorangeschritten ist, um es jemals wieder rückgängig machen zu können.

Von Zeit zu Zeit fällt Bohne in eine seiner eigenwilligen Phasen zurück. Er macht dicht und bleibt in seinem Zimmer oder ist den ganzen Tag draußen, bis zu dem Punkt, an dem er für Tage verschwindet, manchmal auch Wochen. Sein Fallbearbeiter rauft sich die Haare und will von Mick wissen, wohin er sein könnte, aber er hat echt nicht die leiseste Vorstellung. Meistens kann man drauf setzen, dass der dürre Nachbar und seine Clique was damit zu tun haben. Einmal nachts, als

Bohne in seinem Zimmer schläft, ist eine ganze Horde von ihnen draußen auf dem Gang, provoziert ihn und bollert alle paar Minuten an seine Tür. In der nächsten Nacht genau das Gleiche, ebenso in der folgenden, bis Bohne schließlich ausrastet und mit einer Weinflasche aus dem Zimmer stürmt. Riesenschlägerei auf dem Korridor, einem Typen wird das Gesicht aufgeschlizt, dann trifft Polizei ein, und die ganze Meute wird in der grünen Minna auf die Wache gebracht.

Kurze Zeit danach praktiziert Bohne das große Verschwinden. Zwei komplette Wochen lang ist nichts von ihm zu sehen oder zu hören, bis er eines Abends plötzlich in der Kantine gut gelaunt für Shepherd's Pie ansteht. Kein Wort, wo er war. Der übliche Auftritt. Alles wieder wie immer. Nach dem Essen gehen sie auf eine Runde Billard hoch in den Aufenthaltsraum, und Bohne schwatzt wieder drauflos wie gehabt.

Irgendwann, er hat sich gerade für einen Stoß vorgebeugt, richtet er sich ruckartig auf und fängt an, die Lebensgeschichte von Chris, dem Kunstlehrer, zu erzählen.

»Hast du gewusst, dass er mal 'n richtiger Künstler war? Ist zehn, zwanzig Jahre her. Er hat Bilder verkauft und war richtig wer, also, er war bekannt in der Kunstwelt. Hat aber auch immer gerne einen gehoben. Ein Alki. Und was passiert? Er is auf dieser Party, lauter Künstler, und er fährt selber nach Hause, voll zugenagelt, und kracht in 'nen anderen Wagen, ein junges Pärchen, was grade aus dem Urlaub kommt. Tot. Auf der Stelle. Er wird ziemlich lange weggesteckt, und als er aus dem Knast rauskommt, isser völlig am Arsch. Zu besoffen zum Malen, und selbst wenn er könnte – die Kunstwelt guckt ihn nich mehr mit'm Arsch an, wegen dem, was passiert is. Also zieht er rum, pennt auf Sofas und Klappbetten und so. Zehn Jahre völlig am Arsch. Jetzt malt er nich mehr, aber er gibt diesen Unterricht, weil er selbst auch mal hier war. Macht er auch in Gefängnissen. Ein klasse Typ, echt. Bloß der Suff, Mann, weißt du, was ich meine, der macht dich fertig.«

Schließlich beugt er sich wieder vor und führt seinen Stoß aus.

Mick steht da und sieht ihn an.

»Wie findest du solche Sachen raus?«

Bohne zuckt nur mit den Schultern. »Keine Ahnung. Halte die Ohren offen.«

Die beiden gehen weiter in die Kunstgruppe. Meist malen sie – Öl, Wasserfarben –, manchmal machen sie jedoch auch was anderes, Töpfern zum Beispiel oder T-Shirts bedrucken. Renuka freut sich, dass er teilnimmt. Ist gut für sein Weiterkommen. Betätigung, Jobsuche, weniger trinken – das alles zählt. Bei den letzten beiden war er vermutlich nicht so erfolgreich wie bei dieser Betätigung, aber so ist es nun mal. Renuka wirkt jedenfalls zufrieden. Ein paarmal war er in diesem Raum, wo sie so eine Art Direktverbindung mit dem Jobcenter haben und versuchen, einem diese Freiwilligenprogramme, Vorbereitungstrainings und solches Zeug anzudrehen. Um ehrlich zu sein: Scheiß drauf. Praktikant! Zwanzig Jahre war er auf der Werft, und jetzt soll er umsonst arbeiten. Selbst diese Jobs, für die er sich bewirbt, das macht er doch vor allem deswegen, weil er keine Wahl hat: Wenn er seine Überweisungen kriegen will, wollen sie arbeitsorientierte Aktivität sehen, wie sie das nennen.

Komisch, es so zu sehen, wo früher normalerweise Arbeit immer die Antwort war. Aber er weiß auch, dass er irgendwas tun muss, um aus diesem Gebäude rauszukommen, raus aus diesem Zimmer – nur fehlt ihm einfach die Energie. Seinerzeit wusste er wenigstens, dass das Geld einen Sinn hatte. Dass er es brauchte. Es galt, eine Familie zu ernähren, und er ging zur Arbeit und konnte auch sehen, wofür er sich reinhängte, denn er hatte es verdammt noch mal direkt vor sich: achtzigtausend Tonnen, die auf dem Wasser schwammen. Aber wieso sich für diese ganzen Scheißjobs bewerben, die man eh nicht kriegt, weil man offensichtlich nicht gut genug ist? Und selbst, wenn man einen kriegte, würde es nie für die Miete reichen. Man sieht also keinen Lohn, weil alles, was man tut, ist, mit dem Geld von der Stütze auf der Stelle zu treten.

Die Kunststunden sind mal voller, mal leerer. In manchen Wochen sind nur er, Bohne und die zwei Frauen da, aber manchmal tauchen auch neun oder zehn auf. Manche sind ziemlich gut, andere kommen nur, um mit einem Becher Zucker unterm Mantel wieder zu verschwinden. Es gibt ein oder zwei, die einem die ganze Zeit ihre Lebensgeschichte vorlabern, oder solche wie Bohne, die einem diejenigen von allen andern erzählen. Und dann gibt es noch solche, die bloß dasitzen und kaum etwas sagen. Von den Stillen gibt es wahrscheinlich noch mehr im Wohnheim, nur halten sie sich im Hintergrund. Die Labermäuler sind immer präsent, in der Kantine, im Aufenthaltsraum, oder sie hängen in der Anmeldung rum und quatschen der Frau da den Kopf voll; die Stillen dagegen bleiben in ihren Zimmern. Im Allgemeinen kommen sie höchstens raus, wenn Feueralarm ist – also ungefähr dreimal am Tag – und sich alle in ihren Schlafanzügen oder im Adamskostüm draußen auf dem Parkplatz versammeln. Auch dort bleiben sie eher für sich oder quatschen mit den Feuerwehrleuten, die in Gruppen herumstehen und auf die Entwarnung warten.

Er steht vor Renukas Büro zur wöchentlichen Besprechung. Aus der geöffneten Tür ruft sie, dass sie noch fünf Minuten braucht, und er wartet im Flur, bis sie fertig ist. Als er reinkommt, fragt sie ihn wie üblich, ob er Tee will, und er setzt sich still hin, während der Wasserkocher brodelt und sie noch ein paar Akten wegräumt.

»Na«, sagt sie, setzt sich hin und sieht ihn über den Tisch an. »Wie geht es Ihnen?«

»Prima. Danke.«

»Schön. Das ist schön.«

Sie sieht ihn direkt an, als wolle sie prüfen, ob er die Wahrheit sagt.

»Mick, ich habe einen Brief erhalten, den ich Ihnen zeigen muss.« Aus ihrer Eingangsablage nimmt sie ein gefaltetes Blatt Papier. »Er ist mir von der Hilfsorganisation für vermisste Personen geschickt worden, und ich möchte gleich von vornherein sagen, dass es allein an Ihnen liegt, wie es weitergeht.«

Verwirrung. In seinem Kopf herrscht Durcheinander.

»Ich verstehe, dass das jetzt ein bisschen plötzlich für Sie kommt, aber Sie wurden im Februar als vermisst gemeldet. Offensichtlich hat die Organisation sich bemüht, Sie ausfindig zu machen, aber in dem Brief wird einfach nur angefragt, ob Sie Kontakt mit ihnen aufnehmen möchten, um über alles Weitere zu entscheiden.«

In seinem Kopf dreht sich alles. Er stellt seinen Becher fest auf die Tischplatte und schlingt beide Hände darum.

»War das Robbie?«

»Das steht in dem Brief nicht drin.«

»Wie haben die mich gefunden?«

»Auch das steht nicht drin. Hier, sehen Sie selbst.«

Sie reicht ihm das Blatt Papier.

Er atmet kurz durch und versucht es zu lesen. Sie würden gern Kontakt mit ihm aufnehmen. Sie geben nie Informationen über den Aufenthaltsort von Personen heraus, ohne die

Zustimmung der vermissten Person. Vermisste Person. Er ist eine vermisste Person. Na klar ist er das, verdammt noch mal, was denn sonst, ein Urlauber vielleicht?

»Es liegt ganz bei Ihnen, Mick. Es gibt mehrere Möglichkeiten.« Sie betrachtet seine Hände auf dem Teebecher. »Die eine besteht darin, dass Sie gar nichts tun. Oder ich könnte zurückschreiben und sagen, dass Sie Kontakt aufnehmen wollen. Aber wenn Sie das nicht möchten oder sich dafür nicht bereit fühlen, könnten wir auch einfach darum bitten, Ihrer Familie mitzuteilen, dass Sie wohlauf sind, ohne zu sagen, wo Sie sich aufhalten.«

Ihm ist schlecht. Renuka lächelt ihn zaghaft an. Ihr Bildschirm, den er von der Seite her sehen kann, springt jetzt auf ein Bild von einem Kind an einem Schwimmbecken um, und dessen absurde Anzüglichkeit ist schon wirklich komisch, er könnte glatt loslachen, fürchtet aber, dass er ihr dann auf den Tisch kotzt. Sie lächelt immer noch, und ihm wird klar, für was für einen Drecksack sie ihn halten muss. Er hat seine Familie verlassen. Er hat seine Familie im Stich gelassen, und jetzt sitzt er hier bei ihr am Tisch, und sollte er sich noch nicht bereit fühlen, kann er ihnen mitteilen lassen, dass er gesund und munter ist. Sollten sie jedoch wissen wollen, wo er ist, dann können sie ihn mal – das dürfen sie nämlich nicht.

Sie belassen es dabei. Er muss darüber nachdenken. Er nimmt den Brief und steht auf, um zurück in sein Zimmer zu gehen.

In dieser Nacht schläft er kaum. Auch in der folgenden nicht. Er macht den Fernseher an und lässt ihn leise im Hintergrund laufen. Der Brief liegt auf dem Fensterbrett, die Pflanze dient als Briefbeschwerer. Wie entscheidet er sich? Das ist es, was er nicht versteht. Wieso soll *er* bestimmen, und sie haben dabei nichts zu melden? Wirklich *sie?* Sind es alle beide, oder ist es nur Robbie, oder sucht inzwischen vielleicht schon ganz Glasgow nach ihm? Nichts darüber zu wissen macht ihn so fertig. Er bleibt im Zimmer und besorgt sich sein Essen selbst. Geht auch nicht zur nächsten Kunststunde. Sein Schrank ist wieder mit Starkbier bestückt, obwohl es nutzlos geworden ist: Es hat seine Fähigkeit eingebüßt, den Verstand zu betäuben, sondern bringt ihn vielmehr erst recht auf Touren. Februar. Im Februar haben sie ihn als vermisst gemeldet. Das heißt, dass er schon monatelang weg war, ehe sie irgendwen verständigt haben. Na und? Was macht es schon aus, wie lange es gedauert hat oder wer es tat und ob Alan daran beteiligt war oder ob Robbie immer wieder aus Australien zurückkommen musste oder dergleichen, es spielt keine Rolle. Entscheidend ist, was er getan hat und was er nun tun wird. Diese Vorstellung, Kontakt aufzunehmen – hallo, hier ist Dad, wie geht's denn so? Undenkbar. Absolut undenkbar.

36.

Ein Mädchen rennt einen Parkweg entlang, ihre krummen Beine machen den Eindruck, als würden sie sich jeden Moment gegenseitig umreißen. Sie kommt am Rosengarten vorbei und wird langsamer, ist außer Atem. Ihre Freunde sitzen im Kreis auf einem großen, offenen Rasenstück, und sie gesellt sich zu ihnen.

Es ist warm, und sie rollt das Unterteil ihres T-Shirts hoch, legt sich hin und legt sich ihre Coladose auf den Bauch, genau wie die anderen. In den letzten Tagen war der Mann auf der Bank immer zur gleichen Zeit da wie sie, und sie mussten ein bisschen weiter vom Rosengarten wegziehen. Allerdings tut er nie irgendwas. Er sitzt einfach da, ist betrunken oder auch eingeschlafen. Wahrscheinlich ist er verrückt, denken sie. Manchmal spricht er mit sich selbst, aber nicht laut, wie die Irre, die immer an der Bushaltestelle ist. Trotzdem sieht man, wie sich seine Lippen bewegen, auch wenn niemand neben ihm sitzt oder in seiner Nähe ist.

Im Park gibt es eine ganze Menge Betrunkene und Verwirrte. Ein kleines Stück den Weg runter zum Beispiel eine Gruppe polnischer Obdachloser, die vor den kleinen Bäumen im Gras liegen und sich betrinken. Manchmal stehen welche auf und jagen sich herum, und einmal kamen sie rüber zu der Stelle, wo sie und ihre Freunde waren, und brüllten irgendwas auf Polnisch, sodass sie wegrannten. Und deshalb lassen sie sich jetzt immer am Rosengarten nieder. Außerdem ist auf der anderen Seite des Parks in der Nähe des Parktors eine Kneipe, und da kommen die Säufer oft über die Straße, um sich ins Gras zu legen, ziehen sich die Hemden aus und liegen mit ihren dicken, roten Bäuchen da und trinken.

Sie kommen meist hierher, sitzen rum, hören Musik oder reden, aber normalerweise liegen sie einfach bloß in der Sonne. In ein paar Wochen fährt sie mit ihrer Familie nach Spanien in Urlaub. Sie waren letztes Jahr schon da, aber es ist gar nicht so übel, könnte schlimmer sein. Zumindest muss sie nicht in einem Wohnwagen wohnen wie Carolyn mit ihrer Mutter, ihrem Bruder und der Arschgeige Anthony.

Wenn die Sonne nicht scheint, bleibt sie zu Hause, manchmal kommt auch Carolyn rüber, und sie sehen fern, aber meistens ist es warm, sodass sie in den Park gehen. Einmal kommt ein Freund von dem Penner ihn besuchen, der hat eine Wollmütze auf und ist echt gaga. Immer wenn wer vorbeikommt, brüllt er rum oder lacht, aber man versteht kein einziges Wort, weil er auch betrunken ist. Nisha hat ihn in den Rosengarten pinkeln sehen, er stand einfach da auf dem Rasen und pisste über den kleinen Zaun in die Blumen. An den meisten Tagen ist der Mann, der mit sich selber spricht, jedoch allein. Sein Gesicht ist ganz rot, sonnenverbrannt. Selbst an richtig heißen Tagen zieht er nie seine Jacke aus. Wenn er schläft und man ganz nah an ihm vorbeigeht, sieht man, dass seine Hose an den Knien völlig verdreckt ist, und auch unter den Fingernägeln ist jede Menge Dreck.

Der Tag, bevor sie in die Ferien fährt, ist der heißeste des Sommers. Eigentlich gar nicht nötig, nach Spanien zu fahren. Als sie geht, liegen die anderen weggetreten auf dem Rasen, und wahrscheinlich wird es genauso sein, wenn sie zurückkommt, also verpasst sie vermutlich nicht viel. Sie geht heim, um ihrer Ma beim Packen zu helfen, unterwegs hält sie kurz an, schaut den Tennisspielern zu, und weil sie allein ist, nimmt sie den Weg auf der anderen Parkseite, damit sie nicht an den Polen vorbeimuss.

37.

Er bittet Renuka, der Vermisstenstelle zurückzuschreiben. Er sei wohlauf. Sobald er dazu in der Lage sei, würde er Verbindung aufnehmen. Rührend. Das klingt ja fast so, als wäre er gekidnappt worden.

Bohne ist wieder richtig am Saufen, und sie sind in ihre alte Routine zurückgefallen. Ab in den Park und dann ab ins Starkbier. Bohne legt sich ein paarmal mit den Osteuropäern bei den Bäumen an – aus irgendeinem Grund hat er beschlossen, dass *er* da sitzen will, und was für ein Recht haben die überhaupt, die beste Stelle zu belegen? Es kommt zu ein paar Anschreiduellen, aber Mick kann ihn weg- und zur anderen Parkseite rüberziehen, bevor sie die Hucke vollkriegen. An einem Abend – sie haben den ganzen Nachmittag getrunken – sind sie alle beide völlig über den Jordan und schaffen es nicht ins Wohnheim zurück. Sie suchen sich ein Gebüsch an einem Weg und lassen sich hineinfallen. Die Nacht ist warm und still, und er liegt wach da mit dem vertrauten warmen Gefühl von Bohne im Rücken, der sich an ihn drückt. Wohlauf. Sturzbesoffen in einem Gebüsch neben einem Verrückten, der Schädel dröhnt vor Alkohol und Sonnenbrand, aber er ist wohlauf, na, Gott sei Dank.

Wenn er nicht in den Park geht, bleibt er in seinem Zimmer, hat den Fernseher laufen und starrt darauf oder aus dem

Fenster. Mittlerweile kreisen seine Gedanken fast die ganze Zeit um seine Frau und die Familie. Er versucht nicht, sie wegzudrängen, keine Chance, und manchmal türmen sie sich immer weiter auf, bis er das Gefühl bekommt, er müsse aufstehen und die Faust durch das Fenster rammen – aber stattdessen liegt er nur auf dem Bett, starrt oder weint. Noch so was, was er neuerdings häufig tut: weinen. Es überkommt ihn aus heiterem Himmel: Geistesabwesend schaut er eine Kochsendung, und plötzlich kommen ihm die Tränen, und das Schluchzen geht unbeherrschbar über lange Zeit weiter, bis sein Gesicht so steif und verklebt ist, als wäre er gerade unter einem Baum aufgewacht. Er lässt es zu, forciert es sogar noch, versucht herausfinden, in wie vielen Hinsichten er sie enttäuscht hat, zwar bemüht war, sie jedoch nicht verstanden hat, und das macht er sich dann auch noch zum Vorwurf.

Es klopft an der Tür. Er ignoriert es. Ein paar Minuten später noch mal. Er versucht es auszublenden, aber sein Herz rast, und er weiß: noch mehr in der Art, und seine Nerven sind dermaßen am Ende, dass ihm nichts anderes bleibt, als sich runter aufs Scheißpflaster zu stürzen. Er steht auf und späht durch den Spion. Es ist Paul. »Alles o.k. mit dir, Kumpel? Mick? Bist du o.k.?« Nach einer Weile geht er wieder. Er hört, wie Pauls Tür zugeht.

Renuka wurde darüber informiert, dass er nicht mehr in die Kunstgruppe geht und auch seine Termine beim Amt versäumt hat. Sie macht sich Sorgen um ihn. Seine Augen, sein Gesicht und seine Fahne weisen eindeutig auf Suff hin. Hat er immer noch Probleme wegen des Briefs? Möchte er über eine andere Vorgehensweise nachdenken? Klar, ich finde, wir sollten die versammelte Verwandtschaft herholen, eine Besichtigungstour hier mit ihr unternehmen und danach reinen Tisch machen – die Vergangenheit ruhen lassen.

Eines Abends, als er in der Küche darauf wartet, dass sein Essen in der Mikrowelle heiß wird, kommt Paul rein.

»Wie geht's?«

»Gut, danke.«

»Hab dich schon länger nicht beim Malen gesehen.« Er holt eine Tüte geraspelten Käse aus dem Kühlschrank. »Hättest du Lust nachher auf 'ne Runde Billard?«

»Danke, aber für mich ist jetzt Feierabend.«

»Kein Problem, kein Problem – aber wenn doch, klopf einfach an, o.k.?«

Er denkt immer mehr an die Zeit, als sie krank war. Er will sich erinnern, wie es war, was geschah, wie oft er für sie da war. Mit der Arbeit hatte er erst ein paar Monate vor dem Ende aufgehört – es ging nicht anders, selbst nachdem er den Wagen verkauft hatte, wären sie sonst nicht rumgekommen –, aber er wird den Gedanken an sie allein da im Haus nicht los, wie sie im Bett liegt, weiß, dass sie sterben muss. Wenn's doch klar war, dass sie nicht weiterleben würde, wofür arbeitete er dann? Für wen? Die Miete, die Rechnungen, das Essen, die ganzen laufenden Ausgaben, wie hätte irgendwas davon noch ihr gelten können? Der Geruch im Haus, wenn er von der Schicht heimkam, die Treppe rauf und sie dort liegen sah, allein, schlafend. Oder wenn Craig da war und sie zusammen bei ihr auf der Bettkante saßen. Er versucht sich an all die kleinen Einzelheiten zu erinnern. Wer war mal vorbeigekommen, was hatte er ihr zu essen gemacht, wann war zum ersten Mal die Rede davon, Entschädigungsklage zu erheben?

Und noch ein Bild lässt ihn nicht los: Wie sie die Fußmatte an der Haustür aufhebt, sie nach draußen bringt und dort ausschlägt. Es kommt wieder und wieder, er verrenkt sich fast die Augen, damit sie sich umdreht und er ihr Gesicht sieht. Aber es bleibt immer das gleiche Bild: Er schaut aus der Tür, sieht, wie sie die Matte am Tor ausschlägt, und bei jedem Schlag stiebt eine weiße Staubwolke auf. Er träumt von dieser Szene, und wenn er wach ist, sucht er geradezu nach ihr, bis er schließlich nicht mehr weiß, ob es wirklich eine Erinnerung ist oder er sie sich ausgedacht hat.

38.

Seine Bezüge sind gekürzt worden, und weil er nicht bei den Vorstellungsgesprächen war, droht man ihm, sie zu streichen. Als Folge davon hat er kein Geld und ist mit den Nebenkosten im Rückstand. Er bleibt in seinem Zimmer. Liest viel. Er hat sich ein neues Barbara-Buch besorgt, über diese erfolgreiche Geschäftsfrau, der eine internationale Restaurantkette gehört. Sie bereitet gerade die Hochzeit ihrer Tochter vor, als sie merkt, dass sie an dieser seltsamen Krankheit leidet, die niemand diagnostizieren kann, und der einzige Weg herauszufinden, was mit ihr nicht stimmt, besteht darin, um die Welt zu reisen und sämtliche Geheimnisse ihrer Vergangenheit zu lüften.

Bei Tag und bei Nacht ist er sich seiner Familie irgendwo da draußen bewusst, selbst wenn er gerade nicht an sie denkt. Sie suchen nach ihm. Die Botschaft, die er ihnen hat zukommen lassen, ist aber ja wohl deutlich genug: Er will sie nicht in seiner Nähe haben. Es ist die reinste Folter, darüber nachzudenken, aber genau das tut er – hier ist mein Verstand, hier ist mein Körper, sollen sie sich doch verdammt noch mal gegenseitig umbringen. Die Betäubung mit Alkohol interessiert ihn nicht mehr, die Folter bringt mehr Linderung. Was nicht heißt, dass er nicht mehr trinkt. Mit dem bisschen, was er noch hat, geht er immer noch zum Getränkeshop. Es ist zu triebhaft, um es nicht zu tun.

Allmählich wächst in ihm eine Unruhe, sie nicht so hängen lassen zu dürfen, indem er sich selbst so hängen lässt. Sie glauben zu lassen, er wolle sie nicht sehen. Denn das will er – er will sie sehen. Natürlich nicht alle. Aber die Jungs – der Drang, sie zu sehen, ist unbestreitbar da und zerrt und reißt an ihm. Denn gleichgültig, wie stark er wird, dieser Drang, ist er doch nie so stark wie der, der sie von ihm fernhalten will, sie daran hindern will, dass sie ihn hier so sehen.

Bis zu dem Brief hat er sich offenbar gut gemacht, zumindest schien man es zu glauben, weil er in die Kurse ging und aufs Amt. Er sagt zu Renuka, dass er mit der Gruppe weitermacht und das Saufen lässt. Er geht in die nächste Kunststunde. Alle sagen, wie schön es sei, dass er wieder da ist. Vielleicht wurde geredet. Vielleicht wissen sie auch Bescheid. Ist allerdings unwahrscheinlich, denn er hat keinem von dem Brief erzählt, nicht mal Bohne, der kürzlich selbst eine düstere Phase durchmachte. Sie fertigen Sachen aus Ton an, Schalen, Aschenbecher und so Zeug. Er macht einen kleinen Topf und gräbt dafür im Park etwas Erde und ein Blümchen aus, dann stellt er ihn zu dem anderen auf die Fensterbank. Ein paar Wochen später ist es hinüber, und er wäscht den Topf aus, um ihn für Tee und Starkbier zu verwenden.

Es ist gut für die Nerven, sich auf etwas zu konzentrieren, etwas zu tun zu haben. Paul geht ebenfalls in die Kunststunde und nimmt ihn mit hoch auf 'ne Runde Billard. Mick schlägt ihn. Nicht, dass Paul das was ausmachte. Anscheinend ist er einfach froh, hier im Aufenthaltsraum zu sein, reden zu können. Irre, seine Berichte über das ganze Zeug, das er so anstellt. Eine Geschichte geht so: Alle vierzehn Tage, wenn er seine Überweisung kriegt, holt er sich zwanzig aus dem Geldautomaten und geht schnurstracks in den Supermarkt. Sobald er da auftaucht, haben die Sicherheitsleute ihn im Auge, also was macht er? Er guckt so harmlos wie möglich, geht mal in diesen Gang, mal in jenen, wirft den Sicherheitsfritzen dabei schnelle hinterhältige Blicke zu – und dann greift er sich eine Flasche Champagner und noch irgendwas Teures, ein Steak oder Räucherlachs, steckt es sich unter den Mantel und latscht damit Richtung Kasse. Und genau in dem Moment, wenn das Vollzugskommando geifernd und brüllend den Gang langgestürmt kommt, packt er die Sachen aufs Laufband und zieht den Zwanziger raus, ganz cool und souverän, und die Blödmänner stehen keuchend und belämmert da. Paul ist wirklich ganz in Ordnung. Die letzten sechs Monate hätte er sich an die Absprachen gehalten, erzählt er, und versuche jetzt, sich wieder zu berappeln. Eine Frau kommt ihn ziemlich häufig besuchen, Monica, seine Freundin, die er noch aus dem Norden kennt. Auch sie ist nett. Ein paarmal kommt sie mit in den Aufenthaltsraum und plaudert mit ihnen, während sie Billard spielen.

Renuka und er sprechen darüber, ob er sich für den nächsten Schritt bereit fühlt. Ja, absolut. Sie erklärt ihm, er müsse seine Nebenkosten wieder auf die Reihe bringen, und dann erklärt sie ihm, wie es funktioniert: dass sie jedes Jahr ein bestimmtes Kontingent Wohnungen zugeteilt bekommen, dieses Kontingent aber nicht sehr groß ist und es eine Weile dauern könne. In Ordnung. Wie lange auch immer. Er spielt mit.

Im Wohnheim machen Listen für einen Ausflug zu einer Theateraufführung im Park die Runde. Bohne und Paul wollen unbedingt hin, also schreibt er seinen Namen ebenfalls drauf. Es ist ein sonniger Tag, als es so weit ist, und das Stück ist tatsächlich ganz unterhaltsam. Es geht um ein junges asiatisches Mädchen, das einen Typen heiraten soll, den sie noch nie gesehen hat, während sie vielmehr in einen weißen Burschen verliebt ist, der auf dem Markt arbeitet. Rassenunterschiede,

Familienkeifereien. Irgendwann versucht das Pärchen zu fliehen, und auf dem Parkplatz eines Abholmarkts kommt es zu einem tragischen Ende. Teilweise schon ganz interessant, obwohl man meinen könnte, dass die eigentliche Sensation die zehn aus dem Wohnheim sind, jedenfalls wenn man danach geht, wie die Anwohner sie von ihren Decken aus anglotzen. Zumindest Bohne genießt die Aufmerksamkeit, lacht laut über jeden Witz, und immer wieder mal steht er auf und dreht eine Runde ums Publikum, die Hände hinterm Rücken verschränkt, lächelnd und vor sich hin plappernd.

Er hat eine Verabredung mit Renuka im Computerzimmer, und sie zeigt ihm, wie man ins Internet geht und nach Wohnungen sucht. Wirklich unglaublich, was da alles im Nu abrufbar ist. Sie muss es ihm ein paarmal vormachen, tut es genauso geduldig, wie sie auch sonst immer alles erklärt, und schreibt ihm Sachen auf einen Zettel, damit er sie später noch weiß. Sie haben seine Bewerbungsnummer eingegeben und sehen die freien Wohnungen durch. Ein paar sehen ganz anständig aus, andere sind die reinsten Bruchbuden. Sie geht sie noch mal mit ihm durch, und er gibt ein paar Bewerbungen ein. Wenn es ihm lieber ist, könne sie ihm das auch abnehmen, aber er lehnt ab, es ist gut, wenn er das selber macht. Er will es selber machen.

Im Computerzimmer sind nie viele. Manchmal ein oder zwei, die mit riesigen Kopfhörern Musik hören, und meistens auch die junge Frau aus der Kunststunde, die still dasitzt und sich mit ihrem eigenen Kram beschäftigt. Er hat nichts dagegen herzukommen, vor allem jetzt, wo das Wetter umschlägt und es im Park kälter und windiger ist. So ist er wenigstens aus seinem Zimmer raus und tut irgendwas. Dazu kommt jede Woche die Spannung, ob es mit einer Bewerbung geklappt hat, immer gefolgt von der unvermeidlichen Feststellung, schon wieder abgelehnt worden zu sein. Einmal will er gerade gehen, als zugleich auch die Frau aufbricht, und sie gehen zusammen aus der Tür. Im Flur macht sie halt, dreht sich um und spricht ihn an.

»Du bewirbst dich auch für eine Sozialwohnung, oder?«

»Ja. Du auch?«

»Ja, vier Monate schon.«

»Echt? Nichts?«

»Null. Eine habe ich mir vor ein paar Wochen angeschaut – die reinste Müllkippe. Offenbar hat sie schon jeder andere vor mir abgelehnt.«

So viel hat er sie noch nie sagen hören. Überraschend, wie wortgewandt sie ist.

»Läufst du über die Abrechnungsstelle?«

»Über die …, keine Ahnung.«

»Wahrscheinlich ohnehin besser, wenn nicht.« Sie sind bei der Anmeldung angelangt. »Viel Glück jedenfalls.« Sie lächelt und geht zum Haupteingang.

Je länger es dauert, desto unruhiger wird er. Fast acht Monate ist es schon her, seit sie der Vermisstenstelle gemeldet haben, dass er sich verpisst und sie verlassen hat. Nur um wieder auf die Beine zu kommen, in einer Wohnung zu leben. Dann könnte er ihnen ins Gesicht sehen. Allem ins Gesicht sehen. Tatsächlich? Zumindest sagt er sich das – es ist das, was ihn durchhalten lässt –, aber, wenn's dazu kommt, wird er ihnen dann wirklich ins Gesicht sehen können, oder wird er vor ihnen wie ein Häufchen Elend zusammensacken? Und wer sagt eigentlich, dass sie ihn überhaupt sehen wollen? Sollte er auch mal kurz in Betracht ziehen. Wenn er in diese Richtung denkt, beschleicht ihn ein hohles Gefühl. Ziemlich schwer, dann nicht zu saufen, aber er bemüht sich. Es ist eine

Einsamkeit, die um sich selbst kreist, denn dann fängt er an, an Cathy zu denken und nach ihr zu suchen, im sicheren Gefühl, dass sie da ist, nur nicht in seiner Reichweite. Und das lässt ihn immer leer und voller Sehnsucht zurück.

Er bespricht die Wohnungslage mit Renuka. Die nicht vorhandene Wohnungslage. Sie macht ihm Tee und setzt ihr Dozentengesicht auf. Das Problem mit dem Mietprogramm, sagt sie, bestehe darin, dass es im gesamten Stadtbezirk bloß noch Drecksbuden gebe. Er kann weiterhin dranbleiben, und was seine Pluspunkte angeht, steht er ja gar nicht schlecht da, aber dass sich da bald was tut – keine Garantie. Oder er sucht sich eine privat vermietete Wohnung. Wahrscheinlicher bekommt er auf diese Weise was, aber noch wahrscheinlicher ist auch, dass es teurer und zeitlich befristet ist und der Vermieter ein Arsch. Sie drückt sich nicht ganz so aus, aber so kommt es bei ihm an.

Er bittet sie, ihn weiter nach vorn zu setzen. Gleichzeitig bewirbt er sich aber weiter im Internet. Terri, das Mädchen aus der Kunstklasse, fährt die gleiche Schiene; die beiden treffen sich jede Woche an den Computern und tauschen sich darüber aus, ob der eine dieses Haus schon mal angeguckt habe oder das da. Bohne hat sich ebenfalls eingeschaltet. Nicht, dass sie ihm eine eigene Wohnung in Aussicht stellen – Robin hat weiterhin seine Finger im Spiel, wie's mit ihm weitergeht –, aber er kann der Versuchung nicht widerstehen, sich einzumischen und Mick zu erzählen, bei welchen Wohnungen er es probieren soll und bei welchen nicht. Verblüffend, aber mit Computern ist er ziemlich gut. Wenn er genug davon hat, sich Wohnungen anzuschauen, geht er an einen anderen Bildschirm und lädt sich Fernsehshows hoch, Nachrichten oder Unterwäschemodelle. Kein Mensch weiß, wo er das gelernt hat. Vielleicht in anderen Wohnheimen. Aber fragen –

vergiss es. Bisweilen ist es einfacher, Fragen wegzulassen und einfach über den Typen zu staunen.

Seine Bezüge sind weitgehend wieder da, und er arbeitet daran, seine Gebührenrückstände abzuzahlen. Immer noch bewirbt er sich um Jobs, an denen er jetzt, nach der Ausfallzeit, dichter dran ist als je zuvor, und er fängt mit so was wie einem Sparprogramm an: weniger saufen, mehr Barbara-Bücher. Er liest eines über eine weitere Reporterin im Kosovo, wo ihr Kollege erschossen wird, woraufhin sie den Krieg hinter sich lässt und stattdessen Bilder von bekannten Persönlichkeiten macht. So trifft sie diesen Künstler-Playboy und verliebt sich in ihn, wird aber auf Schritt und Tritt von ihrer Vergangenheit heimgesucht.

Er macht weiter bei den Kunststunden mit, und ein paarmal geht er auch in den Filmkurs, der im Aufenthaltsraum stattfindet und von einem kichernden walisischen Rentner namens Peter geleitet wird. Manchmal kommt es im Wohnheim auch zu einem echten Ereignis. So stattet ihnen schon mal ein Mitglied der Königsfamilie einen Besuch ab oder irgendein Adeliger oder weiß der Himmel wer, und Mick geht aus demselben Grund hin wie alle anderen: weil es ein Gratisessen gibt. Diesmal ist es so ein alter Knacker mit Goldschmuck auf der Jacke, also vielleicht irgendein Lord oder Bürgermeister oder so was. Er schüttelt Hände, hat ein steifes Dauerlächeln im Gesicht und isst eine vornehm bemessene Anzahl Sandwichdreiecke und Miniwürstchenpasteten. Die Wochen vergehen. Draußen wird es kälter und kälter, und die Heizungen sind dermaßen aufgedreht, dass im Haus alle nur noch in Unterhemden und Shorts rumlaufen. Immer wieder mal werden Neue aufgenommen und klamm und zitternd durch die Anmeldung geführt.

Seine Kunstsammlung wächst und umfasst jetzt eine Obstschale ohne Obst, ein Gemälde von einem Baum und ein weiteres vom Ibrox-Stadion, einen Schwan aus Pappmaschee sowie ein T-Shirt mit dem Aufdruck *Rangers*. Er vertreibt sich die Zeit und wartet, aber als Renuka ihn eines Vormittags mit der Nachricht überrascht, dass eine Privatwohnung frei sei, überkommt ihn neben Erleichterung zugleich eine Vorahnung, unsicher, ob er das wirklich will oder ob es nicht besser wäre, einfach zu bleiben, wo er ist.

39.

Gott sei Dank gibt es kein großes Zeremoniell. Kein Personal, das ihm aufgereiht auf den Rücken klopft und Ratschläge gibt. Niemand steht vor der Tür, um ihn abzuholen und wegzufahren. Er verstaut seine Sachen in einer großen Tasche, die er aus einem Wohltätigkeitsladen hat, und geht runter zur Anmeldung, wo Renuka ihm seine neuen Schlüssel aushändigt. Sie besprechen gerade ihren nächsten Termin im Verlauf der Woche, als Bohne mit einer Bratpfanne reinschlendert.

»Hast du's, ja?«

»Hab's.«

»Prima. Klasse.« Er schlurft ein wenig herum, dann hält er die Pfanne hoch. »Hier.«

»Du hast mir 'ne Pfanne besorgt?«

Bohne nickt.

»Danke.« Er nimmt sie und lächelt. Die Beschichtung am Innenrand ist zerkratzt, und es ist ziemlich gut möglich, dass sie geklaut ist – wahrscheinlich beim dürren Nachbarn – aber egal, vollkommen egal. Er steht da und schaut Bohne an, in seinem Magen vermischen sich Dankbarkeit und Angst zu einem Klumpen.

Bohne grient ihn an. »Und jetz ab, mach's gut, du Wohnungsbesitzer.«

Der Bus fährt durch eine weitere Geschäftsstraße, und er versucht zu erkennen, wo er ist. Sich daran zu erinnern, wo er rausmuss. Hier noch nicht. Er richtet seinen Blick auf die mit Brettern zugenagelte Kneipe aus; da muss er raus. Niemand nimmt Notiz von ihm. Komisch, dass er denkt, es sei so, dass jedermann irgendwie wüsste, was los ist, wo ihn doch nicht mal wer sieht. Gelegentlich schaut ein Teenager über den Gang rüber, aber er hat schon länger gemerkt, dass er die Pfanne und den Schwan aus Pappmaschee ansieht, die auf seinem Schoß liegen.

Er steigt aus und biegt bei der zugenagelten Kneipe um die Ecke, gibt sich ganz normal und gelassen, als er auf das Haus zugeht und den Tastencode eintippt. Kein Mensch zu sehen. Er vermeidet den Aufzug und geht die Treppe zu Fuß hoch, seine Schritte hallen auf den grau gestrichenen Stufen. Ein paar Stockwerke weiter oben macht er am Treppenabsatz halt und schaut durch ein kleines, gesprungenes Fenster auf die Straßen und Häuser. Überhaupt nichts, was er erkennt. Alles ist fremd, und er geht weiter hinauf in seinen Stock.

Es ist so ein Einzimmerding mit Küche. Im Hauptraum steht an der einen Wand ein Bett und ein kleines, abgewetztes braunes Sofa an der anderen. In der Mitte ein Plastiktisch mit zwei Stühlen. Als er das erste Mal zur Besichtigung kam, sagte der Vermieter, er könne die Sachen gern umstellen, und Renuka und er mussten hinterher grinsen. Bett auf diese Seite, Kleinsofa auf die andere? Oder Kleinsofa hier rüber und Bett gegenüber – was meinst du? Zur Küche führt ein türloser Durchgang, durch den er jetzt geht: Toaster, Mikrowelle, ein Wasserkocher, den er vollmacht und anstellt. Den Schwan stellt er auf die Mikrowelle, legt die Pfanne ins leere Spülbecken, geht dann rüber ins Zimmer, horcht, wie der Wasserkocher anfängt zu blubbern.

Kein Tee. Klar. Oder Milch. Scheiße. Er legt sich stattdessen aufs Bett. Schließt die Augen, eine bleierne Müdigkeit überfällt ihn. Keine unbekannte Situation. Pass auf. Pass bloß verdammt auf, mein Lieber.

Später geht er nach draußen und entdeckt auf der Hauptstraße einen Schnellimbiss. Holt sich was Warmes mit Fisch. Gar nicht so übel, wie sich herausstellt.

Nachdem er den Minifernseher auf den Tisch gestellt und eine Weile damit rumgemacht hat, kriegt er ihn an und macht es sich zum Zuschauen bequem. Er hätte dran denken sollen, Servietten aus dem Imbiss mitzunehmen, denn er hat Fettflecken aufs Sofa gemacht; er nimmt sich vor, sie später wegzuwischen. Nichts in der Glotze, bloß Mist. Er steht auf, geht zum Fenster und blickt wieder auf die Stadt. Noch ist es hell draußen, und ihm fällt auf, dass kein Rollo da ist. Noch etwas, worum er sich kümmern muss. Morgen kann er sich eine Liste machen oder so. Im Augenblick, wo sich die graue Weite der Stadt vor ihm ausdehnt, ist ihm das alles zu viel, und er beugt sich vor und legt die Stirn an das Glas. Stellt sich vor, Robbie und Craig wären hier in diesem kahlen Zimmer und würden es mustern. Es ist alles zu viel.

Aber du kämpfst weiter. Kämpfst weiter.

Die nächsten Tage bleibt er in der Wohnung und in der näheren Umgebung. Beschäftigt sich, indem er einkaufen geht: Brot, Milch, Schinken, Bohnen, Waschpulver, Klopapier. Das Übliche halt, Sachen für gewöhnliche Menschen. Aber er widmet sich auch den kleinen Aufgaben: Klamotten waschen, sie über die Heizung und die Lehne vom Sofa hängen, kochen, Geschirr spülen, den Kissenbezug vor dem Fenster anbringen. An den Abenden sitzt er vorm Fernseher, isst und trinkt ein paar Dosen.

Am dritten Tag kommt Bohne vorbei; die Lautstärke der Klingel überrascht ihn beim Zähneputzen, vor Schreck sticht er sich in den Gaumen. Er sei unten, kommt die Stimme durch die Sprechanlage, und er solle auf den Knopf drücken. Auch wieder verblüffend, denkt Mick, während er auf ihn wartet, dass er sich die Hausnummer gemerkt hat.

Bohne kommt rein und sieht sich von der Tür aus um.

»Wie viel?«

»Hundertfünfzig.«

»Ach du Scheiße. Is ja furchtbar.«

Er geht zum Fenster, fummelt kurz am Kissenbezug rum, nickt und dreht sich um. »Mir wär nach'm Tee.«

Diesen Tag und den nächsten laufen sie die Hauptstraße rauf und runter und geben seine Wiedereingliederungsunterstützung für Sachen für die Wohnung aus: Besen, Radio, Hammer, Nägel, Stahlwolle, ein Rollo, Scheuermittel. Bei fünf Päckchen Stahlwolle zögert er etwas, aber Bohne besteht darauf, dass sie unbedingt sein muss – hält Mäuse ab –, also gibt er nach und kauft sie. Bohne zeigt echt Interesse an allem, länger, als er es sonst bei irgendwas tut. Vielleicht will er sich einfach nur beweisen, Mick zeigen, dass er nicht bloß ein nutzloser Radaubruder ist. Mick ist im Wohnzimmer und sucht nach Lücken in den Fußbodenleisten, als er hört, wie etwas Schweres durch die Küche geschleift wird. Eine Sekunde später steht Bohne im Durchgang, die Hände auf die Hüften gestemmt.

»Was meinst du, ein Anstrich tät gut, oder?«

Das Streichunternehmen beginnt am nächsten Tag. Vermutlich steht im Vertrag, dass es nicht erlaubt ist, aber was soll's, fick den Hauswirt, selber macht er ja doch nichts, oder? Auf Anhieb sieht die Wohnung freundlicher aus. Das Radio läuft, und durchs Fenster kommt ein kalter Luftzug. Er fängt im Wohnzimmer an, womit Bohne die Küche bleibt. Seine Augen sind gerötet und blinzeln vor Konzentration, seine rote Mütze und die Arbeitsplatte sind voller Farbspritzer. Mick pinselt das letzte Stück um den Fensterrahmen und muss bei der Vorstellung, Bohne als Nachbarn zu haben, grinsen. Wie er ihn rausklopft, weil sein Klopapier alle ist, oder ihm was vom Pferd erzählt und ihm auf dem Weg in die Kneipe die Ohren volllabert. Ehrlich gesagt, gar nicht so übel, die Vorstellung.

Auf jeden Fall ist es Bohne, der ihn mit einer seiner Nachbarinnen bekannt macht. Auf dem Weg zurück in die Wohnung kommen sie gerade aus dem Lift, da steht eine Frau auf dem Treppenabsatz, ein Baby im Kinderwagen, ein Hund an den Griff angeleint. Bohne hat es gleich mit dem Hund.

»Na, wie geht's uns denn, Alter? Mhm, wie isses?« Er hat sich runtergebeugt und tätschelt dem Hund den Hals. »Stafford, oder?«

»Ja.« Sie wirft einen Blick in den wartenden Aufzug.

Bohne zieht den Hund kräftig an der Backe, den das allerdings wenig kümmert.

»Hatte selber 'nen Stafford, is aber schon lange her. War 'n klasse Hund. Walter. War wie ein verdammter Heizkörper – oh, sorry.« Er schaut in den Kinderwagen. »War aber so. Deshalb hab ich ihn auch Walter genannt. Walter, die Wärmflasche.«

Sie lächelt und drückt wieder den Knopf, weil die Türen des Aufzugs zugehen. Aber Bohne hat es jetzt mit dem Baby, winkt ihm mit seinen kohlblattgroßen Händen zu. »Ja, lach doch mal, Kumpel. Lach mich mal an.« Es sieht eher nicht danach aus. Gebannt schaut das Baby in das große, bärtige, rote Gesicht, versucht irgendwie daraus schlau zu werden und fragt sich vermutlich, ob dem Weihnachtsmann irgendwas

Schlimmes passiert ist. Die Türen gehen wieder auf, und sie schiebt den Kinderwagen hinein.

»Nett, Sie kennenzulernen«, sagt Mick, und sie lächelt kurz, bevor der Lift wieder zugeht.

Ob wach, ob im Schlaf – der Gedanke an Robbie und Craig bedrängt ihn pausenlos. Was würde er ihnen sagen? Wie sähen ihre Gesichter aus, wenn sie hörten, wo er gewesen ist, wo er jetzt ist und dass er von der Stütze lebt? Im einen Moment sagt er sich: Verflucht, ich krieg das hin, aber im nächsten Moment drückt ihn das Gewicht von dem allen hilflos aufs Bett. Selbst wenn er Jobs angeboten kriegte – und mit jeder Woche, die er zum Jobcenter geht, wird es wahrscheinlicher, dass das niemals passiert –, wie sollte er genug verdienen, um auch nur die Miete zu zahlen? Es würde nicht gehen. Selbst nicht für ein Dreckloch wie dieses. Es würde Jahre dauern, das Geld für was Besseres zusammenzusparen. Schon darüber nachzudenken macht ihn todmüde, aber er vereinbart mit sich, nur noch daran zu denken, wenn er draußen und in Bewegung ist und nicht mehr ganz allein hier in der Wohnung. Außerdem gibt es nur einen einzigen Heizkörper in der Wohnung, und der ist arschkalt. Deshalb läuft er, wenn Bohne nicht da ist, ganze Nachmittage durch die Gegend, macht sich mit den Straßen und Grünanlagen vertraut und wälzt alles in seinem Kopf herum.

Wie soll man das Ganze mit Vollgas angehen, wenn man schon davon fertig ist, es einfach von Tag zu Tag zu schaffen? Selbst die kleinsten Dinge kommen ihm vor wie Erfolge, wie Siege. Rasieren. Einkaufen. Ein Rollo anbringen. Das ist an sich schon anstrengend genug, aber sich dann noch sagen, o.k., das hätten wir, jetzt geh ich mal wieder diesen Lageristenjob an, den ich schon fünfmal nicht gekriegt habe – das saugt ihm sämtliche Energie ab.

Es gehört zu den Dingen, über die Renuka mit ihm spricht, als er sie das nächste Mal trifft. Er nimmt den Bus, sie sind in einem Café verabredet, und es geht darum, wie er vorankommt. Sie sagt, er sei im Rahmen des Sozialprogramms Cycle of Change jetzt in einer Phase des Grübelns und Nachdenkens angelangt. Das ist offensichtlich etwas Gutes. Wichtig sei, dass er auch entsprechend handelt. Absolut entscheidend. Die nächste Phase rückt die ganze Zeit schon bedrohlich näher. Ist er bereit dafür? Fast, sagt er zu ihr, wobei ihm das Herz in die Hose rutscht. Fast.

Es ist Nachmittag, Bohne und er sitzen in der Wohnung und sehen fern. Bohne hat schon längere Zeit nichts gesagt, starrt auf die Werbung und kratzt sich die Handrücken. Seine Augen sind blutunterlaufen, sein Blick undeutbar.

»Bist sauer, was?«

Bohne geht nicht darauf ein.

»He, du.« Mick grinst und kickt ihm gegen's Bein. »Bist du sauer, oder was ist?«

Abrupt steht Bohne auf. »Is doch scheiße, geh'n wir in 'ne Kneipe, was meinst du?«

»O.k. Klar.«

Die nächste Kneipe befindet sich in Laufnähe. Bohne scheint ziemlich genau zu wissen, wohin er will. Sie überqueren die Hauptstraße und gehen an ein paar stillen Wohnhäusern entlang.

»Ich bin dran«, sagt Bohne beim Reinkommen und geht an die Theke, während Mick sich an einen Tisch in der Ecke setzt. Ruhig hier. Ein paar Männer spielen hinten in einem kleinen Nebenraum Billard, und vier Stammgäste sitzen auf Barhockern und beäugen Bohne schweigend, als dieser das Kleingeld in seiner Hand zählt und den Barmann fragt, was das Billard koste.

Mick beobachtet ihn, wie er losgeht und seine Münze auf den Tisch legt. Die Spieler wechseln Blicke.

Eine Zeit lang trinken sie schweigend. Mick starrt auf die zusammengesackten Rücken der Stammgäste und den zerfledderten silbernen Weihnachtsschmuck, der vom Thekenaufbau herunterhängt. Nach einer Weile dreht er sich zu Bohne hin.

»Dieser Hund, von dem du geredet hast – Walter –, wann war das, als du den hattest?«

»Himmel, weiß ich nich mehr.«

Mick nimmt einen Schluck.

»War das erst kürzlich?«

»Was?«

»Ich meine, der Hund, ist das schon lange her oder erst kürzer?«

»Ach Gott, schon lange.« Er verrenkt den Hals, um hinter sich zu blicken. »Verdammt, sind die immer noch nich fertig?«

Einer der Spieler geht mit Biergläsern zurück in den Billardraum.

»Und was ist aus ihm geworden?«

»Hat ins Gras gebissen.«

»Sorry, ich wollte nicht ...«

»Schon o.k. Er war alt, hatte seine Zeit rum. Ich war sowieso in so 'nem Laden, wo keine Hunde erlaubt sind, hätte ihn abgeben müssen.« Wieder dreht er sich um. »Siehst du das? Wollen die mich verarschen?« Er schiebt seinen Stuhl zurück und marschiert in den Billardraum, wo die zwei Männer gerade für ein neues Spiel auflegen. Mick bleibt sitzen und sieht wie durch einen Nebelschleier, wie im Traum, zu, wie die beiden Männer, ihre Queues auf den Boden gestützt, dicht beieinanderstehen und Bohne herumbrüllt, wegen der lauten weihnachtlichen Popmusik versteht er jedoch nicht, was er da brüllt. Er erinnert sich an den Videoclip zu diesem

Song, der englische Komiker und dieses blonde Mädel, wie hieß sie noch gleich? An der Theke ist eine Reihe gesenkter Köpfe zu sehen und hinten Bohne, wie er sich über den Billardtisch beugt und die Kugeln auseinanderjagt. Kim Wilde. So hieß sie. Was ist aus der eigentlich geworden? Bohne stürmt jetzt zur Kneipentür raus. Die Männer auf den Barhockern drehen sich langsam um und sehen stattdessen ihn an … *the Christmas tree, have a happy holiday. Everyone dancing merrily* … nicht diese Arschlöcher, ehrlich, guck sie dir doch bloß an. Heiliger Himmel. Er steht auf und geht.

Bohne ist schon ein ganzes Stück die Straße runter.

»He, warte. Warte mal kurz.«

Aber er marschiert einfach weiter, eine Atemwolke über dem Kopf. Mick hastet rufend das ganze Stück bis zur Hauptstraße hinterher. Dort hält gerade ein Bus an – Bohne sprintet drauf zu und springt hinein.

In den darauffolgenden Wochen sind Bohnes Besuche noch unberechenbarer. Zweimal kommt er ohne Ankündigung kurz vorbei, aber über die Weihnachtstage dafür fast jeden Tag. Sie kaufen ein Hähnchen, Rosenkohl, Kartoffeln und Starkbier, bereiten ein richtiges Weihnachtsessen zu und schlafen besoffen vor dem Fernseher ein.

Er macht Tee für Renuka, während sie am Tisch sitzt und sich im Zimmer umschaut.

»Sieht richtig schön hier aus«, sagt sie, als er mit den Bechern reinkommt.

»Ganz gut, was? Keith hat mir geholfen, hier was draus zu machen.«

»Sehr gut. Nach ihm wollte ich Sie ohnehin gern was fragen. Der Fallbearbeiter von Keith würde gern wissen, ob er überhaupt mal hier aufgetaucht ist. Seine Depressionen waren in letzter Zeit ziemlich schlimm, und ein paarmal war er auch nicht im Wohnheim. Welchen Eindruck hat er auf Sie gemacht?«

»Gut, prima. Ganz wie immer. Ehrlich gesagt, er war eine große Hilfe.« Die Sache in der Kneipe erwähnt er nicht.

»Na fein. Ich geb es an Robin weiter.« Sie faltet die Hände um ihre Tasse. »Also, letztes Mal sagten Sie, Sie wollten sich überlegen, ob wir mit der Vermisstenstelle Verbindung aufnehmen sollen. Haben Sie sich weitere Gedanken darüber gemacht?«

Er nimmt einen Schluck Tee und stellt den Becher dann auf den Tisch.

»Ja, könnte man so sagen.«

40.

Trotz des Verkehrs ist er früh dran. Zeit genug also, um noch schnell einen kleinen Beruhigungsschluck zu kippen, ehe er ankommt. Es ist ein großes Lokal, eins dieser hell erleuchteten Kettendinger mit niedrigen Sofas um niedrige Tische, jetzt nach dem Mittagessen aber ziemlich leer. Er setzt sich auf einen der wenigen normalen Stühle an einen Tisch in der Mitte des Raums mit Blick auf die Eingangstür. An der Theke stehen ein paar Anzugtypen, trinken Bier und unterhalten sich laut. Mick nippt an seinem Halben. Seine Überweisung kommt erst morgen, und er hat fast sein letztes Geld für neue Schuhe und Hosen ausgegeben. War unüberlegt. Ihm kommt der Gedanke, dass Robbie die Getränke bezahlen muss. Panik durchflutet ihn wieder, und er braucht ein paar Minuten, ehe er sie in den Griff bekommt.

Er trinkt weiter, langsam. Ist der reinste Kampf, nicht gleich alles runterzukippen, aber er schafft es, beherrscht zu trinken. Die Anzugleute gehen inzwischen zu härteren Sachen über, und die Angestellten haben einen kurzen Streit darüber, welche Musik aufgelegt werden soll. Er ist daher nicht annähernd so gut drauf, wie er es gerne sein wollte, als Robbie, ebenfalls ein bisschen zu früh, hereinkommt.

Er hat ihn nicht gesehen, sondern ist geradewegs zur Theke gegangen, steht jetzt direkt neben den Anzugleuten und sagt etwas zu der Barfrau. Mick bleibt sitzen. Sieht in die andere Richtung, auf einen Fernsehschirm ohne Ton, weil man nur die Musik aus den Lautsprechern hört. Er kann sich nicht bewegen, sein ganzer Körper fühlt sich an, wie durch den Fleischwolf gedreht. Auf dem Bildschirm läuft ein kurzer Film über Fußballer auf einem Trainingsplatz und darunter das Rollband mit den Nachrichten – diese Riesensache aus der ersten englischen Liga, dass der Manager von Carlisle United abgesägt wird und ein anderer Typ schon im Gespräch für den Chefposten ist. Er dreht sich um. Robbie kommt auf ihn zu. Mit einem Glas in der Hand nähert er sich dem Tisch.

»Robbie.« Er versucht aufzustehen, ist aber wie festgewachsen.

Robbie steht auf der anderen Seite des Tischs und sieht ihn an. Er setzt sich, und Mick kann ihm nicht ins Gesicht sehen, richtet den Blick stattdessen auf Robbies Hände, die flach auf dem Tisch liegen. Wie ruhig sie sind, die Hände seines Sohns.

»Wie geht es dir, Rob?«

Seine eigenen Hände knoten sich um das Glas, sie sehen aus wie ein Bierkrug, wie einer von diesen altmodischen. Blöder Gedanke, ausgerechnet jetzt. Echt blöd. Warum sagt er denn nichts? Will er etwa die ganze Zeit wortlos dasitzen, so lange, wie das Ganze dauert, vielleicht ein verfluchtes Leben lang? Mick sieht zu ihm auf. Er weint. Nicht gerade in Strömen, aber sein Gesicht ist gespannt, die Augen sind verquollen, und Mick muss wegsehen – kann Rafael Nadal seine Knieverletzung bis zu den Australian Open auskurieren? Im Augenblick sieht es nicht allzu rosig für ihn aus.

»Ich weiß nicht, was ich sagen soll.«

»Du musst gar nichts sagen, mein Junge.«

Die beiden Anzugleute sind los, einer von ihnen lacht, legt kurz den Arm um die Schultern des andern und zieht ihn dann wieder weg, um mit ihm abzuklatschen. Einen im Tee, und auf geht's an die Arbeit des Nachmittags. Er sieht Robbie an, der ihnen beim Rausgehen nachschaut.

»Es tut mir leid, Rob.«

Es herrscht Schweigen, als brauchten beide auf ihrer jeweiligen Tischseite einen Augenblick, um zu begreifen, wie erbärmlich das klingt.

Robbie dreht sich zu ihm zurück.

»Warst du wirklich obdachlos, Dad?«

»Wenn man's so nennen will.«

»Wie soll man's denn sonst nennen?«

»Nein, ist schon richtig so, ja.«

»Das heißt, du warst auf der Straße?«

»Zeitweilig schon.«

»Himmel.« Er starrt auf den Tisch. »Hast du nicht dran gedacht, dass ich dir helfen würde?«

»Ich weiß, dass du's hättest, mein Junge. Weiß ich.«

Robbie verdreht die Augen und blickt finster drein. »Wir wussten nicht, ob du noch lebst. Die meisten dachten, du wärst tot.«

Er hat sein Glas noch nicht angerührt.

»Ich hab ja den Brief geschrieben.«

»Ach, ja, dein Brief. Da kommt plötzlich dieser Brief, und Alan und ich hängen einen kompletten Scheißmonat in Heathrow rum, aber kein Mensch weiß, wo du bist, außer dass du dich Mick Provan nennst und gefeuert wurdest.«

Die Frau von der Theke kommt. Sie hat ein großes, schwarzes Getränketablett dabei, setzt es auf der Tischkante ab und stellt Micks leeres Glas darauf. Sie zögert einen Moment, als wolle sie etwas sagen, merkt aber dann, dass die Stimmung nicht gerade die beste ist, und geht wieder.

»Alan war also auch da?«

Robbie schüttelt langsam den Kopf. »Ach, Scheiße, Dad. Er war verdammt klasse. Ist dir klar, dass er die Miete bezahlt hat, nachdem du das Haus verlassen hast?«

Er schließt die Augen, vielleicht konnte er sie aber auch einfach nicht mehr offen halten, weil die Lider keinerlei Elastizität mehr haben. Sein Inneres scheint sich verflüssigt zu haben, nur das Knochengerüst hält ihn noch irgendwie auf dem Stuhl. Wieso? Wieso hält es ihn immer noch auf dem Stuhl? Er hat angefangen sich zu berappeln. Raus aus dem Heim, in die Wohnung, alles wieder neu hinkriegen. Er öffnet die Augen und setzt sich aufrecht auf den Stuhl. Urplötzlich kommt ihm der Gedanke, wie froh er ist, dass er sich nicht vollgeschissen hat.

Er will etwas sagen, aber kein Wort kommt heraus.

»Verstehst du, was ich dir sage? Craig ist da und erzählt ihm, er soll …«

»Robbie«, er unterbricht ihn, »bitte, es tut mir leid, aber ich kann das jetzt nicht alles hören. Tut mir echt leid.«

»Wie bitte? Passt dir der Zeitpunkt jetzt gerade nicht oder was?« Robbie steht auf. »Stimmt wohl.« Seine Stimme zittert. »Ja, stimmt wohl.«

Er tritt vom Tisch zurück und schiebt seinen Stuhl drunter. Dann dreht er sich um und geht.

Mick bleibt einfach sitzen. Die Theke ist leer. Ein paar Minuten später wird die Musik aufgedreht. Die Angestellten müssen auf keine zahlenden Gäste mehr Rücksicht nehmen, nur noch ein alter Knacker hockt da und starrt auf die Sportnachrichten.

41.

Der restliche Nachmittag ist wie ausradiert. Die Tür ist abgeschlossen, der Fernseher läuft. Renuka oder Bohne schauen nicht vorbei, oder wenn doch, dann merkt er es nicht.

In der Nacht wacht er immer wieder auf, im Hintergrund läuft der Fernseher, ein Weiterbildungsprogramm, und er versucht zuzuhören, um sein Hirn zu beschäftigen – wie ist das Strafrechtssystem aufgebaut? Ganz schön langweilig, aber es reicht nicht zum Einschlafen, also liegt er nur da und starrt auf die Zuckungen des blauen Lichts an der Decke.

Als er am nächsten Morgen in der Küche steht und darauf wartet, dass der Toast fertig wird, klingelt es. Es ist Renuka.

Sie kommt rein und setzt sich zu ihm an den Tisch.

»Ich habe gestern Abend mit Robbie gesprochen. Offenbar war es schwierig.«

»War es.«

»Wir hatten ja schon vorher gesagt, dass es vermutlich nicht leicht sein würde.«

Er nickt.

»Aber Ihr Sohn will es unbedingt weiter versuchen.«

»Ehrlich?«

»Ja sicher – er sitzt in einem Café ein Stück weit die Straße runter und wartet darauf, dass ich ihn anrufe. Eigentlich wollte er direkt herkommen, aber ich sagte ihm, dass ich vorher mit Ihnen sprechen muss.«

Sie lächelt, aber er wendet den Blick ab und sieht aus dem Fenster; es hat angefangen zu schneien.

»Was hat er gesagt?«

»Nur, dass Sie beide es weiter versuchen müssen.«

Er sieht sich in dem winzigen Zimmer um: das ungemachte Bett und darüber die Bilder, die aussehen wie von Kindern.

»Ich weiß nicht, ob ich es schaffe, Renuka.«

Sie nickt. »Weiß ich. Es ist nur so: Wenn sie hier aufhören, wird es beim nächsten Mal noch viel schwieriger.«

Sie hat recht. Sie werden's probieren. Schließlich wohnt der Junge auf der anderen Seite der Welt, was bedeutet, dass er irgendwann demnächst wieder zurückmuss. Und mit einem weiteren Verkrampfen seines Magens muss er daran denken, wofür Robbie seine Familie dort zurückgelassen hat: für zehn Minuten in einem Schnellrestaurant, wo sein Dad ihm erklärt, dass er noch nicht mit ihm sprechen will.

»Das Blöde ist, dass ich dermaßen Schiss hatte hinzugehen, dass ich ihn umso mehr sehen musste.«

Sie nickt wieder. Geduldig wie immer. Überlegt, wohin ihn das alles in seinem Sozialprogramm bringt. Oder vielleicht denkt sie auch nur, dass er einfach ein Arsch ist, wer weiß?

Er kommt zusammen mit Renuka in die Wohnung, steht in der Tür und sieht ihn an.

»Robbie. Komm rein. Tasse Tee? Renuka?«

Robbie und Renuka streifen sich den Schnee von den Schuhen und gehen ins Zimmer, während er den Wasserkocher zur Spüle trägt und ihn auffüllt. Er hört, wie er nebenan durch das Zimmer geht, sich umsieht, ein Urteil fällt. Renuka erzählt ihm, dass es sein Vater war, der hier renoviert hat, das Rollo, der Anstrich, und Robbie bleibt still; was immer er gerade da drin tut, er sagt nichts dazu.

Mick stellt den Fernseher auf den Boden, und die drei setzen sich an den Tisch und trinken Tee.

»Also, ich kann bleiben oder gehen«, meint Renuka. »Sagen Sie mir einfach, was Ihnen lieber ist.«

»Nein«, sagt Robbie, »bleiben Sie. Ist doch o.k., oder?

Er nickt.

»Also Dad, gestern – also ich wollte es dir nicht schwer machen. Ich versteh nur so vieles nicht.«

»Klar, natürlich.«

»Ich weiß nicht, wo ich anfangen soll.«

»Ich auch nicht.«

Robbie betrachtet die Kunstwerke an der Wand über dem Bett.

»Bist du Alkoholiker, Dad?«

»Nein.«

Renuka sagt nichts. Er ist sich darüber im Klaren, dass es besser aussähe, wenn nicht die ganzen leeren Bierdosen neben dem Mülleimer stehen würden.

»Ich versteh einfach nicht, wie das kommen konnte. Wenn ich gewusst hätte, wie's mit dir aussieht, wäre ich dageblieben, verdammt, auf jeden Fall. Warum hast du denn nichts gesagt? Ich hab mich so verflucht schuldig gefühlt.«

»Himmel, es ist doch nicht deine Schuld, Robbie. Ich hab doch auch nicht geahnt, dass das alles passieren würde. Du hast recht, ich hätte deine Anrufe beantworten sollen. Mir ist einfach alles über den Kopf gewachsen.«

»Ist dir klar, dass das Haus weg ist? Alan konnte nicht ewig bezahlen.«

Er starrt ihn an. Fordert ihn heraus. Mick schaut in seine Teetasse. Der Becher ist bereits angeschlagen. Scheiß Billigladen, was kann man da schon erwarten?

»Ich geh nicht zurück, Sohn, wenn es das ist, was du meinst.«

Es folgt eine lange Phase des Schweigens, in der viel Tee getrunken wird. Renukas Blicke wechseln vom einen zum anderen, wägen ab, wann sie eingreifen soll.

»Da ist noch was, was ich nicht verstehe«, sagt Robbie schließlich.

Mick wartet darauf, dass er weiterspricht, aber er sagt nichts mehr und sieht auf den Tisch.

»Was denn? Was verstehst du nicht?«

»Wo *sie* ist.«

Er schaut auf, aber Robbies Gesichtsausdruck ist nicht wütend, vielmehr sieht er grauenvoll scheißtraurig aus, was natürlich noch hundertmal mehr reinhaut. Dazu kommt, dass ihn ein Gefühl von verzweifelter Verbundenheit mit dem Jungen befällt, das Gefühl, ihm nahe sein zu wollen.

»Deshalb konnte ich nicht dableiben, Robbie.«

Wieder Schweigen, und wieder bricht Robbie es: »Also, selbst wenn ich es vielleicht verstehen kann, Craig kann's mit Sicherheit nicht.«

Renuka sieht ihn mitfühlend an, und in diesem Moment scheint es, als wolle sie ihre Hand auf seine legen. Er zieht sie zurück und versteckt sie unterm Tisch.

»Dad, er weiß, dass er sich nicht richtig verhalten hat. Keiner von euch hat das. Er hat mir das gesagt, als ich bei ihm gewohnt habe. Aber als du dann nicht wieder auftauchtest – hat er –, ich glaube, es war einfach zu viel für ihn.«

»Habt ihr euch in die Haare gekriegt?«

Robbie lächelt schwach. »Könnte man sagen.«

Ganz offensichtlich ist da mehr, aber Robbie hat zugemacht und starrt auf das beschlagene Fenster.

»Will einer von euch noch Tee?«

Robbie schüttelt den Kopf. »Nein danke. Ich denke, für heute sollten wir Schluss machen, o.k.?«

»Klar.«

Alle stehen auf.

»Wo wohnst du?«

»In einem Hotel in King's Cross. Mein Flug ist für nächste Woche gebucht. Ich kann sie nicht länger allein lassen.«

Renuka bleibt im Zimmer, als er mit Robbie zur Tür geht.

»Ich bin so froh, dass ich dich gesehen habe«, sagt Robbie und macht einen Schritt auf ihn zu, um ihn in den Arm zu nehmen. Beklommen kommt Mick ihm entgegen. Berührt zu werden ist schwierig und seltsam, und er verkrampft auf der Stelle. Er spürt Robbies Kinn auf seiner Schulter. Nach ein paar Sekunden lösen sie sich voneinander, und Mick will eigentlich sagen, dass es ihm leidtut, doch dann bremst er sich. Er hat Angst, dass er schlecht riecht.

»Ich komme morgen wieder vorbei, o.k.? Du solltest ein Telefon haben.«

Er kommt früh am folgenden Nachmittag. Sie sitzen auf dem winzigen Sofa, trinken Kaffee, und im Hintergrund läuft der Fernseher.

Es gibt zu viel zu sagen, als dass man viel sagen könnte, also bleiben sie ziemlich schweigsam. Er sowieso. Robbie ist gesprächiger, wenn man das so nennen kann – es ist eher ein Verhör, bei dem es manchmal scheint, als versuche er sich zurückzuhalten, kann es aber nicht. All diese Fragen, auf die er Antworten braucht. Warum hat er keinem gesagt, dass er abhaut? Warum nach London? Was war in diesem Hotel los?

Warum hat er den Brief geschrieben und sich dann nicht mehr gemeldet, auch wenn er obdachlos war?

Wenn er ordentliche Antworten darauf geben könnte, wäre es leichter. Warum *ist* er nach London gegangen? Warum hat er überhaupt irgendwas von alldem gemacht? Keine Ahnung. Aber er muss fair bleiben, offen, und deshalb versucht er wenigstens einen Teil zu beantworten, auch wenn er einige Details auslässt.

Später versuchen sie noch einmal, ein Bier zusammen zu trinken. Nicht in dieser Bärenhöhle die Straße hoch, sie gehen stattdessen etwas länger in die andere Richtung, bis sie zu einem anständig wirkenden Lokal neben einer privaten Grünanlage kommen, die weiß von unberührtem Schnee daliegt. Seine Überweisung ist gekommen, sodass er die Runde bestellen kann. Natürlich fragt Robbie sofort, wovon er eigentlich lebt, und er sagt es ihm. Was immer er davon hält, er behält es für sich. Es sind ein paar weitere Gäste da, englische Veteranen in Blazer und Krawatte. Robbie hat einiges loszuwerden: wie es war, diese ganze Zeit, ohne zu wissen, wo er steckte. Anfangs, erzählt er, habe er bei Craig gewohnt, doch dann ging es nicht mehr, und er hat sich für eine Zeit lang ein Zimmer gemietet. Irgendwann musste er nach Australien zurück, wegen seiner Arbeit und seiner Familie. Mick will ihn nach Jenna und Damien fragen, aber er kann sich nicht dazu durchringen. Bevor er zurückfuhr, erzählt Robbie weiter, fuhr er nach Newcastle; es hätte ja sein können, dass er dorthin gefahren war. Versuchte, jeden ausfindig zu machen, mit dem er mal gearbeitet haben könnte, überredete Wirte und Buchmacher, die Aushänge aufzuhängen, die die Vermisstenstelle gedruckt hatte. Die seltenen Fälle, dass er jemanden fand, der sich an ihn erinnerte – und wie er ihnen die ganze Geschichte erklären musste über das, was passiert war.

Er will nichts von alldem hören, aber er weiß, dass er es ihn aussprechen lassen muss. Und auf keinen Fall wird er fragen, wen Robbie denn so gefunden hat, der ihn mal kannte. Die Vorstellung von seinem Foto, das in den Eingängen einer ganzen Latte Kneipen hängt, damit jeder Säufer es anglotzen kann – das ist nicht unbedingt etwas, worüber er wirklich nachdenken möchte.

Am Abend, als sie aus dem Lokal zurück sind, hört er mit, wie Robbie in der Küche in sein Handy spricht. Der Wasserhahn läuft, weil er die Teller des mitgebrachten Currygerichts spült. Mick ist im Zimmer und hat den Fernseher laufen, kriegt es aber trotzdem mit.

»... er hat eine Wohnung, er ... ja, weiß ich, weiß ich ja, aber ich will ... Nein, ist o.k. ... Nein, er lebt von Sozialhilfe.«

Der Wasserhahn wird zugedreht, und Robbie verabschiedet sich. Er stellt den Ton des Fernsehers lauter. Nachdem Robbie gegangen ist, fragt er sich, ob er gewollt hatte, dass er mithört.

Am nächsten Vormittag kommt Robbie mit einem brandneuen Telefon in einem Pappkarton. Beim Öffnen sagt Robbie, er habe mit Alan gesprochen. Der wolle runterkommen und ihn treffen. Mick schweigt dazu und konzentriert sich auf die Verpackung.

»Keine Sorge, ich hab ihm gesagt, dass es zu früh ist. Für ihn hat es Zeit, aber nach allem, was er getan hat, musst du ihn irgendwann treffen.«

»Ja, ist mir klar«, obwohl er es ums verdammte Verrecken nicht dazu kommen lassen wird. »Und Craig?«

»Mit dem hab ich auch gesprochen.«

»Will mich nicht sehen, oder?«

»Dad, er ist erleichtert, dass wir dich gefunden haben.«

»Aha.«

»Wirklich.« Robbie legt eine Handvoll Zubehörteile auf den Tisch. »Wie ich schon sagte, er hat daran zu knabbern, dass du nicht mehr in Glasgow sein willst.«

Sie machen weiter, nehmen Kabel und andere Teile aus dem Karton, legen sie nebeneinander auf den Boden und lassen das Thema fallen. Eins ist jedenfalls klar: Diese Telefonhersteller wollen einem das Leben auch nicht eben leichter machen. Sogar das Telefon ist noch kein Telefon, vielmehr lauter einzelne Kunststoffteile, die noch zusammengesetzt werden müssen. Robbie liest die Gebrauchsanleitung durch, und Mick schraubt die Teile zusammen, da klingelt es an der Wohnungstür. Er steht auf und geht zur Gegensprechanlage. Bohne. Für den Bruchteil einer Sekunde überlegt er, ihm zu sagen, dass es gerade nicht passt, doch dann legt sich diese Zentnerlast Schuld, die ihn ständig begleitet, schlagartig wieder auf ihn, und er entscheidet sich anders.

Es ist das erste Mal seit einer ganzen Weile, dass sie sich sehen. Während er wartet, dass Bohne mit dem Aufzug nach oben kommt, wird er unruhig – ist er nüchtern, sind seine Klamotten schmuddelig? Er hat Robbie erzählt, dass es da einen Typen gibt, den er kennt und der ihm geholfen hat, als er obdachlos war. Als Robbie ihn über ihn ausfragen wollte, hat er ihm jedoch kaum mehr erzählt, als dass er aus Paisley stammt und ein bisschen durchgeknallt ist.

Bohne ist erst mal verblüfft, dass noch jemand in der Wohnung ist.

»Das ist Robbie, mein Sohn.«

»Dein Sohn? Ah, prima. Wie geht's?« Er streckt die Hand aus, und Robbie schüttelt sie. »Bin Keith. Auf länger hier?«

Robbie schaut zu Mick und begreift, dass Bohne nicht auf dem Laufenden ist.

»Ich bin noch für ein paar Tage zu Besuch. Wohne in einem Hotel in King's Cross.«

Bohne wirft ihm einen fragenden Blick zu.

»Wo bist'n du her? Von den Inseln?«

Robbie grinst. »Nee, aus Govan.«

Bohne wirkt nicht überzeugt. »Is aber 'n komischer Akzent. Ich mein das nich unhöflich.«

Mick steht im Durchgang zur Küche und beobachtet die beiden.

»Nein, keine Sorge, meine Frau sagt das auch immer. Ich bin seit zehn Jahren in Australien, daher kommt das.«

Bohne lacht. »Hab ich gewusst. Ich wusste, irgendwas ist komisch bei dir.« Er hat das zerlegte Telefon neben dem Karton entdeckt und geht hin. »Zeig doch mal, ich bin gut mit Telefonen.«

Unverzüglich fängt er an, das Ding zusammenzubauen. Und nicht gerade erfolglos. Lässt sich von Robbie eine Übersicht über die verschiedenfarbigen Drähte und Schraubenköpfe geben und zeigt ihm, wie es geht. Robbie ist eindeutig fasziniert von dem Typen. Unmittelbar vom ersten Augenblick an ist eine Lockerheit zwischen den beiden, obwohl ihn das eigentlich nicht überraschen sollte: Robbie ist ziemlich geradeaus bei so was und nimmt Menschen so, wie sie sind.

Das Telefon ist ruckzuck fertig. Robbie ruft es von seinem Handy aus an, um zu sehen, ob es geht. Es funktioniert. Er hat einen Anschluss. Die ganze Woche rund um die Uhr, keine Ausreden mehr. Robbie entdeckt, dass er eine Nachricht von Jenna hat, und er geht in die Küche, um Tee aufzusetzen und sie zu lesen.

»Wer ist Jenna?«, fragt Bohne, als er draußen ist.

»Seine Frau. Ein Kind haben sie auch, ist noch ein Baby.«

Bohne denkt einen Moment nach.

»Das heißt, er is hier, um deine Wohnung zu sehn?«

»Eigentlich nicht.« Er kann es ihm genauso gut erzählen. »Offenbar war ich schon ziemlich lang als vermisst gemeldet. Sie haben mich gesucht.«

Bohne nickt bedächtig. »Das is gut. Sie haben dich gefunden. Das is sehr gut.«

Robbies letzte beiden Tage gehen ziemlich schnell rum. Die Temperatur ist jetzt fast bei null, aber er hat ein neues Heizgerät gekauft, und meistens sitzen sie in der Wohnung oder auch in der Kneipe; Bohne kommt auf ein Bier dazu und verhält sich weiterhin gesittet. Als Bohne am letzten Nachmittag gegangen ist, packen sie sich dick ein und machen einen langen Spaziergang, bei dem sie auch an der U-Bahn-Station vorbeikommen. Mick sagt nichts. Es tut gut, mit Robbie zusammenzusein; er genießt seine Gesellschaft, so war es schon immer. Eigenartig, was man alles vergisst. Es ist nicht perfekt, natürlich nicht. Manchmal gibt's Augenblicke, in denen er merkt, wie Robbie in Schweigen verfällt, und er weiß, dass er gerade über alle möglichen Sachen nachdenkt, sich von ihm zurückzieht. Aber das ist in Ordnung. Völlig in Ordnung. Robbie erwähnt es zwar nicht, aber Mick weiß, dass er seine Familie sehr vermisst, und nach dem, was er mitkriegt, wenn er in der Küche mit Jenna spricht, weiß er, dass es ihr ebenso geht.

Am Morgen des Abflugs sitzen sie in einem Café an der Hauptstraße und essen Rührei mit Schinken und Pommes. Robbie sagt ihm, er hätte gern, dass er Ostern nach Australien kommt.

»Ich hab es mit Jenna besprochen. Eigentlich war es ihre Idee.«

Mick sieht ihn an, sagt aber nichts. Robbie hat diesen Gesichtsausdruck, der besagt, dass er es nötigenfalls auf einen Streit ankommen lassen wird.

»Das ist lieb von dir, mein Junge, aber … «

»Ich bezahle den Flug.«

Er schüttelt den Kopf. »Das kostet dich ein Vermögen.«

»Weiß ich. Wem sagst du das? Aber du kannst es dir nicht leisten, und ich müsste den Flug auch so zahlen, wenn ich rüberkäme. Und so könntest du Jenna und Damien sehen.«

Schwer, was dagegen zu sagen, aber er versucht's trotzdem.

»Weißt du, ich hab diese Wohnung noch nicht sehr lange und weiß nicht, ob ich überhaupt weg darf.«

»Ich habe mit deiner Fallbearbeiterin gesprochen, und sie sagt, es wäre o.k.«

Er zuckt zusammen, als Robbie das Wort benutzt.

»Verdammt noch mal, Dad, ich rede doch nur von ein paar Wochen. Es ist doch nicht so, dass ich sage, komm, leb mit uns.«

»Nein, klar, weiß ich. Es ist einfach nur so ein Riesenschritt. Ich muss drüber nachdenken.«

Aber es ist beschlossene Sache, und er weiß es.

In den kommenden Tagen denkt er ständig darüber nach, in der Wohnung oder auf den Nachmittagsspaziergängen, und zerbricht sich den Kopf über Schuld, Geld, die ganze Chose. Aber die Vorstellung, dort zu sein, versetzt ihn auch in Aufregung. Sein Enkelkind zu sehen – obwohl ihm natürlich klar ist, dass es zum Teil daran liegt, dass Damien zu klein ist, irgendwas von dem zu verstehen, was passiert ist. Seine Ma dagegen nicht. Ihr zu begegnen, beunruhigt ihn; was sie wohl von ihm denkt, wo Robbie seinetwegen so lange von ihnen fort war? Wenn er bis dahin eine Stelle hätte, wäre es einfacher.

Klar könnte er sich den Flug trotzdem nicht leisten, aber vermutlich würde er sich nicht derart wie ein Schmarotzer vorkommen – und könnte dort auch mal was bezahlen. Aber mit der Jobsuche sieht es nicht allzu rosig aus. Es ist schon mühsam genug, ihnen klarzumachen, dass er zuverlässig und pünktlich ist und keiner von diesen Säufern, ganz zu schweigen davon, dass er für alles Mögliche qualifiziert ist. Er geht aufs Amt, wartet, bis er dran ist, und hat nicht den Hauch einer Erwartung, dass irgendwas dabei rauskommt.

Eines Nachmittags, draußen hagelt es, kommt er nach Hause, und am Telefon blinkt ein rotes Licht. Er braucht eine Weile, bis er die Nachricht abhören kann, aber dann ist es Robbie, der sagt, er wolle mit ihm reden und werde später am Abend noch mal anrufen.

Als es klingelt, ist Mick gerade dabei, Abendessen zu machen. Er dreht die Kochplatte klein und wischt sich die Hände ab, ehe er rangeht.

»Craig kommt«, sagt Robbie.

»Wie?«

»Craig. Er kommt über Ostern her.«

Stille in der Leitung.

Wahrscheinlich steht Jenna daneben, hört mit.

»Dad, hast du gehört, was ich gesagt habe?«

»Er weiß, dass ich komme?«

»Weiß er. Es brauchte ein bisschen Überzeugungsarbeit, aber er kommt.«

…

»Es wird gut werden, Dad.«

»Kommen die Highlander auch?«

Er kann Robbie glucksen hören. »Nein, wir sind unter uns.«

Er erzählt, wie alles geplant ist: wo er schlafen wird, was sie essen werden, der Ausflug zur Küste, den sie zusammen mit Jennas Schwester und deren Baby machen werden. Er nimmt nicht viel davon auf. Robbie sagt, dass er nächste Woche wieder anruft, wenn er die Flüge gebucht hat. Mick legt auf und geht zurück in die Küche, um die Kochplatte abzustellen. Seine Kartoffelpuffer sind angebrannt, aber er legt sie sich, wie sie sind, auf den Teller, dazu Würstchen und Bohnen, dann setzt er sich an den Tisch und isst, während draußen der Hagel wieder einsetzt und gegen die Fensterscheibe prasselt.

42.

Er sitzt im Oberdeck des Busses und hält Ausschau nach einem Spielzeuggeschäft. Auf der Hauptstraße hatte er keins gefunden, deshalb beschloss er, einen Bus in die Innenstadt zu nehmen. Allerdings sieht es auch jetzt nicht sehr wahrscheinlich nach einem aus. Er geht die Treppe runter, steigt aus und irrt lange eine belebte Einkaufsstraße entlang – Bekleidungsgeschäfte, Fast Food, Apotheken, Ramschläden –, nichts. Schließlich geht er ohne spezielle Absicht in ein großes Geschäft für Sportartikel.

Der Verkaufsraum ist riesig, fast wie in einem Kaufhaus, vollgestellt mit Drehständern, an denen Trainingshosen und T-Shirts in Leuchtfarben hängen. So was wie ein System ist nicht zu erkennen, und er hat Mühe, sich zurechtzufinden, quetscht sich zwischen den dicht behängten Karussellen mit bemerkenswert unsportlich aussehender Kleidung durch.

In einer Ecke, wo an der Wand Fußball- und Rugbyschuhe ausgestellt sind, stößt er auf einen gewaltigen Korb mit Minifußbällen. Er wühlt darin herum, in der Hoffnung, einen mit Rangers-Aufdruck zu finden, aber natürlich steht auf fast allen immer bloß Chelsea und Tottenham und ManU, irgendwann findet er aber doch noch einen neutralen ohne irgendwelche Clubabzeichen. Für ein Kleinkind vermutlich nicht gerade das ideale Geschenk, aber auch nicht schlecht. Nein, überhaupt nicht schlecht. Er beschließt, ihn zu kaufen und sieht sich um, wohin er muss, um zu bezahlen. Aus riesigen Lautsprechern in den Ecken kommt laute Radiomusik. Ein junger Ladengehilfe bückt sich und sammelt einen Stoß runtergefallene Hemden auf, an einer Wand hängen Billardqueues, aufgereiht wie Gewehre. Er schlängelt sich durch und kommt an dem Ladengehilfen vorbei. Beim Klicken der Bügel, wenn er sie auf die Metallstangen hängt, taucht ein Bild in ihm auf, ganz deutlich und lebendig – seine Frau beim Einkaufen. Es kommt wie aus dem Nichts. Er streckt eine Hand aus, will sich an der Stange festhalten, ist verwirrt und muss sich setzen. An der Wand steht eine Art viereckiger Hocker neben drei Billardspielern aus Pappe mit verschränkten Armen und ernstem Blick. Er lässt sich darauf nieder und schließt die Augen. Versucht, das Bild festzuhalten. Er sieht es ganz deutlich vor sich. Sie geht eine Reihe von Oberteilen durch, dreht den Ständer. Ihr Gesichtsausdruck verrät höchste Konzentration, stirnrunzelnd schaut sie darauf hinunter, ein kleines Doppelkinn presst sich gegen ihren Hals. Sie zieht Teile raus und hängt sie wieder an falscher Stelle auf die Stange zurück. Er hat angefangen zu weinen. Das Bild kam mit solcher Plötzlichkeit. Er ergibt sich einem nicht zu bezwingenden Gefühl der Leere und bleibt lange da sitzen, Minuten, vielleicht auch Stunden, weiß der Teufel.

Er öffnet die Augen. Die Billardspieler aus Pappe stehen um ihn herum, und der Verkäufer sieht mit verwirrtem Gesichtsausdruck zu ihm herüber. Wahrscheinlich ist er sich dessen gar nicht bewusst. Er steht auf, wischt sich die Augen und lächelt den jungen Ladengehilfen kurz an. »Keine Sorge, Kumpel, ich geh schon.« Und dann geht er, den kleinen Fußball fest drückend, nachschauen, ob es in diesem verfluchten Irrgarten irgendwo eine Kasse gibt.

Es wird wieder ein heißer Tag. Schon jetzt sind Leute am Strand, die Sonnenschirme und Windschutzwände aufstellen, Kühltaschen gruppieren und Hosen ausziehen. Besonders windig ist es noch nicht, aber die leichte Brise vom Meer ist angenehm, als er die unbevölkerte Uferstraße entlangjoggt, vorbei an Hotdogwagen und Eisständen, die gerade ihre Rollos hochziehen und die Markisen ausfahren.

Wo die Uferstraße zur Stadt abdreht, dreht er Richtung Strand ab. Er wischt sich die Stirn und schaut aufs Meer hinaus: Kleine Boote ankern ruhig im Hafen, auf Bojen flattern gemächlich Wimpel, die für Schiffstouren, Hotels und die Spielhalle werben. Die Kiesel unter seinen Laufschuhen knirschen behaglich. Er läuft weiter den Strand entlang und genießt die Ruhe des frühen Morgens. Möwen. Wellen, die über die Kiesel zurückplätschern. Zu einem Kreis aufgestellte Rentner machen Kniebeugen. Ein Stück weiter, am Fuß der hohen Mauer, oberhalb deren etliche Kneipen und Bars Blick aufs Meer haben, liegen noch viele Relikte der letzten Nacht: zerbrochene Biergläser, Zigaretten, Verpackungen von Fish and Chips, ein Gürtel. Er lächelt und läuft etwas schneller, als der Strand jetzt eine Biegung macht und ein langer Küstenabschnitt ins Blickfeld gerät – der Pier, der ins Meer ragt, und in der Ferne, wo der Strand endet, meilenweit Klippen und Felsstürze mit windgepeitschtem Ackerland darauf.

Er schwitzt jetzt und läuft weiter am Fuß der Stadtmauer entlang. Er nähert sich einem Strandabschnitt, an dem die Kiesel weniger werden und kleine Sandflecken zwischen ihnen zum Vorschein kommen. Auf einem davon, nur ein kleines Stück vor ihm, lehnt ein Körper aufrecht sitzend an der Mauer. Er will schon einen Bogen darum machen und hält sein Tempo, bis er fast auf gleicher Höhe mit ihm ist. Er verlangsamt und dreht sich um, um den Mann anzusehen. Irgendetwas an dessen Haltung ist unnatürlich. Vornübergebeugt, regungslos. Es ist durchaus normal, dass bei seinen Läufen sonntagmorgens Alkoholleichen am Strand rumliegen, aber dieser Mann hier ist eindeutig obdachlos. Man sieht es schon an der Kleidung. Keine Schuhe, keine Socken, die Füße dick angeschwollen und violett; eine schmutzige rote Wollmütze ist bis ins Gesicht gezogen, das zerschrammt und blutunterlaufen ist; von der Wange verläuft eine Narbe abwärts zum Hals und verschwindet unter dem Mantel. Er hält an, nur für einen Augenblick, und läuft wieder weiter, der kurzen Biegung aus nassem Sand folgend über einen Priel, bis wieder die Kiesel anfangen, und weiter Richtung Pier, wo bereits das dumpfe Gedröhn und die zuckenden Lichter der Spielhalle in Gang gekommen sind.

Dank

Ich möchte mich bei Mary Mount und Peter Straus bedanken, meiner Lektorin und meinem Agenten, weil sie es mir auch bei den schwierigen Teilen leicht gemacht haben. Ebenso bei Joe Pickering, Jenny Hewson und allen anderen bei Penguin und RCW – ich schätze mich sehr glücklich, mit ihnen zu arbeiten.

Dank an Paul Chambers, der mich beriet, als das Buch noch ein reines Konzept war; und für das, was daraus geworden ist, Dank an Corin Pilling vom Cardinal Hume Centre, an Simon Hughes sowie an alle Mitarbeiter und Bewohner des Obdachlosenprojekts St Mungo's Mare Street.

Auch Bruce Biddulph: Danke für alles, was du mit mir geteilt hast; und Dank an John Dohan und Jim Moohan von GMB für die Bereitwilligkeit, mir bei meinen Recherchen zu helfen. Darüber hinaus ausdrücklichen Dank an Jimmy Cloughley und alle von der Clydebank Asbestos Group, deren Unterstützung und Rat nach wie vor so vielen Asbestopfern und ihren Angehörigen hilft.

Dank meiner Familie und den Tiptons; Dank David Vann (dem der Buchtitel einfiel); und mehr als jedem anderen: Dank an Tips. Ein Teil dieses Buchs ist – wenn auch indirekt – von dir. Und danke auch für die Verbesserungen – bis hin zu diesen verdammten Danksagungen.

ROSS RAISIN

Unter der Wasserlinie

R RAIS